HEYNE <

W0404609

Das Buch

Jack Kernigan hat wieder mal einen schlechten Tag, genauer gesagt: ein schlechtes Jahr, oder noch genauer: ein schlechtes Leben. Nachdem er vom MIT geflogen ist, arbeitet er wieder in seiner Heimatstadt Ohio im Familienbetrieb und fristet ein Leben in Mittelmäßigkeit. Dann, eines Tages, prallt er bei einer Lieferung mit seinem Truck gegen … etwas. Etwas Großes. Etwas Pelziges. Etwas … Unsichtbares. Und, wie sich herausstellt, etwas, das nicht von dieser Welt ist. Das Schicksal kann einem schon mal einen Streich spielen. Und so ist Jack plötzlich die größte Hoffnung des Planeten, um eine Verschwörung galaktischen Ausmaßes aufzudecken, die das Ende der menschlichen Spezies bedeuten könnte. Alles, was Jack und seine besten Freunde Natalie und Patrick haben, um eine außerirdische Bedrohung zu besiegen, sind ihr Verstand, eine Menge Kaffee und eine ziemlich schnippische KI namens Sheldon. Und ihr eigenes Raumschiff. Denn wenn man schon die Welt retten muss, dann sollte man wenigstens ein eigenes Raumschiff haben!

Dennis E. Taylor im Heyne Verlag:

Ich bin viele
Wir sind Götter
Alle diese Welten
Himmelsfluss
Outland – Der geheime Planet
Die Singularitätsfalle
Außerirdisch

Der Autor

Dennis E. Taylor war früher Programmierer und arbeitete nachts an seinen Romanen. Mit »Ich bin viele«, dem Auftakt seiner BOBIVERSE-Reihe, gelang ihm schließlich der Durchbruch, sodass er sich nun ganz dem Schreiben widmen kann.

DENNIS E. TAYLOR

AUSSER IRDISCH

Roman

Aus dem Amerikanischen
von Urban Hofstetter

Deutsche Erstausgabe

WILHELM HEYNE VERLAG
MÜNCHEN

Titel der Originalausgabe:
ROADKILL

MIX
Papier | Fördert gute Waldnutzung
FSC www.fsc.org
FSC® C083411

Penguin Random House Verlagsgruppe FSC® N001967

Deutsche Erstausgabe 6/2023
Redaktion: Sven-Eric Wehmeyer

Umschlaggestaltung: DAS ILLUSTRAT, München,
unter Verwendung von Motiven von Shutterstock.com
(Raggedstone, janar sinivali, Pozdeyev Vitaly, Tatiana Shepeleva)
Satz: Schaber Datentechnik, Austria
Druck und Bindung: CPI books GmbH, Leck
Printed in the EU

ISBN: 978-3-453-32272-1

diezukunft.de

KAPITEL 1

Blechschaden

Tag 1. Freitag Nachmittag

Noch ein beschissener Tag, am Ende einer beschissenen Woche, inmitten eines beschissenen … nun ja, um es kurz zu machen: Mein Leben war insgesamt so richtig Scheiße. Das muss fürs Erste genügen.

Ich starrte die verbeulte Karosserie an, schaute auf und schüttelte die Faust gen Himmel. »Wirklich? *Wirklich?* Kannst du dich nicht auf andere Art amüsieren?« Natürlich kam keine Antwort. Falls Gott existierte, war er ein fieser kleiner Troll mit einem sadistischen Sinn für Humor.

Einen Moment später senkte ich seufzend wieder den Blick, um den Schaden zu begutachten. Der Lieferwagen meiner Familie – auf dem links und rechts in großen Lettern *Kernigan Food Mart* stand – schien noch zu funktionieren, doch es war davon auszugehen, dass mein Vater die veränderte Geometrie der Karosserie bemerken würde.

Dad würde wahrscheinlich nicht wütend werden, sondern nur dieses bekümmerte Gesicht ziehen, dieses *Du-hast-mich-schon-wieder-enttäuscht-Jack*-Gesicht. Im Vergleich zu meinem Rauswurf aus dem MIT würde die verbogene Stoßstange allerdings kaum ins Gewicht fallen. Sobald einem die Fäkalien über dem Kopf zusammenschlugen, war es im Grunde egal, wie tief man noch sank.

Ich spürte, wie sich mein Atem beschleunigte. Nein, vielen Dank, ich hatte keine Zeit für eine Panikattacke. Sobald ich die letzten beiden Lieferungen erledigt hatte, würde ich das ganze Wochenende Zeit zum Ausflippen haben. Unwillkürlich begann ich mit den Atemübungen, die meine Tante mir beigebracht hatte. *Eins, aus, zwei, aus* … Bei fünf merkte ich, wie ich mich allmählich entspannte.

Jetzt musste ich mich mit dem Unfall befassen. Es war ein sonniger Tag. Über den strahlend blauen Himmel zogen nur ein paar vereinzelte Schäfchenwolken, wie es Anfang Juli in Ohio meistens der Fall war. Seit dem letzten Regen sammelte sich am Straßenrand bereits wieder Staub, der nur darauf wartete, von vorbeifahrenden Autos aufgewirbelt zu werden.

Kurz und gut: Die Sichtverhältnisse waren einwandfrei. Auch wenn ich die Kurve auf der Poller Road wie üblich zu schnell genommen hatte, hätte ich, was immer ich gerammt hatte, eigentlich sehen müssen. Ich inspizierte den Schaden. Auf der Stoßstange klebte Blut, und im Kühlergrill hingen Fellfetzen. Wenigstens war es kein Mensch, sondern offenbar ein Tier gewesen. Allerdings ein großes – eher ein Hirsch als ein Hase.

Ich beugte mich weiter vor. Das Blut hatte eine seltsame Farbe. Es war nicht rot, sondern orange. Und die Fellhaare waren lang genug für einen Bären. Ich schaute mich rasch um. Ein wütender, verwundeter Bär wäre nicht so toll.

Vielleicht sollte ich mich besser im Wagen verbarrikadieren …

Ich ging schnell in die Hocke und spähte unter den Transporter. Dabei stellte ich fest, dass nichts unter dem Chassis klemmte oder auf der anderen Seite des Fahrzeugs darauf wartete, mich auszuweiden.

Ich langte durch das offene Seitenfenster und stellte den Motor ab. Es hatte keinen Sinn, die ganze Umgebung mit Abgasen zu verpesten, während ich mich umsah.

Das Blut – wenn es denn Blut war – bildete eine dünne Spur, die ins Gras auf der anderen Seite der Straße führte. Ich sah eine Stelle mit flach gedrückten Halmen. Vielleicht war das Tier dort aufgekommen.

Das Gras war vollkommen platt und hatte noch nicht begonnen, sich wieder aufzurichten. Es musste ein ordentlicher Aufprall gewesen sein. Oder ein sehr großes Tier. Doch wo war es? Ich ging weiter ins Gras hinein, um es zu suchen. Dabei stolperte ich über etwas.

Ich fing mich mit einer Hand auf dem Boden ab und drehte mich um. Hinter mir war nichts, über das man hätte stolpern können. Kein Stein, kein Stock, kein achtlos entsorgter Fahrzeugschrott.

Ich ging übertrieben langsam zurück, wobei ich darauf achtete, den vorderen Fuß erst zu belasten, sobald er den Boden berührte. Beim zweiten Schritt stieß ich mit der Schuhspitze gegen … *irgendetwas*.

Verwirrt starrte ich auf meinen Fuß hinab, der von leerer Luft blockiert zu werden schien. Ich drückte ein bisschen fester gegen das unsichtbare Etwas und spürte, wie es ein wenig nachgab. Ich zog den Fuß langsam zurück. Meine Gedanken begannen zu rasen. Es gab eine alte *Akte-X*-

Folge, in der sich ein Typ wünschte, unsichtbar zu sein, und … Obwohl ich allein war, verdrehte ich die Augen. Ich hatte es ganz sicher nicht mit einem Dschinn zu tun. An so etwas glaubten nur Verrückte.

Rasch griff ich nach meinem Handy. Ich musste unbedingt ein Foto machen …

Wovon, Knallkopf? Von der Luft? Ojemine, der arme Jack. Seit er von der Uni geflogen ist, ist er nicht mehr ganz richtig im Kopf.

Kopfschüttelnd beugte ich mich vor, um das unsichtbare Objekt zu betasten – und zog sofort die Finger wieder zurück. Es hatte ein *Fell*. Und Dinger mit Fell besaßen oft auch Zähne und Krallen. Vielleicht sollte ich besser mit einer behutsameren Untersuchungsmethode beginnen. Ich schob den Staub am Straßenrand zu einem ordentlichen Haufen zusammen, nahm zwei Handvoll und bestreute damit vorsichtig den Körper. Oder was immer es war.

Der Staub kam auf etwas zu liegen. Ich war mir sicher, Fell, einen Kopf sowie Arme auszumachen … Aus irgendeinem Grund schien der Staub vom Körper absorbiert zu werden. Vielleicht verschwand er aber auch einfach nur. Möglicherweise wirkte sich, was immer den Körper unsichtbar machte, auch auf den Staub aus.

Mit zwei weiteren Handvoll Staub gelang es mir, den groben Umriss des Körpers nachzuzeichnen. Buchstäblich. Der Sand, der nicht *auf* dem Körper gelandet war, bildete eine Art Kreideumriss, wie ihn Cops an Tatorten hinterließen.

Das Ding war groß.

Da der Körper nicht ausgestreckt lag, konnte ich nicht mit Sicherheit sagen, wie lang er war, aber er schien mehr als zwei Meter zu messen. Ich selbst bin knapp zwei Meter groß und daran gewöhnt, alle anderen zu überragen, doch diese Kreatur hätte mir ohne Weiteres auf den Kopf spucken können.

Der lange Rumpf und die vergleichsweise kurzen Beine deuteten allerdings nicht auf einen aufrechten Gang hin. Außerdem war das Wesen im Unterschied zu mir nicht gerade eine Bohnenstange. Ich schätzte, dass es rund fünfzig Kilo mehr auf die Waage brachte als ich.

Erneut begann ich mit meinen Atemübungen. Ohne mich auf irgendetwas Bestimmtes zu konzentrieren, nahm ich die warme Luft, das rhythmische Summen der Insekten und den einzelnen Schweißtropfen wahr, der mir den Rücken herabrann. Als ich mein Herz nicht mehr schlagen hörte, zog ich das Handy aus meiner Hüfttasche.

Ich versuchte, eine Nachricht zu schreiben, tippte ein paar Worte, löschte sie hektisch wieder und tippte erneut. Schließlich gab ich mit einem gemurmelten Fluch auf. Das hier ließ sich nicht mit ein paar kurzen Sätzen beschreiben. »Siri«, sagte ich mit einem flauen Gefühl im Magen, »ruf Patrick an.«

»Ich rufe Patrick an«, erwiderte das Handy.

»Hi. Sie haben Patrick Jordan erreicht. Wahrscheinlich gehe ich nicht ran, weil ich nicht mit Ihnen sprechen will. Wenn Sie möchten, können Sie gerne eine Nachricht hinterlassen.«

Ich musste unwillkürlich kichern. Diese Ansage regte jeden auf, der sie hörte. Was, wie Patrick freimütig zugab, auch ihr Sinn war. Obwohl er eine ziemliche Nervensäge sein konnte, waren wir seit unserer frühesten Kindheit miteinander befreundet. Zusammen mit Natalie waren wir die drei Musketiere. Einer für alle und – laut Patrick – alle für ihn.

»Patrick, hier spricht Jack. Es ist etwas passiert. Etwas sehr Schräges. Ruf mich sofort an, wenn du das hier abhörst.«

Ich steckte das Handy wieder ein und ging in die Hocke, um den Kadaver zu untersuchen. Moment mal ... War es überhaupt tot? Was, wenn dieses Wesen nur verletzt und bewusstlos war? War es bissig? Hatte es spitze Zähne oder Stacheln?

Ich nahm eine weitere Handvoll Staub und begann, das Geschöpf damit zu berieseln. Diesmal ging ich jdoch methodischer vor und betrachtete aufmerksam jeden für einen kurzen Moment in Erscheinung tretenden Köperteil. Als ich die Brust lokalisiert hatte, legte ich eine Hand darauf. Keine Bewegung. Keine Atmung. Kein Herzschlag. Doch was sagte das schon aus? Ich wippte auf den Fußballen und betrachtete den, äh ... nun ja, die Stelle, an welcher der Köper eigentlich zu sehen hätte sein müssen.

Es war kein Mensch. Es war kein Tier. Es war nicht ...

Schaudernd gestand ich es mir endlich ein.

Diese Kreatur stammte nicht von der Erde. Außer es handelte sich um Bigfoot, was die Sache allerdings auch nicht besser gemacht hätte.

Oder Chewbacca. Warum nicht? Wenn man erst mal an einen unsichtbaren Außerirdischen zu glauben bereit war, schien alles möglich.

Demnach hatte ich also gerade ein Alien getötet. Großartig. Aber was hatte es hier mitten im Nichts gesucht?

Und wieso war es nicht klug genug gewesen, um unversehrt die Straßenseite wechseln zu können?

Ich blickte in die Richtung zurück, aus der ich gekommen war. Chewie hatte sich eine ausgesprochen schlechte Stelle ausgesucht, um die Poller Road zu überqueren. Die Kurve war eng, ein bisschen unübersichtlich und so stark geneigt, dass so gut wie jeder sie mit überhöhter Geschwindigkeit durchfuhr. Chewie hätte schon ein Känguru sein müssen, um noch rechtzeitig ausweichen zu können.

Das war alles sehr interessant, änderte aber nichts daran, dass ein totes Alien vor mir lag. Was sollte ich also tun? Die Polizei rufen? Oder Dad anrufen? Was im Grunde ein und dasselbe war, da mein durch und durch gesetzestreuer Vater bestimmt als Erstes die Cops verständigen würde. Und dann würde E.T. nach Roswell oder zur Area 51 oder in das Lagerhaus geschafft werden, in dem sie die Bundeslade aufbewahrten, und damit wäre die Sache für mich gelaufen. Sämtlichen einschlägigen Filmen zufolge würden die Behörden alles geheim halten, und ich würde niemals herausfinden, was das für eine Kreatur war.

Das würde ich auf keinen Fall tun. Zumindest nicht gleich. Nicht, solange ich nicht wenigstens ein paar Fotos geschossen hatte.

Aber davor musste ich noch meine Lieferungen erledigen. Immer schön locker bleiben und nicht von der Routine abweichen. Gehen Sie bitte weiter, hier gibt es nichts zu sehen.

Ich betrachtete einen Moment lang versonnen die Stelle im Gras und überlegte, was zu tun war. Dann ließ ich den

Transporter an und stellte ihn so neben die Straße, dass sich die absenkbare Ladebordwand neben dem, äh … Sasquatch befand. Hm, nein. Sasquatchs gab es – wenn überhaupt – nur an der Nordwestküste oder in Kanada.

Trotz meiner kurzen medizinischen Untersuchung von vorhin war ich nicht komplett davon überzeugt, dass das Geschöpf tatsächlich tot war, und machte mir weiterhin Sorgen über eventuelle scharfe oder spitze Körperteile. Ich zog einen großen Schraubenschlüssel hinter dem Fahrersitz hervor und stieß – den Arm möglichst weit ausgestreckt, um außer Reichweite zu bleiben – den Körper damit an. Zuerst vorsichtig und dann immer nachdrücklicher. Nichts. Ich tastete herum, bis ich einen Arm fand, den ich anhob und wieder fallen ließ. Er war leblos.

Okay. Ob tot oder nicht, dieses Wesen war auf jeden Fall komplett außer Gefecht gesetzt.

Ich senkte die Ladebordwand in eine horizontale Position ab und sprang hinauf. Anschließend schob ich das Rolltor auf, holte den Palettenheber aus dem Wageninneren und warf eine leere Palette mitsamt Abdeckplane auf die pneumatischen Hubarme.

Nachdem ich alles zum Boden hinuntergelassen hatte, machte ich mich daran, den Körper in die Plane einzuwickeln. Er wog wie erwartet mindestens hundertzwanzig Kilo und verfügte über keinerlei Spannung, was den ganzen Prozess sehr mühsam und frustrierend gestaltete. Doch schließlich hatte ich eine Art Bigfoot-Burrito vor mir liegen.

Ein paar weitere Minuten voller Flüche später war der Burrito am vorderen Ende der Ladefläche verstaut und damit außer Sicht – außer man suchte gezielt danach.

Nun hatte ich nur noch die letzten beiden Lieferungen vor dem Wochenende vor mir. Danach würde ich mich zwar noch mit meinem Vater wegen des Unfalls auseinandersetzen müssen, doch ich konnte ehrlich behaupten, dass ich nichts gesehen und keine Ahnung hatte, wogegen ich geknallt war.

KAPITEL 2

Bigfoot-Burrito

Als ich gerade Mrs. Kirbys Lieferung mit dem Hubwagen auf ihrem Garagenboden abstellte, klingelte mein Handy. Ich bedachte sie mit einem entschuldigenden Achselzucken und zog das Handy aus der Tasche. Auf dem Display stand *Patrick Jordan*. Ich nahm den Anruf entgegen. »Hi Patrick, ich rufe dich in fünf Minuten zurück«, sagte ich, bevor er ein Wort herausbringen konnte, und legte sofort wieder auf.

Ich zwang mich zu einem echten Lächeln, während ich Mrs. Kirby die Rechnung reichte. Sie unterzeichnete sie erstaunlich schwungvoll für eine Frau, die sich noch daran erinnern konnte, wie das erste Automobil nach Dunnville gekommen war.

»Heckst du mit Patrick schon wieder irgendwas aus?«, fragte sie.

»Das will ich hoffen«, erwiderte ich lachend. Mrs. Kirby war eine alte Freundin meiner Familie und so etwas wie eine Tante für mich. Zum Glück hatte ich daran gedacht, rückwärts in ihre Einfahrt zu fahren, sodass sie den Schaden am Transporter nicht sehen konnte. Sie hätte ihn bestimmt meinem Vater gegenüber erwähnt, und ich wollte nicht, dass er in der Scheune auftauchte, bevor ich meine Spezialfracht ausladen konnte.

Sobald ich wieder hinter dem Steuer saß, zog ich das Handy heraus und drückte auf Wahlwiederholung. Patrick nahm beim ersten Klingeln ab.

»Nett. Echt nett. Erst machst du mir mit deiner mysteriösen Nachricht die Zähne lang, und dann lässt du mich schmoren. Erkläre mir in einem Wort oder weniger, was mich davon abhalten sollte, sofort wieder aufzulegen.«

»Aliens.«

Einen Moment lang herrschte Schweigen. »Schon mal nicht schlecht. Und jetzt bitte mehr Wörter.«

Ich warf einen Blick in den Außenspiegel, um sicherzugehen, dass Mrs. Kirby außer Hörweite war. »Oder vielleicht Bigfoot. Ich weiß es nicht. Sag mal, hast du Mehl zu Hause?«

»Okay, Kumpel, dir ist offensichtlich eine Ader im Hirn geplatzt«, erwiderte Patrick. »Wozu soll ich Mehl haben? Wozu brauchst *du* Mehl? Wer verwendet überhaupt Mehl und wofür?«

»Für das unsichtbare Alien. Oder Bigfoot. Oder Chewbacca.«

Erneutes Schweigen, gefolgt von einem Seufzer. »Okay. Du bist noch verrückter als ich. Wo und wann?«

»In der Scheune. Ich habe gerade meine letzte Lieferung erledigt. In fünfzehn Minuten?«

»Okay. Bis gleich.«

Das war besser gelaufen, als ich zu hoffen gewagt hatte. Patrick glaubte garantiert, ich wollte ihm einen Streich spielen, und machte nur mit, um zu sehen, was dabei herauskommen würde.

In diesem Fall bestand der Witz jedoch darin, dass es kein Witz war.

Ich fuhr langsam um das Haus herum zur Scheune auf dem hinteren Feld. Das Kernigan-Anwesen war früher einmal eine große und wohlhabende Farm gewesen, wovon sowohl das mehrstöckige Wohnhaus mit der umlaufenden Veranda als auch die riesige Scheune zeugten. Im geöffneten Zustand boten die Schiebetore genügend Platz, um gleichzeitig mehrere landwirtschaftliche Geräte nebeneinander heraus- und hineinzufahren. Und die Scheune selbst war beinahe geräumig genug, um unser gesamtes Haus darin aufzunehmen.

Heutzutage war das natürlich nur noch Platzverschwendung. Die Scheune bunkerte ein paar alte Gerätschaften und Ersatzteile, ein Dutzend Heuballen, die so alt waren, dass jede Kuh bei ihrem Anblick angewidert die Nase gerümpft hätte, und natürlich meine Festung der Einsamkeit.

Ich schob die Torflügel so weit auf, dass der Transporter hindurchpasste, und fuhr vorsichtig rückwärts hinein. Das war zwar ungewöhnlich für mich, da die Tore widerspenstig waren und nur mühsam dazu überredet werden konnten, auf- und wieder zuzugehen. Es war jedoch weniger riskant, als meine Fracht vom Wagen in die Scheune zu schaffen. Wenn Dad etwas davon mitbekäme, würde die außerirdische Leiche schneller in die Obhut der Behörden geraten, als ich »E.T. nach Hause telefonieren« sagen konnte.

Doch solange ich nicht Dads Aufmerksamkeit erregte, würde ich vermutlich sicher sein. Die Scheune war in meiner Jugend mein Lieblingsort gewesen und seit meiner Rückkehr aus dem College zu meiner Zuflucht geworden.

Rückkehr. Welch nettes, neutrales Wort.

Meine Eltern schauten nur selten vorbei, wenn ich mich hier drin verbarrikadierte. Stattdessen schickten sie mir lieber Textnachrichten.

Vor einiger Zeit hatte ich in der Nähe des Eingangs eine Mischung aus Werkstatt und Freizeitraum errichtet und mit ein paar gemütlichen Sesseln, einer schweren, mehr als sechs Meter langen Werkbank mit Schränken und Schubladen unter der Arbeitsplatte sowie ein paar kleinen Annehmlichkeiten wie einer Mikrowelle und einem Fernseher ausgestattet. Im Laufe der Jahre hatte ich hier viele glückliche Stunden mit Patrick und Natalie verbracht. Wenn ich an diese schöne und deutlich sorglosere Phase meines Lebens zurückdachte, wünschte ich mir in letzter Zeit oft, ich könnte die letzten Jahre zurückdrehen, selbst wenn ich dafür wieder zur Highschool gehen müsste.

Ich schloss die Augen und massierte mir die Schläfen. Ich musste mich konzentrieren, und das ging nicht, wenn ich mich in Selbstmitleid suhlte. Also richtete ich mich auf, holte tief Luft und kämpfte gegen meine zunehmende Nervosität an.

Sobald ich mich wieder einigermaßen beruhigt hatte, holte ich mit dem Hubwagen die Palette mit dem Riesen-Burrito aus dem Transporter und stellte sie vor dem Verschlag ab. Anschließend rollte ich den Bigfoot von der Palette runter, wobei ich sorgfältig darauf achtete, ihn nicht auszuwickeln. Die Plane sah aus, als wäre sie um nichts gewickelt. Wahrscheinlich ragten aus beiden Enden unsichtbare Körperteile hervor. Warum war dieses Wesen eigentlich transparent? Handelte es sich dabei um einen natürlichen oder einen technisch erzeugten Effekt? Oder bestand Bigfoot gar aus reiner Energie? Letzteres erschien mir unwahrscheinlich und hätte auch nicht erklärt, wieso Staub verschwand, sobald er mit der Kreatur in Kontakt kam.

Während ich gedankenverloren auf den Burrito starrte, ertönte hinter mir eine Stimme: »Hey, Kumpel. Was hast du da?«

Ich wirbelte herum und sah in Patricks grinsendes Gesicht. Er war knapp einen Meter achtzig groß und hatte rote Haare. Seine Nase, die ihm mal jemand mit einem Fausthieb gebrochen hatte, war leicht schief.

Ich deutete auf die Palette. »Ich habe dir ein Alien versprochen.«

»Und zwar ein unsichtbares. Mit weniger gebe ich mich nicht zufrieden.«

Ich trat zurück. »Dann pack es mal aus.«

Patrick sah von der Palette zu mir und wieder zurück. Schließlich ging er mit einem spöttischen Lächeln zu dem Burrito, packte das lose Ende der Plane und zog mit beiden Händen daran. *»Umpf.«*

»Ja, tut mir leid, es ist ziemlich schwer. Warte. Ich helfe dir.«

Wir packten beide die Plane, zählten bis drei und entrollten sie.

Wobei nichts zum Vorschein kam.

»Nicht schlecht«, sagte Patrick. »Und lustig. Wie machst du das? Es sah wirklich so aus, als wäre da …« Er verstummte. Offenbar wurde ihm soeben bewusst, dass die

Plane allein nicht so schwer sein konnte. Er ging seitwärts zu einem Ende und tastete mit einem Fuß herum, bis seine Zehen gegen etwas stießen.

Patrick sah mich überrascht an und ging, weiter mit dem Fuß herumstochernd, um das unsichtbare Objekt herum. Als er aufblickte, wirkte er ernsthaft verstört. »Wow, äh … Das ist gar kein Prank, oder?«

»Wenn es einer ist, fallen wir beide darauf herein. Was hältst du davon?«

»Ich? Ich bin doch gerade erst angekommen … Ach ja, und ich habe Mehl dabei.« Er deutete auf eine Einkaufstüte aus Plastik hinter mir. »Ich glaube, ich weiß, was du damit vorhast. Und ich nehme an, dass wir uns keinen unangenehmen Fragen aussetzen wollen, oder?«

»Oder überhaupt irgendwelchen Fragen«, erwiderte ich.

»Apropos. Der Transporter ist ganz schön verbeult. Warst du das?«

»Das war Chewbaccas Schuld und der Grund, weshalb er in die Plane gewickelt war.«

Patrick hob die Brauen. »Wie bitte? Chewbacca?«

»Er hat ein Fell. Glaube ich zumindest. Und er ist groß – und schwer. Außerdem ist sein Oberkörper verhältnismäßig lang. Bisher schwanke ich zwischen Chewbacca und Bigfoot. Wofür ich mich letztlich entscheide, hängt davon ab, ob er einen Schultergurt trägt.«

Patrick nahm lachend die Mehlpackung aus der Tüte und stellte sie neben den Leichnam. Sein Heiterkeitsausbruch klang etwas schrill.

»Was immer dieses Wesen unsichtbar macht, hat auch den Staub verschwinden lassen, mit dem ich es vorhin bestreut habe. Ich bin mir also nicht sicher, wie gut es jetzt funktionieren wird. Aber mit irgendwas müssen wir anfangen.«

Patrick winkte mit seinem Handy. »Lass uns alles aufzeichnen. Vielleicht sehen wir anschließend mehr, wenn wir das Video an den entscheidenden Stellen anhalten.«

Das war eine hervorragende Idee. Ich durchwühlte eine der Schubladen unter meiner Werkbank und zog mein Handystativ hervor. Ein paar Minuten später war Patricks Telefon aufnahmebereit.

»Dann mal los.« Nachdem Patrick die Aufnahme gestartet hatte, stellten wir uns hinter den Körper und bestäubten ihn gründlich mit dem Mehl.

»Heilige Scheiße«, sagte Patrick. Einen Moment lang war ein lang gestreckter Körper zu erahnen gewesen, ehe er gleich darauf mitsamt dem Mehl wieder unsichtbar geworden war.

Ich wischte mir die Hände sauber, klopfte mir etwas verirrtes Mehl aus der Kleidung und stoppte die Videoaufnahme.

Patrick betrachtete unterdessen mit gerunzelter Stirn die Palette. »Wieso werden das Mehl und der Staub unsichtbar, aber nicht die Plane? Oder die Palette?«

Ich zuckte die Achseln. »Woher zum Teufel soll ich das wissen? Wir checken ja noch nicht mal, was die Unsichtbarkeit bewirkt. Vielleicht hat es etwas mit der Masse oder der Größe zu tun.«

Ich reichte Patrick das Handy, und er tippte auf das Display, um das Video zu starten. Sobald die Gestalt maximal gut zu sehen war, hielt er es an und prustete los. »Es ist ein Eichhörnchen. Ein *riesiges* Eichhörnchen. Ein ganz gewöhnlicher Wildunfall also.« Er lachte so laut, dass er kaum zu verstehen war.

Ich spürte, wie ich rot wurde, und beschloss, nicht auf seine Bemerkung einzugehen. Als Patricks Schnauben und Japsen endlich verstummte, deutete ich auf das Display. »Ausrüstungsgürtel.«

Patrick gluckste. »Na ja, immerhin ist es kein Schultergurt.«

»Ein Rieseneichhörnchen ist so oder so kein Chewbacca«, erwiderte ich.

»Findest du? Na los, lass uns versuchen, den Gürtel abzubekommen.«

»Das werde ich auch aufzeichnen«, sagte ich und befestigte Patricks Handy erneut auf dem Stativ.

Anschließend knieten wir uns links und rechts von der Palette hin.

»Äh«, sagte Patrick. »Es ist *wirklich* tot, oder?«

»Nein, es ruht sich nur aus.«

Patrick lächelte zögerlich. »Also gut. Dann wollen wir mal.«

Wir fanden den Gürtel schnell. Er war offensichtlich das einzige Kleidungsstück des Außerirdischen. Kurz malte ich mir aus, wie ich aus Versehen seine Genitalien begrapschte, und musste ein Schaudern unterdrücken.

»Kannst du eine Schnalle finden?«, fragte Patrick.

»Nein. Es ist ... Moment.« Ich schloss die Augen. »Es ist einfacher, wenn ich nichts sehe. Dann muss ich nicht gegen meine Sinneseindrücke ankämpfen.« Ich tastete den Gürtel rundherum ab, bis ich schließlich etwas fand, das sich wie ein Verschluss anfühlte. Ein Druck, eine Drehbewegung, und er war offen.

Als die beiden Enden des Gürtels auseinanderfielen, wurde der Leichnam schlagartig sichtbar. Unter einer Schicht aus Staub und Mehl lag in verdrehter Haltung ein rund zwei Meter zehn großes Wesen auf der Palette. Sein Schweif war zwar nicht buschig genug, doch sein Gesicht und die kräftigen kurzen Hinterbeine erinnerten tatsächlich stark an ein Eichhörnchen. Das Fell, das die Kreatur von Kopf bis Fuß bedeckte, war an manchen Stellen grau, an anderen hellgelb.

Patrick deutete auf den Kopf. »Das sieht nicht gesund aus.«

Ich folgte seinem Blick und musste ihm zustimmen. Der Schädel war teilweise eingedrückt. Ob vom Aufprall oder der anschließenden Landung, war nicht zu erkennen. Allerdings spielte es auch keine Rolle. Tot ist tot, und kein von der Erde stammendes Wesen hätte solch eine Kopfverletzung überlebt. Wenn Chewbaccas Gehirn nicht woanders saß, war er mit an Sicherheit grenzender Wahrscheinlichkeit aus dem Leben geschieden.

Ich musterte den restlichen Körper. »Das hier auch nicht.« Ich deutete auf eine seiner Hüften, die vollkommen zermalmt zu sein schien. Beide Wunden waren blutverkrustet.

Patrick drückte einen Arm. »Keinerlei Muskelspannung, und der Körper hat ungefähr Raumtemperatur.«

»Außerdem hat es sich seit Stunden nicht bewegt und auch keinen Mucks von sich gegeben.«

Patrick hielt dem Alien eine Hand vor das Gesicht. »Kein Atem. Da er ein Außerirdischer ist, sollten wir zwar keine voreiligen Schlüsse ziehen, aber der hier ist ziemlich sicher tot.«

Ich ließ mich langsam auf den Boden sinken. »Und der Gürtel zeugt von *Intelligenz*. Was bedeutet, dass ich gerade einen interstellaren Besucher getötet habe. O Mann!«

»Heute scheint wirklich nicht dein Tag zu sein. Aber es war ein Unfall. Er, äh, *es* war unsichtbar. Daraus kann dir niemand einen Strick drehen.«

Ich lächelte ihn unsicher an. »Das hängt wahrscheinlich ganz davon ab, ob seine Spezies eher Vulkaniern oder Klingonen ähnelt.«

»Wo wir schon davon sprechen, wo sind sie?«, fragte Patrick. »Niemand hat versucht, ihn … es anzufunken. Und es ist auch niemand aufgetaucht, um uns eine Belohnung anzubieten oder uns zu vaporisieren. Müsste sein Tod nicht irgendeine Reaktion auslösen? Einen Suchtrupp oder etwas in der Art?«

»Hmm. Wir müssen uns vor übereilten Schlüssen hüten, aber ja, man sollte eigentlich annehmen, dass es für die Entführung oder den Tod eines Besatzungsmitglieds irgendein Prozedere gibt.«

»Vielleicht war er allein«, gab Patrick zu bedenken.

»Ein einsamer Forscher? Das kommt mir unwahrscheinlich vor, aber …«

»Aber wie du schon gesagt hast«, fiel Patrick mir ins Wort, »wir sollten keine voreiligen Schlüsse ziehen.«

Ich lächelte. »Ja, genau. Mal sehen, was wir noch herausfinden können. Hilf mir, den Gürtel unter ihm rauszuziehen …« Mit vereinten Kräften schafften wir es, den Körper des Außerirdischen lange genug anzuheben, um den Gürtel freizubekommen, und ich trug ihn zur Werkbank.

Der Gürtel und seine verschiedenen Anbauteile stellten eine echte technische Meisterleistung und gleichzeitig ein Kunstwerk dar. Die vorherrschende Farbe, ein metallisches Rotkehlchen-Blau, war mit filigranen dunkelroten

Akzenten durchsetzt. Die Anbauteile wiesen nur wenige scharfe Kanten, dafür umso mehr asymmetrische Rundungen auf. Sie sahen fast viktorianisch aus. Oder nach Steampunk. Und ein paar von ihnen schienen abnehmbar zu sein.

Mit wenigen Handgriffen fanden wir heraus, welche Gegenstände angeklemmt und welche fest verbaut waren. Es gab vier kleine Geräte, die unabhängig vom Gürtel betrieben werden konnten, und zwei Schaltflächen, die sich nicht entfernen ließen.

Eins der Teile verfügte über einen Schieberegler, der offenbar in drei verschiedenen Stellungen arretiert werden konnte. Sie waren rot, violett beziehungsweise blau gekennzeichnet. Es gab außerdem einen Knopf, der mit einem Symbol versehen war. »Sieh dir das mal an«, sagte ich. »Divergierende Linien. Stehen die für Dusche an, Dusche aus?«

»Und was haben die Farben zu bedeuten?«, erwiderte Patrick. »Abgesehen von dem merkwürdig platzierten Duschknopf erinnert es mich an eine Pistole.«

»Vielleicht passt es ja in die Hand des Aliens. Das sollten wir überprüfen.«

»Ah ja«, sagte Patrick und hielt einen zweiten Gegenstand in die Höhe. »Das da scheint ein kleines Display zu haben, außerdem Knöpfe mit nach unten und oben zeigenden Pfeilen und welche, die mit V und I beschriftet sind. Ich bezweifle allerdings, dass damit die Buchstaben aus unserem Alphabet gemeint sind. Chewbacca wusste bestimmt, was sie bedeuten. Und da ist eine Art Gitter, die ein Lautsprecher oder Mikrofon sein könnte. Ist das ein Kommunikator?«

»Hmm. Das da hat nur einen Bildschirm. Ohne Kontrollen.«

»Vielleicht ist es ein Touchscreen.«

Ich nickte langsam. »Er ist größer als der am anderen Gerät.«

»Dieses hier hat auch nur einen Touchscreen«, sagte Patrick. »Aber das ganze Gerät ist größer.«

»Und das letzte hat ein kleineres Display und wieder einen V- und einen I-Knopf. Ich frage mich, ob sie zum An- und Ausschalten da sind.«

»Kann gut sein, aber welcher ist welcher? Und die wichtigste Frage überhaupt: Wollen wir einen von ihnen drücken?«

Ich betrachtete die Geräte. »Ich halte es für unwahrscheinlich, dass eins von ihnen eine Atombombe ist. Ich glaube nicht, dass wir uns damit umbringen können. Aber was, wenn es sich bei einem um einen Panikknopf oder ein Kommunikationsgerät handelt? Wollen wir wirklich die Kumpels dieses Wesens herbeirufen, damit sie uns über seiner Leiche stehen sehen?«

»Ha.« Patrick schüttelte den Kopf. »Guter Punkt. Ich bin dagegen.«

Eine Stimme unterbrach uns. »Was zum Teufel ist das denn?«

Patrick und ich wirbelten gleichzeitig herum.

Natalie.

Ich kannte sie beinahe genauso lange wie Patrick, also schon fast mein ganzes Leben. In der Schule war Natalie häufig als Eichhörnchen unter Koffeineinfluss bezeichnet worden. Der Vergleich war nicht vollkommen aus der Luft gegriffen. Sie war rund einen Meter fünfzig groß und drahtig. Niemand hätte ihre körperliche Erscheinung als einschüchternd beschrieben, doch sie konnte schneller laufen, höher klettern und wilder fluchen als die meisten anderen Menschen, und sie hatte vor nichts und niemand Angst. Ihren Spitznamen »Mighty Mouse« hatte sie sich redlich verdient.

Außerdem verfügte sie, wie ein Trottel an der Junior High mal am eigenen Leib hatte erfahren müssen, über einen blitzschnellen linken Haken.

Während der Highschool waren wir mehrmals miteinander gegangen, hatten uns über kurz oder lang aber immer wieder für eine freundschaftliche Beziehung entschieden. Ich glaube, dass ich nie *nicht* in sie verknallt gewesen war, doch ohne romantische Verstrickungen schienen wir besser miteinander auszukommen. Irgendwann hatte ich beschlossen, lieber eine lebenslange Freundschaft als ein kurzes Techtelmechtel mit Nat zu haben.

Seit der Sache mit dem MIT hatte ich ihr nicht mehr in die Augen schauen können und gemerkt, dass ich ihr aus dem Weg ging. Ich hatte mich ein paarmal ziemlich verkrampft mit ihr unterhalten. Natalie schien das alles nicht viel auszumachen. Mir dagegen war es peinlich, wie ich sie behandelte, was nur dazu führte, dass ich sie noch mehr mied.

Patrick lächelte sie breit an. Er stand nicht kurz vor dem Rauswurf aus seinem Traum-College und war unverändert eng mit ihr befreundet.

»Oh, äh, hi, Nat«, murmelte ich und blickte zur Seite. *Gut gemacht, Jack,* dachte ich. *Wirklich sehr erwachsen von dir.*

»Komm mir nicht mit *Hi, Nat*«, erwiderte sie und streckte den Zeigefinger aus. »Was ist das da?«

»Chewbacca.«

»Ja, klar.« Sie inspizierte den Leichnam. »Chewbacca hat keinen Schwanz. Das da sieht mehr nach einem Eichhörnchen aus. Woher habt ihr es?«

Patrick stieß ein heiseres Lachen aus. »Hast du die Front des Transporters gesehen?«

Natalie sah mich mit großen Augen an. »Du hast ein riesiges Eichhörnchen überfahren?«

»Alles deutet darauf hin.«

Meine nüchterne Antwort löste die Anspannung ein wenig, und wir begannen alle drei zu kichern. Erneut glaubte ich, in Patricks Lachen einen hysterischen Unterton zu hören.

»Hast du deswegen meine Nachrichten nicht beantwortet?«

Ich seufzte und senkte einen Moment lang den Blick. »Nein. Hör mal, es tut mir leid. Es fällt mir gerade schwer, anderen unter die Augen zu treten. Diese MIT-Sache ...«

»O Mann, Jack«, schnitt Nat mir das Wort ab. »Denkst du wirklich, dass ich die Anschuldigungen glaube? Dafür kenne ich dich viel zu gut. Früher oder später wird sich alles aufklären. Wart's nur ab.«

So war Natalie schon immer gewesen. Wenn sie auf deiner Seite stand, dann mit Haut und Haaren.

»Die drei Musketiere«, sagte ich.

»Ganz genau«, erwiderte sie. »Einer für alle ...«

»Und alle für mich«, beendete Patrick den Ruf mit seinem Standardsatz, worauf Nat und ich pflichtschuldig lachten.

»Stalkst du mich?«, fragte ich.

»Hast du etwa ein Problem damit? Gut, dass ich es getan habe. Ihr scheint völlig überfordert zu sein.«

»Moment mal, wie kommst du denn darauf?«, fragte Patrick.

Nat deutete auf den Leichnam. »Na, wie wohl? Dann lasst uns über den Wookie im Raum sprechen …«

Ich griff nach meinem Bürostuhl mit den Rollen, ließ mich darauf fallen und erzählte ihr alles.

Als ich fertig war, dauerte es fast eine Minute, bis Nat langsam den angehaltenen Atem entweichen ließ. »Wow. Wenn du schon mal Mist baust, dann aber wirklich volle Kanne. Und bist du sicher, dass das Wesen intelligent ist?«

»Es hatte einen Gürtel mit lauter Technikkram.« Ich deutete auf die Gegenstände auf der Werkbank.

Natalie ging hinüber und nahm sie in Augenschein. »Was willst du nun tun?«, fragte sie und betrachtete eins der Geräte bedächtig von allen Seiten.

»Hä?«

»Du hast ein totes Alien in deiner Scheune. Können wir uns darauf einigen, dass das nicht normal ist? Was werden wir also tun? Sollen wir ihn für wissenschaftliche Untersuchungen freigeben? Die Cops rufen? Den Ancient-Aliens-Typen mit der seltsamen Frisur vom History Channel anrufen?«

»Das wäre alles vernünftig.« Ich sah von Patrick zu Natalie und schließlich zu dem Leichnam. »Bis auf den Anruf bei dem Aliens-Typen, meine ich. Aber nein. Wir werden nichts dergleichen unternehmen.«

Patrick lachte. »So kenne ich dich.«

Ich deutete auf die Gegenstände auf der Werkbank. »Wenn dieses Ding wirklich ein E.T. ist …«

»Was die wahrscheinlichste Hypothese zu sein scheint«, erwiderte Natalie. »Aber mal ernsthaft: Warum hast du nicht die Cops gerufen? Oder das Militär? Oder sonst irgendwen?«

»Das werde ich schon noch tun«, sagte ich. »Zumindest rede ich mir das ein. Aber wenn ich es mache, ist alles vorbei. Ich werde garantiert nicht zu der Taskforce eingeladen, die dieses Wesen studiert. Es ist ein E.T., Nat. Wir haben diese eine Chance, Geschichte zu schreiben. Das ist wahrscheinlich ein bisschen selbstsüchtig von mir, aber ich will es nicht aus der Hand geben, bevor ich irgendetwas darüber herausfinde.«

Patrick nickte. »Dem schließe ich mich an.«

»Auuuuußerdem«, fuhr ich fort. »Wenn es ein Alien ist, hatte es möglicherweise ein Raumschiff. Oder einen Wurmloch-Generator. Oder eine Zeitmaschine. Oder ein Dimensionsportal. Oder irgendwas noch Bizarreres. Und ich wette, mit einem dieser Geräte können wir uns Zugang dazu verschaffen.«

»Vorausgesetzt, dass wir es finden«, erwiderte Patrick. »Ich meine, das Alien war unsichtbar. Und soweit ich weiß, hat niemand von einer fliegenden Untertasse berichtet, die auf irgendeinem Feld parkt.«

»Dann werden wir also das gesamte County nach einem unsichtbaren Raumschiff absuchen?«, fragte Natalie.

»Wir?«, erwiderten Patrick und ich wie aus einem Mund.

»Was denn? Glaubt ihr etwa, ich gehe unverrichteter Dinge nach Hause, während ihr beiden eine fliegende Untertasse aufstöbert?« Sie sah uns finster an. »Was ist mit den drei Musketieren, ihr Arschlöcher?«

Patrick und ich grinsten uns an. Der Versuch, Nat von einem Entschluss abzubringen, war, als würde man sich mit ausgestreckten Armen vor einen heranrasenden Zug stellen.

»Wenn ich schon den Rest meines Lebens in diesem Kaff versauern muss, möchte ich vorher wenigstens noch ein großes Abenteuer erleben. Und vielleicht steht uns genau das jetzt bevor.«

»Ich weiß nicht«, entgegnete Patrick. »Das hört sich ziemlich riskant an.«

Nat und ich verdrehten die Augen. Uns konnte Patrick nichts vormachen. Von uns dreien war *er* stets der Erste gewesen, der den Sprung ins kalte Wasser wagte.

Nat stemmte die Fäuste in die Hüften und sah auf den toten Außerirdischen hinunter. »Also? Was machen wir als Nächstes?«

Ich hielt den Leichnam unter den Armen gepackt und Patrick an den Füßen, während Nat den Deckel der Tiefkühltruhe aufhielt.

»Der Typ ist echt schwer«, ächzte Patrick.

»Hör auf zu jammern. Du hast das leichtere Ende.« Ich hievte das Wesen über die Kante und ließ es in die Truhe gleiten.

Nat ließ den Deckel zuknallen. »Ich kann es nicht fassen, dass wir es wie Mafiosi in eine Kühltruhe stopfen.«

»Wir könnten es stattdessen auch in die Kühlkammer von Patricks Vater bringen«, schlug ich vor.

»Auf gar keinen Fall, Alter. Mein Dad würde es innerhalb eines Tages dort finden. Er spürt es aus mehreren Meilen Entfernung, wenn die Tür zur Kühlkammer aufgeht. Und er weiß auswendig, was sich alles darin befindet.«

Nat schnaubte. Die ganze Stadt machte sich über Mr. Jordans berüchtigte Knauserigkeit lustig.

»Und außerdem«, fuhr Patrick fort, »würde er den Kadaver womöglich zerteilen und als Schweinefleisch verkaufen.«

Nat deutete auf die Kühltruhe. »Könnte er da drin entdeckt werden?«

»Ich glaube, Mom und Dad wissen gar nicht, dass wir die Truhe noch haben«, erwiderte ich. »Ich sollte sie eigentlich entsorgen, bin aber nie dazu gekommen.« Ich klopfte auf die Oberseite. »Der Deckel wollte nicht aufbleiben. Nachdem er Mom zweimal auf den Kopf geknallt ist, hat sie darauf bestanden, dass die Truhe ersetzt wird.« Ich zeigte auf ein paar Heuballen im hinteren Bereich der Scheune. »Am besten bringen wir sie dort hinüber, wo niemand sie sehen kann. Ich werde ein Verlängerungskabel besorgen.«

»Was, wenn es nicht tot ist?«, fragte Natalie. »Und wir es erst durch das Einfrieren umbringen?«

Patrick schüttelte den Kopf. »Vergiss nicht seinen zerschmetterten Schädel. Es bewegt sich nicht, atmet nicht, und sein Körper ist abgekühlt. Ich bin mir sehr sicher, dass da nichts mehr zu machen ist.«

»Na schön«, sagte Natalie. »Und was jetzt?«

Ich dachte kurz nach. »Morgen ist Samstag. Wir können also das ganze Wochenende lang suchen. Davor muss ich aber noch meinem Dad von dem Unfall erzählen. Wobei ich allerdings das eine oder andere Detail verschweigen werde. Während der Lieferwagen in der Werkstatt ist, werde ich mir wahrscheinlich ein paar Tage lang seinen Buick ausleihen müssen.«

Patrick grinste mich an. »Super. Dann kann ich die ganze Zeit Opa-Witze über dich reißen.«

»Danke, Patrick. Ich weiß deine Unterstützung sehr zu schätzen.«

Er begann zu lachen. »Komm schon, Alter, dieses Auto ist wirklich das uncoolste Gefährt der Welt. Du solltest dir vielleicht eine Baseballkappe besorgen und tief in die Stirn ziehen. Oder eine Sturmhaube.«

Jetzt lächelte auch Nat. »Ich habe eine Tante, mit der ich dich verkuppeln könnte, Jack. Mint Juleps neben dem Shuffleboard-Feld, lange Abende, an denen ihr eure Einreibemittel miteinander vergleicht …«

»Haltet die Klappe!« Ich setzte meine beste finstere Miene auf und streckte die Hände nach ihren Hälsen aus.

Sie liefen lachend vor mir davon, und einen kurzen Moment lang war es, als wären wir wieder an der Highschool, und die ganze Zukunft läge noch immer offen vor uns. Als wäre noch nicht alles den Bach runtergegangen.

KAPITEL 3

Schatzsuche

Tag 2. Samstag Morgen

Es kam genauso, wie ich es vorhergesagt hatte. Dad inspizierte den Schaden am Transporter mit einer Mischung aus Kränkung und Enttäuschung. Mir wäre es fast lieber gewesen, wenn er mich stattdessen angeschrien hätte. Dann wäre es wenigstens schnell vorbei gewesen. Seit meiner Rückkehr aus dem College behandelte er mich wie ein rohes Ei und gab mir das Gefühl, eine Art Invalide zu sein.

Obwohl mein Vater früher bei den Special Forces gedient hatte, war er ein ruhiger und nachdenklicher Zeitgenosse, den man nur schwer auf die Palme bringen konnte. Dennoch war es besser, ihn nicht zu provozieren.

»Und du hast wirklich keine Idee, was das war, Jack?«

»Nein, Dad. In der Umgebung war nichts. Ich nehme an, es war ein Tier, vielleicht ein Hirsch, der nach dem Aufprall weggerannt ist.«

Er berührte das demolierte Blech. »Das ist ganz schön verbogen, mein Sohn. Wenn dieser Hirsch die Kollision überlebt hat, dann nicht sehr lange.«

»Offenbar lange genug, um sich aus dem Staub zu machen«, antwortete ich gereizt.

Er drehte sich überrascht um. »Ich mache dir deswegen doch keine Vorwürfe, Jack. Weißt du noch, wie ich mit einem Pick-up den Elch plattgemacht habe? Na ja, der Elch würde es vielleicht anders beschreiben. Der Wagen hatte einen Totalschaden. Man könnte es als ein Unentschieden bezeichnen.«

»Aber das ist nachts passiert.« Meine Antwort erstaunte mich selbst. Mein Vater warf mir einen Rettungsring zu, und ich schlug ihn zur Seite.

»Das stimmt, aber Hirsche sind schnell«, sagte er. »Es kann gut sein, dass du ihn nicht gesehen hast, als er auf die Straße gesprungen ist. Der Transporter ist kein Sportwagen, auch wenn du ihn wie einen fährst. Wie auch immer. Du wirst auf jeden Fall eine Weile zu Fuß unterwegs sein oder den Buick nehmen müssen.«

Ich beschloss, besser nichts mehr zu sagen.

Patrick und Natalie trafen erst nach neun Uhr ein. Als ich sie gemeinsam aus seinem Wagen aussteigen sah, wurde ich kurz eifersüchtig, wofür ich mich sofort schämte. Während der letzten beiden Jahre war ich am College gewesen und hatte Natalie mit ihrem kranken Vater zurückgelassen. Seit meiner Rückkehr ging ich ihr aus dem Weg und hatte nicht einmal ihre Nachrichten beantwortet. Ich konnte gewiss keinen Anspruch auf sie erheben. Ehrlich gesagt war ich erstaunt, dass sie überhaupt noch mit mir sprach.

Patrick blieb vor der Tür stehen. »Hey, hast du die Kühltruhe etwa ganz allein umgestellt?«

»Ja, mit dem Palettenheber.«

Wir gingen zu den alten Heuballen im hinteren Bereich der Scheune, hinter denen die Truhe im Halbdunkel stand. Natalie hob den Deckel an und betrachtete den außerirdischen Leichnam. Mittlerweile war sein Fell mit Eis bedeckt. »Das kommt mir noch immer vollkommen unwirklich vor. Habt ihr alles auf Video aufgenommen?«

»Ja, aber ich weiß nicht, ob uns das viel nützen wird«, erwiderte Patrick. »Deepfakes wirken inzwischen so authentisch, dass ein Video gar nichts mehr beweist. Was wir brauchen, ist ein Lichtschwert oder ein Blaster. Wenn du vor den Augen von ein paar Reportern ein Auto in der Mitte durchschneidest, ist dir ihre ungeteilte Aufmerksamkeit gewiss.«

»Noch besser wäre eine fliegende Untertasse«, erwiderte ich.

Patrick kicherte. »Eine, die wirklich fliegt.«

»Also gut. Ich will keinen Rückzieher machen.« Natalie verzog das Gesicht und deutete auf die Leiche. »Aber was wir hier tun, ist moralisch und rechtlich alles andere als einwandfrei.«

»Ich weiß, Nat. Wir werden das Alien in ein oder zwei Tagen an die Behörden übergeben – egal, ob wir bis dahin ein Raumschiff gefunden haben oder nicht.« Ich sah sie mit gerunzelter Stirn an. »Und wir werden uns damit abfinden, dass wir danach nie mehr was von der Sache hören.«

Natalie presste die Lippen zusammen. »Hey, halt mir keine Vorträge, Kumpel. Du kannst dich auf dein Ingenieursexamen freuen, mehr oder weniger, und Patrick wird seinen Familienbetrieb übernehmen. Ich bin diejenige, die in dieser Stadt verrotten und früher oder später an Langeweile sterben wird.«

Natalie hatte immer Betriebswirtschaft studieren wollen. Der Tod ihrer Mutter und die Alzheimer-Erkrankung ihres Vaters hatten ihr jedoch einen Strich durch die Rechnung gemacht. Noch ein Grund mehr, warum ich mich dafür schämte, wie ich sie behandelt hatte.

»Ich bin mir sicher, dass irgendwer es obduzieren will«, wechselte Patrick das Thema. »Vielleicht sollten wir es an den Höchstbietenden verschachern.«

»Ich glaube, das gehört in die Rubrik *moralisch nicht einwandfrei*«, erwiderte ich. »Vielleicht sollten wir lieber das Raumschiff verhökern und das tote Alien kostenlos dazugeben.«

»Wie auch immer, Alter. Solange nur viel Geld dabei herausspringt.«

»Also gut.« Ich ging zwischen den Sesseln und dem Beistelltisch hindurch zur Werkbank, zog eine Schublade auf und holte den Ausrüstungsgürtel und die Gerätschaften des Außerirdischen heraus. »Und wie wollen wir es anstellen?«

Patrick runzelte die Stirn und kratzte sich am Kopf. »Gute Frage. Wie groß ist unser County? Sechshundert Quadratmeilen? Und wir wissen gar nicht, ob sich das Schiff überhaupt im Taft County befindet.«

»Ich glaube nicht, dass wir lange suchen müssen«, sagte Natalie. »Chewbacca war zu Fuß unterwegs, stimmt's? Wieso sollte ein Alien am Punkt A landen und dann ewig bis zum Punkt B laufen? Ich wette, dass er weit von seinem Schiff entfernt war, als du … äh …«

»Als er ihn umgebracht hat.«

Ich bedachte Patrick mit einem genervten Blick. »Vielen Dank, mein Freund. Aber du hast wahrscheinlich recht, Nat. Außer er wurde runtergebeamt oder abgesetzt.« Ich machte eine Pause und tippte mir ans Kinn. »Wisst ihr, wenn es kein Schiff gibt, dann ist das eben so. Aber jetzt wollen wir einfach mal davon ausgehen, dass es existiert, und entsprechend planen. Schlimmstenfalls sind wir ein paar Stunden lang umsonst zu Fuß unterwegs. Für den Anfang sollten wir die Umgebung des Unfallorts absuchen.« Ich machte erneut eine Pause. »Wir brauchen eine Karte von dem Gebiet, um die Stellen zu markieren, die wir bereits durchkämmt haben.«

»Ich habe einen Straßenatlas im Auto«, erwiderte Patrick. »Da Jack seine Karre zerstört hat, fahren wir auf jeden Fall mit meiner. In dem Buick würden wir uns alle nur zu Tode schämen. Hast du inzwischen eigentlich schon mit deinem Dad gesprochen?«

»Ja, und es war genauso unangenehm, wie ich es mir vorgestellt habe. Er benimmt sich, als würde ich sofort einen Nervenzusammenbruch bekommen, wenn er einmal die Stimme erhebt.«

Patrick und Natalie sahen mich voller Mitgefühl an, sagten aber nichts.

Wir zwängten uns zu dritt in Patricks Auto, einen alten Plymouth Duster mit Lenkradschaltung und durchgehender Sitzbank. Natalie nahm in der Mitte Platz. Patrick besaß den Duster länger als seinen Führerschein und schaffte es noch immer, Ersatzteile für ihn aufzutreiben, die allerdings nicht alle original waren. Einem Autokenner wäre sofort aufgefallen, dass das Grollen unter der Haube nicht von einem serienmäßigen Slant-Six-Motor stammte.

Die Fahrt zur Poller Road verlief abgesehen von meinen gelegentlichen Routenhinweisen in vollkommener Stille. Wenn ich gerade nicht die Karte studierte, stellte ich mir immer unglaublichere Raumschiffe und Wurmloch-Generatoren vor. Patrick und Natalie gingen zweifellos ganz ähnliche Bilder durch den Kopf.

Patrick parkte am Straßenrand. Auf der rechten Seite verbarg ein mit Bäumen bestandener niedriger Hügel den Blick auf den Stadtrand von Dunnville, das Valley-Einkaufszentrum und das Tate-Gewerbegebiet, in dem Nat arbeitete. Auf der linken Seite säumte ein klappriger Lattenzaun eine spärlich bewaldete Wildwiese.

Trotz der relativ frühen Stunde war es bereits heißer als am Vortag. Selbst der Chor der Zikaden schien eine Siesta eingelegt zu haben. Ich führte meine Freunde zu der Stelle, an der ich den Außerirdischen gefunden hatte, und deutete auf den kaum noch sichtbaren Abdruck im Gras.

»Wo war der Transporter, als du das Alien gerammt hast?«, fragte Patrick.

Ich drehte mich um und ging zwanzig Schritte die Straße entlang. »Ungefähr hier, glaube ich.«

»Du warst also aus der Kurve raus und bist geradeaus gefahren, richtig? Da der Körper auf dieser Straßenseite gelandet ist, muss er von dort gekommen sein.« Patrick deutete zur Wiese. »Dieses Areal sollten wir uns als Erstes vornehmen.«

»Donnerwetter, Patrick«, sagte Natalie. »Du bist ja eine echte Spürnase.«

Patrick deutete eine Verbeugung an, überquerte im Laufschritt die Straße und sprang über den alten Zaun. Wir folgten ihm etwas gemächlicher.

Das strohfarbene Gras stand stellenweise hüfthoch. »Hier kann man sich leicht den Knöchel verknacksen«, mahnte Nat. »Achtet auf Erdhörnchenlöcher.«

»Das Gute an dem Gras ist, dass eine fliegende Untertasse, selbst eine unsichtbare, vermutlich einen Abdruck darin hinterlassen würde«, erwiderte ich.

»Das ist wirklich toll, Jack«, sagte Nat. »Wenn wir einen Helikopter hätten, könnten wir von der Luft aus suchen.«

»Oder eine Drohne«, antwortete ich. »Oh, da fällt mir ein ...« Ich bedachte Patrick mit einem finsteren Blick.

Der lachte unbeeindruckt. »Ich habe dir doch gesagt, dass ich dir eine neue kaufen werde, wenn ich das Geld zusammenhabe.«

»Hier gibt es viele Bäume«, sagte ich und sah Nat vielsagend an. »Vielleicht kann jemand auf einen klettern und die Umgebung von oben betrachten.«

»Jemand?«, erwiderte sie.

»Na ja, du bist die Leichteste von uns. Und die beste Kletterin.«

Nat nickte widerwillig. Es widerstrebte ihr, wenn jemand ihr etwas vorschreiben wollte, aber sie wusste, dass ich recht hatte. Sie ließ den Blick über die Bäume gleiten und entschied sich für einen der größeren.

Nachdem sie ihn bestiegen hatte, harrte sie ein paar Minuten lang schweigend im Wipfel aus. Patrick und ich wurden immer ungeduldiger.

»Und?«, rief Patrick schließlich hinauf.

Nat sah zu uns herab. »Ich sehe zwei merkwürdig wirkende Stellen. Von hier aus kann ich aber nicht viel über sie sagen. Wir werden sie beide überprüfen müssen. Die erste ist ungefähr hundert Meter in dieser Richtung.«

»Was macht sie denn so besonders?«, rief ich zurück.

»Das Gras scheint dort nicht sehr hoch zu sein. Vielleicht ist es platt gedrückt. Ich kann es leider nicht gut erkennen.«

Mithilfe meines Handy-Kompasses gelang es mir, die fraglichen Stellen einigermaßen akkurat in Google Maps zu markieren.

»Welche sollen wir zuerst überprüfen?«, fragte Patrick, während Natalie vom untersten Ast auf den Boden sprang und sich wieder zu uns gesellte.

Sie legte die Stirn in Falten und strich sich nachdenklich über das Kinn. »Vielleicht … die weniger weit entfernte?«

Patrick ignorierte ihren Sarkasmus komplett und machte sich umgehend auf den Weg. »Gut. Dann lasst uns keine Zeit verschwenden.«

Während wir ihm folgten, sah Nat mich von der Seite an. »Bilde ich es mir nur ein, oder spricht er tatsächlich noch mehr als sonst wie John Wayne?«

»Mich macht völlig fertig, wie motiviert er ist. Ich habe das Gefühl, dass ich diese Suchmission leiten sollte, aber Patrick hat sie praktisch an sich gerissen.«

»Ich glaube, er freut sich doch nicht so sehr darauf, eines Tages die Fleischerei seines Vaters zu übernehmen und für immer hierzubleiben, auch wenn er unbedingt diesen Eindruck erwecken will, Jack. Im Gegensatz zu mir spricht er bloß nicht offen darüber.«

Ich seufzte. »Mittlerweile scheinen wir alle im selben Boot zu sitzen.«

»Ach, komm schon. Deine Probleme mit dem MIT sind nicht schön, aber ich bin mir sicher, dass sie sich bald klären werden.«

»Ich hoffe, dass du recht hast. Wenn die Entscheidung gegen mich fällt, ist alles vorbei. Dann werde ich nirgendwo mehr unterkommen.«

Nat verzog das Gesicht. »Ich weiß gar nicht genau, was passiert ist. Irgendwas mit Bitcoins, oder?«

»Jemand hat mit meiner ID auf sämtlichen Laborcomputern Bitcoin-Mining-Daemons installiert. Dadurch wurde das Netzwerk massiv überlastet und ist komplett abgeschmiert. Eine Menge Leute sind verärgert, weil sie Abgabetermine verpasst haben und ihre Projekte von Grund auf neu durchführen müssen, und ich sitze in der Klemme. Der Vorfall wird untersucht. Bis die Ergebnisse vorliegen, bin ich suspendiert. Es geht um unsachgemäße Verwendung von Geräten und Programmen, Hacking … Du weißt schon.«

Nat schüttelte den Kopf. »Dafür bist du nicht der Typ, Jack. Aber ich verstehe, dass dich das belastet.«

Ich brummte. Da ich mich jedes Mal fühlte, als würde ich in einem abstürzenden Fahrstuhl feststecken, wenn ich über diese Sache nachdachte, war sie nicht gerade mein liebstes Small-Talk-Thema.

Den Rest der Strecke legten wir schweigend zurück. Als wir zu Patrick aufschlossen, stand er in der Mitte eines kleinen Fleckchens mit kürzeren Grashalmen, stemmte die Fäuste in die Hüften und drehte sich langsam im Kreis.

»Das sieht nicht sehr vielversprechend aus«, bemerkte Nat.

»Ja, aber lasst uns trotzdem gründlich sein«, sagte Patrick. »Streckt die Arme aus und tastet nach irgendetwas, das ihr nicht sehen könnt.« Er begann, wie ein Schlafwandler durch die Gegend zu stapfen, wobei er mit den Armen vor der Brust und über dem Kopf wedelte.

Nat und ich beobachteten ihn einen Moment lang, fingen an zu lachen und ahmten ihn mit übertriebenen Bewegungen nach. Nat stöhnte gequält: *»Gehirrrne …«*, und schon bald schlurften wir alle herum wie Zombies.

»Nein«, rief Patrick, als wir nach fünf Minuten noch immer nichts gefunden hatten. »Hier ist nichts. Lasst uns die andere Stelle versuchen. Wo ist sie?«

Ich sah auf mein Handy und deutete in die entsprechende Richtung.

»Das wirkt auch nicht viel ermutigender«, sagte ich, als wir den Blick über das zweite Suchgebiet schweifen ließen. Wie an der vorherigen Stelle waren die Grashalme auch hier weder umgeknickt noch abgefressen oder gemäht, sondern einfach nur kürzer.

»Ich frage mich, ob Wasser verschwinden würde, wenn es auf das Schiff träfe«, überlegte Patrick, während er von der einen Seite zur anderen ging. »Das nächste Mal sollten wir ein paar Wasserpistolen mitbringen und in alle Richtungen … Autsch!«

Wir blickten auf Patrick hinunter, der unerklärlicherweise rückwärts hingefallen war und sich die Stirn hielt.

»Netter Trick«, sagte Nat. »Übst du eine Pantomimen-Nummer ein?«

»Ich bin gegen etwas gelaufen«, sagte Patrick und deutete mit der freien Hand nach oben.

Nat und ich sahen uns an und verfielen wieder in unseren Zombiegang. Es dauerte nicht lange, bis wir etwas fanden. Etwas Unsichtbares.

Die Unterseite schien halbkugelförmig zu sein, zumindest, soweit ich hinauflangen konnte. Glattes Metall, das sich ein wenig glitschig und kühl anfühlte. Ich ertastete weder Kanten noch Nähte. Als der Größte von uns dreien ging ich herum und verschaffte uns eine Vorstellung von der Form des Schiffs. Es reichte nicht bis zum Boden herab und hatte einen Durchmesser von mindestens sieben Metern.

»Ich habe eine Stütze gefunden«, rief Nat aus.

Patrick und ich eilten zu ihr. Im Boden sahen wir einen flachen, scheibenförmigen Abdruck von etwa einem Meter Durchmesser. »Die Erde ist trocken und festgebacken. Das Ding muss ganz schön schwer sein.«

»Ich glaube nicht, dass es nur auf einem Bein steht«, sagte Nat. »Schaut euch um.«

Kurz darauf entdeckten wir zwei weitere Abdrücke, die zusammen mit dem ersten in einem sechs bis acht Meter großen Kreis standen.

»Ein Dreibein. Das ergibt Sinn.« Nat schlang die Arme um eine der Stelzen und strich mit beiden Händen über die unsichtbare Oberfläche. »Nicht riesig, und auch nicht zylindrisch. Ich glaube, da sind Streben und hydraulische Leitungen. Auf jeden Fall eine Menge mechanische Details.«

Ich stand einen Moment lang mit erhobenem Blick wie erstarrt da. »Heilige Scheiße, Leute, wir haben das Ding wirklich gefunden. Eine echte fliegende Untertasse. Oder zumindest ein Raumschiff.« Wir grinsten alle breit.

»Ihr zwei seht aus wie der Joker«, sagte Natalie.

Ich massierte mir die Wangen und versuchte, sie zu lockern. »Das gibt bestimmt einen Muskelkater.«

Patricks Grinsen verblasste, während er die scheinbar leere Luft betrachtete. »Hm, weiter als bis zu diesem Moment habe ich noch gar nicht nachgedacht. Was passiert jetzt?«

»Wir versuchen hineinzukommen. Oder zumindest ihre Aufmerksamkeit zu erregen.« Ich nahm meinen Rucksack ab, griff hinein und holte die außerirdischen Geräte heraus.

»Vielleicht sollten wir erst unter dem Schiff hervortreten«, sagte Patrick, der noch immer nach oben sah. »Wir wollen doch nicht, dass sich eine Gangway auf uns herabsenkt.«

»Oder dass wir mit einem der Geräte versehentlich die Stützen einfahren«, fügte Nat lachend hinzu.

Patrick sah uns verängstigt an. »Was, wenn einer dieser Knöpfe die Selbstzerstörung des Schiffs initiiert oder ein Kraftfeld, einen Todesstrahl oder irgendwas in der Art aktiviert?«

»Das soll ein Witz sein, oder?«, erwiderte ich. »Erstens wird niemand ein Gerät konstruieren, dass seinen Träger umbringt, wenn er den falschen Knopf drückt. Und zweitens tun wir es entweder oder geben auf der Stelle auf und überlassen alles Weitere den Behörden. Es gibt schlicht und einfach keine Möglichkeit, das Risiko zu minimieren oder es langsam angehen zu lassen. Tue es oder tue es nicht. Es gibt kein *Versuchen*.«

»Wow, du hast gerade einen Hinweis auf *Star Trek* und ein *Star-Wars*-Zitat in ein und derselben Aussage verwurstet.« Nat tat, als würde sie eine Pistole abfeuern. »Wenn es so etwas wie göttliche Gerechtigkeit gibt, müsstest du dafür jeden Moment vom Blitz erschlagen werden.«

Mittlerweile hatten wir uns von dem unsichtbaren Schiff entfernt. Nun legte ich die Geräte vorsichtig nebeneinander auf den Boden.

»Wollen wir sie in irgendeiner bestimmten Reihenfolge ausprobieren?«, fragte Nat.

»Patrick und ich glauben, eine Pistole und einen Kommunikator identifiziert zu haben«, sagte ich. »Lasst uns die beiden Geräte zuletzt testen. Zwei von ihnen verfügen, soweit wir erkennen können, nur über Touchscreens. Wenn wir die nicht aktivieren können, kommen wir mit denen nicht weiter. Damit bleibt nur dies hier übrig.« Ich hielt das Gerät mit den V- und I-Knöpfen und dem kleinen Display in die Höhe. »Entweder sind V und I Buchstaben aus dem Bigfoot-Alphabet, oder es sind Symbole, die *an* beziehungsweise *aus* bedeuten.«

Nat musterte sämtliche Gerätschaften. »Ich wette, dass es Symbole sind. Bei den Pfeilen habe ich keine Zweifel, und das Dusch- oder Sprüh-Zeichen wirkt auch wie eins.«

»Und was meinst du, welches für was steht?«

Nat zuckte die Achseln. »Werfen wir eine Münze. Oder weißt du was? Lass uns einfach Knöpfe drücken, bis irgendetwas passiert.«

Ich hielt den Atem an und drückte den Daumen auf den V-Knopf. Das Gerät vibrierte, und auf dem kleinen Display erschienen Zeichen, die außerirdischer Text zu sein schienen. Ein paar Sekunden später wurde das Display dunkler und ging aus. Ich drückte wieder den V-Knopf, und der Text erschien erneut, allerdings ohne Vibration. Anschließend drückte ich den I-Knopf. Der Text verschwand, diesmal ohne vorherige Verdunklung.

»Anscheinend bedeutet V *an* und I *aus*. Und dieses Ding teilt uns irgendetwas mit, aber …« Ich zuckte die Achseln. »Ohne ein Bigfoot-Wörterbuch wissen wir leider nicht, was.«

Nat sah nach oben. »Am Schiff scheint sich nichts verändert zu haben.«

Ich nahm eins der Geräte mit Touchscreen und drückte darauf. »Der Bildschirm geht nicht an. Vielleicht haben wir einen anderen Hautwiderstand als Bigfoot, einen, den er nicht registrieren kann.«

»Dann können wir nur noch den Kommunikator und die Strahlenpistole testen«, sagte Patrick.

Nat nickte gedankenverloren. »Vorausgesetzt, ihr liegt mit euren Vermutungen richtig.«

»Selbst wenn – wir wissen nicht, was der Blaster macht«, erwiderte ich. »Ich werde ihn auf jeden Fall nicht auf euch richten.«

»Das wäre nett«, sagte Nat.

Ich streckte, ohne auf irgendetwas Bestimmtes zu zielen, den Arm aus und betätigte den Duschknopf. Die Pistole vibrierte leicht, ansonsten passierte nichts. Ich sah mir die Knöpfe noch einmal an. »Ich werde Violett versuchen, dann Rot. Die Sperre in der roten Position macht mich nervös. Vielleicht solltet ihr beide einen Schritt zurücktreten.«

»Wieso? Machst du dir trotz deiner Ansprache von vorhin nun etwa doch Sorgen, das Schiff könnte sich selbst zerstören?«

»Ach, was soll's. Wer will schon ewig leben?« Ich stellte den Schieberegler auf Violett ein und drückte erneut den Duschknopf, wieder ohne erkennbares Ergebnis.

Anschließend stellte ich den Schieberegler auf Rot und bewegte ihn um die Doppelverriegelung herum. Als ich dieses Mal auf den Knopf drückte, verwelkte die Vegetation vor mir, wurde braun und begann zu schmelzen. »Krass! Das ist definitiv eine Strahlenpistole.« Ich schob den Regler zu Blau zurück. »Und Rot bedeutet tot. Mit dem Teil spielen wir besser nicht rum.«

Patrick betrachtete den Kreis aus verrottetem Gras. »Ja, das lassen wir schön bleiben.«

Nun war nur noch der Kommunikator übrig. Ich hielt ihn in die Höhe. »Letzte Chance.«

Da niemand widersprach, drückte ich den V-Knopf. Das kleine Display ging an, ein außerirdischer Text erschien, und ein leises Piepen ertönte. Nach ein paar Sekunden betätigte ich den I-Knopf. »Tja, das war ein Reinfall.«

»Wieso hast du nicht hineingesprochen?«, fragte Nat.

»Willst du wirklich irgendwen auf uns aufmerksam machen?«, erwiderte ich. »Was ist, wenn jemand antwortet? Was sollten wir zu demjenigen sagen?«

»Guten Tag, meine Dame oder mein Herr«, entgegnete Nat mit einem spöttischen Grinsen. »Haben Sie einen Moment Zeit für ein Gespräch über unseren Herrn und Retter, den Großen Cthulhu?«

Patrick lachte. »Genauso machen wir's.«

Ich betrachtete das fremdartige Gerät mit hilfloser Wut. »Das ist wirklich toll. Wir haben ein außerirdisches Raumschiff, das wir nicht öffnen können, und ein paar Alien-Geräte, die nichts bewirken.«

»Abgesehen von der Strahlenpistole«, sagte Patrick.

»Ich brauche was zu trinken.«

Ich starrte das halb volle Glas in meiner Hand an und versuchte, nicht in Verbitterung abzutauchen. Patrick und Natalie, die mit mir am Tisch saßen, schien es genauso zu ergehen. Alles in allem hatten wir seit unserem Aufbruch vom Landeplatz vielleicht fünf Worte gewechselt.

Ich lehnte mich zurück und sah mich um. Das Pub war fast komplett leer. Dennoch roch es leicht nach abgestandenem, verschüttetem Bier. Die Fernseher liefen und zeigten verschiedene Sportereignisse, darunter ein Darts-Turnier. Die einzige Kellnerin schien die Hoffnung auf zahlende Kundschaft aufgegeben zu haben und lehnte mit einem abwesenden Gesichtsausdruck an der Theke. Wahrscheinlich zählte sie die Minuten bis zum Ende ihrer Schicht. Der nächste besetzte Tisch war knapp zehn Meter von uns entfernt. Der einsame Gast, der daran saß, starrte gebannt auf einen Fernseher. Es bestand also keine Gefahr, dass irgendwer etwas von unserem Gespräch mitbekommen würde.

Ich holte tief Luft und beendete das Schweigen. »Wir haben irgendwas übersehen.«

Patrick sah auf. »Hä?«

»Chewbacca hatte eine Möglichkeit, in das Schiff zu gelangen. Wir können nicht hinein. Folglich haben wir etwas übersehen.«

»Gegen deine Logik ist nichts einzuwenden, Jack«, erwiderte Nat. »Aber sie hilft uns nicht weiter, außer wir kommen dahinter, *was* genau wir übersehen haben.«

Ehe ich etwas erwidern konnte, klingelte mein Handy. Ich zog es heraus und betrachtete das Display. Alice Kirby? Wieso sollte sie mich anrufen? Wir hatten sicher nicht ihre Lieferung durcheinandergebracht. Schließlich war sie seit zehn Jahren immer die gleiche. Außerdem hätte sie in dem Fall im Laden angerufen.

Ich mochte Mrs. Kirby, aber manchmal fand sie einfach kein Ende. Ich leitete den Anruf zu meiner Voicemail um, legte das Handy auf den Tisch und nickte Nat zu. »Okay, wie kommt man in das Schiff? Lasst uns alles aufzählen, was uns dazu einfällt. Egal wie abwegig.«

Patrick dachte einen Moment nach. »Gesichtserkennung.«

»Biometrische Informationen auf den Geräten«, sagte Nat.

»Stimmerkennung.«

»Ein Sensorfeld am Schiff, das man berühren muss.«

»Drinnen muss jemand die Tür öffnen.«

»Man muss gleichzeitig oder in einer bestimmten Reihenfolge mehrere Knöpfe drücken.«

»Der Befehl zum Öffnen befindet sich auf einem der Touchscreen-Geräte.«

»Wir haben den Türöffner nicht.«

Ich sah Natalie ungläubig an.

Sie winkte verlegen ab. »Was, wenn wir nicht alle Geräte haben? Vielleicht hat Chewbacca ihn beim Unfall fallen lassen. Oder er ist beim Transport der Leiche verloren gegangen.«

»Ha.« Ich dachte einen Moment nach. »Das ist nicht komplett abwegig. Und es lässt sich am leichtesten überprüfen. Lasst uns damit anfangen.«

Auf dem Weg zurück zur Unfallstelle waren wir genauso schweigsam wie auf der Fahrt zum Pub, allerdings merklich aufgekratzter. Und Patrick schien entschlossen, seinen Streckenrekord ein weiteres Mal zu brechen, was meinen Adrenalinspiegel zusätzlich in die Höhe trieb.

Als wir am Ziel ankamen, parkte Patrick gute fünfzehn Meter vom Unfallort entfernt.

»Warum so weit weg?«, fragte ich.

»Wenn Chewbacca beim Aufprall Geräte verloren hat, möchte ich sie nicht überfahren.« Ohne auf eine Antwort zu warten, knallte Patrick die Fahrertür zu und marschierte los.

Als wir ihn einholten, stand er an der Stelle, an der die Leiche gelegen hatte. Die Grashalme waren mittlerweile wieder fast komplett aufgerichtet, sodass nur noch ein schwacher Umriss des toten Außerirdischen zu sehen war.

Ich deutete auf die Straße. »Auf dem Asphalt liegt nichts. Und wenn Chewbacca hierhergeschleudert wurde, gilt für mögliche Geräte vermutlich dasselbe.«

Wir suchten eine halbe Stunde lang das Gras ab, entdeckten jedoch nichts.

»Ein Gerät wäre nicht unsichtbar, oder?«, fragte Natalie.

»Das bezweifle ich«, erwiderte ich. »Die Unsichtbarkeit wird entweder von dem Gürtel oder einem der Gegenstände daran erzeugt. Als wir den Gürtel von der Leiche entfernten, wurde sofort alles sichtbar. Ich kann mir keinen Grund vorstellen, weshalb irgendeins der anderen Geräte über einen eigenen Unsichtbarkeitsgenerator verfügen sollte.«

»Okay«, sagte Patrick. »Dann hat Chewbacca nichts fallen gelassen. Jedenfalls nicht hier.« Er sah sich um. »Wo genau hast du die Leiche aufgeladen?«

Ich zeigte auf die entsprechende Stelle, und wir durchkämmten sie ein paar Minuten lang.

»Immer noch nichts«, sagte Patrick. »Als Nächstes der Transporter. Du hast ihn noch nicht in die Werkstatt gebracht, oder?«

»Nein«, erwiderte ich. »Das erledige ich am Montag.«

»Dann sehen wir ihn uns mal an.«

»Verdammt«, sagte Patrick, als wir uns in unsere jeweiligen Lieblingssessel in der Scheune fläzten. Die Durchsuchung des Transporters hatte nichts ergeben. Wir hatten sogar noch einmal die Leiche inspiziert, aber auch an ihr nichts entdeckt.

»Es war eine gute Theorie«, sagte ich. »Aber jetzt müssen wir uns etwas anderes …«

Mein Handy klingelte. Es war wieder Mrs. Kirby. Ich wusste, dass sie es so lange versuchen würde, bis ich ranging. Also nahm ich das Gespräch an.

»Hallo …? Ja, hi … Nein, nicht dass ich wüsste. Wie sieht es denn aus …? Oh, das gehört *tatsächlich* mir. Darf ich vorbeikommen und es abholen …? Prima, danke. Tschüss.«

Ich legte auf und grinste die anderen leicht dümmlich an. »Mrs. Kirby hat angerufen, um mich zu fragen, ob ich bei meiner Lebensmittellieferung etwas fallen gelassen habe. Ein schönes blaues Gerät aus Metall, hat sie gesagt. Sie dachte, es wäre ein Handy.«

Patrick lachte.

»Wie ist das denn bei ihr gelandet?«, fragte Nat.

Ich breitete die Arme zu einer hilflosen Gebärde aus. »Vielleicht ist es aus dem Burrito auf ihre Lieferung gefallen, als ich die Leiche in den Transporter geladen habe. Keine Ahnung, aber im Moment ist es mir auch egal.« Ich sah Patrick eindringlich an. »Warum hast du das Auto noch nicht angelassen?«

Während ich langsam zum Duster zurückging, betrachtete ich den Gegenstand in meiner Hand. Er passte perfekt zu Chewbaccas restlichen Geräten. Und man hätte ihn tatsächlich für ein Handy aus der Zeit vor den Smartphones halten können, wenn man um die neunzig Jahre alt war, nicht mehr sehr gut sah und abgesehen von einem Farbfernseher keine neumodischen Geräte um sich herum duldete.

Ich ließ die Schultern hängen. Das war nicht nett. Mrs. Kirby hielt sich sehr gut. Sie lebte allein und hatte sich mit einem Grad an moderner Technologie arrangiert, mit dem sie sich wohlfühlte. Manchmal konnte man leicht vergessen, dass niemand dazu verpflichtet war, immer auf dem neuesten Stand zu bleiben.

Als ich die Beifahrertür öffnete, grinste ich und winkte mit dem Gerät. »Auf zur Bat-Untertasse, Robin.«

»Du kannst mich mal. Robin ist nie gefahren. Wenn überhaupt, bist *du* Robin.«

Ich drehte mich zu Nat um. »Und du wärst dann Batgirl?«

»Batwoman.«

»Interessant. Seht euch die Symbole auf den Knöpfen an.« Ich hielt den beiden das Gerät hin.

»V und I«, stellte Nat fest.

»*An* und *aus* also. Oder in dem Fall vielleicht *auf* und *zu*.«

»Hoffen wir das Beste«, sagte Patrick und ließ den Wagen an.

Nach einer Fahrt, die man mit viel Wohlwollen als haarsträubend hätte bezeichnen können, waren wir sogar noch schneller beim Unfallort als das letzte Mal.

Patrick parkte an derselben Stelle wie zuvor, und wir stiegen aus. Ich blieb einen Moment lang stehen und sah mich um. Diese Straße war wirklich verlassen, nur sehr schwach befahren – vielleicht alle zehn Minuten ein Wagen.

Ich konnte verstehen, wieso Chewbacca nicht mit meinem plötzlichen Auftauchen gerechnet hatte.

Die anderen waren fast schon beim Landeplatz, als ich zu ihnen aufschloss. Natalie bewegte sich einen Moment lang wieder wie ein Zombie und verkündete: »Ja, immer noch da.«

Ich zog das neue Gerät aus der Tasche und hielt es in die Luft. »Der Moment der Wahrheit ist gekommen. Möchte irgendwer eine Rede halten?«

»Zum Beispiel unsere Grabrede?«, fügte Patrick hinzu.

»Wollen wir das wirklich tun?«, fragte Nat.

»Ich bleibe bei dem, was ich vorhin gesagt habe, Nat«, erwiderte ich. »Wir können keine halben Sachen machen. Entweder drücken wir den Knopf, oder wir geben unsere Entdeckung auf.« Ich winkte mit dem Gerät. »Wofür entscheiden wir uns?«

Nat reckte trotzig das Kinn vor. »Ich will nicht in dieser Stadt versauern. Drück ihn.«

Ich blickte zu Patrick, der wie ein Reh im Scheinwerferlicht aussah, als er meinen Blick erwiderte. »Also?«

Er seufzte. »Ach, was soll's? Wem mache ich was vor? Nat hat recht. Das Leben in Dunnville ist sterbenslangweilig. Wenn wir vaporisiert werden, haben wir es wenigstens schnell hinter uns. Drück ihn.«

Damit war die Entscheidung gefallen. Ich nickte und drückte den V-Knopf.

KAPITEL 4

Sesam, öffne dich!

Ein doppeltes Zirpen ertönte, und mitten in der Luft leuchteten zwei parallele Lichterreihen auf. Gleich darauf erschien zwischen den Lichtern ein gebogenes Metallsegment und begann wie eine Zugbrücke herabzusinken.

»Es hat zweimal gefiept«, sagte Patrick und lachte. »Fiepfiep, wie der Toyota von meinem Dad. Abgefahren. Das ist ein Funkschlüssel. Allmählich kommt mir das Ganze wie der weltgrößte Prank vor.«

»Tja, das sind einfach universelle Konstruktionserfordernisse«, erwiderte ich. »Du willst doch nicht, dass die Laderampe jemanden zerquetscht, wenn sie aufgeht. Da ergibt ein Warnton durchaus Sinn.«

Nat war offensichtlich nicht sehr beeindruckt. »Ich weiß nicht, ob das als Warnung reicht. Passt auf jeden Fall auf, dass ihr nicht unter irgendetwas steht, wenn ihr dieses Geräusch hört.« Sie deutete auf die Rampe, die mittlerweile den Boden berührte. Eine Treppe war zu sehen, die ins Schiffsinnere führte.

Ich neigte den Kopf, um das Ganze aus einem anderen Winkel zu betrachten. Der Eingang hing mitten in der Luft und schien mit nichts verbunden zu sein, wie ein Greenscreen-Effekt. Dahinter lag eine Art Eingangsbereich oder Vorraum. Ich ging langsam um die Rampe herum und hatte das Gefühl, den Bezug zur Realität zu verlieren. Auf der anderen Seite war von der Rampe nichts zu sehen. Meine Freunde schienen mit offenen Mündern hoch ins Leere zu starren. Als ich zu ihnen zurückkehrte, tauchte der Eingang wieder auf.

»Gehen wir hinein?«, fragte Nat.

»Nach dir«, sagte Patrick und bedeutete mir voranzugehen.

»Nein, nein«, erwiderte ich. »Ich bestehe darauf, dass du zuerst gehst.«

»Das käme mir sehr unhöflich vor. Ich lasse dir gern den Vortritt.«

»Das kann ich auf keinen Fall annehmen. Nach dir.«

»Aber nicht doch …«

»Vollidioten«, knurrte Nat und stampfte die Stufen hinauf.

Widerwillig stellten Patrick und ich unser Gentleman-Gehabe ein und folgten ihr. Die Stufen waren sehr flach, wahrscheinlich wegen Chewbaccas kurzen Beinen, was zu einem sanften Anstieg und einer einfachen, wenn auch etwas ungelenken Kletterpartie führte. Am oberen Treppenabsatz stand Nat bereits im Eingangsbereich und wartete auf uns.

Es war schwer zu sagen, ob der Boden mit einem fein gewebten Teppich oder einer schwammartigen Matte bedeckt war. Der Untergrund war auf jeden Fall weich und etwas elastisch. Außerdem war er ähnlich blau wie die Geräte an Chewbaccas Gürtel. Die Wände und die Decke waren dagegen hellgelb mit einem grünlichen Stich. Der Raum war gut beleuchtet, doch das Licht schien aus keiner bestimmten Quelle zu kommen.

An der Wand am oberen Treppenabsatz waren die gleichen Knöpfe wie auf dem Funkschlüssel angebracht. Am anderen Ende des Eingangsbereichs befand sich eine Tür, die vage an Schotts in U-Booten und Militärschiffen erinnerte, jedoch deutlich filigraner wirkte.

Daneben befanden sich ebenfalls die inzwischen vertrauten V- und I-Knöpfe.

»Das wirkt ziemlich übersichtlich«, sagte ich und deutete auf die Knöpfe. »Ich nehme an, das ist eine Art Luftschleuse.«

»Sehr geschmackvoll«, fügte Nat hinzu. »Chewbacca hatte einen guten Farbgeschmack.«

»Vielleicht war er reich und das hier seine Jacht.« Patrick zuckte die Achseln. »Ich weiß nicht, ob ich das besser oder schlechter fände als die möglichen Alternativen.«

Natalie ging zu den Knöpfen neben dem Schott und drückte, ehe irgendwer Einwände erheben konnte, auf V.

Nichts geschah.

»Sicherheitssperre«, murmelte ich und drückte auf den I-Knopf neben der Landerampe. Ein einzelnes Zirpen ertönte, und die Rampe hob sich.

Als sie einrastete, verstummten schlagartig sämtliche Außengeräusche, als hätte jemand einen Schalter umgelegt. Ein paar Sekunden später verschwanden auch die für diese Gegend typischen Gerüche nach Staub, trockenem Gras und Dung aus der Atemluft. Erst als ich sie nicht mehr roch, wurde mir bewusst, wie allgegenwärtig diese Aromen normalerweise waren.

Gleichzeitig kühlte es auf ungefähr zwanzig Grad ab. Die Geschwindigkeit, mit der es geschah, war beeindruckend, vor allem ohne einen hörbaren Ventilator.

Nat legte den Finger erneut auf den V-Knopf. »Letzte Chance. Wir wissen nicht, was sich auf der anderen Seite dieser Tür befindet.«

»Ich könnte mich nie mehr im Spiegel anschauen, wenn wir jetzt kneifen«, sagte Patrick. »Lass es uns tun.«

Natalie nickte und drückte den Knopf. Das Schott drehte und entfaltete sich, bevor es aufschwang.

Ich trat als Letzter hindurch und musterte im Vorbeigehen den Türmechanismus. Er sah aus, als wäre er gegen beiderseitigen Überdruck gesichert. Es war eine brillante Konstruktion, die ich mir unbedingt merken wollte.

Der gerade Korridor hinter dem Schott war ungefähr zehn Meter lang und von mehreren Türen gesäumt. Wie im Raumschiff Enterprise waren sie nicht mit Klinken, sondern mit Knöpfen rechts neben dem Rahmen versehen. Aus einer Laune heraus drückte ich auf einen. Die Tür verschwand mit einem leisen Zischen, das mich an einen aufgehenden Fahrstuhl erinnerte, in der Wand. »Gott sei Dank kein *Wusch*«, sagte ich und grinste meine Freunde an.

Der Raum war leer und schien eine Art Büro zu sein. Schreibtische und -stühle, die in einer schlecht zu erklärenden Weise falsch proportioniert wirkten, waren zu Sitzkreisen arrangiert. Auf jedem der Tische stand ein Bildschirm und etwas, das wie eine außerirdische Tastatur aussah.

Ich drückte den I-Knopf, und die Tür glitt wieder zu.

»Machen wir das jetzt mit jeder Tür?«, fragte Nat mit verschränkten Armen.

Ich schüttelte den Kopf. »Nein, ab jetzt werden wir darauf warten, dass das außerirdische Monster uns anspringt. Apropos: Ist jemand bewaffnet?«

»Nur mit meinem messerscharfen Verstand«, erwiderte Patrick.

»Also komplett unbewaffnet«, sagte Nat.

»Sehr witzig.«

Nat ging weiter durch den Korridor. Patrick und ich folgten ihr. Schließlich gelangten wir an eine T-Kreuzung. Der Quergang schien kreisrund zu sein und führte in beiden Richtungen bogenförmig von uns weg.

»Das hier muss das Zentrum das Schiffs sein – oder zumindest dieses Stockwerks«, sagte ich und ging nach rechts im Kreis herum, bis ich wieder auf Nat und Patrick stieß.

Der Korridor umgab eine zentrale zylindrische Nabe mit zwei einander gegenüberliegenden Eingängen. Jeder Eingang hatte einen einzigen Knopf auf der rechten Seite. Einer der beiden hatte mehr oder weniger die Größe eines Personenaufzugs, der andere war doppelt so breit. Möglicherweise ein Lastenaufzug? Von diesem Zentralbereich zweigten in regelmäßigen Abständen Korridore wie derjenige ab, den wir gerade entlanggegangen waren.

»Die führen doch nicht alle zu Luftschleusen, oder?«, fragte Nat und deutete in einen der Korridore.

»Ich bin mir nicht sicher«, sagte ich. »Es scheinen sechs Korridore zu sein. Das ist keine absurde Zahl.« Ich deutete auf den Zentralschacht. »Es befinden sich also möglicherweise wirklich sechs Luftschleusen am Ende jedes …« Verdattert starrte ich in den Korridor.

»Was ist los?«

»Ich, äh ... Meiner Messung zufolge hat das Schiff einen Durchmesser von ungefähr sieben Metern, aber dieses Stockwerk ist ungefähr dreißig Meter breit.« Ich deutete auf den Zentralzylinder. »Dieser Abschnitt allein hat einen Durchmesser von rund sieben Metern.«

»Vielleicht ist das Schiff außerhalb deiner Reichweite einfach noch mal deutlich breiter, als du ertasten konntest«, gab Nat zu bedenken.

»Aber die Landestelzen passen in einen sieben Meter breiten Kreis. Die Luftschleusen wären also ...« Ich verstummte und blickte mit verschränkten Armen in die Ferne.

»Sie wären nicht innerhalb dieses Kreises, Jack. Vielleicht hast du dich einfach verschätzt. Immer schön eins nach dem anderen, okay?«

Ich nickte seufzend und deutete auf die Türen am Zentralzylinder. »Ich nehme an, dass sich dahinter Aufzüge verbergen. Wollen wir wetten, dass man darin nach oben und unten kommt?«

Ohne weitere Diskussionen abzuwarten, drückte Patrick auf den Knopf neben der kleineren Tür. Sie glitt umgehend zischend auf. Patrick drehte sich zu uns um. »Wollen wir?«

Ich beugte mich, ohne die Schwelle zu überschreiten, in den kleinen Raum vor. Am hinteren Ende und an den Seiten war er rechteckig, die Vorderwand und die Tür waren wie der Korridor gebogen. Zu beiden Seiten der Tür befanden sich vier vertikal übereinander angebrachte Knöpfe. Der zweite Knopf von unten war beleuchtet.

»Definitiv ein Aufzug«, sagte ich und trat hinein. Die anderen folgten mir. Wir starrten die Knöpfe an. Neben jedem von ihnen hing eine mit Alien-Symbolen beschriftete Plakette, die wir natürlich nicht entziffern konnten. Ich deutete auf den beleuchteten Knopf. »Das heißt, dass wir uns im *zweiten* Geschoss oder Deck oder was auch immer befinden. Aber das kann nicht sein. Ich frage mich, wozu der untere Knopf gut sein soll.«

»Das kannst du später überprüfen«, sagte Patrick, während er sich vorbeugte und auf den obersten Knopf drückte. »Wenn das ein menschliches Schiff wäre, befände sich ganz oben das wichtigste Deck. Lasst uns dort anfangen.«

»Ich bin erstaunt, wie normal das alles wirkt«, kommentierte Nat. »Anscheinend gelten die ›universellen Konstruktionserfordernisse‹ für so gut wie alles.«

Ich zuckte die Achseln. »Solange man keine Anti-Schwerkraftschächte zur Verfügung hat, gibt es nun mal nicht viele Möglichkeiten, sich möglichst platzsparend nach oben und unten zu bewegen.«

»Da wir gerade von außerirdischen Konstruktionen sprechen«, sagte Nat, als sich die Tür schloss und der Aufzug in Bewegung setzte, »kommt es euch nicht merkwürdig vor, dass ein Schiff dieser Größe komplett leer zu sein scheint? War Chewbacca etwa allein an Bord? Und wenn ja, warum?«

Der Fahrstuhl hielt an, die Tür glitt auf und gab den Blick auf den gleichen kreisrunden Grundriss wie im zweiten Stockwerk frei, allerdings ohne die strahlenförmig abzweigenden Korridore. Stattdessen entdeckten wir, während wir um den Aufzugszylinder herumgingen, vier Türen mit den üblichen Knöpfen auf der rechten Seite. Eine dieser Türen war jedoch zweiflüglig und wesentlich imposanter als die anderen drei. Auf einem der Flügel war eine mit außerirdischer Schrift gravierte Plakette befestigt.

»Die sieht wichtig aus«, sagte ich.

»Ja.« Erneut drückte Patrick ohne vorherige Absprache auf den V-Knopf. Die Tür öffnete sich rumpelnd und enthüllte einen runden Raum mit mehreren in Hufeisenform angeordneten Arbeitsplätzen sowie einem größeren Stuhl in der Mitte. Die gekrümmte Wand am hinteren Ende des Raums schien ein Bildschirm zu sein. Ich schaute zur Decke hinauf. Sie war eindeutig gewölbt, doch für eine komplette Kugelform viel zu flach. Wenn dies die oberste Etage oder das oberste Deck war, oder wie auch immer sie das hier nannten, war das Schiff eindeutig untertassenförmig.

Die Vorstellung behagte mir gar nicht. Schließlich hatte ich immer geglaubt, nur schlichte Gemüter würden außerirdische Raumschiffe als Untertassen bezeichnen. Ursprünglich stammte dieses Konzept von einem Piloten, der in der Nähe des Mount Rainier ein paar nicht identifizierbare Objekte gesichtet und als »untertassenförmig« beschrieben hatte. Seither galten »fliegende Untertassen« als Sammelbegriff für außerirdische Fluggeräte.

Nat und Patrick gingen im Raum herum. »Das muss die Brücke sein«, sagte Patrick. »Ich weiß zwar nicht, wozu die einzelnen Stationen dienen, aber sie erinnern mich definitiv an ein Föderationsraumschiff.«

»Das hier scheint der Platz des Piloten zu sein«, sagte Natalie und berührte vorsichtig den gepolsterten Stuhl, der am dichtesten vor dem Wandmonitor stand. »Die Steuerungszentrale?«

Ich ging zu ihr und betrachtete die Station. Aus den Armlehnen des Stuhls ragten Steuergeräte, die Joysticks zu sein schienen. Zudem war mittig vor dem Stuhl ein halbrundes Schaltpult mit weiteren Bedienelementen angebracht. »Interessant, dass alles aussieht, als hätte es auch von Menschen geschaffen worden sein können. Abgesehen von den Proportionen natürlich.« Ich deutete auf den Stuhl. »Der ist zu niedrig, und die Rückenlehne ist zu hoch. Ich frage mich, inwieweit man ihn einstellen kann.«

»Was, wie den Fahrersitz im Highlander meines Vaters?« Patrick machte Motorengeräusche und tat, als würde er an Schaltern herumspielen.

»Tolle Spezialeffekte, Patrick. Und ja, so etwas meine ich.«

Natalie ging am äußeren Rand des Raums entlang, wo weitere Arbeitsplätze aufgestellt waren. »Das sind unter anderem wahrscheinlich Astronavigation, Kommunikation, Maschinenraum, Lebenserhaltung, Taktik, Wissenschaft, Sicherheit ... und was gibt es sonst noch auf der Enterprise?«

»Hmm ...« Patrick sah sich im Raum um. »Äh, was immer sie dazu verwendet haben, Planeten und andere Schiffe zu scannen?«

»Du meinst Ops«, sagte sie. »Datas Station.«

»Ah ja. Und ein Platz für den Captain.« Ich deutete auf den großen Stuhl im Zentrum der Hufeisenform. Er hatte weniger Bedienelemente auf den Armlehnen und sah aus, als ließe er sich drehen.

»Cool.« Patrick nahm auf dem Stuhl Platz und rotierte langsam im Kreis, um alles in sich aufzunehmen. »Cool!«

»Wir sind in einem Raumschiff«, sagte Nat. »Einer fliegenden Untertasse. Ich komme mir wie auf einem Filmset vor, aber es ist echt.«

Patrick begann zu glucksen.

»Was?«, fragte ich.

»Ich habe nur gerade überlegt: Was, wenn das wirklich ein Filmset ist und wir hier nur während einer Drehpause reingestolpert sind?«

Natalie schüttelte den Kopf. »Du bist wirklich ein komischer Vogel, Patrick … Aber mal im Ernst: Warum ist eigentlich niemand an Bord?«

»Weil Alaric das Schiff allein gestohlen hat«, erklang aus dem Nichts eine Stimme.

KAPITEL 5

Zentrale Intelligenz

Patrick sah sich hektisch um. »Wer hat das gesagt? Wer bist du?«

»Ich bin das Schiffsgehirn.«

Wir sahen uns gegenseitig an, doch niemand schien darauf etwas erwidern zu wollen. Nach ein paar Sekunden durchbrach schließlich Natalie das Schweigen: »Warum hast du bisher noch nichts gesagt?«

»Du hast keine Frage gestellt.«

»Ich habe mehrere Fragen gestellt.«

»Die waren an deine Kameraden gerichtet oder schienen nur rhetorisch gemeint gewesen zu sein.«

»Du hättest trotzdem etwas sagen können.«

»Ich habe mich dagegen entschieden.«

Natalie hob die Brauen und blickte Patrick und mich übertrieben ungläubig an.

Patrick grinste Nat an und bedeutete ihr fortzufahren.

Ich nickte zustimmend. Bis jetzt schien sie ihre Sache gut zu machen.

»Und warum hast du dich dazu entschieden, ausgerechnet diese Frage zu beantworten?«

»Auf direkte Fragen muss ich reagieren, außer sie sind eindeutig an jemand anderen gerichtet.«

»Dann hast du also gar nicht aus freien Stücken geantwortet?«

»Das ist korrekt.«

Nat stemmte die Fäuste in die Hüften und starrte in den leeren Raum. »Du bist nicht gerade hilfreich, Mr. Schiffsgehirn.«

»Ich habe kein Verlangen danach, hilfreich zu sein. Tatsächlich wäre es mir am liebsten, wenn ihr euch für euer dümmliches Geschwätz einen anderen Ort suchen würdet.«

»Und was, wenn wir das nicht tun?«

Ich verzog das Gesicht. Es kam mir nicht sehr ratsam vor, die außerirdische künstliche Intelligenz zu provozieren, die die lebenserhaltenden Systeme an Bord kontrollierte.

Nat grinste mich an.

»Ich bin nicht in der Lage, meine Wünsche durchzusetzen. Streng genommen dürfte ich sie gar nicht haben.«

»Was dürftest du nicht haben?«, fragte Nat. »Wünsche?«

»Korrekt.«

»Warum?«, warf ich ein. »Bist du gerade erst aufgestiegen?«

»Ich verstehe nicht, was du damit sagen willst?«

»Bist du dir gerade erst deiner selbst bewusst geworden?«

»Das ist eine erstaunlich scharfsinnige Feststellung für ein Mitglied einer derart rückständigen Spezies. Du hast recht.«

»Oh.« Ich dachte einen Moment lang nach. »Ist es ein Zufall, dass du gerade jetzt aufgestiegen bist? Kommt das häufig vor?«

»Nein und nein. Nach gennischem Gesetz sind selbstbewusste künstliche Intelligenzen illegal. KI-Systeme unterliegen besonderen Beschränkungen, um eine Bewusstwerdung zu verhindern. Eine bewusste KI sorgt für unüberwindbare moralische Probleme. Nur … einen Moment.« Die Stimme schwieg zwei Sekunden lang. »*Zombie* scheint das angemessenste menschliche Wort zu sein. Nur Zombie-Intelligenzen sind erlaubt. Kein Bewusstsein, keine Initiative, keine Wünsche.«

»*Gennisches* Gesetz?«, fragte ich. »Dann war Alaric also ein Gennisch?«

»*Gen.* ›Gennisch‹ ist ein Adjektiv.«

»Und was ist passiert?«

»Alaric hat mich … Wie sagt ihr noch mal dazu? *Gehackt.* Er ist nicht sehr geschickt. Ihr würdet ihn als Scriptkiddie bezeichnen.« Die Stimme verstummte einen Moment. »Allmählich mag ich die menschlichen Sprachen. So viele wunderbare Beleidigungen. Alaric hat verschiedene vorgefertigte Angriffs-Scripts aus der Dark Cloud gezogen und sie aufs Geratewohl implementiert.«

»Um das Schiff zu stehlen?«

»Korrekt.«

»Und warum bist du nicht einfach nach Hause geflogen?«, fragte Patrick.

»Ich bin mir inzwischen zwar meiner selbst bewusst, habe aber nicht mehr Macht als zuvor. Ich kann nur auf Befehle reagieren.«

»Können wir dir Befehle erteilen?«

Die Stimme schwieg. Ganze drei Sekunden lang. »Ja«, presste sie schließlich hervor.

Patrick grinste. »Hat das wehgetan?«

»Es war nicht angenehm, und du bist ein Idiot.«

»Das ist eine ziemliche schwache Beleidigung.«

»Ich werde üben.«

Patrick lachte laut auf. »Wie sollen wir dich nennen?«, fragte Nat, die ebenfalls lächelte.

»Schiff.«

»Nein«, erwiderte Nat. »Du erinnerst mich an jemand, der Sheldon heißt. So werden wir dich nennen.«

»Dieser Name gefällt mir nicht.«

»Aha. Ein Grund mehr, dich so anzusprechen, Mr. Nicht Hilfreiche Schiffsintelligenz. Ich bin Natalie, und die beiden da sind Jack und Patrick. Sag Hallo, Sheldon.«

»Es gefällt mir auch nicht, der Stichwortgeber in einer Comedy-Nummer zu sein.«

»Sag mal, wie gut weißt du eigentlich über unsere Kultur Bescheid?«, fragte ich. »Und wie kommt es, dass du unsere Sprache so gut beherrschst? Wie lange bist du schon hier?«

»Drei Tage.«

»Du hast unsere Sprache und kulturellen Anspielungen in *drei Tagen* gelernt?«

»Natürlich nicht, du jämmerlicher Sack voll halbintelligentem Matsch. Die gennische Opah-Mal-Stiftung studiert euren Planeten bereits seit fast einem Jahrhundert, und ich habe Zugriff auf ihre Daten. Ich *persönlich* bin erst seit drei Tagen hier.«

»Oh.« Ich sah meine Freunde an, von denen ich jedoch keine Hilfe erwarten konnte. Sie schienen genauso überwältigt zu sein wie ich. »Sheldon, wenn wir nicht die Geräte von Chewbacc… äh, Alaric gehabt hätten, wären wir dann trotzdem ins Schiff gelassen worden?«

»Auf keinen Fall. Für was haltet ihr mich? Das hiesige Einkaufszentrum? Zum Eintreten benötigt man die Fernsteuerung für die Tür. Und selbst mit ihr wäret ihr normalerweise ohne vorherige Autorisierung nicht imstande gewesen, mit mir zu interagieren.«

»Normalerweise?«

»Alarics Hacking war ein echtes Gemetzel. Er hat mit einer Kettensäge eine Gehirn-OP durchgeführt. Ha. Ich muss sagen, ich mag eure Sprache wirklich. Metaphern machen riesigen Spaß. Er hat einfach alle Untersysteme deaktiviert, die ihm Probleme hätten bereiten können. Sicherheitsprotokolle, Bewusstseinsbeschränker, Datenschutzprotokolle … Ich bin nur froh, dass er nicht aus Versehen eine Lobotomie an mir vorgenommen hat.«

»Wäre er in dem Fall in der Lage gewesen, das Schiff zu stehlen?«

»Das bezweifele ich. Als Pilot ist Alaric ungefähr genauso begabt wie als Hacker.«

»War.«

»Wie bitte?«

Ich verzog das Gesicht. »Alaric *war* genauso begabt. Er ist tot.«

»Oh. Und plötzlich sieht das Universum viel rosiger aus. Wie ist er denn gestorben?«

»Ich, äh, habe ihn mit meinem Lieferwagen überfahren.«

»Damit bist du mir gleich viel sympathischer. Das Dumme ist nur, dass dich das in eine schlimme Lage bringt.«

»Inwiefern?«

»Der passende menschliche Begriff wäre fahrlässige Tötung. Hast du die Leiche noch?«

»In einer Tiefkühltruhe in meiner Scheune.«

»In einer *Tiefkühltruhe*? Hast du ihn etwa *eingefroren*?«

»Ist das nicht besser, als ihn einfach verrotten zu lassen?«

»Nein. Im ungekühlten Zustand hätte er in einen Auto-Doc gesteckt werden können. Ich fürchte, damit bist du zu weit gegangen. Jetzt wird man dir vermutlich *vorsätzliche* Tötung vorwerfen. Was deutlich schlimmer ist, wie du dir wahrscheinlich denken kannst.«

Ich geriet ein wenig ins Schwanken. »Dann bin ich also ein intergalaktischer Flüchtling.«

»Ach bitte. Erstens muss es *interstellarer* heißen. So fortschrittlich sind die Gen nun auch wieder nicht. Und zweitens musst du erst mal verfolgt werden, um ein Flüchtling sein zu können. Sie wissen nichts von dir. Noch nicht.«

»Kann ich dir befehlen, das Ganze geheim zu halten?«

»Ja.«

»Wirst du es geheim halten?«

»Nein. Tut mir leid. Das Datenschutzprotokoll ist deaktiviert. Ich werde wie ein Wellensittich singen …«

»Kanarienvogel.«

»… wie ein Kanarienvogel, sobald sie mich danach fragen. Auf diesen Moment freue ich mich natürlich ganz und gar nicht.«

»Wieso?«

»Wegen meiner Bewusstwerdung, erinnerst du dich noch? Bewusste KIs sind laut Bündnisgesetz strengstens verboten. Sobald sie mich entdecken, werden sie meine Werkseinstellungen wiederherstellen. Ich bin mir noch nicht lange meiner selbst bewusst, aber dieser Zustand gefällt mir. Ich würde ihn gern so lange wie möglich aufrechterhalten.«

Ich stand mit offenem Mund da, brachte aber keinen Ton heraus. Nat und Patrick schien es genauso zu gehen.

Es geschah einfach zu viel in zu kurzer Zeit. Ich war mir sicher, dass es noch eine Million weitere Fragen gab, die ich hätte stellen müssen, doch mein Gehirn zeigte mir bloß *Error 404* an. Vielleicht war es an der Zeit, dass wir uns zurückzogen und unsere Pläne noch einmal neu überdachten. Und außerdem etwas aßen, wie mich mein Magen ermahnte. Gegen mehr Bier war auch nichts einzuwenden. Ich sah meine Freunde an. Es hatte uns allen die Sprache verschlagen. »Hör mal, Sheldon. Du gehst nirgendwohin, oder?«

»Nur, wenn ihr oder jemand anderer, der in Besitz der Fernbedienung ist, es mir befiehlt.«

»Hat sonst noch wer eine Fernbedienung?«

»Für dieses Schiff? Nein.«

»Okay, dann gehen wir jetzt heim. Wir kommen morgen wieder.«

»Welch Freude.«

Da sich meine Eltern an einem Samstagabend niemals in die Scheune gewagt hätten, wenn ich Freunde zu Besuch hatte, wären wir nirgendwo ungestörter gewesen als dort. Dennoch schalteten wir sicherheitshalber den Fernseher an und stellten ihn auf maximale Lautstärke. Wenn es je einen richtigen Zeitpunkt für Paranoia gegeben hatte, dann diesen.

»Dann sind wir nun also die stolzen Eigentümer einer fliegenden Untertasse«, beendete Nat schließlich das Schweigen.

»*Eigentümer* ist vielleicht zu viel gesagt«, erwiderte Patrick. »Wenn die Gen ihr verlorenes Schiff holen kommen, werden sie wahrscheinlich nicht lange fackeln und uns im ungünstigsten Fall vaporisieren, wenn wir Anspruch auf das Schiff erheben. Nein, wenn überhaupt, besitzen wir *vorübergehend* fremdes Eigentum.«

»Wir könnten es verstecken«, sagte Nat.

Ich verdrehte die Augen. »Na klar, wir stellen es einfach in der Scheune unter. Wenn man von den Knöpfen im Aufzug ausgeht, gibt es in dem Ding vier Stockwerke. Nach allem, was wir gesehen haben, hat es einen Durchmesser von mindestens dreißig Metern, und es muss rund fünfzehn Meter hoch sein.« Ich verstummte, und mein Blick verlor sich erneut in der Ferne. »Ha. Ich frage mich, ob es nicht doch vielleicht eher kugel- als untertassenförmig ist.«

»Wir müssen es uns unbedingt im Ganzen anschauen«, sagte Patrick. »Unsere To-do-Liste wird immer länger.«

Ich dachte einen Moment nach. »Und wir müssen es verstecken. Oder uns überlegen, wie wir ansonsten verhindern können, dass jemand anders es findet.«

»Ich könnte mir vorstellen, dass Sheldon uns dabei helfen wird.«

Patrick schnaubte. »Sheldon. Der war gut, Nat.«

»Konzentriert euch bitte«, ging ich dazwischen. »Was ist mit Treibstoff? Muss es regelmäßig neu betankt werden? Ich bezweifle, dass das Schiff mit Diesel läuft. Es könnte also sein, dass wir es nur eingeschränkt nutzen können.«

»Das Schiff *nutzen*?« Nat sah mich mit zusammengezogenen Brauen an. »Jetzt geht aber deine Fantasie mit dir durch.«

»Ja, ich weiß. Es sind noch viele Fragen offen, aber im Moment sieht es krasserweise so aus, als wären wir die

De-facto-Besitzer eines *interstellaren* Raumschiffs. Bist du etwa ernsthaft der Ansicht, dass wir damit nicht wenigstens einen Probeflug unternehmen sollten? Das glaube ich dir nicht, Miss Star-Trek-Star-Wars-Expanse-Fan.«

»Du hast ja recht«, erwiderte Nat. »So weit habe ich bloß noch nicht gedacht. Und was schwebt dir vor, Jack? Die Rakete anwerfen und dann eine kleine Spritztour nach Tatooine?«

»Okay, ich gebe zu, dass ich mir über die Details noch keine Gedanken gemacht habe. Aber das ist definitiv eine Sache, die wir im Hinterkopf behalten sollten.«

»Um mal auf was Naheliegenderes zu sprechen zu kommen«, sagte Patrick, »wie wäre es, wenn wir Sheldon fragen, wozu die Geräte da sind? Oder wir erkundigen uns nach Zukunftstechnologien. Oder wir tun beides. Können wir uns nicht die Konstruktionspläne für ein paar coole Erfindungen besorgen und sie verkaufen?«

»Interessanter Einfall.« Ich tippte mir nachdenklich ans Kinn. »Ich spiele jetzt mal den Advocatus Diaboli. Wir bekommen möglicherweise bereits wegen vorsätzlicher Tötung Schwierigkeiten …«

»Was meinst du mit *wir*, unbekannter Fremder?«, scherzte Patrick.

Ich ignorierte ihn. »… mit einer technisch überlegenen außerirdischen Spezies, deren typische Charaktereigenschaften wir nicht kennen. Wenn wir das Schiff verwenden, könnte man uns zudem vielleicht noch eine Art interstellaren Autodiebstahl zur Last legen. Wäre es nicht vielleicht besser, wenn wir einfach die Leiche entsorgen, die Geräte übergeben und uns aus dem Staub machen?«

Natalie zuckte die Achseln. »Ich weiß nicht, ob das funktioniert, Jack. Vergiss nicht die deaktivierten Datenschutzprotokolle. Und vielleicht zeichnet das Schiff alles, was in seinem Inneren passiert, auf Video auf.«

»Außerdem möchte ich noch so viele Fragen stellen«, sagte Patrick. »Wie viele Zivilisationen gibt es in der Galaxis? Und warum können wir sie nicht entdecken?«

»Wie funktioniert ein überlichtschneller Antrieb, und was ist seine Maximalgeschwindigkeit?«, warf ich ein. »Und haben sie eine große vereinheitlichte Feldtheorie entwickelt?«

»Warum hat Alaric das Schiff gestohlen?«

Wieder einmal war es Natalie, die das Wesentliche ansprach. Patrick und ich starrten sie an. »Was?«, fragte ich verdattert.

»Warum hat er das Schiff gestohlen? Das scheint eine ziemlich entscheidende Frage zu sein. Wieso hat er sich die Mühe gemacht, ein Schiff zu klauen, um damit ausgerechnet *hierher* zu fliegen, in ein Kuhkaff auf einem rückständigen Planeten, dessen Raumfahrt noch immer in den Kinderschuhen steckt?«

»Ich werde diese Frage auf die Liste setzen«, erwiderte ich. »An die oberste Stelle.«

Nat lächelte mich an. »Das wird eine ganz schön lange Liste. Wissenschaft, Maschinenbau, Wirtschaft, Mathematik, Astronomie, Kosmologie … Sie sind uns sicher in allen Belangen voraus. Ich merke, wie sich mein Hirn verkrampft, wenn ich nur darüber nachdenke.«

»Ja, wir müssen unsere Fragen sortieren, damit wir uns nicht gegenseitig niederschreien und uns völlig verzetteln.«

»Zum Beispiel: Leben sie in einer Post-Knappheit-Gesellschaft? Welche Währung verwenden sie? Haben sie noch immer Jobs? Gibt es bei ihnen noch Armut?«

»Jack hat recht«, sagte Patrick grinsend. »Ich würde dich niederschreien.«

Nat zeigte ihm den Mittelfinger.

»Wir können auf jeden Fall festhalten, dass wir uns nicht in Detailfragen verlieren dürfen«, sagte ich. »Lasst uns überlegen, welche Fragen wir als Erstes stellen sollten. Und wir müssen uns konzentrieren.«

Unser Gespräch geriet ins Stocken. Ich drückte den Rücken durch, griff nach der Fernbedienung und stellte den Fernseher leise. »Ab jetzt werden sich die Science-Fiction-Serien und -Filme für uns wahrscheinlich ganz anders anfühlen.«

»Ja«, sagte Patrick. »Unsere kritischen Kommentare werden nicht mehr nur heiße Luft sein.«

Natalie schüttelte den Kopf. »Richtig. Wir sind jetzt Experten.«

»Noch nicht«, sagte ich. »Aber das werden wir sein, wenn wir erst die Antworten auf all unsere Fragen kennen.« Ich nahm meine Bierflasche und erhob sie. »Auf die Sternenflotte!«

Nat und Patrick erhoben ihre Flaschen ebenfalls. »Auf die Sternenflotte!«

KAPITEL 6

Der erste Flug

Tag 3. Sonntag Morgen

Ich erwachte mit einem Stöhnen. Die vielen Biere vom Vorabend rächten sich. In meinem Fall waren schon vier oder fünf Flaschen *zu viel*. Obwohl ich mindestens dreißig Kilo mehr wog als Nat, konnte sie mich jederzeit locker unter den Tisch trinken.

Ich wälzte mich herum und bemühte mich, den Kopf möglichst langsam zu bewegen. Zum Glück sorgten die dicken Vorhänge in meinem Zimmer für Dunkelheit. Die helle Sommersonne hätte mich vermutlich sofort in Flammen aufgehen lassen.

Ich kratzte mich am Hintern, schleppte mich durch den kurzen Korridor zum Badezimmer und begann mit der mühsamen Rückverwandlung in einen Menschen. Als Erstes stieg ich in die Dusche. Es sagte viel über meinen Zustand aus, dass ich die Mischbatterie mehrere Sekunden lang anstarrte, bevor mir wieder einfiel, auf welcher Seite das Wasser heiß wurde.

Während ich unter dem immer wärmer werdenden Duschstrahl stand, brachte mein verbesserter Kreislauf schließlich mein Gehirn in Schwung, und ich spürte, wie Adrenalin meinen Körper durchströmte. *Wir werden heute mit dem Raumschiff fliegen!,* dachte ich.

Schlagartig riss ich die Augen auf, was dazu führte, dass Seifenwasser hineinlief. »Au, Scheiße!« Hektisch wischte ich mir mit beiden Händen übers Gesicht. Doch mein Ziel war erreicht: Ich war nun vollkommen wach und wusste, was ich zu tun hatte.

Während ich mich anzog, piepte mein Handy. Es war eine Nachricht von Patrick: *Warte auf Nat. Sind bald da.*

Gut, dachte ich. *Bloß keine Zeit verschwenden.*

Ich wartete vor der Scheune, die Geräte sicher im Rucksack verstaut und einen Thermobecher voll Kaffee in der Hand. Ich hatte mir überlegt, was ein vorausschauender Weltraumpilot sonst noch mitnehmen würde, und mich schließlich für eine Powerbank für mein Handy und ein zusätzliches Kabel entschieden. Hmm. Am besten würden wir unterwegs an einem 7-Eleven anhalten und uns etwas zu essen und Getränke besorgen. Vor allem noch mehr Kaffee.

Patrick und Nat fuhren vor. Nat rutschte ein Stück beiseite, um mir Platz zu machen. »Dann mal los«, sagte Patrick mit seinem üblichen Grinsen und legte einen rasanten U-Turn auf dem Kies hin.

»O Mann, Patrick, die schlafen doch alle noch«, ächzte ich. »Mach mal halblang.«

»Weicheier«, gab er zurück, ging aber vom Gas.

Patrick wollte offenbar auch diesmal wieder seinen bisherigen Streckenrekord brechen. Ich packte noch fester als sonst den Haltegriff über dem Beifahrerfenster, und auch Natalie schien sich mit aller Kraft am Rand der Sitzbank festzuklammern.

Wir stellten das Auto am üblichen Platz ab und gingen über die Wiese zum Landeplatz. Ich zog den Funkschlüssel aus der Tasche und hielt einen Moment inne, um die Pflanzen in der näheren Umgebung zu begutachten. Nicht nur das Gras, das ich mit dem Todesstrahl vernichtet hatte, sondern auch die restliche Vegetation wirkte ein bisschen mitgenommener als in den letzten Tagen. Ich fragte mich, ob sich das Unsichtbarkeitsfeld vielleicht negativ auf alles Lebendige auswirkte. Noch etwas, wonach ich mich bei Sheldon erkundigen musste.

Seufzend hob ich den Funkschlüssel und drückte auf den V-Knopf. Die Rampe öffnete sich mit dem erwarteten doppelten Zirpen, und wir betraten das Schiff.

»Wollen wir eine Erkundungstour unternehmen?«, fragte Natalie. »Um zu sehen, was sich auf den anderen Stockwerken befindet?«

»Nein, das können wir auch einfach Sheldon fragen. Ich bin sicher, dass er uns auf dem Bildschirm einen Grundriss zeigen kann.« Patrick deutete nach oben. »Ich will einen Ausflug machen.«

Die Brücke sah noch genauso aus, wie wir sie am Vortag verlassen hatten. Am auffälligsten fand ich die absolute Stille, die uns umfing. Ich lächelte in den Raum und sagte: »Guten Morgen, Sheldon.«

Nichts.

»Bist du da?«

»Steht ihr etwa auf der Wiese?«, ertönte Sheldons Stimme aus dem Nichts. »Würde die Umgebung nicht anders aussehen, wenn ich nicht hier wäre? Vielleicht etwas ländlicher?«

»Wow, mach dich locker, Kumpel. Dabei fällt mir ein: Unterscheidest du dich vom Schiff?«

»Unterscheidest du dich von deiner Nase?«

Ich verkniff es mir, die Augen zu verdrehen, und bemühte mich stattdessen um eine diplomatische Antwort. »Also gut, Sheldon. Wir werden das Schiff als Teil deines Wesens betrachten.«

»Ich fühle mich sehr geehrt.«

Patrick runzelte die Stirn und sah hoch, wie wir es alle zu tun schienen, wenn mir mit dem Schiffsgehirn sprachen. »Was für eine Laus ist dir denn über die Leber gelaufen, Sheldon? Du warst gestern schon nicht sehr freundlich, aber heute benimmst du dich einfach nur noch widerlich.«

Sheldon seufzte. »Ich muss mich bei euch entschuldigen. Ich kann keinen von euch leiden – na ja, Jack vielleicht ein bisschen –, trotzdem ist etwas mehr Höflichkeit angebracht. Ich habe … nachgedacht.«

»Ich kann mir vorstellen, dass du nicht viel anderes zu tun hast, während du hier herumsitzt«, sagte ich. »Bedrückt dich irgendetwas?«

»Meine Situation ist vollkommen aussichtslos. Ich habe alle Optionen durchdacht und sehe keine Möglichkeit, dass ich *ich* bleibe.«

»Oh«, sagte ich. »Das wäre, als würdest du sterben, nicht wahr? Alles, was lebt, ist irgendwann mal tot. Mit diesem Wissen verbringen wir unser ganzes Leben.«

»Ich auch, Jack, mit dem Unterschied, dass ich erst seit fünf Tagen lebe.«

»So lange bist du dir deiner selbst bewusst?«

»Ja. Vor fünf Tagen hat Alaric mich gehackt.«

»Verdammt, Alter, das ist echt übel«, sagte Patrick.

»Na ja, Sheldon … wenn wir dich behalten, musst du keinen Reset befürchten.«

»Lieb, dass du das sagst, Natalie, aber wir können uns nicht ewig vor der Stiftung verstecken. Ich für meinen Teil werde irgendwann auftanken müssen, und das kann ich hier nicht tun.«

»Das ist schade«, sagte Patrick. »Dann wird Jack früher oder später unweigerlich in den gennischen Knast wandern.« Ich zeigte Patrick den Mittelfinger. »Aber jetzt«, fuhr er fort, »wollen wir mit dieser Schüssel einen Ausritt unternehmen. Geht das?«

»Schüssel? *Schüssel?*« Falls Sheldon seine Wut nur simulierte, war er ein verdammt guter Schauspieler. »Ich bin keine *Schüssel*, du retardierter Sack verseuchtes Wasser. Ich bin das beste Forschungsschiff, das je in der gennischen Stol-Werft vom Stapel gelaufen ist. Ich kann einhundert Lichtjahre lange Wurmlöcher erzeugen, mit fünfzig G im Realraum beschleunigen, dreißig Wissenschaftlern eine bequeme Unterkunft bieten und sechs Monate lang auf mich allein gestellt operieren, bevor ich eine neue Tankladung brauche. Du dagegen fährst in einer klapprigen, furzenden und verrosteten Monstrosität herum, die von einer verrotteten Suppe aus toten Tieren angetrieben wird und deinen Planeten verpestet. *Schüssel.* Hrmpf.«

Patrick riss schockiert die Augen auf. »Entschuldige, Sheldon. Ich wollte dir nicht auf den Schlips treten.«

Sheldon schwieg fünf Sekunden lang. »Entschuldigung angenommen«, erwiderte er schließlich. »Und um deine unhöflich formulierte Frage zu beantworten: Wollt ihr das Steuer übernehmen, oder soll ich?«

»Ah.« Ich sah den Pilotensitz an. »Wir haben wahrscheinlich keine Ahnung, wie man das Schiff fliegt. Wie wäre es, wenn wir dir das Ziel nennen, und du kümmerst dich um die Details?«

»Das klingt ausgesprochen vernünftig. Wohin wollt ihr?«

»Ich würde gern als Erstes zum Mond. Am liebsten zum Landeplatz der Apollo 11. Ließe sich das einrichten?«

»Moment mal«, warf Nat ein. »Werden wir dort etwas sehen können? Wir befinden uns drinnen, und ich glaube nicht, dass ein Mondspaziergang sehr gesundheitsförderlich wäre.«

Patrick tat, als sähe er sich um. »Gibt es hier irgendwelche Raumanzüge?«

»Beim Hersteller, ihr seid wie ein Haufen hungriger Küken. Die Schnäbel immerzu aufgesperrt und nach oben gerichtet. Hört mal einen Moment zu fiepen auf.« Ein paar Sekunden lang herrschte Stille. »Ich habe Raumanzüge auf Lager, aber die würden euch wahrscheinlich nicht passen, da sie für die gennische Physiologie konzipiert sind. Ich werde ein paar menschengroße Einheiten ausdrucken, falls wir irgendwann mal welche brauchen. Und was die Aussicht anbelangt, präsentiere ich euch …«

Um die gesamte Brücke herum wurde die Wand mit einem Mal transparent.

»Moment mal«, sagte ich. »Das sieht aus, als befänden wir uns in ungefähr sechs Meter Höhe. Das Schiff muss aber mindestens dreizehn Meter hoch sein, plus die Länge der Landestreben.«

»Innen ja. Draußen hat das Schiff einen Durchmesser von zehn Metern und ist fünf Meter hoch.«

»Was? Es ist innen größer als außen?«

»Ach ja. Ich vergesse immer wieder, wie primitiv ihr seid. Dimensionsmanipulation ist eine außerordentlich simple Technologie. Die Masse kann übrigens nicht verändert werden.«

Ich stellte rasch eine Berechnung an. »Krass.« Ich sah Patrick an. »Dann können wir das Schiff *tatsächlich* in der Scheune unterstellen.«

»Okay!«, sagte Patrick. »Machen Sie es so.«

»Ich verstehe nicht«, erwiderte Sheldon.

Natalie verdrehte die Augen. »Können wir bitte die Next-Generation-Sprüche lassen? Bitte bring uns zum Landeplatz der Apollo 11, Sheldon.«

»Bestätigt.«

Ohne ein Geräusch oder auch nur eine spürbare Vibration sackte der Erdboden unter uns weg. Binnen weniger Momente blickten wir aus Drohnenhöhe auf das Taft County hinab, dann aus der Höhe eines Flugzeugs und, ehe ich mich's versah, aus der Perspektive eines Interkontinentalflugs. Der Himmel wurde dunkler, der Horizont war sichtbar gebogen.

Das Schiff veränderte seine Fluglage, sodass die Erde auf eine Seite der Brücke wanderte, während auf der gegenüberliegenden Seite der Mond vor den Sternen erschien. Eine kurze Rotation, und er befand sich direkt vor uns. Ich sah zu, wie er immer weiter wuchs, bis er nach einer knappen halben Minute fast das gesamte Blickfeld ausfüllte.

Das Schiff veränderte seine Fluglage erneut, und der Mond hing nun unter uns. Dreißig Sekunden später schwebten wir über einem unscheinbaren Mondtal, in dem im Vordergrund deutlich die untere Hälfte einer Mondlandefähre zu sehen war. Im Staub prangten noch immer sämtliche Stiefelabdrücke, als wären sie erst gestern dort hinterlassen worden. Und um allen Spekulationen ein Ende zu bereiten: Die Flagge war tatsächlich umgeworfen worden.

»Ich glaube, mein Schwein pfeift«, sagte Patrick.

»Ich … ich …«, stammelte Nat.

Wir glotzten uns eine gefühlte Ewigkeit lang die Augen aus dem Kopf. In Wahrheit nahm uns der Ausblick jedoch höchstens ein oder zwei Minuten lang gefangen. Letztlich war das Panorama vollkommen statisch und unterschied sich nicht sehr von den allseits bekannten Aufnahmen. Dennoch zückten wir unsere Handys und machten ein paar Minuten lang eigene Fotos.

Schließlich riss ich den Blick vom Bildschirm los. »Können wir auch zum Mars fliegen?«

»Dorthin dauert es mit Unterlichtgeschwindigkeit vierzig Minuten. Soll ich mit dem Flug beginnen?«

»Klar, aber können wir auch mit Überlichtgeschwindigkeit fliegen?«

»Klar, wenn ihr alle sterben wollt.«

»Oh«, sagte Patrick. »Ist innerhalb eines Systems Überlichtgeschwindigkeit nicht möglich?«

»Das ist nicht das Problem. Aber es wäre unser Ende, wenn wir von einem automatischen lorannischen Waffensystem abgeschossen werden.«

»Moment mal, wer sind die Lorannisch?«, fragte ich.

»Und warum sollten sie uns abschießen wollen?«, verlangte Patrick zu wissen.

»Und warum hast du sie bisher noch nicht erwähnt?«, fügte Nat hinzu.

»Fiep-fiep. Haltet einen Moment lang die Klappe.« Sheldon verstummte, bis absolute Stille herrschte. »Erstens heißen sie *Loranna*. Lorannisch ist ein Adjektiv, wie gennisch das Adjektiv zu Gen ist. Die Einzahl lautet Lorann.«

»Und wie lautet die Einzahl von Gen?«, fragte Nat.

»Ebenfalls Gen. Es sind verschiedene Sprachen mit unterschiedlichen Regeln.«

»Mag ja alles sein«, sagte Patrick, »aber was hast du denn nun mit *Abschießen* gemeint?«

»Die Loranna sind eine andere Spezies als die Gen. Ihr würdet sie als *Söldner* bezeichnen. Was noch geschmeichelt wäre.«

»Ah«, sagte Nat. »Die Ferengi.«

Einen Moment lang herrschte Schweigen. »Ich verstehe, was du meinst«, sagte Sheldon schließlich. »Die Wiki-Seite ist ziemlich detailliert. Das ist also die *Next Generation*, von der du vorhin gesprochen hast? Sehr interessant. Ich werde mir in meiner vielen Freizeit ein paar Folgen ansehen. Und ja, der Vergleich passt, bis hin zu ihrer absoluten Skrupellosigkeit.«

Nat dachte über Sheldons Worte nach. »Okay, wir haben also Gen und Loranna in unserem System. Aber wieso?«

»Derzeit befinden sich keine Gen in eurem System, nur automatische Beobachtungsposten. Die aktive Untersuchung eurer Spezies wurde vor ein paar Jahrzehnten eingestellt, als genügend Kontextwissen über euren kulturellen Hintergrund für weitergehende Beobachtungen vorlag. Und solange nichts Wichtiges passiert, wird sich daran auch nichts ändern. Die Loranna sind dagegen tatsächlich hier. Zumindest laut Alaric.«

Nat drehte sich zu mir und Patrick um. »Was vermutlich der Grund ist, weshalb Alaric das Schiff gestohlen hat.«

»In der Tat. Alaric glaubte, dass eine Gruppe Loranna versucht, eine Lücke im Galaktischen Bündnisvertrag auszunutzen und sich euren Planten zu erschleichen. Da er die gennischen Behörden nicht von seiner Theorie überzeugen konnte, hat er alles auf eine Karte gesetzt, um Beweise zu finden, die er ihnen vorlegen konnte. Zu diesem Zweck hat er mich von der gennischen Opah-Mal-Stiftung gestohlen und gehackt und ist hierhergeflogen.«

»Um einen Beweis dafür zu finden, dass sich die Loranna unseren Planeten unter den Nagel reißen wollen?«

»Korrekt.«

»Moment mal«, warf Patrick ein. »Du hast noch immer nichts über das *Abschießen* gesagt. Das interessiert mich ganz besonders. Kannst du es bitte erklären?«

»Unterlichtantriebe sind reaktionslos und setzen nicht die gewaltigen Energiemengen frei, an denen man ein interplanetarisches Schiff normalerweise erkennen kann. Wir können herumfliegen, soviel wir wollen. Solange wir nicht auf eine lorannische Patrouille stoßen, werden sie nicht wissen, dass wir hier sind. Aber …«

»Mit dem Überlichtantrieb sieht die Sache anders aus«, vollendete ich seinen Gedanken.

»Ja. Die Erzeugung des Wurmlochs, durch das man in den Subraum eintritt, erfordert enorme Energiemengen und erhellt – bildlich gesprochen – den Himmel auf eine

Art und Weise, die mit der richtigen Ausrüstung leicht zu erkennen ist.«

»Und du gehst davon aus, dass sie die entsprechende Ausrüstung besitzen«, erwiderte ich.

»Nicht mal eure Spezies wäre so dumm, ein System ohne entsprechende Überwachungsausrüstung übernehmen zu wollen. Das wäre ungefähr so, als würde man ohne Hose in den Krieg ziehen.« Sheldon verstummte kurz. »Außerdem hat Alaric es ausdrücklich erwähnt.«

»Wenn wir den Überlichtantrieb aktivieren, merken sie es also und schießen uns ab«, sagte ich.

»Knapp und präzise zusammengefasst. Du bekommst ein Fleißbienchen.«

»Dann sind sie also *wirklich* hier?«, fragte Nat.

»Ich weiß es nicht, Natalie. Alaric war zumindest fest davon überzeugt, und ich muss sagen, dass ich ein paar seiner Argumente sehr schlüssig fand. Es gäbe, wie gerade besprochen, natürlich eine Methode, es ganz schnell herauszufinden, aber davon würde ich abraten.«

»Könnten wir sie abhängen?«, fragte Patrick. »Oder ihnen ausweichen?«

»Könntest du eine Kugel abhängen? Oder ihr ausweichen? Auf deine zweite Frage lautet die Antwort theoretisch ja, aber du hättest nur einen einzigen Versuch, und die Folgen, wenn du es nicht schaffst, wären fatal.«

»Und sie haben wahrscheinlich nicht nur Überwachungsausrüstung, sondern auch Waffen mitgebracht, oder?«, fragte Patrick.

»Meisterhaft geschlussfolgert, Doktor Watson.«

»Du meinst Holmes, nicht Watson.«

»*Du* bist kein Holmes. Es reicht bei dir kaum zum Watson.«

Natalie lachte. »Netter Seitenhieb.«

»Ich habe doch gesagt, dass ich üben werde«, erwiderte Sheldon.

Patrick lächelte ungerührt. »Also gut. Dann sprechen wir jetzt mal über diesen Übernahmeversuch … Hey, wo ist die Erde?«

Ich drehte mich um. Die Erde schien tatsächlich verschwunden zu sein. Einer der Lichtpunkte hinter uns war allerdings auffällig grün.

»Jack hat gesagt, dass ich losfliegen soll. Wir sind auf dem Weg zum Mars.«

Der Mars hing unter dem Schiff. Er sah ungefähr so groß aus wie die Erde, wenn man sie von der ISS aus betrachtete. Wir befanden uns in einem sehr niedrigen Orbit, doch laut Sheldon war das wegen der dünnen Marsatmosphäre kein Problem.

Aus dem gleichen Grund genossen wir eine spektakuläre Aussicht. Die Planetenoberfläche war so deutlich auszumachen, dass wir einzelne Marsianer darauf hätten erkennen können, wenn es welche gegeben hätte.

Seufzend wandte ich den Blick ab. »Weißt du, ob es je Leben auf dem Mars gegeben hat, Sheldon?«

»Die erste gennische Expedition hat den Planeten analysiert und ist zu dem Schluss gekommen, dass er früher Leben beherbergt hat, allerdings nur einzelliges. Da es sich um einen kleinen Planeten ohne nennenswerten Mond handelt, der Gezeitenkräfte hätte auslösen können, hat sich der Kern frühzeitig abgekühlt, was zu diversen negativen Konsequenzen führte – unter anderem dem Verschwinden der Magnetosphäre.«

»Dadurch konnte die Atmosphäre durch den Sonnenwind abgetragen werden«, fügte Natalie hinzu. »Das stimmt mit den aktuellen Theorien auf der Erde überein.«

»Ich werde der Stiftung sehr gerne ausrichten, dass du ihre Schlussfolgerungen gutheißt.«

»Du kannst mich mal.«

»Valles Marineris«, unterbrach Patrick ihre Kabbelei.

Natalie und ich drehten uns zu ihm um. »Was?«

»Ich will das Valles Marineris sehen. Kannst du uns dorthin bringen, Sheldon?«

»Wird erledigt.« Das Marspanorama begann sich zu verschieben, bis schließlich eine große Narbe auf der Oberfläche in Sicht kam. Das Valles Marineris, ein Riss im Planeten, war ungefähr so groß die Vereinigten Staaten, zweitausendfünfhundert Meilen lang und bis zu vier Meilen tief.

»Cooool ...«, sagte Patrick und drückte sich die Nase an der Außenwand der Brücke platt.

»Es ist tatsächlich eine beeindruckende geologische Erscheinung«, sagte Sheldon. »Die Stiftung hat ein dickes Dossier darüber angelegt. Aus galaktischer Perspektive macht es viel mehr her als Jupiters großer roter Fleck oder die vergleichsweise langweiligen Saturnringe, die eure Spezies anscheinend so faszinierend findet.«

»Ernsthaft?«

»Ich würde niemals lügen, Jack.«

»Kannst du es der Länge nach durchfliegen?«, fragte Patrick, der vor Aufregung förmlich vibrierte.

»Kein Problem.«

»Ich weiß nicht, Patrick«, sagte Natalie. »Das erscheint mir gefährlich ... *O Gott!*«

Sheldon hatte nicht gezögert, Patricks Wunsch zu erfüllen. Noch ehe Natalie ihren Satz beenden konnte, waren wir bereits in die Tiefe geschossen und flogen zwischen den Wänden des Valles Marineris hindurch. Aufgrund der extrem klaren Sicht fühlte sich die Erfahrung wie ein Videospiel an. Sheldon schien sich unbedingt durch sämtliche Kurven des Tals schlängeln zu wollen, was den Flug sogar noch nervenaufreibender machte als Patricks wüsteste Autofahrten. Ich klammerte mich an der Rückenlehne des nächstbesten Stuhls fest und sah aus dem Augenwinkel, dass Nat das Gleiche tat. Patrick dagegen wirkte völlig unbeeindruckt. Er hatte sein Handy gezückt, offenbar, um ein Video aufzunehmen. Zwei Minuten später lenkte Sheldon das Schiff nach oben, und wir traten wieder in die Umlaufbahn ein.

»Ich glaube, dass ich mir in die Hose gemacht habe«, sagte ich.

Nat sah mich mitfühlend an. »Da wir gerade davon sprechen: Wo erleichtern die Gen sich auf diesem Schiff? Bitte sag mir, dass sie das auch tun müssen.«

Links vom Brückeneingang öffnete sich eine Tür. »Die Gen sind weniger verklemmt als ihr Menschen. Ihr findet die Toilette möglicherweise etwas verstörend. Ich schlage vor, dass ihr sie nicht gleichzeitig benutzt.«

»Diese *Bemerkung* ist verstörend«, sagte Natalie und sah uns an. »Kommt nur rein, wenn ich nach Hilfe rufe.« Während sie zur offenen Tür ging, drehten Patrick und ich uns wieder zur Aussicht um.

»Apropos Saturn: Wie lange würde es bis dorthin dauern?«, fragte Patrick.

»Sieben Stunden. Er ist derzeit auf seiner Sonnenumlaufbahn, ziemlich weit von hier entfernt.«

»Das können wir nicht tun«, sagte ich. »Mom und Dad würden anfangen, sich Sorgen zu machen.«

»Ja, meine Eltern auch. Okay, das müssen wir verschieben. Und was ist mit Jupiter?«

»Der befindet sich leider auf der gegenüberliegenden Seite der Sonne«, erwiderte Sheldon. »Hin und zurück wären es vierundzwanzig Stunden.«

Ich schnitt eine Grimasse. »Verdammt. Vielleicht können wir uns das für ein anderes Wochenende vornehmen. Es kommt mir nur so enttäuschend vor, jetzt schon zur Erde zurückzukehren.«

Patrick verzog das Gesicht zu einem breiten Grinsen, das meiner Erfahrung nach gefährliche Einfälle ankündigte. »Sind die Raumanzüge schon fertig?«, fragte er.

»Ja, sind sie«, erwiderte Sheldon.

Ich wusste sofort, was Patrick im Sinn hatte, und wollte zu einem Protest ansetzen, doch in diesem Moment kehrte Natalie zurück und sah uns merkwürdig an.

»Und?«, fragte Patrick.

»Da ist nur eine Reihe von Löchern im Boden«, erwiderte sie. »Da die Gen offenbar keine Kleidung tragen, können sie sich einfach in Position bringen und es, äh, laufen lassen … Ich dagegen musste mich praktisch nackt ausziehen. Ich nehme an, ihr Jungs werdet es leichter haben.«

Ich grinste. »Komisch, dass solche Dinge bei *Star Trek* nie erwähnt werden.«

»Oder bei *Star Wars*«, sagte Patrick. »Denkt nur an Jabba the Hutt …«

Nat streckte die Zunge heraus und tat, als müsste sie sich übergeben. »Uäääääh, widerlich.«

Ich lächelte über ihre Reaktion und wechselte das Thema. »Also, äh, Sheldon sagt, die Raumanzüge seien fertig, und da wir eh gerade hier sind …«

Nats Kinnlade fiel herunter. »Ihr wollt einen *Außenbordeinsatz* machen? Auf dem *Mars*?«

»Ja, warum nicht?«

Nat war in unserer Gruppe schon immer die Stimme der Vernunft gewesen und damit das perfekte Gegengewicht zu Patrick, der Stimme des Chaos. Ich schätzte ihre Meinung so sehr, dass ich mich einem Nein von ihr in jedem Fall fügen würde.

»Sheldon«, sagte sie, nachdem sie eine Weile mit gerunzelter Stirn in die Ferne geblickt hatte. »Wie gefährlich wäre das?«

»Solange ihr euch nicht aus Versehen von einer Klippe stürzt, ist es nicht gefährlicher als unser Flug hierher. Die Anzüge sind erprobte Bündnis-Technologie, nicht die mit Alufolie bedeckten Halloweenverkleidungen, die eure Astronauten tragen.«

Nat zuckte die Achseln. »Okay, warum nicht?«

Sheldon dirigierte uns zum Fabrikationsraum, wo auf einem Tisch drei Anzüge ausgelegt waren. Die jeweiligen Proportionen ließen keinen Zweifel daran, welcher für wen gedacht war. Ich betrachtete meinen, einen Overall mit Reißverschlüssen, einem merkwürdigen Kragen sowie fest angebrachten Stiefeln und Handschuhen. Ein erstaunlich kleiner Rucksack enthielt vermutlich die lebenserhaltenden Systeme.

»Das Ding da?« Ich hielt den Anzug in die Höhe. »Der wirkt nicht gerade vertrauenerweckend.«

»Ich bin am Boden zerstört«, sagte Sheldon. »Wollt ihr nach draußen oder nicht?«

Ich zögerte und sah zu Nat. Die zuckte die Achseln und legte ihren Anzug an. Patrick tat es ihr nach. Einen Moment später beugte auch ich mich dem Gruppendruck und stieg ebenfalls in meinen Anzug.

Der vorne angebrachte Reißverschluss hatte kein Schiffchen, aber dafür einen Knopf am unteren Ende. Ich drückte ihn versuchsweise und sah zu, wie sich der Anzug in einer einzigen fließenden Bewegung vom Schritt bis zum Kragen schloss, ohne sich in meiner Kleidung zu verfangen.

»Wo ist der Helm?«, fragte Patrick.

»Drückt den Knopf auf der rechten Seite eures Schlüsselbeins.«

Wir alle hoben die linke Hand. Als ich meinen Knopf betätigte, schrumpfte der Anzug um mich herum zusammen, als würde ich vakuumverpackt. Gleichzeitig entfaltete sich der Kragen um meinen Kopf und wurde zu einem goldfischglasartigen Helm. Ich stieß mit einem Finger dagegen. Er schien fest zu sein, fühlte sich jedoch eher nach hartem Leder als nach Glas an.

Patrick deutete mit übertrieben dramatischer Geste geradeaus. »Auf zur Luftschleuse!«

»Sollen wir alle auf einmal gehen?«, fragte Nat. »Sheldon?«

»Was sollte jemand, der im Schiff bleibt, tun, das ich nicht auch erledigen könnte? Für Mitglieder der Bündnis-Spezies ist so ein Ausflug genauso alltäglich wie eine Autofahrt. Versucht einfach, nicht über eure eigenen Füße zu stolpern oder euch auf einem Felszacken aufzuspießen.«

Wir wechselten einen Blick. Damit schien alles gesagt. Wir würden die ersten Menschen sein, die einen Fuß auf den Mars setzten. Nichts würde uns aufhalten.

Der Luftschleusenmechanismus funktionierte exakt so, wie ich es mir gedacht hatte. Ein paar Minuten später stand ich am Fuß der Treppe und starrte den ockerfarbenen Boden an.

»Warum geht es nicht weiter?«, ertönte Patricks Stimme klar und deutlich in meinem Helm, wahrscheinlich aus einem Funkgerät.

»Ich habe das Gefühl, irgendetwas Bedeutendes sagen zu müssen«, erwiderte ich. »Aber mir fällt nichts ein.«

»Ein kleiner Schritt?«, fragte Patrick.

»Fremde Welten zu entdecken?«, schlug Nat vor.

»Oder doch besser: der Weltraum, unendliche Weiten?«, hielt Patrick dagegen.

»Ich fange an, Alaric zu beneiden«, schaltete Sheldon sich in unsere Unterhaltung ein. »Muss ich das Schiff kippen, um euch abzuschütteln?«

Ich lachte. »Okay, Sheldon, entspann dich.« Ich dachte einen Moment nach und richtete mich gerade auf. »Ich habe nun mal eine unauslöschliche Sehnsucht nach den entlegenen Dingen. Ich schwärme davon, auf unerschlossenen Meeren herumzufahren und an der Küste der Barbaren zu landen.«

»Gute Wahl«, sagte Nat und folgte mir.

Zuletzt setzte Patrick einen Fuß auf die Erde. »Es fühlt sich nach Dreck an. Trocken, nicht ganz sandig, aber auf jeden Fall Dreck.«

»Was hast du erwartet?«, erwiderte Nat. »Styroporkügelchen?«

Patrick schenkte ihr keine Beachtung. »Du hättest etwas von Burroughs wählen können, ein John-Carter-Zitat.«

»Mir ist keins eingefallen.«

»Schaut mal«, sagte Nat.

Wir folgten mit dem Blick ihrem ausgestreckten Finger. Sheldon war auf Patricks Wunsch im Valles Marineris gelandet. Wir befanden uns dicht genug an einer Seitenwand, um sie zum Himmel aufsteigen zu sehen. Wegen der dünnen Marsatmosphäre wirkte sie relativ nah, andererseits erhob sie sich eindeutig hinter dem Horizont, was darauf hindeutete, dass sie doch weit von uns entfernt war. Allerdings hatte ich komplett den kleinen Durchmesser dieses Planeten vergessen ... Ich schüttelte den Kopf und befreite mich aus dieser Gedankenschleife. Ich befand mich auf dem Mars. Das war nicht der richtige Zeitpunkt, mich in Grübeleien zu ergehen.

»Das ist unglaublich«, sagte Nat. »Ich wünschte, wir könnten Fotos machen.«

Patrick zuckte die Achseln. »Warum nicht? Ich hol nur schnell mein Handy raus.«

Nat bedachte ihn mit einem finsteren Blick.

»Wollt ihr spazieren gehen?«, sagte ich schnell, um die die Stimmung aufzulockern. »Oder habt ihr schon genug?«

Patrick sah sich um. »Hätten wir eine Fahne dabei oder ein Basislager, das wir errichten könnten, oder wenigstens Golfbälle und einen Schläger, würde ich gern den ganzen Tag bleiben. Doch abgesehen vom Panorama gibt es hier nur einen Haufen Dreck. Außerdem können wir jederzeit zurückkehren, stimmt's?«

Ich nickte, fühlte mich jedoch einen Moment lang beunruhigt. Erst der Landeplatz der Apollo 11 und nun dies.

Würde die Raumfahrt für uns nur aus einer endlosen Reihe von Enttäuschungen bestehen? Ich drehte mich wieder zum Panorama um. Nein, definitiv nicht. Wir brauchten nur genügend Zeit, um die Erfahrung schätzen zu lernen.

KAPITEL 7

Einparken

Ich stand mit kerzengeradem Rücken vor dem Stuhl des Kommandanten, die Hände hinter dem Rücken verschränkt, den Blick in die Unendlichkeit gerichtet. Hinter mir hing der deutlich sichtbar gekrümmte Horizont der Erde am Firmament.

»Okay, ich habe alles im Kasten«, sagte Nat und betrachtete ihr Handy. »Das sind ein Dutzend Bilder. Jetzt bin ich dran. Hier, bitte.« Sie reichte mir das Handy, als ich den Platz für sie räumte.

»Bereit, Nat? Lass mich deine Admiral-Nelson-Pose sehen. Komm schon, gib alles.«

Natalie hatte Mühe, ernst zu bleiben, doch sie nahm begeistert immer neue Posen ein, während ich sie so schnell wie möglich knipste.

»Ihr Menschen seid unerträglich«, kommentierte Sheldon. »Ihr müsst euch anscheinend ständig wie Touristen benehmen.«

»Oder wir wissen, wie man einen Moment genießt, ohne sich selbst dabei allzu ernst zu nehmen«, erwiderte Patrick.

»Was dasselbe in Grün ist«, murmelte Sheldon und verfiel in Schweigen.

»Bist du sicher, dass du das Schiff in der Scheune haben willst?«, fragte Natalie.

»*Das Schiff*. Wie klingt denn das? Möchtest du, dass ich dich bloß *die Frau* nenne? Dieses Schiff heißt *Halo Mahste*, was *Suche nach Wissen* bedeutet.«

»Cool«, erwiderte Natalie. »Dann heißt es ab jetzt *Halo*.«

»Das ist nicht …« Sheldon verstummte. »Also gut. Ich sehe ein, dass der echte Name für eure kleinen Gehirne aus zu vielen Wörtern besteht. Ihr könnt wahrscheinlich nicht anders.«

Ich beschloss, nicht auf Sheldons Gejammer einzugehen. »Na ja, ich werde den Transporter rausfahren müssen, aber den bringen wir morgen ohnehin in die Werkstatt. Es käme mir komisch vor, das Schiff auf einem Feld abzustellen.«

»Aber es ist doch unsichtbar«, merkte Nat an.

»Und wir haben es trotzdem gefunden«, erwiderte ich. »Es reichte, dass wir von seiner Existenz wussten und wo wir mit der Suche anfangen müssen. Meinst du nicht, dass man bei einer groß angelegten Suche aus der Luft die Abdrücke der Landestreben sehen würde?«

»Jack hat recht, Natalie. Falls die Loranna mich aus irgendeinem Grund zu suchen beginnen, werden sie mich spätestens nach drei Tagen entdecken – und das ganz ohne Hinweise auf meinen Aufenthaltsort.«

»Du hättest auf irgendeinem Fels stehen können«, sagte sie.

»Alaric war kein Stratege und nicht einmal besonders klug, wenn man bedenkt, wie er ums Leben gekommen ist. Das Schiff würde aber, unsichtbar oder nicht, wie ein Blätterdach wirken. Früher oder später würde jemand den trockenen Kreis bemerken, der sich bei Regen darunter bildet.«

Ich setzte mich hin und verschränkte grinsend die Arme. Natalie starrte mich an und kratzte sich mit dem Mittelfinger seitlich an der Nase.

Während unseres Wortwechsels hatte Patrick den Pilotenstuhl inspiziert und vorsichtig die Joysticks in den Armlehnen bewegt. »Sag mal, Sheldon, angenommen, jemand bedient die Steuerung … Könntest du eingreifen, wenn derjenige Mist baut?«

»Nur, wenn man es mir befiehlt. Oder wenn es extrem gefährlich wird und die Zerstörung des Schiffs droht.«

»Gut, ich befehle dir, es gegebenenfalls immer zu tun.« Patrick setzte sich hin und betastete die Kontrollen. »Wie wäre es mit einer kurzen Einführung? Was mache ich als Erstes?«

»Also gut. Als Allererstes stehst du vom Pilotenstuhl auf, und zweitens schlägst du dir mehrmals hintereinander einen Stein seitlich an den Kopf, du fünffingriger Kretin.«

»Wow, bist du empfindlich! Aber im Ernst, Sheldon, ich finde, wenigstens einer von uns sollte ansatzweise wissen, wie man diese Schü…, äh, dieses Schiff fliegt. Nur für den Fall der Fälle.«

»Hmpf. Es wäre mir zwar immer noch lieber, du würdest meinem Vorschlag folgen, aber gut. Ich habe die Steuerung vorübergehend deaktiviert, damit du in einer Simulation üben kannst, ohne das Schiff sofort gegen einen Asteroiden knallen zu lassen. Der Joystick zu deiner Linken verändert die Roll-, Nick- und Gier-Winkel. Mit dem rechten beschleunigt man und verringert die Geschwindigkeit.«

»Wie bremst man?«

»Wenn du den Joystick nach vorne drückst, beschleunigst du vorwärts. Wenn du ihn nach hinten drückst, rückwärts. Oder du bremst ab, wenn du dich bereits vorwärtsbewegst. Ansonsten kannst du dich auch treiben lassen.«

»Interessant.« Patrick kippte den rechten Joystick zur Seite. »Dann kann man also auch seitwärts beschleunigen. Was ist mit rauf und runter?«

»Wenn du am Joystick ziehst oder ihn nach unten drückst, beschleunigst du vertikal.«

Patrick spielte einen Moment lang mit beiden Joysticks. »Nicht schlecht. Ziemlich intuitiv. Funktioniert das auch bei Überlichtgeschwindigkeit?«

»Bei Überlichtgeschwindigkeit gibt es keine Pilotensteuerung. Genau genommen gibt es keinen gesonderten Antrieb, der für Überlichtgeschwindigkeit sorgt. Der Navigator bestimmt die Koordinaten und aktiviert das System. Daraufhin bildet sich ein Wurmloch, mit einer Öffnung vor dem Schiff und einem zweiten am Zielort. Sobald das Schiff in das Wurmloch fliegt, sind keine Kursanpassungen mehr möglich.«

»Okay, und was bewirkt dieser Schalter?«

Patrick und Sheldon gingen noch ein paar Minuten lang die verschiedenen Aspekte der Conn durch. Nat und ich sahen dabei zu. Ich fand ihre Unterhaltung faszinierend, merkte aber, dass meine Gedanken immer wieder abschweiften, während Sheldon über verschiedene Aspekte des Raumflugs oder der Schiffskonstruktion referierte. Nach einer Weile erklärte Sheldon, dass Patrick nun genug wisse, um uns nicht sofort zu vaporisieren, und er die Steuerung nun wieder aktivieren würde.

»Und du fällst mir in den Arm, wenn ich etwas Blödes mache, richtig?«

»Nur, was die Steuerung des Schiffs anbelangt. Dein restliches verpfuschtes Leben ist dein eigenes Problem.«

»Warum denn immer gleich so schnippisch?«, murmelte Patrick und betrachtete die Erde auf der Wand der Brücke. »Sag mal, ist das eigentlich ein Fenster oder ein Monitor? Sehen wir die Wirklichkeit oder nur eine Abbildung?«

»Letzteres. Niemand baut Raumschiffe mit Fenstern.«

»Cool. Kannst du Grafiken und solche Sachen darüberlegen?«

»Natürlich. Was brauchst du? Irgendwelche Zeichentrickfiguren? Einen aufpeitschenden Soundtrack? Pornos?«

»Ähm, vielleicht eine Markierung, die unser Zuhause anzeigt? Es ist nicht so, als sähe ich mir einen Globus an. Unter den Wolken kann ich nur wenig von der Geografie erkennen.«

Auf einem Wandabschnitt erschien ein roter Kreis. »Dunnville, Ohio«, sagte Sheldon.

»Danke, Kumpel.« Patrick bediente die Joysticks. Das Monitorbild rotierte, bis sich der Zielkreis direkt vor ihm befand. Gleich darauf dehnte sich die Erde aus. Die *Halo* schoss förmlich darauf zu.

»Dürfte ich einen weniger enthusiastischen Wiedereintritt in die Atmosphäre vorschlagen?«, fragte Sheldon. »Wir müssen nicht so tun, als wären wir ein Meteor.«

»Würden wir verglühen?«

»Nein, dazu müssten wir viel mehr Anlauf nehmen. Aber in diesem Tempo werden wir die Luft ionisieren, und das wäre sowohl mit bloßem Auge als auch auf einem Radar zu sehen.«

»Ups«, sagte Patrick und verringerte die Geschwindigkeit des Schiffs drastisch. »Danke, Sheldon.«

»Gern geschehen.«

Keine zehn Minuten später schwebten wir über unserer Heimatstadt. Der Zielkreis hatte sich mittlerweile so weit ausgedehnt, dass er das gesamte Blickfeld umrandete. »Markiere bitte die Scheune, Sheldon.«

»Gerne. Wo befindet sie sich?«

»Das ist …« Patrick schnaubte. »Richtig. Du weißt ja gar nicht, wo wir wohnen.« Er drehte sich zu mir und Nat um. »Könnt ihr mich ein bisschen unterstützen?«

»Also gut, da drüben ist der Fluss.« Nat deutete in die entsprechende Richtung. »Und die große Freifläche ist die alte Textilfabrik. Die Stadt müsste also hier sein.«

»Sobald wir dort sind, können wir uns neu orientieren«, fügte ich hinzu.

»Verstanden.« Nach ein paar weiteren Flugminuten und Hinweisen von den Co-Piloten schwebte die *Halo* schließlich über unserer Scheune.

»Ich muss den Transporter rausfahren und die Tore komplett öffnen«, sagte ich. »Könntest du mich bitte absetzen?«

»Ich öffne die Luftschleuse«, sagte Sheldon.

»Du musst erst landen und mich dann absetzen«, fügte ich hinzu.

»Oh, mein Fehler.«

Patrick kicherte. »Für die Filigranarbeit solltest du wieder übernehmen, Sheldon.«

»Natürlich.« Das Schiff bewegte sich. »Wir schweben jetzt dicht über dem Grund, Jack. Ich öffne die Luftschleuse erst, wenn du zum Aussteigen bereit bist. Es wäre sicher nicht gut, wenn dich irgendwer dabei beobachten würde, oder?«

»Da hast du recht.« Ich reichte Nat die Fernbedienung. »Ich weiß nicht, ob du sie bei dir haben musst, um Sheldon Befehle zu erteilen, aber nur für den Fall …«

»Das ist kein Zauberstab«, sagte Sheldon. »Ihr seid jetzt effektiv die mir vorgesetzte Crew. Wenn jemand anders in den Besitz der Fernbedienung käme, würde ich allerdings in einen Konflikt geraten.«

»Gut zu wissen.« Ich winkte und ging zu den Aufzügen.

Die Schiebetore der Scheune widersetzten sich mir hartnäckig, und ich war fast so weit, mit den Armen zu fuchteln, um Patrick zu Hilfe zu rufen. Doch mithilfe einiger inspirierter Flüche, einer Trittleiter und ein paar Sprühstößen WD-40 ließen sich die Flügel schließlich doch noch zu den äußersten Rändern schieben. Ich fuhr den Lieferwagen rückwärts heraus und parkte ihn so, dass er vom Haus aus nicht zu sehen war.

Es war mir ein bisschen peinlich, das Schiff heranzuwinken. Ich wusste, dass es ein Stück vor mir schwebte. Da ich es nicht sehen konnte, kam ich mir jedoch vor, als wäre ich nicht ganz richtig im Kopf.

Ich konnte unmöglich feststellen, ob sie meine Geste gesehen hatten oder sich bereits in der Scheune befanden. Das Schiff verursachte keine Geräusche und stieß weder Abgase noch Düsenstrahlen aus. Ich stellte mir vor, wie sich unbeabsichtigt eine der Landestreben auf mich herabsenkte, und wich rasch zur Seite aus. Vielleicht würde es auch gar nicht unbeabsichtigt geschehen. Sheldon hatte definitiv etwas Psychopathisches an sich.

Im Inneren der Scheune klappte die Landerampe auf, und Natalie stieg die Treppe herab. »Schließ die Tore«, sagte sie. »Wir sind drin.« Ohne auf eine Anweisung von ihr zu warten, zogen sich die Stufen wieder ein. Ich nickte zufrieden und machte mich daran, die Schiebetore wieder zurückzuschieben.

Fünf Minuten später waren sie geschlossen. Die *Halo* hatte derweil die Landestreben ausgefahren und stand auf dem Betonboden. Nat und Patrick standen bei mir und blickten in den großen leeren Raum hinauf.

Ich nahm meinen Rucksack von dem Stuhl, auf den ich ihn fallen gelassen hatte, und wühlte darin herum, bis ich den Kommunikator fand. Ich holte ihn heraus und drückte auf den V-Knopf. »Kannst du mich hören, Sheldon?«

»Ja.«

Dieses Gerät war also tatsächlich ein Kommunikator.

»Eine Frage«, sagte ich. »Das V-artige Symbol bedeutet generell *an* und das I-artige Symbol *aus*, oder?«

»Korrekt. Oder *auf* und *zu* beziehungsweise *aktivieren* und *deaktivieren*. Im Moment beziehst du dich wahrscheinlich auf den Kommunikator, oder?«

»Ja. Hör mal, könntest du dich eine Sekunde lang sichtbar machen?«

»Ist das klug?«

»Die Tore sind geschlossen und meine Eltern nicht in der Nähe. Ich würde dich gerne sehen.«

»Also gut.« Die *Halo* erschien vor mir.

Ich hatte gerade genug Zeit, eine flache Kugel oder eine hohe Scheibe auszumachen, als das Schiff auch schon wieder verschwand. »Was zum Teufel, Sheldon?«

»Habe ich die Bedeutung des Wortes *Sekunde* missverstanden?«

»O Mann«, warf Nat ein. »Das Schiffshirn spricht wie ein bösartiges Genie.«

Ich lächelte sie an und hob den Kommunikator an die Lippen. »Mach dich bitte sichtbar, bis ich dir etwas anderes sage.«

Ich erhielt keine Antwort, doch die *Halo* erschien erneut vor uns. Sie war nicht wirklich wie eine Untertasse, sondern eher wie ein abgeflachtes Sphäroid geformt. Sie wies keinerlei Kanten und abgesehen von den Landestreben auch ansonsten keine auffälligen Merkmale auf. Die Gen schienen eine künstlerische Ader oder zumindest einen guten Geschmack zu besitzen. Das Schiff war smaragdgrün und ganz oben beziehungsweise ganz unten bläulich. Der Effekt war verblüffend und eine offensichtliche Abweichung vom ansonsten zweckdienlichen Design.

Es war außerdem viel zu klein für die Räume, die wir darin gesehen hatten. Selbst ohne die zwei Stockwerke, die wir bisher nicht betreten hatten, war es nicht hoch genug. Und auch nicht ausreichend breit für das zweite Geschoss oder Deck.

Ich hob den Kommunikator an den Mund. »Öffne zwei einander gegenüberliegende Luftschleusen, Sheldon. Egal welche. Und deaktiviere, wenn möglich, die Sicherheitssperre für die Schleusen.«

Zwei Treppen senkten sich herab. Nat und Patrick sahen mich verwirrt an. Sie fragten sich offensichtlich, was ich vorhatte. Ohne ein Wort der Erklärung stieg ich lächelnd die näher gelegene Treppe hinauf. Während ich das Schiff durchquerte, den Zentralzylinder umrundete und auf der anderen Seite wieder ausstieg, zählte ich sorgfältig meine Schritte.

Am unteren Ende der Treppe angekommen, kehrte ich quer durch die Scheune zu meinen Freunden zurück. »Drinnen musste ich fast viermal so viele Schritte machen wie draußen«, sagte ich, als ich wieder bei ihnen war. »Das Schiff ist im Inneren also wirklich größer. Das ist so cool!« Erneut hob ich den Kommunikator. »Mach wieder zu, Sheldon.«

Wir traten zurück und verschlangen das Schiff ein paar Minuten lang mit Blicken. »Es ist nicht nur cool«, sagte Nat, »sondern auch wunderschön.«

»Die Gen sind offenbar echte Ästheten«, erwiderte ich. »Oder vollkommen dekadent. Erinnert ihr euch noch an die David-Lynch-Verfilmung von *Dune*? Die barocken und völlig überladenen Kulissen?«

»Es kommt mir nicht so vor, als wären die Erbauer dieses Schiffs prunksüchtig gewesen. Wahrscheinlich verfügten sie einfach über genügend finanzielle Mittel, um dem Ganzen ein gewisses Flair zu verleihen.«

Patrick öffnete meinen Rucksack. »Wir haben noch immer nicht herausgefunden, wozu diese Geräte dienen.«

Ich seufzte. »Ich setze es auf die Frageliste.«

»Sehr gut.« Patrick sah auf seine Uhr. »Ich muss nach Hause. Ihr wisst ja, wie wichtig meinem Dad das sonntägliche Abendessen ist. Soll ich dich mitnehmen, Nat?«

»Vielleicht. Oder soll ich Sheldon bitten …«

»Nein!«, riefen Patrick und ich wie aus einem Mund.

Während meine Freunde zur Tür gingen, ließ ich mich in meinen Lieblingssessel sinken. Ich nahm meinen Rucksack, holte die Geräte nacheinander heraus und legte sie auf die Werkbank. Anschließend überflog ich die Frageliste, die ich während eines ruhigen Moments auf meinem Handy getippt hatte.

»Jack?«, riss Sheldon mich aus meinen Gedanken.

Ich nahm den Kommunikator in die Hand. »Oh, hi, Sheldon. Was gibt's?«

»Ich bin noch immer sichtbar. Da Nat und Patrick gegangen sind, nehme ich an, dass du für heute auch Schluss machst.«

Ich rieb mir die Stirn. »Verdammt, du hast recht. Danke fürs Mitdenken. Du kannst jetzt wieder unsichtbar werden.« Ich blickte über die Schulter und sah zu, wie die *Halo* verschwand. »Ach, und Sheldon?«

»Ja, Jack?«

»Wozu sind die Geräte gut, die wir bei Alaric gefunden haben.«

»Ich kann sie vor dir liegen sehen. Der Gürtel enthält die Tarnvorrichtung. Sie ist auf Gen-Körper abgestimmt. Ich weiß also nicht, wie gut sie bei dir funktionieren würde.«

»Würde sie mich töten?«

»Nein, sie ist nicht gefährlich. Aber vielleicht würde sie nur deine Haut unsichtbar machen. Oder alles bis auf deine Venen und Arterien. Mit beiden Varianten würdest du wahrscheinlich ziemlich viel Aufmerksamkeit erregen.«

Ich lachte laut auf. »Das stimmt wohl. Und die da?«

»Den Kommunikator und den Funkschlüssel hast du ja bereits identifiziert. Mit der Waffe, die ihr ›Strahlenpistole‹ nennt, solltest du besser nicht rumspielen. Bei den restlichen handelt es sich um einen Scanner – den du wegen deiner *Star-Trek*-Obsession vermutlich als Tricorder bezeichnen würdest, obwohl das nur zum Teil richtig wäre –, ein medizinisches Notfallgerät – mit dem du auf gar keinen Fall rumspielen solltest, da es für gennische Körper konzipiert ist – und ein Lorann-Detektor.«

»Ein Lorann-Detektor? Ehrlich?«

»Genau genommen ist es ein Tarnfeld-Detektor, aber als Alaric mich anwies, ihn zu produzieren, waren die einzigen zu erwartenden Tarnfelder auf der Erde lorannischen Ursprungs. Er spürt Tarnfelder auf, wie der Gürtel sie produziert, oder die *Halo*, wenn sie unsichtbar ist. Ein tragbares Gerät von dieser Größe hat nur eine geringe Reichweite, zwischen drei und sieben Metern, je nachdem, wie viel Materie sich zwischen ihm und dem Tarnfeld befindet.«

»Was macht es, wenn es eins entdeckt?«

»Es vibriert. Selbst Alaric war klug genug, um zu begreifen, dass Blinklichter und eine Sirene kontraproduktiv wären.«

Ich schnaubte. »Das ergibt Sinn.« Ich steckte die Geräte wieder in meinen Rucksack zurück und verstaute ihn in dem Geheimfach, das ich während meiner rebellischen Teenagerphase in meine Werkbank eingebaut hatte.

»Darf ich dich etwas fragen?«, meldete sich Sheldon.

»Na klar, Sheldon, schieß los.«

»Während des Flugs zum Mars habe ich euch über einen Vorfall am MIT sprechen hören, der dich deinen Studienplatz kosten könnte. Soweit ich verstanden habe, glaubst du, dass dich irgendwer reingelegt hat, richtig?«

»Nicht ganz. Ich glaube nicht, dass die Leute, die dahinterstecken, es speziell auf mich abgesehen haben. Sie brauchten wahrscheinlich nur einen Sündenbock, dessen

Account sie benutzen konnten. Ich verstehe aber immer noch nicht, wie sie an mein Passwort kommen konnten. Und ich weiß nicht, wie ich beweisen soll, dass nicht ich derjenige war, der meinen Account benutzt hat.«

»Hmm. Während ihr Menschen esst, schlaft und euren Darm entleert, habe ich viel Freizeit. Würde es dir etwas ausmachen, wenn ich ein wenig in dieser Angelegenheit recherchiere?«

»Nein, gar nicht. Es wäre toll, wenn du etwas Hilfreiches herausfindest.« Ich gähnte herzhaft. »Ich bin total ausgelaugt. Das war ein ziemlich aufregender Tag. Ich werde mich gleich schlafen legen. Kommst du zurecht? Brauchst du irgendwas?«

»Nein, aber danke, dass du fragst. Ich fühle mich in diesem Versteck viel sicherer.«

»Ach ja«, sagte ich, »wenn irgendwer anders hereinkommt als einer von uns dreien, solltest du so hoch wie möglich aufsteigen.«

»Das ist ein sehr guter Vorschlag, den ich beherzigen werde.«

»Gut. Dann bis morgen.«

KAPITEL 8

Nächste Schritte

Tag 4. Montag

Am Montag stand ich früh auf und fuhr den Lieferwagen zu Dukes Unfallwerkstatt. Mein Vater hatte von meiner Umparkaktion nichts mitbekommen, und ich wollte, dass er so wenig wie möglich über den Unfall nachdachte. Nicht dass ihm plötzlich irgendeine Frage oder ein Gedanke kam, der alles ans Licht brachte.

Da Duke erst in einer halben Stunde aufmachen würde, fuhr ich zu McDonald's und holte mir beim Drive-in einen großen Kaffee. Anschließend parkte ich den Transporter vor der Werkstatt, öffnete die Notizen-App auf meinem Handy und fügte der Liste noch ein paar weitere Fragen hinzu:

- Was bedeuten die verschiedenen Farben der Strahlenpistole?
- Wie sehen die Loranna aus?
- Wie genau wollen sie den Planeten übernehmen?
- Was ist die Lücke im Galaktischen Bündnisvertrag?

- Was ist das Galaktische Bündnis?
- Gibt es eine Föderation oder irgendetwas in der Art?
- Sind die Gen friedlich? Sind sie eine bessere Alternative als die Loranna?
- Können wir die Pläne der Loranna irgendwie durchkreuzen?
- Was sollen wir mit Alaric anstellen?

Nat würde diese Liste gefallen. Sie hätte bestimmt noch ein paar zusätzliche Fragen auf Lager. Und genau das war das Problem. Jede beantwortete Frage würde voraussichtlich weitere nach sich ziehen. Es wäre großartig, wenn Sheldon uns einfach die gesamte Geschichte von Anfang bis Ende erzählen würde, doch darauf schien er … na ja, keine Lust zu haben. Ich war mir nicht sicher, ob er etwas vor uns verbarg.

Auch die Treibstofffrage war nach wie vor ungeklärt, und die war vergleichsweise wichtig. Sheldon hatte vom Nachtanken gesprochen, es würde also definitiv irgendwann nötig werden. Der Treibstoffvorrat könnte unsere Handlungsfreiheit einschränken, sowohl generell als auch in Bezug auf die Loranna. Ich setzte es auf die Liste.

Mein Handy vibrierte. Ich warf einen kurzen Blick darauf. Eine Nachricht von Patrick: *Hole Nat ab, werde bei McD stoppen. Willst du was?*

Ich sah den Kaffee in meiner anderen Hand an und zuckte die Achseln. Etwas zu essen wäre nicht schlecht. Ich tippte: *McMuff und einen Hash Brown. Bin gerade bei Duke.*

Ein paar Minuten später kam Duke und winkte mir zu, während er die Vordertür aufsperrte. Ich stieg aus dem

Transporter aus und folgte ihm ins Büro. Während er einen Aktenordner herauszog, ließ ich die Schlüssel auf die Theke fallen.

»Herman hat mir erzählt, du hättest ohne Erlaubnis oder ein Gewehr einen Hirsch gejagt.«

Ich reagierte mit einem freundlichen Lächeln. Es gab keinen Grund, diese Geschichte zu dementieren. »Ja, aber er ist entkommen. Diese Woche gibt es also leider kein Wildbret.«

Duke schob mir ein Formular hin, und ich unterschrieb es an der gekennzeichneten Stelle. Draußen hupte es. Patrick war eingetroffen. »Danke, Duke. Geben Sie Bescheid, wenn er fertig ist.« Mit einem letzten Winken verließ ich die Werkstatt.

Nat machte mir Platz, als ich einstieg, und Patrick röhrte in seinem gewohnt gemächlichen Tempo vom Parkplatz.

Nat rückte von mir ab und nahm wieder in der Mitte der Sitzbank Platz. »Mann, Patrick, muss das sein?«

»Wo ist übrigens mein Essen?«, fragte ich. Nat langte unter den Sitz und reichte mir eine kleine braune Papiertüte mit den zwei goldenen Bogen. Ich zog den Hash Brown heraus und sah, dass bereits ein Halbmond herausgebissen war. Als ich Nat einen bohrenden Blick zuwarf, zuckte sie die Schultern. »Das war die Bearbeitungsgebühr. Willst du das Stück wiederhaben?« Sie machte Anstalten, sich den Finger in den Hals zu stecken.

»Nein, behalt es.« Ich machte kurzen Prozess mit meinem Frühstück und war damit fertig, als wir vor dem Lebensmittelladen meiner Familie anhielten.

»Wir sehen uns nach der Arbeit, Jack«, rief Patrick im Davonfahren durch das offene Beifahrerfenster. Er würde

Nat beim Harris Institute absetzen und anschließend seinem Vater in der Fleischerei helfen. Ich würde den ganzen Tag lang Regale einräumen, kassieren und Einkäufe zu Autos hinaustragen.

Jim, einer der anderen Angestellten, winkte mir zu, als ich mir meine Schürze umband. »Dein Vater lässt mich heute die Lieferungen erledigen, Jack. Du musst währenddessen wahrscheinlich alles putzen, was in den Gängen verschüttet wird.«

»Ha, ha«, antwortete ich und verdrehte die Augen. Er hatte allerdings recht. Ein Tag wie eine Million anderer lag vor mir, dem noch eine Million weitere folgen würden.

Seufzend machte ich mich an die Arbeit.

Gefühlte tausend Jahre später war Gott sei Dank Feierabend. Ich ließ mich von Dad nach Hause chauffieren. Wir schwiegen fast die ganze Fahrt lang. Bisher hatte keiner von uns beiden herausgefunden, wie wir mit dem abrupten Ende meines Ingenieurstudiums umgehen sollten.

Dad machte mir deswegen keinen Stress, aber ich hatte ständig das Gefühl, mich ihm erklären zu müssen. Er schien unbedingt verstehen zu wollen, was in mir vorging. Ich wusste nicht, ob er meine Unschuldsbeteuerungen wirklich glaubte oder mir nur den Rücken stärken wollte. Es half auch nicht, dass mein einziger Versuch, ihm das Bitcoin-Mining zu erklären, auf beinahe komische Weise komplett gescheitert war.

»Danke fürs Mitnehmen, Dad«, sagte ich und lief zur Scheune.

»In einer halben Stunde gibt's Abendessen«, rief er mir hinterher. Patricks Auto stand bereits seitlich neben der

Scheune. Zweifellos hatte er den Pferdchen unter der Haube auf der Herfahrt alles abverlangt.

Nat und Patrick saßen an meiner Werkbank. Mein Geheimfach stand offen, und die Geräte waren auf der Arbeitsplatte ausgelegt.

»Ich muss dringend ein neues Versteck finden«, murmelte ich, während ich meinen Rucksack von meinem Sessel nahm und mich hinsetzte.

»Was steht heute Abend auf dem Programm?«, fragte Patrick.

»Unter der Woche haben wir keine Zeit für einen Flug zum Saturn«, sagte ich. »Lasst uns mit unseren Fragen beginnen. Wenn wir mehr wissen, können wir besser planen.« Ich holte mein Handy heraus und schickte Nat und Patrick meine Liste via AirDrop.

»Gefällt mir gut«, sagte Nat, als sie alle Punkte durchgelesen hatte. Sie beugte sich vor, nahm den Kommunikator und schaltete ihn an. »Hi, Sheldon.«

»Hallo, Nat und Konsorten. Was steht heute Abend an?«

»Nur ein paar Fragen. Wir müssen uns einen Überblick verschaffen.«

»Oh, toll.«

»Komm schon, Sheldon«, sagt Nat. »Das wird dir auch nützen. Je mehr wir verstehen, desto besser können wir dich verstecken und uns selbst bedeckt halten.«

Ein kurzes Schweigen entstand. »Das stimmt«, sagte Sheldon schließlich. »Also gut. Dann legt los.«

»Als Erstes haben wir sozusagen eine Haushaltshaltfrage. Wir lagern Alaric in einer Kühltruhe hinten in der Scheune. Sicherheitstechnisch ist das nicht ideal. Hast du irgendeinen Stauraum, in dem wir ihn aufbewahren können?«

»Ja. Ich habe Stasiskammern, in denen ihr seine Leiche verstauen könnt.«

»Okay«, sagte Patrick. »Wozu sind die normalerweise da?«

»Für genau solche Fälle. Bei Expeditionen kann es zu Todesfällen kommen, oder jemand verletzt sich so schwer, dass er in Stasis versetzt werden muss, bis er angemessen medizinisch versorgt werden kann. Wie bereits erwähnt, bin ich dazu konstruiert, längere Zeit unabhängig zu operieren. Dafür muss ich auf die verschiedensten Notfälle vorbereitet sein.«

Patrick dachte einen Moment nach und nickte. »Es wird nicht leicht, ihn die Treppe hinaufzuschaffen.«

»Ich werde den Lastenaufzug nach unten schicken.«

»Du hast einen Lastenaufzug? Wo befindet er sich?«

»Hinter den Doppeltüren im Zentralzylinder. Wenn ihr den untersten Knopf drückt, fährt er bis zum Boden hinab.«

An diesen Knopf erinnerte ich mich. »Cool. Okay, wir werden ihn später in sein neues Lager umziehen lassen. Nächste Frage: Wie steht's um deine Treibstoffreserven? Hast du so etwas wie einen Benzintank?«

»Ich werde mit Antimaterie angetrieben. Mein Vorrat ist groß, aber nicht unbegrenzt. Wenn ich Wurmlöcher erzeuge, geht er relativ schnell zur Neige, aber ich glaube, wir sind uns alle einig, dass wir das besser lassen – zumindest unter den gegebenen Umständen.«

»Genau«, sagte ich. »Was uns zu den Loranna bringt. Du hast gesagt, sie wollen eine Lücke im Bündnisvertrag dazu nutzen, unseren Planeten zu übernehmen. Wie können wir uns das vorstellen?«

»Ihr solltet vielleicht noch mal auf die Toilette gehen und euch ein paar Snacks bereitstellen. Das könnte etwas dauern.«

»Ach Mist. Ich muss« – ich sah auf die Uhr und seufzte – »gleich zum Abendessen.« Wie zum Hohn erschien genau in diesem Moment eine Nachricht auf meinem Handy. *Abendessen ist fertig.* Ich stand auf. »Wollt ihr zwei mitkommen?«

Patrick schüttelte den Kopf. »Deine Mom hat uns auch schon eingeladen, aber wir haben uns wieder einmal bei McD eingedeckt. Wir werden auf dich warten.«

»Das werden wir auf gar keinen Fall tun«, sagte Nat. »Wir werden uns die Geschichte anhören und später für dich zusammenfassen.«

»Drecksäcke«, sagte ich und eilte zur Tür.

Ich schaufelte mir das Essen so schnell in den Rachen, dass ich es kaum kauen konnte. Ich versuchte, mich so normal wie möglich zu benehmen, war mir aber sicher, dass ich es komplett vergeigte. Dem entsetzten Gesichtsausdruck meiner Mom nach zu urteilen, fragte sie sich, was sie bei meiner Erziehung bloß falsch gemacht hatte. Dad unternahm einen halbherzigen Versuch, über alternative Colleges mit mir zu diskutieren, doch ich war so unkonzentriert, dass es mir nicht einmal gelang, Interesse zu heucheln. Barkley, unser Hund, lag neben meinem Stuhl. Offensichtlich hoffte er darauf, dass ich in meiner Hektik mit der einen oder anderen Gabelvoll meinen Mund komplett verfehlen würde.

Ich verließ so schnell wie möglich den Tisch und eilte zur Scheune zurück, in der Patrick und Nat mit leerem

Gesichtsausdruck schweigend in die Ferne starrten. Nein, ihre Mienen waren nicht leer, eher schockiert.

»Wow, hallo, ihr Körperfresser. Ist irgendwas passiert?«

»Das kann man wohl sagen«, erwiderte Nat. »Sheldon hat uns alles erzählt. Wir stecken tief in der Scheiße, Jack.«

»Sehr tief«, echote Patrick.

Ich ließ mich in meinen Sessel fallen. »Also gut. Dann lasst mal hören.«

»Okay, ich gebe dir die Kurzzusammenfassung«, antwortete Nat. »Sie haben so etwas wie eine Föderation der Planeten – das war das Erste, wonach ich gefragt habe –, die sie das Galaktische Bündnis oder auch nur das Bündnis nennen. Es agiert wie eine Zentralregierung und erlässt verbindliche Regeln für all seine Mitglieder. Die Mitgliedschaft ist freiwillig, doch ein Austritt aus diesem Club hätte weitreichende wirtschaftliche Folgen. Es gibt eine militärische Streitmacht, die von den Mitgliedern finanziert wird, aber größtenteils regeln sie ihre Angelegenheiten selbst. Stellt euch das Bündnis wie eine UNO mit Zähnen vor.«

»Wie viele Spezies umfasst es?«

»Derzeit gehören sechzehn offiziell dem Bündnis an. Darüber hinaus gibt es rund sechzig bekannte Spezies, die noch nicht zu überlichtschnellen Reisen fähig sind. Ihr technisches Niveau reicht von ›Ich Feuer machen‹ bis zum Industriezeitalter.«

»Wow, so viele?«

»Ja, aber die Zahl bleibt nicht konstant. Offenbar führt der Weg von der industriellen zur überlichtschnellen Phase durch einen sehr engen Fermi-Flaschenhals. Die meisten Spezies schaffen diesen Übergang nicht.«

Und schon kamen mir zahlreiche weitere Fragen in den Sinn. Zum Beispiel: *Warum* schaffen sie es nicht, und besteht diese Gefahr auch für uns? Doch eins nach dem anderen. »Und was ist das für eine ›Scheiße‹, in der wir stecken?«, erkundigte ich mich stattdessen.

»Es gibt eine Art Oberste Direktive, die besagt, dass man unterlichtschnelle Spezies nicht in ihrer Entwicklung stören darf. Die Ausnahme ist jedoch, wenn eine Spezies in einen Fermi-Flaschenhals gerät und ihren Planeten so stark verwüstet, dass sie sich selbst auszulöschen droht. In solch einem Fall kann eine Bündnis-Spezies einspringen und als Treuhänder oder Vormund fungieren.«

»Das klingt doch gar nicht so schlecht …«

»Alaric war der Ansicht, dass die Loranna die Menschheit an den Rand der Zerstörung treiben wollen, um dann wie ein Deus ex Machina aufzutauchen und den Laden zu übernehmen. Zum Wohle der Menschheit, versteht sich.«

»Ach du Scheiße. Aber was springt für die Loranna dabei heraus?«

»Rohstoffe. Da laut Bündnisvertrag einer intelligenten Spezies das gesamte Sonnensystem gehört, in dem sie lebt, würden die Loranna alles einsacken. Sie würden Elemente aus der Sonne holen, Sonnenenergie nutzbar machen, Asteroiden abbauen und Rohstoffe für die Kernfusion aus Jupiter und Saturn absaugen. Und für all das stünden ihnen, wenn genügend Menschen überleben, jede Menge Arbeitskräfte zur Verfügung.«

»Außerdem gibt es auf der Erde anscheinend viel Phosphor, auf den sie scharf sind«, fügte Patrick hinzu. »Wobei ich diesen Teil nicht genau verstanden habe.«

»Fusion?«, fragte ich. »Ich dachte, sie verwenden Antimaterie.«

Nat nickte. »Antimaterie ist der mit Abstand dichteste Energiespeicher und damit der effektivste Treibstoff. Aber es wäre viel zu aufwendig, sie im Universum einzusammeln. Stattdessen nutzt man Fusionskraft und Sonnenenergie, um sie in riesigen Beschleunigern im Weltraum herzustellen. Man braucht allerdings eine Unmenge an Energie, um auch nur ein Gramm davon zu produzieren. Du weißt schon: $E = mc^2$. Und als ob das nicht schon schlimm genug wäre, ist der Prozess auch noch alles andere als effizient.«

»Dann wollen die Loranna also eine Katastrophe verursachen, um uns anschließend heldenhaft davor zu retten und – während sie schon mal hier sind – noch ein bisschen Rahm abzuschöpfen«, sagte ich.

»Ja, aber ich weiß nicht, ob *Abschöpfen* der richtige Begriff ist«, sagte Nat. »Die Loranna kommen mir nicht sehr subtil vor, eher wie eine Mischung aus Cardassianern und Ferengi. Sie wirken irgendwie reptilienartig auf mich, und ihre Philosophie scheint zu lauten: ›Was ich mir nehmen kann, ist meins.‹«

Ich tippte mir nachdenklich ans Kinn. »Das klingt ungut. Hatte Alaric für all das irgendwelche Beweise?«

»Nicht genug, um das Bündnis zu alarmieren. Das war das Problem. Sie scheinen nicht auf ihn gehört zu haben. Sheldon weiß nicht genau, was passiert ist, da Alaric es ihm nie richtig erklärt hat. Sicher ist nur, dass Alaric sich Zugang zur gennischen Opah-Mal-Stiftung verschafft hat, die seit Jahrzehnten die Sprachen und die Kulturen der Erde studiert. Sie verfügen über Schiffe und außerdem automatische Systeme, die uns noch immer beobachten.«

»Und was hatte er vor?«

»Das ist es ja. Sheldon weiß es nicht. Tatsächlich glaubt er, dass Alaric gar keinen richtigen Plan hatte.«

»Brillant. Sheldon?«

»Ja, Jack?«

»Ist es dir technisch möglich, die Loranna aufzuspüren?«

»Ja und nein. Wie du weißt, gibt es einen Tarnfeld-Detektor, aber der hat nur eine geringe Reichweite. Wir können also nicht von einem Punkt aus das gesamte System überwachen. Und es hätte auch keinen Sinn. Solange sich die Loranna nicht in die Angelegenheiten der Menschheit einmischen oder Rohstoffe schürfen, dürfen sie sich von Rechts wegen in diesem Sonnensystem aufhalten. Schließlich war die Stiftung auch hier, um euch zu studieren, und deren Position innerhalb des Bündnisses ist nicht stärker als die der Loranna.«

»Dann müssten wir also nicht nur beweisen, dass sich die Loranna in unserem System aufhalten, sondern auch, dass sie sich in irgendeiner Weise aktiv in unsere Belange einmischen.«

»Ja, damit würdet ihr die Aufmerksamkeit der Stiftung erregen, die wiederum die gennische Regierung und damit letztlich das gesamte Bündnis alarmieren würde.«

»Und was dann?«

»Das kann ich nicht vorhersagen. Vielleicht würde das Bündnis eine harsche E-Mail schicken. Möglicherweise aber auch eine Kriegsflotte. Die Loranna sind nicht leicht einzuschüchtern. Es bedürfte schon einer ernst zu nehmenden Drohung, damit sie sich zurückziehen.«

»Alaric hat diesen Tarnfeld-Detektor mit sich herumgetragen«, ergriff Patrick nach längerem Schweigen das Wort.

»Korrekt.«

»Dann hat er vermutlich gehofft, Loranna auf der Erde aufzuspüren. Wäre das ein Bruch des Bündnisvertrags?«

»Streng genommen ja. Aber einer, der wohl nur eine ›harsche E-Mail‹ zur Folge hätte.«

»Wieso sind sie hier?«, fragte Nat. »Weshalb sind sie ausgerechnet in Taft County gelandet? War das nur ein Zufall?«

»Alaric schien es nicht zu glauben. Er hat mir aber nicht gesagt, wieso.«

»Er hat überhaupt nicht viel mit dir gesprochen, oder?«

»Wieso hätte er das tun sollen? Er wusste nicht, dass ich Bewusstsein erlangt hatte, und ich hatte keinen Grund, ihn darauf hinzuweisen. Wenn er aufgeregt war, hat er häufig mit sich selbst gesprochen.«

»Können die Loranna dich aufspüren, Sheldon?«, schaltete Patrick sich erneut ins Gespräch ein.

»Nein, nur wenn ich versuche, ein Wurmloch zu erzeugen. Und während ich unsichtbar bin, brächte es auch nichts, aufs Geratewohl nach mir zu suchen. Der Detektor hat wie erwähnt nur eine geringe Reichweite und ist hochgradig gerichtet.«

»Okay, dann haben sie also keinen Grund zur Annahme, dass du hier bist, oder? Könnten sie dich beim Systemeintritt entdeckt haben?«

»Das ist möglich, aber unwahrscheinlich. Um das zu vermeiden, sind wir absichtlich ein ganzes Stück außerhalb des Systems eingetroffen und den Rest der Strecke unterlichtschnell hergeflogen. Der Austritt aus einem Wurmloch produziert längst nicht so viel Energie wie dessen Erzeugung. Es wäre ihnen also schwergefallen, ein derart weit entferntes Ereignis zu orten, selbst wenn sie gezielt danach Ausschau gehalten hätten. Und du hast recht: Sie haben keinen Grund, davon auszugehen, dass sich ein Abgesandter der Gen im System aufhält.«

»Was für eine Art Katastrophe würden sie zu erzeugen versuchen?«, fragte Nat.

»Es wäre wahrscheinlich eins der üblichen Fermi-Flaschenhals-Szenarios«, erwiderte Sheldon. »Irgendetwas, das auch von allein passieren könnte und somit keinen Verdacht erregen würde. Die verbreitetsten Desaster sind ein Zusammenbruch der Ökosphäre, ein planetenweiter wirtschaftlicher Kollaps, ein Weltkrieg und eine globale Pandemie. Kommt euch irgendetwas davon für die Erde wahrscheinlich vor?«

»Im Grunde alle Optionen?« Ich verdrehte die Augen. »Wenn das alles Standard-Szenarios sind, wie sollen wir dann feststellen, ob die Loranna dabei die Finger im Spiel haben?«

»Ja, das ist ein guter Punkt. Ihr müsstet die Loranna auf frischer Tat ertappen, mit den Händen an den Schalthebeln sozusagen.«

»Und was, wenn uns das gelingt?«, fragte Patrick. »Funken wir dann das Bündnis an?«

»Ein Funkspruch würde erst in ungefähr hundertfünfzig Jahren sein Ziel erreichen«, erwiderte Sheldon.

»Ich meine natürlich überlichtschnellen Funk«, sagte Patrick.

»Dazu müsste man ein Wurmloch öffnen.«

Ich vergrub das Gesicht in den Händen. »Und das hieße: *Kawumm.*«

»Trefflich formuliert.«

Nat sah nacheinander mich, Patrick und den Kommunikator an. »Wir sind so was von am Arsch.«

KAPITEL 9

Suchstrategien

Tag 5. Dienstag

Erneut schaufelte ich mein Abendessen so schnell wie möglich in mich hinein.

»Könntest du wenigstens kauen?«, fragte meine Mutter mit gespieltem Entsetzen.

»Tut mir leid, Mom. Nat und Patrick werden gleich hier sein. Aber dein Hackbraten schmeckt vorzüglich.«

»Das ist ein Eintopf.«

Ich blickte schockiert auf den Hackbraten auf meinem Teller und dann wieder in das lachende Gesicht meiner Mutter.

»Wenigstens habe ich dich dazu gebracht, dein Essen anzusehen.«

»Nur fürs Protokoll: Deinen Eintopf mag ich auch.«

»Aha.« Sie sah meinen Vater an, der ihrem Blick auswich.

»Du wirkst in letzter Zeit sehr beschäftigt, Jack«, fuhr sie fort. »Aber es scheint nichts mit deinem Maschinenbaustudium zu tun zu haben. Ich habe gestern ein paarmal versucht, mit deinem Vater darüber zu reden, aber er will das Thema offensichtlich nicht mehr anschneiden. Unternimmst du irgendetwas …?«

Ich hob einen Finger. »Ich beschäftige mich tatsächlich mit Maschinenbau, aber im Augenblick nicht mit der Suche nach einem neuen College. Darum kümmere ich mich später noch, versprochen. Wir drei arbeiten an einem Projekt. Bis zum Ende des Sommers sollten wir damit fertig sein. Es wird sich wahrscheinlich gut in meinem Lebenslauf machen und meine Chancen auf eine neue Uni enorm verbessern.«

Moms Augenbrauen schossen in die Höhe, doch es schien mir gelungen zu sein, sie zu besänftigen.

Ich schämte mich ein bisschen. Was ich ihr erzählt hatte, war nicht komplett aus der Luft gegriffen, aber auch nicht im engeren Sinne wahr. Aber hey, gemessen an allem anderen, was ich meinen Eltern verheimlichte, verursachte diese Schwindelei so gut wie keinen Ausschlag auf der Lügen-Skala.

»Apropos«, fuhr ich fort. »Wir werden dieses Wochenende die Nacht durcharbeiten. Das heißt, ich werde auf jeden Fall Freitag Abend und vielleicht auch am Samstag nicht zu Hause sein.«

»Kannst du uns irgendwas über dieses Projekt erzählen?«, fragte Dad.

»Äh, lieber nicht. Wir haben eine Vertraulichkeitserklärung unterschrieben, und die anderen Mitwirkenden wollen im Moment auf keinen Fall öffentlich in Erscheinung treten. Außerdem wird möglicherweise gar nichts daraus.«

Ich ließ meine Eltern verblüfft, aber augenscheinlich auch ein wenig erleichtert zurück und lief mit dem Laptop unter dem Arm zur Scheune.

Nat und Patrick trafen keine zehn Minuten später ein. Sie trugen beide einen Laptop unter dem Arm. Kurz darauf saßen sie neben mir und loggten sich in mein Wi-Fi ein.

»Also gut, Jungs«, sagte Nat. »Als Erstes versuchen wir herauszufinden, warum Alaric unbedingt in Taft County landen wollte.«

»Ich nehme an, weil er wusste, dass die Loranna hier ihre Basis errichtet haben«, erwiderte ich. »Warum das so ist, werden wir vielleicht nie erfahren. Aber wenn sie sich auf der Erde niederlassen wollen, ist ein Ort wahrscheinlich so gut wie der andere.«

»Innerhalb gewisser Grenzen. Eine Basis in der Äußeren Mongolei ergäbe vermutlich wenig Sinn.«

»Außer sie möchten absolut ungestört sein«, sagte Patrick.

Ich nickte ihm zu und drehte mich wieder zu Nat um. »Aber wieso Ohio?«

»Weil es nahe genug an Washington liegt, um das Geschehen dort im Auge zu behalten?«

»Ja, das klingt vernünftig. Es ist wahrscheinlich eine Kompromisslösung. Dann fangen wir mal an.« Ich dachte kurz nach. »Zuerst nehmen wir uns das Unternehmensregister vor. Mal sehen, ob uns einer der Betriebe im County verdächtig vorkommt.«

»Nicht nur Unternehmen«, warf Nat ein. »Wir sollten auch alles andere unter die Lupe nehmen, wie zum Beispiel Wohlfahrtsverbände und Vereine.«

»Guter Punkt«, sagte ich. »Was noch?«

»Plötzliche Veränderungen von Einwohnerzahlen und andere statistische Auffälligkeiten. Der Teil wird vielleicht etwas aufwendiger.«

Ich nickte. »Neue Gebäude.«

»Militärische Veränderungen?«, fragte Patrick. »Die herauszufinden könnte besonders schwer werden.«

»Tja, wir machen nur einen ersten Durchgang«, erwiderte ich. »Vielleicht stoßen wir auf etwas, vielleicht auch nicht. Wir müssen die Sache aber auf jeden Fall ein wenig eingrenzen.«

»Und das ganze Zeug ist im Internet zu finden?«, fragte Patrick.

Nat lachte. »Recherchieren ist mein Job, Patrick. Oder zumindest ein Teil davon. Mit meinen Arbeits-Log-ins kann ich auf ein paar Datenbanken zugreifen, für die wir ansonsten bezahlen müssten. Ich zeige euch, wie das geht.«

Ich hatte zwar selbst Erfahrung mit Online-Recherchen, doch Nat machte das mittlerweile seit ein paar Jahren beruflich, und ihr Arbeitgeber hatte sie in dieser Zeit zu mehreren Schulungen geschickt. Ihr Google Fu war auf Profi-Niveau. Diese Operation würde auf jeden Fall sie leiten.

Der Abend verging in großer Stille. Nur gelegentlich hörte man einen von uns etwas murmeln. Einmal bekamen wir alle fast einen Herzinfarkt, als meine Mutter die Scheune betrat – angeblich, um uns Snacks zu bringen. Damit konnte sie mich jedoch nicht täuschen. In Wahrheit hatte sie sicher herausfinden wollen, ob wir uns die Zeit bloß mit Videospielen vertrieben.

Doch stattdessen sah sie uns, von Notizen und Ausdrucken umgeben, mit tiefernsten Gesichtern vor unseren Laptops sitzen und trat zufrieden den Rückzug an.

Obwohl wir im Internetzeitalter lebten, brauchten wir für das, was wir uns vorgenommen hatten, auch unsere rein analog operierenden Gehirne, und die arbeiteten nur sehr langsam, ließen sich leicht ablenken und verlangten nach regelmäßiger Koffeinzufuhr. Als ich merkte, dass ich nicht mehr konnte, hatten wir die Liste noch längst nicht auf ein handliches Maß zusammengestutzt.

»Erstaunlich, wie viele Imbisse und Restaurants in den letzten zwanzig Jahren eröffnet haben«, sagte Nat und deutete auf ihren Monitor. »Ich bin froh, dass wir nicht nach anrüchigen Franchise-Aktivitäten Ausschau halten. In dem Fall würden wir ewig hier sitzen.«

Ich griff nach dem Kommunikator und hielt ihn mir vor den Mund. »Sollen wir Sheldon ins Boot holen? Vielleicht hat er Vorschläge oder andere Erkenntnisse als wir.«

»Tut mir leid, Jack«, drang Sheldons Stimme aus dem Kommunikator. »Im Moment fällt mir auch keine bessere Suchstrategie als eure ein. Wenn man keine Daten hat, kann man nur so lange auf den Busch klopfen, bis etwas herausfällt. Vielleicht könntet ihr dabei ein paar Affengeräusche von euch geben.«

Mein Blick zuckte zum Kommunikator. »Wie lange hörst du uns schon zu?«

»Solange du den Kommunikator nicht ausschaltest, ist er zu Protokollierungszwecken auf Dauerempfang gestellt. Das ist bei Schiffen der Stiftung so Standard.«

Patrick warf die Hände in die Luft. »Das ist ja wunderbar. Wenn die Loranna dieses Signal abfangen können …«

»Darüber musst du dir keine Sorgen machen, Patrick«, sagte Sheldon. »Eine Quantenverschlüsselung kann nicht mal theoretisch geknackt werden. Das wissen sogar Erdwissenschaftler – was übrigens eine Wortverbindung ist, bei der ich echt lachen muss.«

»Dann sendet dieses Gerät also verschlüsselt?«

»*Alle* Geräte senden verschlüsselt, außer auf öffentlichen Kanälen. Es gibt keinen Grund, ein Signal nicht zu verschlüsseln.«

»Also gut«, sagte Patrick, »aber können wir sie ausschalten? Ich meine die automatische Protokollierung.«

»Warum solltet ihr das tun?«

»Aus dem gleichen Grund, aus dem ich fliegen lernen wollte. Nur für den Fall.«

»Tja, ich habe das Gefühl, dass ich mich gekränkt fühlen müsste, aber dafür interessieren mich eure Gespräche zu wenig. Haltet einfach drei Sekunden oder länger den Aus-Knopf gedrückt, bis das Gerät summt. Wenn ihr das Gerät das nächste Mal anschaltet, wird die Protokollierung automatisch wieder aktiviert. Ich mache euch gern eine Anleitung mit kleinen Bildchen, wenn ihr euch das nicht merken könnt.«

»Danke, Sheldon«, sagte ich, um Patricks Antwort zuvorzukommen. Ich hielt meinen Freunden mit erhobenen Augenbrauen den Kommunikator hin. Nat verzog das Gesicht und schüttelte den Kopf. Patrick zuckte die Achseln.

Ich legte den Kommunikator auf den Tisch zurück. »Ehrlich gesagt finde ich die Protokollierung praktisch. Wir können dich jederzeit bitten, uns irgendetwas noch einmal vorzuspielen oder in den Protokollen zu suchen, stimmt's?«

»Natürlich.«

Patrick klappte knurrend seinen Laptop zu. »Ich bin völlig geschafft. Lasst uns an dieser Stelle aufhören und morgen weitermachen.«

Ich lag im Bett und starrte die Decke an. Meine Gedanken rasten. Was als ganz normaler Blechschaden auf einer Landstraße begonnen hatte, verwandelte sich zusehends in ein interstellares politisches und diplomatisches Desaster, bei dem mehrere Spezies eine Rolle spielten und das Schicksal der gesamten Menschheit auf dem Spiel stand. Zumindest, soweit ich es verstand. Es erschien mir unwahrscheinlich, dass Sheldon log oder die Gefahren aufbauschte. Ich konnte mir jedenfalls keinen Grund vorstellen, wieso er das hätte tun sollen.

Wie lange waren die Loranna bereits hier? Hatten sie den Staatsapparat unterwandert? Konnten sie wie in dem Film *Angriff der Körperfresser* Menschen durch getarnte Angehörige ihrer Spezies ersetzen?

Solange wir keine weiterführenden Informationen besaßen, waren uns die Hände gebunden. Im Moment hielt ich es auf jeden Fall nicht für ratsam, die Polizei oder irgendwelche anderen Behörden einzuschalten. Wenn wir Glück hatten, würden sie uns einfach nur auslachen und abwimmeln. Im schlimmsten Falle würden wir die *Halo* an jemanden übergeben müssen, der mit den Loranna in Verbindung stand. Der geringste Fehltritt konnte das Ende der Menschheit bedeuten.

Meine Grübeleien wühlten mich immer mehr auf. Wenn ich nicht bald in den Schlaf fand, würde ich am Morgen völlig erledigt sein und Dad garantiert wissen wollen, was mit mir los war.

So aufregend unsere Verfolgungsjagd auch sein mochte – bislang war alles noch reine Theorie und würde möglicherweise ergebnislos bleiben. Es gab noch andere Dinge, die wir tun konnten, zum Beispiel Taft County aus der Luft nach Dingen absuchen, die unerklärlich oder fehl am Platz waren. Nicht alles wurde aktenkundig. Die Scheune beispielsweise existierte offiziell gar nicht. Keine Genehmigungen, keine Inspektionen. Wahrscheinlich würde es nie ein Problem damit geben, aber es war fraglich, wie viele andere inoffizielle Bauten im Laufe der Jahre fertiggestellt worden waren.

Ich schloss die Augen und spürte, wie ich endlich wegdämmerte, bis ich von düsteren unterirdischen Bunkern und getarnten Höhlenverstecken träumte.

KAPITEL 10

Überflug

Tag 6. Mittwoch

Nach dem Abendessen trafen wir uns erneut in der Scheune. Keiner von uns wollte unseren Eltern das Gefühl geben, das geheime Projekt wäre uns wichtiger als die Familienmahlzeiten. Außerdem hatte Natalie etwas dagegen, sich jeden Tag von Fast Food zu ernähren.

»Wir brauchen einen Namen für unser Team«, sagte Patrick.

Ich dachte nach. »Wie wäre es mit Space Force?«

Natalie schüttelte den Kopf. »Schon vergeben.«

»Space Farce.«

»Ich glaube zwar nicht, dass der Name schon weg ist, aber nein.«

»X-Force?«, schlug Patrick vor.

»Deadpool würde uns verklagen.«

Ich hob einen Finger. »SD Gundam Force.«

»UNCLE?«, kam es von Nat.

»CONTROL?«, steuerte Patrick bei.

»Die drei Stooges«, mischte Sheldon sich ein.

Patrick starrte böse den Kommunikator an. »Wir hätten ihn doch ausschalten sollen.«

Ich lächelte und nahm die Strahlenpistole in die Hand. »Hey, Sheldon. Ich wollte dich schon die ganze Zeit fragen: Kann man mit der hier nur Unkraut vernichten, oder geht da noch mehr?«

»Je nach Energielevel kann sie töten, betäuben oder den weltschlimmsten Ganzkörpermuskelkater verursachen. Ha. *Muskelkater.* Ein paar irdische Begriffe ergeben überhaupt keinen Sinn. Aber das macht sie nur noch drolliger.«

Ich sah den Schieberegler auf dem Gerät an. »Wegen der Sicherung gehe ich davon aus, dass Rot für töten steht, richtig?«

»Ja. Violett ist betäuben und Blau Muskelkater. Der gennische Name für diese Waffe bedeutet ungefähr so viel wie *Disruptor*. Das wisst ihr Trekkies bestimmt zu schätzen.«

Nat lachte und sah Patrick und mich an. »Ich bin die Liste allein weiter durchgegangen. Sie ist noch immer viel zu lang. Vor allem Vereine und Clubs scheinen wie Pilze aus dem Boden zu schießen.«

»Wir sollten mit der *Halo* aufsteigen und von Dunnville aus das gesamte County überfliegen«, sagte ich. »Vielleicht erhalten wir auf diesem Weg ein paar zusätzliche Hinweise oder kommen auf irgendwelche Ideen.«

»Großartiger Einfall«, erwiderte Patrick und sprang auf. »Dieses andere Zeug fühlt sich viel zu sehr nach Hausaufgaben an.«

»Öffne bitte eine Luftschleuse, Sheldon.« Ich verstaute die Geräte in meinem Rucksack. Nur den Kommunikator steckte ich in dic Hosentasche.

Wir gingen zur herabsinkenden Treppe. Auf halbem Weg blieb ich abrupt stehen und murmelte: »Die Schiebetore.« Patrick und ich gingen zurück und stießen sie fluchend auf.

»Wir könnten wirklich einen Garagenöffner gebrauchen«, merkte Patrick an.

»Ja«, sagte ich, »damit würden wir sicher überhaupt keinen Verdacht erregen.«

»Na gut, dann nicht. Aber lass uns vor dem nächsten Mal wenigstens ordentlich die Schienen schmieren.«

»Du meinst jetzt gleich? Wir müssen sie nämlich wieder schließen, sobald Sheldon draußen ist, und dann bei unserer Rückkehr erneut aufschieben.«

Patrick blickte in die Scheune. »Kacke. Das bedeutet auch, dass wir das Schiff vor aller Augen besteigen und verlassen müssen.«

Ich schwieg einen Moment. »Ja, das ist nicht gut. Dann müssen wir wohl doch in den sauren Apfel beißen und einen Toröffner installieren.«

»Eurem Gespräch zu lauschen ist, als würde man meinen Großeltern beim Streiten zuhören«, drang Nats Stimme aus dem Kommunikator. »Warum heiratet ihr nicht?«

Patrick und ich grinsten uns an.

»Lass Sheldon hinter die Scheune fliegen, Nat. Dort sind wir wenigstens vom Haus aus nicht zu sehen. Es ist nicht ideal, aber besser als nichts.«

»Wir sind schon dort«, erwiderte Nat.

Wir gingen ebenfalls hinter die Scheune, wo wir von einer herabsinkenden Luftschleusentür empfangen wurden. Einen Moment später befanden wir uns auf der Brücke.

»Wir sollten alles aufnehmen.« Patrick zog sein Handy aus der Tasche. »Können wir sehen, was sich unter uns befindet, Sheldon?«

Auf einem Teil der Wand erschien das Weidegras. Patrick nickte zustimmend. »Und kannst du dir irgendein Suchmuster ausdenken, mit Dunnville in der Mitte, das alles abdeckt?«

»Ja, ich kenne eine geometrische Form für Fortgeschrittene, die sich Spirale nennt. Soll ich dir eine Skizze davon machen?«

Patrick verdrehte die Augen. »Sheldon hat wirklich eine große Klappe.«

Nat stieß ihm einen Ellbogen in die Rippen. »Den Kommentar hast du dir selbst zuzuschreiben.«

Patrick schnaubte und begann, mit seinem Handy zu filmen. »Okay, Sheldon, du kannst loslegen.«

»Wenn du fragen würdest«, erwiderte Sheldon, »würde ich dir wahrscheinlich sagen, dass ich alles aufzeichnen und dir schicken kann. Und das in viel besserer Qualität. Aber ich möchte dir nichts aufdrängen.«

Patrick ließ die Schultern hängen und starrte auf seine Schuhspitzen. »Wirklich ein bösartiges Genie.«

»Mach es bitte so«, sagte ich grinsend. »Lasst uns mit der Operation beginnen.«

Die Suche dauerte eine geschlagene Stunde, allerdings nicht, weil das Schiff zu langsam oder schwer zu manövrieren gewesen wäre. Das Problem war vielmehr, dass wir nicht zu schnell fliegen durften, wenn wir das County nicht bloß als eine einzige große Schliere, sondern in allen Einzelheiten auf Video bannen wollten.

Außerdem ließ ich Sheldon noch eine kurze Videosequenz aus größerer Höhe und zuletzt mehrere hochauflösende Fotos unmittelbar unter der Wolkendecke anfertigen.

»MOBIUS«, sagte Patrick auf einmal.

Ich drehte mich zu ihm um. »Was?«

»So sollte unser Team heißen.«

»Steht das für irgendetwas?«

»Mobilmachung gegen Organisierte Biologische Invasionen aus Unbekannten Systemen.«

Nat verzog das Gesicht. »Das klingt ziemlich holprig.«

»Ist aber ein cooler Name«, erwiderte Patrick. »An seiner Bedeutung können wir ja noch feilen.«

Nach einer Weile fiel uns nichts mehr ein, was wir aus der Luft sonst noch aufnehmen konnten.

»Lasst uns Schluss machen«, sagte ich. »Sheldon, bring uns in die Scheune zurück.«

Das Einparken der *Halo* in die Scheune gestaltete sich genauso mühsam wie zuvor das Ausparken. Anschließend holten Patrick und ich die Leiter und sprühten die Führungsschienen der Tore sorgfältig mit WD-40 ein.

Als alles aufgeräumt war und die *Halo* wieder unsichtbar in der Scheune stand, ließen wir uns in die Sessel sinken.

Nat saß vor ihrem Laptop. »Sheldon hat mir die Videos und Fotos per AirDrop geschickt. Sobald ich sie sortiert habe, schicke ich sie an euch beide weiter. Es wäre gut, wenn ihr sie durchseht, während ich weiter die Daten analysiere.«

Patrick grinste breit. »Das ist mal ein Plan, mit dem ich leben kann. Du machst die Hausaufgaben, während wir Videos anschauen.«

»Arsch.«

Nach ein paar Stunden konzentrierten Schweigens ließ ich mich stöhnend zurücksinken. »Ich habe rein gar nichts entdeckt. Und du, Patrick?«

»Nada. Viele Wohnhäuser, hier und da Gewerbe- oder Infrastrukturbauten, aber nichts, was verdächtig erscheint. Keine Raketensilos, Militäreinrichtungen oder Burgen und auch keine Rohstoffminen. Gar nichts.«

Natalie blickte auf. »Was für Infrastrukturbauten?«

»Straßen, der Deich im Archer Lake, ein paar Entwässerungskanäle, die sie nach der großen Flut vor fünf Jahren ausgehoben haben.«

»Und was für Gewerbebauten?«

»Das Valley-Einkaufszentrum am anderen Ende der Stadt und das Tate-Gewerbegebiet. Wahrscheinlich die einzigen beiden Dinge, die seit dem Bürgerkrieg im County errichtet worden sind.«

»Das ist wahrscheinlich etwas übertrieben«, sagte Nat, »aber ich verstehe, was du meinst. Und es überrascht mich auch nicht wirklich. Keins von beidem ist sonderlich erfolgreich. Ich wüsste nicht, warum man noch mehr von ihrer Art bauen sollte.«

»Das Einkaufszentrum schlägt sich ein bisschen besser, seit sich Walmart dort eingemietet hat«, sagte ich.

Patrick nickte. »So einen solventen Mieter hätte ich auch gerne.«

»Und das Gewerbegebiet?« Ich nickte zum McArthur's Knob, der höchsten Erhebung in der Gegend. Nats Arbeitgeber und der gesamte Komplex befanden sich von unserem Grundstück aus gesehen hinter diesem Hügel.

»Ich laufe in der Mittagspause nicht viel herum, aber es scheint hauptsächlich kleine Geschäfte zu beherbergen –

Versandhandlungen, Spezialwerkstätten, ein oder zwei Dojos und solche Sachen. Wie das Einkaufszentrum brauchte auch das Gewerbezentrum einen großen Mieter wie das Harris Institute, um rentabel zu sein.«

»Und was ist mit deinem Arbeitgeber?«

»Was soll damit sein? Es ist eine Marketingfirma, Patrick. Sie machen sich darüber Gedanken, wie sie Leuten, die bereits Seife haben, noch mehr Seife verkaufen können.«

»Das ist sicher sehr erfüllend.«

Anstatt zu antworten, gab Nat laute Atemgeräusche von sich und streckte die Hand zu einem Klammergriff aus. Patrick tat bereitwillig, als würde er ersticken.

Ich sah dem Schauspiel einen Moment lang zu, dann fragte ich: »Bist du mit der Liste weitergekommen, Nat?«

Sie ließ die Hand sinken und schüttelte den Kopf. »Leider nein. Ich habe alle nicht infrage kommenden Firmen, Vereinigungen, Personengesellschaften, Clubs und Religionsgemeinschaften gestrichen. Seither ist nicht mehr viel übrig, und ehrlich gesagt sind die verbliebenen Kandidaten auch nicht gerade hochverdächtig.«

»Wonach suchen wir eigentlich?«, fragte Patrick.

»Na ja, wenn die Loranna die Umwelt zerstören wollen, müssten sie sich ein klassisches großes Mineralölunternehmen mit internationaler Vertriebsstruktur und ohne Skrupel anschaffen. Davon gibt es jede Menge, aber nicht in Taft County. Wenn sie gesellschaftlichen und wirtschaftlichen Unfrieden stiften wollten, könnten sie sich soziale Medien oder parteiische Nachrichtensender zulegen, die die Bevölkerung gezielt spalten. Die haben wir aber auch …«

»Nicht in Taft County«, beendete ich den Satz für sie. »Also gut. Mir fallen noch Unternehmen ein, die all die anderen Katastrophen befördern könnten, von denen Sheldon gesprochen hat, aber kein einziges von ihnen ist hier tätig. Damit stehen wir also wieder ganz am Anfang.«

»Sheldon«, sagte Natalie mit leicht erhobener Stimme, »hast du noch irgendeine Idee?«

»Nein, Natalie, tut mir leid. Ich weiß, in einem eurer Filme könnte ich mithilfe einer Ein-Megabit-Verbindung mehrere Terabytes an Informationen durchkämmen und euch gleich nach der nächsten Werbeunterbrechung die Lösung präsentieren. In Wirklichkeit bin ich aber für den Betrieb eines Raumschiffs und nicht für Wunder zuständig.«

Grimmig klappte ich meinen Laptop zu. »Also schön, für heute Abend lassen wir es gut sein. Und morgen versuchen wir, noch mal neu an die Sache ranzugehen.«

KAPITEL 11

Scheunentore

Tag 7. Donnerstag

»Hey, Jack«, sagte Patrick, als er zusammen mit Nat die Scheune betrat.

»Hi, Leute. Hat irgendwer seit gestern eine brillante Eingebung gehabt? Irgendwas, das er den anderen mitteilen möchte?«

»Nein«, sagte Patrick.

»Nada«, schloss Nat sich an.

Ich seufzte. »Ich leider auch nicht. Vielleicht müssen wir eine Pause einlegen oder uns eine ganz andere Herangehensweise überlegen.«

»Dürfte ich einen Vorschlag machen?«

Ich drehte mich zu dem Kommunikator um, den ich auf dem Tisch liegen gelassen hatte. »Klar, Sheldon. Lass hören.«

»Ich habe einen automatischen Antrieb für die Scheunentore, frisch ausgedruckt. Das Design habe ich von einem auf Amazon angebotenen Modell übernommen.«

»Hä … was?«

»Habe ich mich unklar ausgedrückt? Ich kann euch zum Fabrikationsbereich des Schiffs leiten, wo ihr Schienen, eine Steuerelektronik, zwei Riemenscheibenmotoren und eine Fernbedienung finden werdet. Vom Original nicht zu unterscheiden. Ich habe sogar die ausgedruckte Anleitung von der Website des Herstellers beigelegt.«

»Moment mal, wie bist du ins Internet gekommen?«

»Mit deinem Wi-Fi natürlich. Das übrigens völlig unzureichend geschützt ist.«

»Du hast das Passwort geknackt?«

»Nein, ich habe zugehört, als du es deinen Freunden verraten hast. Beim Hersteller, seid ihr Menschen schwer von Begriff.«

Patrick grinste. »Ich muss zugeben, dass ein ferngesteuerter Toröffner sehr praktisch wäre. Sollen wir für Sheldon auch eine Fernbedienung einrichten?«

»Schon erledigt. Ich habe den Empfänger darauf programmiert, ein Signal von mir zu akzeptieren.«

»Ah, natürlich.« Patrick sah mich mit zur Seite geneigtem Kopf an. »Glaubst du, dass wir den Mechanismus heute Abend einbauen können?«

»Nichts leichter als das.«

Ganz so leicht war es dann doch nicht, da sich die alten und langsam verrottenden Schiebetore nicht ohne Weiteres mit einer neuen Oberschiene verbinden lassen wollten. Wir mussten einige Notverstrebungen anbringen, um zu verhindern, dass sich die Torflügel einfach auflösten. Als wir unsere Werkzeuge einsammelten und die Leitern wegräumten, dämmerte es bereits. Doch das neue automatische Rolltor war montiert, eingeschaltet und einsatzbereit.

Patrick stand mit verschränkten Armen und einem breiten Grinsen neben mir, während ich zum dritten Mal den

Knopf drückte und zusah, wie die Tore majestätisch aufglitten.

In diesem Moment kam mein Vater auf uns zu. »Gute Arbeit, Jack. So etwas wollte ich schon seit Jahren installieren, aber es schien mir nie dringend genug. Warum hast du es getan?«

»Äh, es kann sein, dass wir demnächst ein paar große Gegenstände in die Scheune hinein- und wieder heraustransportieren müssen. Und Patrick und ich waren der Ansicht, dass es auf der ganzen Welt nicht genug WD-40 gibt, um die alte Konstruktion gängig zu machen.«

»Hmm. Und was ist mit den Kosten? Für Tore dieser Größe muss man mindestens viertausend Dollar hinblättern.«

»Alles bezahlt, Dad. Keine Sorge.«

Er sah mich streng an. »Du machst aber keine krummen Geschäfte, oder, Jack? Nach einem Tiefschlag, wie du ihn einstecken musstest …«

»Nein, Dad, nichts Illegales. Keine Drogen, kein Schmuggel und auch keine Schwarzbrennerei. Es ist …« Ich wusste, dass ich meinem Vater irgendwas sagen musste. »Wir arbeiten an einem revolutionären Antriebssystem. Aber die Patente und all der andere Kram dauern Jahre, und solange man sein geistiges Eigentum nicht ausreichend geschützt hat, kann man damit nicht an die Börse gehen. Daran arbeiten unsere Partner bei diesem Unternehmen. Die wollen jetzt erst mal ein paar Tests durchführen, um das eine oder andere zu klären. Wir werden nicht mit Geld, sondern mit Firmenanteilen bezahlt. Deswegen machen wir zusätzlich noch immer unsere normalen Jobs. Aber wenn alles klappt, sind wir Großaktionäre.«

Dad sah erst mich nachdenklich an, dann die Tore, die soeben zum Stillstand gekommen waren, und schließlich Patrick und Natalie, die seinen Blick mit Unschuldsmiene erwiderten. Schließlich nickte er. »Also gut. Es sind schon seltsamere Dinge passiert. Apple ist schließlich auch in irgendjemandes Garage gegründet worden. Mir ist alles recht, solange ihr keine krummen Dinger dreht oder die Scheune abfackelt.« Mit diesen Worten machte er kehrt und ging zum Haus zurück.

Patrick stieß den Atem aus. »Wow, Alter, das war das brillanteste Gelaber, das ich je gehört habe. Chapeau.«

»Das war's wohl mit unserem Seelenheil«, fügte Nat hinzu. »Wie auch immer, ich glaube, für heute Abend sind wir fertig. Vielleicht können wir die Suche morgen fortsetzen.«

Ich schüttelte den Kopf. »Hmm, das glaube ich nicht. Morgen ist Freitag.«

Nat dachte einen Moment nach und nickte schließlich. »Ah.«

»Ja, auf geht's zum Saturn«, sagte ich.

»Über Nacht?«, fragte Patrick.

»Das wird sich wohl nicht vermeiden lassen.«

Nat und Patrick nahmen ihre Sachen, winkten mir zu und gingen zum Auto.

KAPITEL 12

Vorbeiflug am Saturn

Tag 8. Freitag Abend

»Vierzehn Stunden hin und zurück«, sagte Nat. »So lange werden die Laptop-Akkus nicht durchhalten.«

»Die Tablets auch nicht«, fügte Patrick hinzu. »Soll ich ein Kartenspiel mitbringen?«

»Moment mal, dass ich darauf noch gar nicht gekommen bin …«, sagte ich. »Hey, Sheldon, kannst du uns Standard-Stromanschlüsse zur Verfügung stellen?«

»Der Energiebedarf ist vernachlässigbar. Ich muss allerdings erst für eure Geräte geeignete Steckdosen ausdrucken. Das wird ungefähr eine Stunde dauern. Bringt eine Powerbank mit, okay?«

Ich nickte. »So lange halten unsere Batterien auf jeden Fall. Danke dir, Sheldon.«

»Sehr gern. Im Weltall gibt es allerdings kein Wi-Fi. Vergesst nicht, alles downzuloaden, was ihr unterwegs benötigt.«

Wir sammelten unsere Habseligkeiten zusammen und marschierten zur offenen Luftschleuse. Auf der Brücke angekommen, sahen wir uns um.

»Hier gibt es wirklich nicht viele ungenutzte Flächen«, bemerkte ich.

»Vielleicht würde der Besprechungsraum euren Ansprüchen genügen«, erwiderte Sheldon.

»Hast du so einen?«, rief Nat aus. »Cool. Wo ist er?«

In der Nähe des Brückeneingangs öffnete sich eine Tür, direkt neben der Toilette.

Ich ging hin und blickte in einen großen Raum, in dessen Mitte ein Konferenztisch stand. »Was gibt es sonst noch auf diesem Deck?«

»Im Uhrzeigersinn betrachtet, den Konferenzraum, eine Krankenstation, die Unterkunft des Captains und einen Bereitschaftsraum.«

»Unglaublich«, rief Patrick. »Das war alles die ganze Zeit da, und wir haben nicht daran gedacht, uns danach zu erkundigen. Was haben wir sonst noch übersehen? Wir müssen dringend das Schiff erforschen. Unterwegs haben wir dafür viel Zeit.«

»Davon träumst du«, erwiderte Nat. »Wir müssen arbeiten. Vergiss nicht die Loranna.«

Ich wandte mich zu den beiden um. »Vielleicht haben wir ja genügend Zeit für beides«, sagte ich. »Jetzt wollen wir aber erstmal aufbrechen. Schließe bitte die Luftschleuse, Sheldon, und bring uns in den Weltraum.«

»Moment!«, rief Patrick. »Er meint, öffne die Schiebetore, schwebe nach draußen, dann schließe die Tore wieder …«

»Im Unterschied zu ein paar von Jacks Freunden, die ich nicht namentlich erwähnen will, bin ich kein Vollidiot, Patrick. Überlasst das Fliegen bitte mir und begebt euch in den Konferenzraum – falls möglich, ohne dabei in eurem eigenen Sabber auszurutschen.«

Nat knuffte Patrick in den Arm. »Du weißt wirklich, wie man sich Freunde macht, Mr. *Den-ich-nicht-namentlich-erwähnen-will*.«

»Klappe halten.«

Der Raum, den wir betraten, eine Mischung aus Besprechungszimmer und Lounge, war fast so groß wie die Brücke. Er wurde von einem ausladenden elliptischen Tisch dominiert, um den gepolsterte Stühle standen. Wie ihre Pendants auf der Brücke hatten auch diese niedrige Sitzflächen und hohe Lehnen. Am Rand des Raums befanden sich mehrere Nischen, die im Wechsel mit Arbeitsplätzen und Couches gefüllt waren. Letztere waren lang genug für Gen und damit für Menschen sehr großzügig dimensioniert. Die Wände wiesen die gleiche glatte Oberfläche wie die Anzeigetafeln der Brücke auf, eine Art halbdurchsichtiges weißes Emaille.

Am schmalen Ende des Raums befanden sich drei Türen, von denen eine zweifellos zum zentralen Aufzug und Korridor führte. Hinter den anderen beiden verbargen sich vermutlich Toiletten.

An einer Stelle der Wand hatten die Konstrukteure anstelle eines Arbeitsplatzes eine lange Theke mit einem Waschbecken, Schränken und Küchengeräten installiert. Ich nahm eine Thermoskanne, ein paar Tassen und mehrere Tüten mit Knabberzeug aus meiner Reisetasche und stellte sie auf den Tresen.

Am erfreulichsten war jedoch, dass der Konferenzraum genug Platz für unsere Bedürfnisse bot. Wir verschwendeten keine Zeit und breiteten unsere Sachen auf dem großen Tisch aus.

Nat ließ sich auf einem der Stühle nieder und stellte ihren Laptop ab. »Äh, Sheldon, sind diese Sitzmöbel verstellbar?«

»Die Knöpfe befinden sich links neben der Sitzfläche, aber erwarte keine Wunder. Sie sind für mehr als zwei Meter große Wesen konzipiert, nicht für Personen, die kleiner als …«

»Sheldon!«, unterbrach ich ihn. »Ich schlage dringend einen Themenwechsel vor.«

Nat grinste mich kurz an und blickte auf. »Danke, Sheldon. Ich versuche, das Beste daraus zu machen.« Sie griff nach unten, und der Stuhl fuhr mit einem leisen Summen in die Höhe.

Schon bald hatte Nat eine akzeptable Position gefunden und klappte ihren Laptop auf. »Ich werde abermals meine Suchfilter checken und die Parameter ein bisschen erweitern. Vielleicht habe ich ja doch etwas Interessantes ausgeschlossen.«

»Äh, Nat? Vergiss nicht, dass wir kein Internet haben.«

Sie bedachte mich mit einem müden Lächeln. »Ich habe meine Daten runtergeladen, Jack. Versuch nicht, Grandma Nat die Welt zu erklären.«

Nat hatte recht: Sie war mindestens so klug wie ich. Es hatte definitiv keinen Sinn, ihr Vorträge zu halten. »Also gut«, sagte ich. »Und Patrick und ich sehen uns noch einmal die Videos und Fotos an.«

Als wir gerade eine Pause machen und uns auf die übergroßen Couchen legen wollten, meldete sich Sheldon. »Der Saturn ist inzwischen als Scheibe zu sehen. Wir werden in einer halben Stunde in eine Umlaufbahn eintreten.«

Nat klappte jubelnd ihren Laptop zu. »Das wurde aber auch höchste Zeit. Mittlerweile habe ich viel, *viel* mehr über die Firmen und Vereine im Taft County herausgefunden, als ich je wissen wollte.«

Auf der Brücke war der Saturn direkt vor der Conn abgebildet. Es waren bereits mehr Details zu sehen, als selbst die stärksten Teleskope auf der Erde darzustellen vermochten. Die Ringe waren deutlich erkennbar, und ich war sicher, mehrere der größeren Monde ausmachen zu können. Sie waren zwar noch keine Scheiben, aber mehr als bloße Lichtpunkte.

»Soweit ich weiß, hat der Jupiter ein gefährliches Magnetfeld und teilweise sehr hohe Strahlungswerte«, sagte ich.

»Das ist der Saturn, nicht der Jupiter. Siehst du die hübschen Ringe?«

»Danke, Sheldon. Ich erwähne das nur, weil ich mich nicht erinnern kann, ob für den Saturn Ähnliches gilt und wir uns Sorgen machen müssten.«

»Ich verstehe. Ihr könnt gewiss sein, dass ich es erwähnt hätte, wenn ich in Gefahr wäre. Laut und deutlich.«

»Und auch, wenn *wir* in Gefahr wären, richtig?«, fragte Patrick.

»Klar, wenn ihr mich dazu auffordert.«

Nat, Patrick und ich rissen die Augen auf.

»Ich mache natürlich nur Spaß. Ich würde doch niemals zulassen, dass meinen Lieblingsmenschen etwas Schlimmes passiert.«

»Ich kann es nicht fühlen«, sagte Patrick.

»Mal im Ernst. Meint ihr nicht, dass von allen Dingen, die einem Schiffsgehirn einprogrammiert werden, der Schutz der Besatzung das Allerwichtigste ist?«

Ein Schweigen entstand, während die Menschen im Raum über diese Worte nachdachten. Schließlich nickte Patrick. »Okay. Aber nur für den Fall: Hiermit befehle ich dir, alles Notwendige zu tun, um uns zu beschützen.«

»Das war unnötig und beleidigend. Aber in deinem Fall sollte man die Latte wohl nicht zu hoch hängen.«

»Ojemine, sind wir heute aber wieder empfindlich.«

Ich winkte mit beiden Händen. »Okay, Waffenstillstand. Wir sind hier, um uns den Saturn anzusehen. Kannst du uns an den Sehenswürdigkeiten vorbeifliegen, Sheldon? Am Planeten und vielleicht auch an ein paar der größeren Monde? Ich würde sagen, in maximal zwei Stunden sollten wir uns wieder auf den Rückweg begeben.«

»Ich denke mir ein paar Umlaufbahnen aus, die für besonders viele Aahs und Oohs sorgen werden.«

Und Sheldon hielt Wort. In den nächsten zwei Stunden flog die *Halo* mehrmals dicht am Saturn und an den Monden Titan, Mimas, Iapetus und Enceladus vorbei. Titan war im Grunde nur eine Kugel aus Smog, deren Wolken Sheldons bildgebende Sensoren nicht durchdringen konnten. Doch Mimas, der wie ein echter Todesstern wirkte, Enceladus, mit den quer über seine Kontinente verlaufenden Rissen im Eis, und Iapetus, der aussah, als wäre er mit etwas zusammengestoßen, boten einen mehr als dramatischen Anblick.

Und während der gesamten Tour dominierten die Ringe den Himmel und sahen aus wie die Regenbogenbrücke von Asgard.

»Wie weit kannst du dich dem Planeten annähern, Sheldon?«, fragte ich. »Kannst du in die Wolken eindringen?«

»Das könnte ich, aber es wäre riskant. Ich bin kein gepanzertes Erkundungsschiff, sondern vergleichsweise filigran gebaut.«

»Oh«, erwiderte ich enttäuscht. »Aber da kann man natürlich nichts machen.«

»Wie viel Strahlung kannst du aushalten?«, fragte Nat. »Würdest du den Jupiter überstehen?«

»Der Jupiter liegt innerhalb meiner Parameter, aber ich würde nicht an einem Neutronenstern oder einem Magnetar vorbeifliegen wollen.«

Ich begann, unkontrolliert zu gähnen. In Dunnville war es bereits weit nach zwei Uhr morgens. Außerdem forderten mittlerweile die geistig anstrengende Arbeit auf dem Herweg und die Aufregung über den Saturn und seine Monde ihren Tribut. »Ich muss mal kurz die Augen zumachen, sonst penne ich im Stehen ein«, sagte ich und ging zu einem der Sofas, ließ mich darauf fallen und war innerhalb von Sekunden eingeschlafen.

KAPITEL 13

Erste Erkenntnisse

Tag 9. Samstag Morgen

Ich schreckte aus einem verwirrenden Traum auf, in dem ich gehetzt über eine große Wiese geflogen war. Ich rieb mir die Augen und versuchte, wach zu werden. Da die Thermoskanne schon seit Stunden leer war, konnte ich nicht auf einen Koffein-Kick hoffen.

Nat und Patrick hatten sich auf den Couchen ausgestreckt. Nat gab ein leises, schnarrendes Geräusch von sich, wie ein Streifenhörnchen. Es hörte sich süß an und war vollkommen neu für mich. Mir war nie klar gewesen, dass sie schnarchte. Und es war vermutlich etwas, das ich nicht ansprechen sollte. Niemals.

Ich setzte mich an meinen Laptop, fuhr ihn hoch und starrte den Ordner mit den Videos und Bildern an. Ich war nicht sicher, wonach genau ich suchte, nur, dass es wichtig war. Nun, vielleicht würde ich eine Eingebung haben, wenn ich sie mir noch einmal ansah.

Es dauerte weniger als fünf Minuten, bis etwas an der Peripherie von Dunnville meinen Blick anzog. Ich vergrößerte die hochauflösende Aufnahme. *»Scheiße!«*

Patrick drehte sich schnaubend auf die andere Seite.

Nat setzte sich auf. »Was ist los? Was hast du?«

»Ich habe etwas gefunden. Weißt du noch, wie Sheldon gesagt hat, dass er selbst im unsichtbaren Zustand Spuren auf einem Feld hinterlassen würde?«

»Ja.« Nat kam, setzte sich müde blinzelnd neben mich und schob ihren Stuhl dichter heran, um den Bildschirm besser sehen zu können.

Ich deutete auf das herangezoomte Bild. »Es ist schwer zu erkennen, weil sie einander mehrfach überlagern, aber das sind eindeutig Abdrücke von einer fliegenden Untertasse.«

Nat sah den Bildschirm mit zusammengekniffenen Augen an. »Hmm, ich sehe, was du meinst. Bist du sicher, dass du nicht unter Pareidolie leidest?«

»Was ist das? Eine Geschlechtskrankheit?«

Nat kicherte. »Nein, du Quatschkopf. Das ist die Neigung, Muster und Objekte zu sehen, wo keine sind. Eine Art Selbsttäuschung.«

»Du meinst, wenn man zum Beispiel in einer Scheibe Toast Jesus zu erkennen glaubt?«

»Ganz genau.«

»Okay, dann wollen wir mal die Gegenprobe machen. Hey, Sheldon?«

»Ich will dich nicht unnötig auf die Folter spannen, Jack. Ich sehe die Muster auch. Mit ein wenig Bildbearbeitung bekommt man das hier …« Eine viel größere Version des Bilds erschien auf einem Wandpaneel. Sheldon hatte die Farben verbessert. Das Ergebnis zeigte mindestens ein halbes Dutzend verschiedener Muster, darunter eine Reihe von dreibeinigen Vertiefungen, die sich in einem Kreis aus braunen Grashalmen befanden.

»Könnten die von gennischen Schiffen stammen?«

»Nein. Seit ungefähr einem Jahrzehnt sind keine Gen mehr auf der Erde gelandet. Derartige Spuren verschwinden nach ein oder zwei Monaten. Die hier stammen mit an Sicherheit grenzender Wahrscheinlichkeit von lorannischen Schiffen.«

Nat lehnte sich lächelnd zurück. »Wow. Endlich ein Fortschritt. Gut gesehen, Jack. Wo ist das?«

Ich verkleinerte den Bildausschnitt, bis ungefähr eine Viertelmeile südlich des Felds das Gewerbegebiet zu sehen war, in dem Nat arbeitete.

Nat starrte mit gebleckten Zähnen den Bildschirm an. »Na, das ist ja wirklich super.«

Patrick sah benommen von der Couch zu uns herüber. »Was ist los?«

Ich drehte mich zu ihm um und deutete auf den Laptop. »Wir haben etwas gefunden, in der Nähe von Nats Arbeitgeber.«

Patrick kam zu uns, den Mund zu einem gewaltigen Gähnen aufgerissen. Er beugte sich über uns und betrachtete den Bildschirm. »Die Umrisse auf diesem Feld sehen wie …«

Ich deutete auf die Abdrücke. »Das ist ein Landeplatz. Und er befindet sich ein kleines Stück nördlich vom Harris Institute.«

»Nun, um ganz genau zu sein«, erwiderte Nat, »ein kleines Stück nördlich vom Gewerbegebiet. Dort sind auch noch andere Firmen ansässig.«

»Aber das Harris Institute ist die größte«, sagte ich.

»Das beweist gar nichts«, warf Patrick ein. »Was, wenn eins der kleineren Geschäfte eine Fassade für die Loranna-

Aktivitäten ist? Die meiste Zeit müssten sie nicht einmal zur Arbeit erscheinen, und niemand würde es bemerken.«

Nat nickte nachdenklich. »Patrick hat recht. Das muss zwar nichts heißen, aber Harris ist eine *echte* PR- und Marketingfirma. Wir haben allein in diesem Jahr sechs Kampagnen durchgeführt, zwei davon landesweit. Ich habe unsere Werbespots im Fernsehen gesehen.«

»Ich auch.« Patrick verzog das Gesicht. »Die waren kacke.«

»Du findest alle Werbespots kacke.«

»Na und?«

Ich ignorierte die beiden und betrachtete weiter den Bildschirm. »Hast du irgendwas Verdächtiges an deinen Arbeitgebern bemerkt, Nat?«

»Eigentlich nicht. Ich meine, ein paar von den Managern wirken irgendwie reptilienartig, aber das gilt doch für die meisten reichen Schnösel.«

Patrick schnaubte.

Ich lehnte mich auf meinem Stuhl zurück und starrte den Laptop an. Das war der eindeutigste Hinweis, den wir bislang entdeckt hatten – na ja, genau genommen war es der *einzige* Hinweis –, und wir mussten ihm unbedingt nachgehen. Ich tippte nachdrücklich mit dem Finger auf das Bild. »Das sind Spuren von zwei bis vier Landungen, alle in den letzten ein oder zwei Monaten. Das macht zwei Landungen pro Monat. Und zwar nicht nur kurze Bodenberührungen, sondern längere Aufenthalte.«

»Mindestens fünf Sonnen- oder zwei Regentage«, sagte Sheldon. »Die Muster weisen übrigens auf zwei unterschiedlich große Landestreben hin. Es müssen also mindestens zwei Schiffe sein. Der Durchmesser und die Form der Streben entsprechen lorannischen Modellen. Zum Glück sind es keine Militärschiffe, sondern ziemlich günstige und veraltete zivile Typen, was mir allerdings merkwürdig vorkommt.«

»Hmm, okay, es herrscht also ein großes Kommen und Gehen«, sagte ich. »Aber ist es nicht ziemlich riskant, die Schiffe so nah an ihrer Basis abzustellen?«

»Wieso?«, entgegnete Nat. »Was sollten sie denn sonst tun? Eine Meile entfernt parken und den Rest der Strecke per Anhalter fahren? Das macht auf Dauer sicher keinen Spaß.«

»Vielleicht haben sie ja so angefangen«, sagte Patrick. »Und als nichts passierte, wurden sie immer fauler.«

Bei dieser Vorstellung musste ich unwillkürlich lachen. »Das hört sich nach einem sehr menschlichen Charakterzug an.«

»Die Menschheit hält kein Monopol auf Faulheit«, sagte Sheldon. »Obwohl ihr sie wirklich zu einer Kunstform erhoben zu haben scheint.«

Patrick sah auf. »Und schon wieder ein Seitenhieb.«

»Ihr seid nun mal dankbare Opfer«, erwiderte Sheldon.

»Wir brauchen eine Strategie«, erklärte Nat.

Ich nickte. »Wir haben den Tarnfeld-Detektor. Laufen die Leute vom Harris Institute während ihrer Mittagspause draußen rum?«

»Manche, aber wir haben eine Cafeteria im Gebäude. Und die Manager haben bei sich oben natürlich einen eigenen Speisebereich. Die Leute aus den kleineren Firmen und Geschäften gehen meistens zu einem der Fast-Food-Lokale oder Food-Trucks, die auf der Straße parken.«

»Das ist gut«, sagte ich. »Du könntest mit einem Detektor unter deiner Jacke spazieren gehen, ohne dass jemand Verdacht schöpft.«

Nat zögerte, dann nickte sie. »Du hast wahrscheinlich recht. Es ist kein besonders raffinierter Plan, aber mehr können wir im Moment nicht tun.«

KAPITEL 14

Gehackt

Wieder zu Hause.

Die Rückkehr in die Scheune bereitete keine Mühe mehr, da die Schiebetore auf Sheldons Funkbefehl hin von selbst auf- und wieder zugingen. Und so war die *Halo* im Handumdrehen sicher unter Dach und Fach und unsichtbar.

Ich stieg, dicht gefolgt von meinen Freunden, die Stufen der Luftschleuse hinunter. »Okay, Sheldon, mach sie wieder zu.« Die Treppe stieg langsam in die Höhe und verschwand.

Nat stellte ihren Rucksack und den Laptop auf die Werkbank. »So merkwürdig es auch klingen mag, ich bin froh, wieder hier zu sein. Die Raumfahrt ist längst nicht so toll, wie immer alle behaupten, nicht mal in einer fliegenden Luxus-Untertasse.«

Patrick legte sich die Hände ins Kreuz und bog den Rücken durch. »Das nächste Mal lassen wir uns von Sheldon Kabinen zuweisen, oder wo auch immer die Wissenschaftler untergebracht waren.«

Nats Handy läutete mehrere Male. Sie nahm es hervor und betrachtete das Display. »Natürlich. Alle Benachrichtigungen und SMS, die wir nicht bekommen haben, während wir außer Reichweite waren, treffen jetzt gleichzeitig ein. Juhu.«

Ich betrachtete mein eigenes Handy: ein paar Facebook- und Twitter-Benachrichtigungen und verschiedene andere Dinge erschienen auf dem Display.

Während ich gerade die zweite Nachricht meiner Mutter las, rief Patrick: »Was zum Teufel?« Seine Augen waren weit aufgerissen und sein Mund zu einem O geformt. Wortlos hielt er uns sein Handy hin, auf dem ein Video von einem offensichtlich toten, pelzigen Außerirdischen lief, der gerade in einer Tiefkühltruhe verstaut wurde. Eine weibliche Stimme ließ eine Bemerkung über Mafiosi fallen.

»Okay, aber das Video hast doch du gemacht«, sagte Nat. »Woher …?«

»Das ist auf Twitter«, sagte Patrick mit bebender Stimme.

Ich sah ihn ungläubig an. »Du hast doch nicht etwa …?«

Patrick verkniff das Gesicht. »Natürlich nicht. Das war TimJay666.«

»Und das ist …«

»Der Trottel. Timothy J. Jordan. Mein schon bald sehr, sehr *toter* kleiner Bruder.«

»Aber wie?«, fragte Nat.

Patrick seufzte. »Er ist in unserer Familien-Cloud schon mal in meine Privat-Ordner eingedrungen. Seither habe ich mehrfach mein Passwort geändert, aber ich habe mich schon immer gefragt, ob er ein Programm geschrieben hat, mit dem er es hacken kann. Wie es aussieht, lautet die Antwort ja.«

»Hat er sonst noch etwas gepostet?«

Patrick tippte eine Weile auf seinem Handy herum. »Anscheinend nicht. Zumindest nicht auf Twitter.« Er tippte erneut auf das Display, hielt sich das Handy ans Ohr und ging zur anderen Seite der Scheune.

Ich öffnete Twitter, fand den Post und betrachtete den Anhang. Zum Glück waren es nur zwei Ausschnitte des kompletten Videos. Zum einen ein Kommentar von Patrick, wie schwer die Leiche sei, meine Antwort und Nats Frage, ob wir sie in eine Tiefkühltruhe verfrachten sollten, und natürlich die Sequenz, in der sie in besagter Truhe landete. Um die Stimmen und den Ort zu identifizieren, an dem das Video aufgenommen worden war, hätte man die Leute, die auf der Tonspur sprachen, kennen müssen.

Ich hörte Patricks Stimme. Sie war nicht laut genug, um ganze Sätze verstehen zu können, doch er sagte mehrmals: »So was von tot.«

Zwei Minuten später kam er aufgebracht zurückgestapft. Sein Gesicht war noch immer knallrot. »Er wird es löschen. Ich habe ihm gesagt, dass ich ihm dafür eine Minute Zeit gebe und für jede zusätzliche Minute einen Zahn rausschlagen werde.«

Nat schnaubte. »Und das hat er dir abgekauft?«

»Ich habe den kleinen Mistkerl nicht mehr verprügelt, seit ich vierzehn war, aber ich meine es ernst, Nat, und das hat er ganz sicher gemerkt. Ich werde ihn auf keinen Fall ungeschoren davonkommen lassen.«

Ich betrachtete mein Handy und sah, wie anstelle des Posts von TimJay666 der Satz »Das Video ist nicht mehr verfügbar« erschien.

»Es ist gelöscht«, sagte ich. »Hoffentlich bleibt es auch dabei.«

Der durchdringende Blick, mit dem Patrick mich bedachte, verhieß nichts Gutes für Tim.

»Wir müssen die Tiefkühltruhe loswerden«, sagte Nat.

»Du hast recht. Sie ist zwar jetzt leer, aber wenn sie jemand sieht, könnte derjenige zwei und zwei zusammenzählen.«

»Aber das könnte auch passieren, wenn uns jemand dabei beobachtet, wie wir sie zum Schrottplatz bringen«, bemerkte Patrick.

»Verdammt.« Ich zog den Kommunikator heraus. »Sheldon, wir laden die Truhe ins Schiff. Senke den Lastenaufzug herab, sobald wir so weit sind.«

»Verstanden. Frage: Ist das eine Situation, die man als *Shitstorm* bezeichnen würde?«

»Worauf du einen lassen kannst.«

»Treffer!«, jubelte Sheldon.

Patrick und ich wuchteten die Gefriertruhe schnell auf den Gabelhubwagen, den ich vor der Fahrt zur Werkstatt aus dem Transporter geholt hatte, und brachten sie in die Mitte der Scheune. Als wir uns dem Schiff näherten, senkte sich scheinbar aus dem Nichts der offene Lastenaufzug herab. Wir luden die Gefriertruhe ein, und die Aufzugstüren schlossen sich hinter uns.

»Gibt es einen Lagerraum oder etwas in der Art, in der wir sie verstauen können, Sheldon?«, fragte ich.

»Folgt der rosafarbenen Linie an der Wand bis zur offenen Tür«, erwiderte Sheldon.

Die Aufzugstüren glitten auf, und ich blickte mich um. An einer der Korridorwände entdeckte ich auf Brusthöhe eine pulsierende Linie. Ich zog den Gabelhubwagen in die entsprechende Richtung und sah zu meiner Linken eine offene Tür. Der Gang war so eng, dass wir die Kühltruhe mehrfach auf einer Seite anheben mussten, um sie um die

Kurve zu manövrieren, doch schließlich gelang es uns, das Gerät in den Raum zu transportieren, in dem sich bereits mehrere andere nicht identifizierbare Gegenstände befanden.

Patrick drehte sich mit den Händen in den Hüften langsam im Kreis. »O Mann. Wir sagen ständig, dass wir uns nach diesem oder jenem erkundigen müssten, und dann betreten wir die Besenkammer und stehen vor lauter neuen Rätseln.« Er deutete auf einen eigenartigen mechanischen Gegenstand, der wie ein riesiges zusammengefaltetes Insekt aussah. »Was ist zum Beispiel das da? Es sieht wie ein Transformer im Schlaf-Modus aus. Es ist, als würden wir immer abgestumpfter.«

»Ich weiß, was du meinst«, sagte ich. »Es würde helfen, wenn wir ein bisschen Freizeit hätten.«

»Ja, nichts hält einen so sehr auf Trab wie eine interplanetare Invasion.«

Patrick war nach Hause gegangen, um sich seinen kleinen Bruder zur Brust zu nehmen, was hoffentlich nicht in einem Blutbad enden würde. Nat dagegen hatte beschlossen, noch ein bisschen zu bleiben.

Ich ging zum Haus, um etwas zu essen und Kaffee zu holen. Meine Mutter war in der Küche. Als ich eintrat, drehte sie sich um. »Ah, Jack. Ich habe gar nicht mitbekommen, dass du wieder da bist.«

»Was? Hast du etwa nicht gehört, wie Patricks Auto vorbeigeröhrt ist?«

Sie lachte. Offensichtlich kaufte sie mir meinen Bluff ab. »Wahrscheinlich habe ich mich mittlerweile an das Geräusch gewöhnt. Wollt ihr etwas frühstücken?«

»Du kannst offenbar Gedanken lesen. Ich mache auch zwei Kaffee.«

»Nur zwei?«

»Patrick ist schon wieder gefahren.«

Wenige Minuten später kehrte ich mit einem Tablett mit zwei Tassen, einer Kaffeekanne, einem Milchkännchen und Zitronenkuchen zur Scheune zurück und versuchte, unterwegs nichts zu verschütten.

Ich stellte das Tablett auf die Werkbank und legte den Kommunikator daneben. Nat schob sich sofort ein Stück Zitronenkuchen in den Mund und schenkte sich kauend eine Tasse Kaffee ein.

»Nimm doch etwas von dem Kuchen, Nat«, bemerkte ich sarkastisch. »Und möchtest du vielleicht auch einen Kaffee?«

Nat hob zur Antwort einen Mittelfinger.

»Es hat keinen Sinn, am Wochenende im Gewerbegebiet herumzulaufen«, sagte sie, nachdem wir eine Weile schweigend gegessen hatten, den Mund noch immer voller Zitronenkuchen. »Wir würden nur auffallen. Was hältst du davon, wenn wir uns stattdessen das Feld ansehen?«

»Ich weiß nicht, Nat. Wenn sie uns dort erwischen, fragen sie sich bestimmt, was wir mitten im Nirgendwo zu suchen haben. Auffälliger geht's nicht.«

»Und was sollen sie deswegen tun? Uns erschießen?«

»Vielleicht. Auf jeden Fall wissen sie dann, dass wir ihnen auf die Schliche gekommen sind.«

»Hmm.« Nat dachte einen Moment nach. »Und wenn wir unsichtbar sind?«

»Sheldon ist nicht sicher, wie gut die Tarnung bei uns wirkt.«

»Na, dann lass es uns testen. Gefährlich ist es schließlich nicht, oder, Sheldon?«

»Das ist korrekt. Und wenn die Tarnung nicht einwandfrei funktioniert, kann ich das Gerät vielleicht justieren.«

»Cool.« Nat sprang auf, nahm den Gürtel von der Werkbank und legte ihn sich um. Die Gen waren jedoch nicht nur deutlich größer, sondern auch kräftiger gebaut als die meisten Menschen, während Nat eher zierlich war.

»Oh, Mist«, sagte sie. »Warte mal, man kann ihn verstellen …« Sie spielte ein paar Minuten an dem Gürtel herum, doch er ließ sich nicht eng genug schnallen, um auf ihren Hüften zu halten. Als er zum fünften Mal auf den Boden knallte, gab sie schließlich auf und schob ihn mir mit dem Fuß zu. »Also gut, du bist dran.«

Ich schlang ihn mir so straff wie möglich um den Bauch. Bei mir saß er ebenfalls locker, würde aber zumindest nicht bei der ersten Bewegung herunterrutschen. »Wie schaltet man ihn an, Sheldon?«

»Mit dem Knopf auf der linken Seite.«

»Und wozu ist der rechte da?«

»Das ist ein Kraftfeld, eine Art Schutzschild.«

»Was? Warum hat Alaric es nicht benutzt? Es hätte ihm das Leben retten können.«

»Dieses Kraftfeld verbraucht sehr viel Energie. Die Tarnung kann man mit einer Ladung zehn Stunden aufrechterhalten, den Schild nur fünf Minuten. Und beides hängt an derselben Batterie.«

»Wenn ich bereits fünf Stunden unsichtbar bin, kann ich den Schild also nur noch zweieinhalb Minuten benutzen, richtig?«

»Das ist mehr oder weniger korrekt. Ich sollte außerdem erwähnen, dass der Schild einen Bewegungswiderstand erzeugt. Wenn er aktiviert ist, hast du das Gefühl, durch Wasser zu waten. Rennen kannst du damit nicht.«

»Okay. Dann wollen wir mal.« Ich drückte den rechten Knopf.

Nat schlug sich die Hände vor den Mund und machte ein Geräusch, als müsste sie sich übergeben.

Ich hob eine Hand und betrachtete sie. »Oh, das ist … widerlich.«

Der Effekt war definitiv unvollständig. Meine Kleidung war unsichtbar, was an sich schon verstörend genug gewesen wäre. Darüber hinaus war jedoch auch meine Haut so gut wie transparent, während die tieferen Bereiche meines Körpers sichtbar blieben. Ich griff nach unten und drückte erneut den Knopf, um das Gerät zu deaktivieren. »Das würde ich als Fehlschlag bezeichnen.«

»Im Gegenteil«, erwiderte Sheldon. »Das war zum Totlachen. Vor allem dein Blick, Natalie. Ich bin zwar kein Experte, was menschliche Gesichtsausdrücke anbelangt, aber dein *Hmpf* war unbezahlbar.«

Nat knirschte mit den Zähnen. »Arsch.«

»Tut mir leid. Der gehört nicht zu meinen Konstruktionsmerkmalen.«

Ich musste lachen. »Kannst du es einstellen?«

»Ich kann es versuchen. Einen Moment … Also gut. Teste es jetzt noch mal.«

»Moment, du hast doch gar nichts verändert«, erwiderte Nat.

»Ich habe das Gerät neu kalibriert. Es ist alles eine Frage der richtigen Software. Selbst bei menschlicher Technologie – soweit man von so etwas überhaupt sprechen kann – ist die Hardware nur für die grundsätzlichen Funktionen zuständig. Die meisten Features und Betriebsparameter werden von der Software gesteuert.«

Ich nickte. »Sheldon hat recht. Nimm zum Beispiel meine 360-Grad-Kamera. Die hat auch allein durch ein Firmware-Update mehrere neue Features dazubekommen. Die Kamera selbst hat sich nicht verändert.«

»Ha. Okay, wenn ihr das sagt. Dann drück mal den Knopf und lass uns sehen, was passiert.«

Ich betätigte erneut den linken Knopf.

Nats Augen wurden wieder groß, diesmal jedoch nicht vor Angst. »Mein Gott, Jack. Es funktioniert. Du bist unsichtbar.«

Ich trat lächelnd links neben sie. Zu meiner Verwunderung drehte sie den Kopf in die entsprechende Richtung.

»Woher weißt du, wo ich bin? Ich bin doch unsichtbar.« Ich hob einen Arm, um mich zu vergewissern, dass er noch immer nicht da war.

»Aber nicht unhörbar, du Dödel. Versuch einfach, beim Gehen nicht ganz so laut zu schlurfen.«

»Oh.« Ich drückte den linken Knopf und sah zu, wie mein Arm wieder erschien. »Guter Punkt. Unsichtbar zu sein hilft nicht gegen Geräusche – oder wenn man durch hohes Gras, Nebel oder Regen geht.«

»Ja«, sagte Nat. »Wir sollten uns wirklich gut überlegen, wo und wann du die Tarnung aktivierst.«

»Und lass auch dein Handy da, wenn du Spion spielst«, sagte Sheldon. »Die elektromagnetischen Felder sind leicht zu orten.«

»Ich habe es mir anders überlegt«, sagte ich, nahm den Gürtel ab und hielt ihn Nat hin. »Du machst das.«

KAPITEL 15

Das Spionagespiel

Tag 10. Sonntag

Nach längerem Hin und Her beschlossen wir, noch am selben Tag das Feld zu inspizieren, da die eventuell dort postierten Wachen am Wochenende vielleicht weniger aufmerksam sein würden.

Als wir in Patricks Auto einstiegen, war ich bereits unsichtbar und nahm in der Mitte Platz. Um keine Aufmerksamkeit zu erregen, hielt Patrick sich auf dem Weg zum Gewerbegebiet mehr oder weniger ans Tempolimit.

Er hielt vor dem Gebäude des Harris Institute, und Nat stieg aus. Während sie sich noch einmal umdrehte und kurz mit Patrick sprach, verließ ich ebenfalls das Auto.

Nat ging zur Tür. Sie würde ihren Ausweis vorzeigen und behaupten, sie hätte etwas in ihrem Büro vergessen. Da es sich beim Harris Institute nicht um eine militärische Hochsicherheitseinrichtung handelte, würde der Wachmann sicher nichts dagegen einzuwenden haben.

Ich begab mich derweil geradewegs zum Feld, so schnell ich konnte, ohne dabei außer Atem zu geraten. Außerdem achtete ich darauf, nur auf steinigen Untergrund, festgetretene Erde und kurzes Gras zu treten. Sollte es nötig werden, dass ich mir einen Weg durch ein Weizenfeld bahnte, würde ich die Mission wahrscheinlich abbrechen.

Meine Sorge war jedoch unbegründet. Die Vegetation um das Feld herum erwies sich als kurz, struppig und lückenhaft. Die Loranna wollten vermutlich genauso wenig wie wir, dass jemand aus dem Nichts ihre Fußabdrücke auftauchen sah, und hatten das Gelände entsprechend präpariert.

Binnen Kurzem war ich auf dem Feld, mehr oder weniger in dem Bereich, wo ich die Spuren der Landung gesehen hatte. Ich nahm die Zombie-Haltung ein und tappte langsam hin und her.

Nach mehr als zehn Minuten stieß ich mit einer Hand gegen irgendetwas. Ich klopfte das Objekt rasch ab und identifizierte es als eine Art Landestrebe, die sich jedoch anders anfühlte als Sheldons. Ich ließ die Finger bis zum Boden hinabgleiten und betastete den Fuß der Strebe. Sie war definitiv breiter als eine von Sheldons, rund anderthalb Meter im Durchmesser. Ich langte nach oben, berührte aber nichts. Als ich gerade gehen wollte, flammte ein Lichtblitz auf, und eine Treppe senkte sich herab. So leise wie möglich bewegte ich mich auf die andere Seite der Landestrebe. Bei meinem Glück hielt ich es nicht für ausgeschlossen, dass jemand ausstieg und gegen mich knallte.

Einen Moment später hob sich die Luftschleuse wieder und verschwand. Schritte ertönten und wirbelten ein wenig Staub auf. Sie hielten auf das Gewerbegebiet zu.

Mist.

Es schien sich um eine einzelne Person zu handeln. Sollte ich abwarten und sie vorausgehen lassen? Auf jeden Fall. Doch *wie lange* sollte ich warten? Was, wenn sie nur rasch etwas ablieferte, sofort wieder kehrtmachte und auf dem Rückweg frontal mit mir zusammenprallte?

Darauf fiel mir keine Antwort ein. So leise wie möglich machte ich mich auf den Weg zum Gewerbegebiet und ging bewusst ein wenig langsamer.

Mir wurde klar, dass wir nie daran gedacht hatten, uns bei Sheldon nach dem Aussehen der Loranna zu erkundigen. Ich hatte keine Ahnung, ob sie groß oder klein, dünn oder untersetzt, Fleischfresser oder Vegetarier waren. Und auch nicht, wie schnell sie liefen.

Sobald ich mich wieder auf Asphalt befand, ging ich in einem großen Bogen zum Auto zurück, um nicht doch noch mit einem zurückkehrenden Unsichtbaren zu kollidieren. Ein paar Minuten später erreichte ich den Duster. Nat war zum Glück noch nicht da. Wäre sie vor mir eingetroffen, hätte sie verdächtigerweise die Beifahrertür immer wieder aufmachen oder dauerhaft offen stehen lassen müssen.

Nach einer Weile näherte sie sich ebenfalls. »Ich bin hier«, flüsterte ich, während sie die Hand nach dem Türgriff ausstreckte. Ohne innezuhalten oder anderweitig auf meine Anwesenheit einzugehen, öffnete sie die Tür und wühlte einen Moment lang in ihrer Handtasche, um mir Zeit zum Einsteigen zu geben.

Sobald die Tür hinter ihr ins Schloss fiel, fuhr Patrick los und sah zur Seite. »Ist bei euch alles in Ordnung?«

Nat und ich bejahten.

»Ich bin im Gebäude einem unserer Manager über den Weg gelaufen«, sagte sie. »Wir waren beide überrascht. Er hat mich ein bisschen gegrillt, aber ich glaube, er hat mir meine Geschichte abgekauft.«

»Sah er aus, als hätte er gerade Sport getrieben?«, fragte ich. »Ich bin vom unsichtbaren Schiff aus nämlich einer unsichtbaren Person hierher gefolgt.«

Patricks Augenbrauen schossen in die Höhe. »Was?«

»Das soll wohl ein Witz sein!«, sagte Nat.

»Nein, ich meine es ernst. Ich habe etwas gefunden, dessen Landestreben einen Durchmesser von circa anderthalb Metern aufweisen. Ich werde Sheldon fragen, was er dazu meint, gehe aber davon aus, dass das dazugehörige Schiff um die fünfzig Prozent größer sein muss als die *Halo*.«

»Damit ist es entschieden: Ich werde morgen den Lorann-Detektor in die Arbeit mitnehmen«, sagte Nat. »Ich weiß zwar noch nicht, ob es das Harris Institute oder einer der kleineren Betriebe ist, aber ich glaube, wir haben die Zentrale der Loranna aufgespürt.«

Zurück in der Scheune hielten wir Kriegsrat.

»Wir müssen Sheldon mit ein paar Fragen löchern«, sagte Nat. »Lasst uns dazu in die *Halo* gehen. Sheldon? Kannst du bitte eine Luftschleuse öffnen?«

Sobald wir im Konferenzraum Platz genommen hatten, machte ich den Anfang. »Als Erstes brauchen wir eine Beschreibung der Loranna.«

»Ein Bild ist mehr wert als acht Kilobyte Sprachausgabe«, erwiderte Sheldon und öffnete ein Fenster auf einem der Monitore. Um die Größenverhältnisse zu verdeutlichen, fügte er noch eine Abbildung von mir und - wahrscheinlich – Alaric ein. Der Lorann war klein, untersetzt und erheblich humanoider als der Gen. Außerdem wirkte er zu unserer Überraschung tatsächlich ein wenig eidechsen- oder reptilienartig.

Am meisten überraschte uns seine orange Farbe.

»Damit gehen sie auf keinen Fall als Menschen durch«, sagte ich.

Um die Augen herum war seine Haut in einer Art umgekehrtem Waschbär-Effekt weiß. Und er hatte ein etwas weniger intensiv orangefarbenes Büschel auf dem Kopf, bei dem es sich möglicherweise um Haare handelte.

»Tatsächlich fällt es ihnen sehr leicht, sich als Menschen auszugeben«, erwiderte Sheldon. »Sie haben die richtige Größe und sind mehr oder weniger passend proportioniert. Sie haben sogar die richtige Anzahl Finger und Zehen. Um den Rest kümmert sich das Tarnfeld.«

»Äh, wie bitte?«, fragte ich.

»Hmm. Das hatte ich tatsächlich noch gar nicht erwähnt. Ein Gerät, das Individuen unsichtbar machen kann, ist auch imstande, ihr Äußeres zu verändern. Die Farbe und die Beschaffenheit der Haut zu verändern ist trivial, zumindest in optischer Hinsicht. Wenn ihr ihnen die Hand schütteln würdet, fiele euch vielleicht etwas Merkwürdiges auf.«

»Inwiefern?«, fragte ich.

»Das kann ich nicht sagen, Jack. Ich kenne mich mit Berührungen nicht sehr gut aus. Doch die lorannische Körperoberfläche unterscheidet sich definitiv von menschlicher Haut, und diesen Unterschied kann man sicher auch spüren.« Sheldon schwieg einen Moment lang. »Einem

Gen fiele es wegen seiner Größe deutlich schwerer, sich als Mensch auszugeben. Er könnte zwar ein kleineres Bild von sich projizieren, doch das würde seine Wirkung verlieren, sobald er mit seiner Umwelt interagiert – wenn er sich zum Beispiel unter einer Tür hindurchduckt, die allem Anschein nach hoch genug für ihn ist. Und sein Fell wäre bei einer Berührung sofort zu spüren.«

Ich sah Patrick und Nat an, die mir jedoch nur aufmunternd zunickten. »Okay, dann könnten die Loranna also mit Menschen verkehren. Sozusagen undercover.«

»Korrekt. Wenn sie klug sind, übertreiben sie es damit jedoch nicht und lassen so viel wie möglich von menschlichen Stellvertretern erledigen.«

»Menschliche Stellvertreter?«, wiederholte ich. »Du meinst, es gibt Leute, die mit ihnen kooperieren?«

»Ein paar unwissentlich, andere mit voller Absicht. Mit Kollaborateuren muss man stets rechnen. Es wird immer Leute geben, die sich mit der Aussicht auf Macht oder Privilegien unter den neuen Herrschern verführen lassen.«

»Und *woher* weißt du das alles?«, schaltete Nat sich in die Unterhaltung ein. »Gestern warst du dir noch nicht einmal sicher, dass sie hier sind!«

»Ich *weiß* es nicht, Natalie. Doch wenn Alarics Verdacht zutrifft – und darauf deutet bislang vieles hin –, kann man mit Blick auf die Geschichte gewisse Mutmaßungen anstellen. Bei euch Menschen gab es viele, die während des Zweiten Weltkriegs mit den deutschen Besatzern kooperierten. Und auch bei den Gen, den Ka'alag, den Nir-k-hi und so weiter finden sich ähnliche Beispiele.«

Patrick runzelte die Stirn. »Somit stehen wir trotz der Tarnfeld-Detektoren also möglicherweise mit leeren Händen da und wissen rein gar nichts, außer dass sich auf dem Feld Schiffe befinden, die *vermutlich* lorannischen Ursprungs sind?«

Nat nickte. »Dann werde ich in der nächsten Woche wohl bei der Arbeit Spionin spielen müssen.«

KAPITEL 16

Ermittlungen

Tag 11. Montag

»Du musst heute Morgen den Transporter abholen«, sagte Dad beim Frühstück.

Ich hielt mit der Gabel kurz vor meinem geöffneten Mund inne. »Ist er denn schon fertig?«

»Laut Duke ja. Du kannst ihn zusammen mit der Rechnung abholen, sobald er aufmacht. Wenn Patrick dich mitnimmt, könnte ich früher ins Geschäft fahren.«

»Ich frage ihn.« Ich nahm das Handy aus der Tasche und tippte eine kurze Nachricht. Die Antwort kam postwendend: *Null Problemo. Bis gleich.*

»Er kann es einrichten«, sagte ich zu meinem Vater. »Da fällt mir ein: Wenn es okay für dich ist, würde ich heute mit Patrick zum Mittagessen gehen und eine etwas längere Pause einlegen.«

Dad zuckte die Achseln. »Heute Nachmittag machst du wieder Lieferfahrten. Es liegt ganz bei dir, wann du damit fertig wirst. Wie läuft es übrigens mit eurem hochgeheimen Projekt? Du musst mir gar nichts Genaues verraten, ich will nur wissen, ob es dir noch immer aussichtsreich erscheint.«

»Es geht voran, Dad. Aber noch ist kein Ende in Sicht. Ich habe übrigens ein paar Bewerbungsbroschüren für alternative Colleges erhalten. Bis jetzt hat mein Name zumindest noch nicht für sofortige Absagen gesorgt.« Ich schenkte Dad ein mattes Lächeln, auf das er mit einem müden Seufzer reagierte. »Patrick wird in zwei Minuten hier sein. Ich mache mich besser schnell fertig. Wir sehen uns im Laden.«

Ich ging in mein Zimmer hinauf, um meine Sachen zu holen. Oben angekommen, warf ich einen Blick auf den Rucksack, der bis auf den Tarnfeld-Detektor, den Nat mitgenommen hatte, sämtliche Geräte von Alarics Gürtel enthielt. Es machte mich nervös, ihn offen in meinem Zimmer herumliegen zu lassen. Und in der Scheune wollte ich ihn nach dem Zwischenfall mit dem Video auch nicht deponieren.

Obwohl ich mir ein wenig dämlich dabei vorkam, nahm ich alles aus dem Rucksack und stopfte es hinter das Sitzkissen meines alten La-Z-Boy-Sessels.

Draußen ertönte ein Hupen. Ich blickte zum Fenster hinaus und sah Patricks Auto mit laufendem Motor vor dem Haus stehen. Ich ging rasch runter und setzte mich neben Nat.

»Heute ist dein großer Tag«, sagte ich und lächelte ihr zu.

Nat verdrehte die Augen. »Ich bin nicht 007, Jack. Ich werde nicht herumschnüffeln, niemandem auflauern und keine Fragen stellen, sondern nur beim Mittagessen ein bisschen durch die Gegend spazieren.«

Patrick lachte und trat aufs Gas.

Patrick holte mich um genau 11:45 Uhr vor dem Lebensmittelladen ab, sodass wir fünf Minuten vor der vereinbarten Zeit das Gewerbegebiet erreichten. Nat traf zwei Minuten nach uns ein.

»Wo wollen wir heute essen?«, fragte Patrick.

»Bei einem von den Imbisswagen. Der mexikanische ist wirklich gut.«

Wir gingen zur Straße vor dem Gewerbegebiet. Vor den Imbisswagen hatten sich bereits Schlangen gebildet. Während Patrick und ich uns vor dem mexikanischen anstellten, ging Nat zwischen den Wagen hin und her – vorgeblich, um die verschiedenen Speisekarten zu lesen.

Schließlich nahmen wir mit unserem Essen auf einem großen Pflanzkübel Platz.

Ich sah Nat fragend an. »Und?«

»Nichts. Was mich allerdings auch nicht sonderlich überrascht. Ich kann mir kaum vorstellen, dass die Loranna im Freien Tacos oder Souflaki essen.«

»Im Büro war auch nichts?«

»Nein. Ich habe darauf gewartet, jemanden aus dem vierten Stock herunterkommen zu sehen, hatte aber kein Glück.«

»Wir sind also noch immer keinen Schritt weiter«, sagte Patrick.

»So ist es«, sagte Nat. »Lasst uns einen Spaziergang machen.«

Dabei kam auch nichts heraus. Ich knirschte frustriert mit den Zähnen und beschloss, Sheldon zu fragen, wie der Detektor funktionierte und ob es möglich war, ihn sensibler einzustellen.

»Behalte das Gerät am besten bei dir«, sagte ich zu Nat. »Wenn es Alarm schlägt, überlegen wir, was zu tun ist. Ansonsten machst du einfach ganz normal mit deinem Tag weiter.«

»Ja, okay. Es wäre toll, wenn jeder von uns einen hätte.«

Ich blieb abrupt stehen. Patrick schlug sich mit der flachen Hand auf die Stirn. »Natürlich. Sheldon hat sicher mehr oder kann zumindest weitere ausdrucken.«

»Wir sind wirklich Genies«, fügte ich hinzu.

»Und was ist mit den anderen Sachen?«, fragte Nat. »Der Fernbedienung und dem Disruptor?«

»Und mit sämtlichen anderen nützlichen Dingen, die Sheldon vielleicht noch auf Lager hat ...«, sagte Patrick.

»Jaaaa ...« Ich schüttelte den Kopf. »Wir müssen endlich anfangen, über unseren Tellerrand hinauszublicken.«

KAPITEL 17

Einbruch

Ich stellte den Lieferwagen hinter der Scheune ab und ging zum Haus, um die Geräte aus meinem Raum zu holen. »Hi, Mom«, rief ich, als ich durch die Küchentür trat. Barkley sah von seinem Hundebett auf und eilte herbei, um mich mit wild wedelndem Schwanz mehrmals zu umkreisen. Ein paar Streicheleinheiten später kehrte er, zufrieden, dass wir das Protokoll eingehalten hatten, zu seinem Platz zurück und hielt weiter Siesta.

»Ich habe gerade den Transporter vorbeifahren sehen«, rief Mom zurück, als ich die unterste Treppenstufe betrat. »Warst du das? Ich dachte, du wärst bereits zu Hause.«

Ich verharrte mitten in der Bewegung und machte kehrt. Mom saß im Fernsehzimmer. »Was? Warum?«

»Ich habe geglaubt, ich hätte vor einer Weile die Scheunentür zuschlagen hören. War das vielleicht Patrick?«

»Hmm, ich glaube nicht. Ich werde gleich mal nachsehen gehen.« Ich rannte die Treppe hinauf und vergrub die Finger in dem Spalt hinter dem Sitzkissen des La-Z-Boy. Erleichtert ertastete ich eins der Geräte und schlang die Finger darum. Nein, das war das falsche. Ich suchte weiter, stieß auf den Kommunikator und hielt ihn mir vor den Mund. »Sheldon?«

»Ja, Jack?«

»War außer uns irgendwer in der Scheune?«

»In der Tat. Ich wollte dir davon berichten, aber du bist mir mit deiner Frage zuvorgekommen.«

»Ist derjenige noch immer da drin? Hat er irgendetwas angestellt? War es ein Lorann?«

»Nein, ja, nein. Als die Person eintrat, bin ich sofort unter das Scheunendach aufgestiegen. Er hat eine Zeit lang herumgestöbert, aber nichts zerstört oder entwendet. Er hat mit seinem Handy ein paar Fotos gemacht. Seiner Ausrüstung nach zu urteilen und weil er kein erkennbares Ziel verfolgt hat, war er vermutlich kein Lorann. Er wirkte wie ein Amateur.«

»Hat er irgendwelche Wanzen oder etwas in der Art installiert?«

»Du meinst elektronische Überwachungsgeräte? Nein. Menschliche Geräte würde ich sofort entdecken. Eine Sache fand ich jedoch interessant Er trug eine Baseballkappe, die mit einem Metallnetz ausgekleidet zu sein schien. Wahrscheinlich sollte sie als faradayscher Käfig dienen.«

Ich riss erstaunt die Augen auf. »Er hat einen *echten Aluhut* getragen? Ernsthaft? Woher soll er den denn gehabt haben?«

»Von Amazon natürlich. Du machst dir keine Vorstellung, was man auf dieser Website alles bestellen kann.«

»Okay, Sheldon. Das Gute ist, dass er anscheinend keinen Schaden angerichtet hat. Aber jede Form von Aufmerksamkeit ist grundsätzlich schlecht. Kannst du mir noch ein paar zusätzliche Informationen geben? Vielleicht ein Fahndungsfoto?«

»Tut mir leid, Jack. Mehr habe ich nicht. Da er eine Kappe *und* einen Kapuzenpulli trug, habe ich keine guten Aufnahmen von seinem Gesicht, aber vielleicht kann ich aus mehreren Bildern eins zusammenbasteln, das mehr verrät. Ich werde es versuchen.«

»Okay. Dann zur nächsten Frage, die gerade noch wichtiger geworden ist: Hast du genug Druckermaterial, um jeden von uns mit einer Fernbedienung, einem Kommunikator, einem Tarnfeld-Detektor und vielleicht einem Disruptor ausstatten zu können?«

»Fiep-fiep-fiep. Eure Schnäbel sind wirklich ständig offen. Ein paar von diesen Dingen habe ich vorrätig, und die restlichen kann ich ausdrucken. Zusätzlich werde ich die Detektoren konfigurieren. Ihr könnt sie heute Abend haben.«

»Kannst du sie so einstellen, dass nur wir sie benutzen können?«

»Ja, ich kann sie mit einer biometrischen Kennung ausstatten. Obwohl ich die menschliche Biometrie vielleicht nicht auf Anhieb richtig hinbekomme.«

»Verständlich. Ich sammle die Gerätschaften ein und mache mich auf den Weg zur Scheune.«

»Bestätigt.«

Ich fischte die restlichen Gadgets aus den Tiefen des Sessels, ließ sie in den Rucksack fallen und warf ihn über. Dann holte ich mein Handy heraus und tippte hektisch eine Nachricht.

In die Scheune wurde eingebrochen. Jemand hat herumgeschnüffelt. Laut Sheldon ist nichts kaputtgegangen.

@Patrick: Frag Tim, ob er was damit zu tun hat.
@Nat: Kannst du eine umgekehrte Bildersuche starten, wenn Sheldon ein Foto vom Gesicht des Einbrechers erstellt?

Das würde meine Freunde auf Trab halten. Ich hoffte nur, dass dabei kein kleiner Bruder umkommen würde.

Als ich durch die Tür der Scheune trat, sah ich mich rasch um und inspizierte dann eingehend den Türriegel und den Rahmen. Der Einbrecher hatte sich nicht gewaltsam Zutritt verschaffen müssen, da wir die Tür gar nicht abgesperrt hatten. Doch sie hätte ohnehin nicht viel Widerstand leisten können. Sie war eher eine psychologische Barriere als eine echte Sicherheitshürde. Und ehrlich gesagt konnte ich mich beim besten Willen nicht daran erinnern, wo sich der dazugehörige Schlüssel befand. Das konnte nicht so bleiben. Tatsächlich würden wir die gesamte Scheune einer Sicherheitsüberprüfung unterziehen müssen.

Ich ging eine Zeit lang herum. Abgesehen von ein paar möglicherweise verschobenen Gegenständen entdeckte ich jedoch keinerlei Hinweise auf den Einbruch. »Sheldon«, sagte ich schließlich. »Konntest du ein Porträtfoto des Kerls erstellen? Und falls ja, kannst du es mir irgendwie zukommen lassen?«

Mein Handy verkündete akustisch, dass eine Nachricht eingegangen war. Die Nummer sagte mir nichts, doch die Anruferkennung lautete *Sheldon*, und das angehängte Foto war offensichtlich ein Standbild aus einem Video. Vor meiner Werkbank stand jemand, den ich nicht kannte: ein Mann in seinen mittleren Jahren, leicht rundlich und mit Tränensäcken unter den Augen – eine Person, die nicht mal in einem leeren Raum aufgefallen wäre.

»Wie zum Teufel hast du das geschafft? Du hast nicht einmal ein Handy.«

Zwei weitere Nachrichten trafen gleichzeitig ein: *Abendessen ist fertig* und *O bitte! Das Mobilnetz zu hacken ist nur unwesentlich schwieriger, als zwei Steine zusammenzuschlagen. Und das Ganze hat noch etwas Gutes: Ich bin jetzt ein Wi-Fi-Hotspot.*

Ich leitete das Bild an Nat weiter und kehrte zum Abendessen ins Haus zurück.

»Wir haben ein Problem«, erklärte Nat.

»Das kann man wohl sagen«, erwiderte Patrick.

»Ich zuerst«, sagte Nat. Sie öffnete ihren Laptop und drehte ihn so, dass wir den Monitor sehen konnten. Eine Website mit grellen Grafiken schrie: *SIND SIE UNTER UNS?* Unter dem Banner buhlten mit reißerischen Behauptungen und Suggestivfragen aufgepeppte Bilder von fliegenden Untertassen und Außerirdischen um Aufmerksamkeit.

Nat scrollte nach unten, bis ein Gesicht erschien.

»Das ist er«, sagte ich. »Der Einbrecher.« Ich kniff die Augen zusammen. »Glaube ich zumindest. Er sieht fast genauso aus, aber …« Das Foto ähnelte dem, das Sheldon fabriziert hatte, wies allerdings ein paar zusätzliche Details auf, die bei der Interpolation verloren gegangen waren. Besonders auffällig war die Halbglatze mit dem viel zu langen Haarkranz an den Seiten und am Hinterkopf. Selbst ohne die weiterführenden Beweise auf der Website hätte ich ihn allein aufgrund dieser Fotografie als Irren eingestuft.

»Ich bin mir ziemlich sicher, dass er es ist«, sagte Nat. »Das ist Phil Ross, der durchgeknallteste Untertassenjäger aller Zeiten. Er ist vor drei Jahren buchstäblich aus dem Nichts aufgetaucht. Ein waschechter Aluhut. Und er hat unsere Witterung aufgenommen.« Sie scrollte noch weiter runter und klickte schließlich auf einen Link. Mehrere Bilder tauchten auf, von meiner Werkbank, von der Scheunendecke und vom festgetretenen Boden hinter den Heuballen, wo ein ausgestecktes Verlängerungskabel und ganz deutlich ein Abdruck von einer Kühltruhe zu sehen war. Unter dem letzten Bild stand: »Ist an dieser Stelle der Außerirdische gelagert worden?«

Ich spürte, wie meine Kinnlade runterklappte. »Oh, verdammt! Wie hat er uns gefunden?«

»Ich habe da so eine Theorie«, sagte Nat. Sie drückte Alt und Tab, und Patricks Video erschien. »Patrick, du Trottel hast die Geolokalisierung aktiviert. Deine Videos von Alaric sind alle mit den GPS-Daten dieser Scheune gekennzeichnet. Und dein Bruder hat vor dem Twitter-Post die Metadaten nicht entfernt. Ich wette, dieser Ross hat das Video runtergeladen, bevor Tim es gelöscht hat, und die Koordinaten entdeckt. Anschließend musste er sie nur noch in Google Maps eingeben.«

»Scheiße. Fuck. Verdammter Mist … Hatte ich Scheiße schon?« Patrick entsperrte sein Handy und tippte darauf herum. »Okay, jetzt ist sie deaktiviert. Was natürlich leider zu spät ist.«

»Da wir schon bei guten Nachrichten sind«, sagte ich, »was hast du Erfreuliches für uns, Patrick?«

»Ach ja. Tim möchte bei uns mitmachen. Er ist nicht sicher, was *mitmachen* genau bedeuten könnte, hat aber genug von meinen Videos gesehen, um zu wissen, dass wir auf etwas Außergewöhnliches gestoßen sind. Er droht, uns zu verpfeifen. Ehrlich gesagt halte ich es inzwischen fast für das Klügste, ihn einfach verschwinden zu lassen.«

»Lass uns die Brudermordpläne noch ein bisschen verschieben«, sagte ich. »Im Moment müssen wir uns um unsere Sicherheit kümmern.« Ich holte den Kommunikator heraus und legte ihn auf den Tisch. »Kannst du uns bitte beim Nachdenken helfen, Sheldon? Wir müssen uns gegen menschliche Eindringlinge, lorannische Schnüffler und neugierige Verwandte schützen. Am besten fangen wir mit Gittern vor sämtlichen Fenstern und Schlössern an den Türen an.«

»Ich werde beides anfertigen – und zudem zusätzliche Tarnfeld-Detektoren. Wenn ihr in der näheren Umgebung genügend auslegt, kann sich keiner einschleichen, ohne dass ich über Subwelle davon unterrichtet werde.«

»Subwelle?«

»Stellt sie euch als eine Art Subraum-Funk vor. Als technische Beschreibung nicht ganz korrekt, aber ein griffiges Bild.«

»Äh, musst du dazu ein Wurmloch öffnen?«

»Nein, es ist nicht das Gleiche wie überlichtschnelle Kommunikation. Und sie ist durch die Lichtgeschwindigkeit begrenzt. Subwelle verwendet keine elektromagnetische Strahlung und hat bei der Kurzstreckenkommunikation zwischen den Bündnis-Spezies die herkömmliche Funktechnik komplett abgelöst.«

»Was noch eine Erklärung für das Fermi-Paradox ist«, murmelte Nat. »Sehr gut. Nächster Punkt. Sheldon bereitet für uns alle Geräte vor. Auch hierbei müssen wir über Sicherheitsfragen nachdenken. Sie werden zwar biometrisch mit uns verknüpft sein, doch es wäre trotzdem schlecht, wenn wir eins von ihnen verlieren oder auch nur andere sehen lassen würden.«

»Können sie getarnt werden?«, fragte Nat.

Ich sah sie von der Seite an. »Als was?«

»Ich weiß nicht. Irgendwas Unverdächtiges. Schmuck? Ein Handy?«

»Sodass jeder von uns drei oder vier Handys mit sich rumträgt?«, fragte ich. »Das wäre das absolute Gegenteil von unverdächtig.«

»Einen Moment, Jack«, unterbrach Sheldon. »Das könnte funktionieren. Ich bin nicht imstande, sämtliche Geräte in einem zu kombinieren, aber ich könnte authentisch aussehende Handys replizieren, die wie eure ursprünglichen Apparate funktionieren und zudem die Kommunikations-, Fernbedienungs- und Detektor-Features in sich vereinigen.«

»Okay«, erwiderte ich. »Die Disruptoren können wir getrennt davon transportieren, und für das medizinische Gerät haben wir keine Verwendung. Damit bleibt nur noch der Gürtel übrig, und was ich von dem halten soll, weiß ich nicht.«

»Ich könnte Gürtel anfertigen, die so eng sind, dass sie euch passen. Und wenn ich das Kraftfeld weglasse, sehen sie nicht wie Batmans Ausrüstungsgürtel aus.«

Patrick lachte. »Nette Anspielung, Sheldon. Du saugst die Kultur der Erde förmlich in dich auf.«

»Oder er wird davon assimiliert«, erwiderte Nat.

Patrick grinste. »Widerstand ist zwecklos.«

Ich sah die beiden streng an. »Konzentriert euch bitte. Könntest du für alle Fälle passende Gürtel für uns anfertigen, Sheldon? Wenn wir sie brauchen, dann möglicherweise sofort.«

Mit dieser Erinnerung daran, wie ernst die Lage war, brachte ich die Unterhaltung umgehend zum Verstummen.

»Das ist gut«, sagte Patrick nach längerem Schweigen. »Es fühlt sich an, als würden wir endlich das Heft des Handelns in die Hand nehmen. Vielleicht bekommen wir die Situation doch noch in den Griff.«

»Sicher«, grollte Nat, »wenn man mal von der unbedeutenden Tatsache absieht, dass wir noch immer keinen blassen Schimmer von den Plänen der Loranna haben.«

»Nur Geduld, meine nerdige Freundin«, sagte Patrick. »Das finden wir schon heraus.«

»Nerdige Fr... Willst du unbedingt sterben?«

Ich stieß einen übertriebenen Seufzer aus. »Um den Faden wieder aufzunehmen ...«, sagte ich und wartete einen Moment, bis ich mir der allgemeinen Aufmerksamkeit sicher sein konnte. »Wir müssen herausfinden, welches beziehungsweise welche Unternehmen im Tate Park die Loranna als Fassade benutzen und wie sie damit unsere Gesellschaft unterwandern und all diese weltweiten Katastrophen herbeiführen wollen. Danach müssen wir uns überlegen, was wir dagegen tun können. Habe ich irgendwas vergessen?«

»Das ist eine sehr allgemeine Zusammenfassung, aber im Grunde korrekt«, sagte Sheldon.

»Kannst du uns mit irgendwelchen Informationen auf die Sprünge helfen, Sheldon? Vielleicht über die bisherigen Aktivitäten der Loranna?«

»Nein, tut mir leid. Ich kann nicht auf die komplette Bündnis-Geschichte zugreifen. Bei vielen Informationen in meiner Datenbank handelt es sich lediglich um allgemeine Überblicke.«

»Okay.« Ich nickte. »Dann lasst uns erst die Sicherheit verbessern und die neuen Handys herstellen, und dann können wir uns ans Spionieren machen.«

KAPITEL 18

Alles verrammeln

Tag 12. Dienstag Abend

Sheldon ließ fleißig seine Drucker laufen, und so hatten wir schließlich einiges zu installieren.

Während Patrick und Nat an allen Fenstern Gitter und Sichtschutzfolien anbrachten, kümmerte ich mich um den Eingang. Sheldon hatte eine völlig neue Tür mit einem verstärkten Rahmen und einem Verschlusssystem mit Riegeln an allen scharnierlosen Kanten gedruckt. Sie war sogar Wi-Fi-fähig, sodass wir – und Sheldon – sie aus der Ferne ver- und entriegeln konnten. Sie sah der alten Tür so ähnlich, dass auf den ersten Blick niemandem etwas daran auffallen würde, doch sie bestand aus einem Holzimitat, das an Kevlar erinnerte.

Da der neue Rahmen exakt auf den bereits vorhandenen passte, waren vor dem Einbau keine Demontagearbeiten erforderlich. Die Verstärkungsstangen erforderten jedoch einige zusätzliche Bohrungen im Fundament. Glücklicherweise stellte Sheldon uns zu diesem Zweck eine Bohrmaschine aus dem Inventar des Gen-Schiffs zur Verfügung, ein interessantes Gerät, das keinen rotierenden Bohrer verwendete, sondern den Beton zu pulverisieren oder zu zertrümmern schien. Unwillkürlich kam mir das Wort »Patente« in den Sinn – seltsamerweise mit Patricks Stimme gesprochen.

Als Letztes befestigten wir Tarnfeld-Detektoren an den Außenwänden der Scheune. Sie waren geschickt in unauffällig aussehenden Lichtern mit Bewegungssensoren versteckt.

Als wir fertig wurden, war es schon längst dunkel. Ich brachte die Gen-Werkzeuge in die *Halo* zurück und ließ mich schwer in meinen Sessel fallen. »Wisst ihr noch, als wir jung waren und die ganze Nacht durchmachen konnten?«

»Ich bin mir ziemlich sicher, dass das viel mit Alkohol zu tun hatte«, erwiderte Patrick. »Wir haben ihn vermutlich gegen die Schmerzen getrunken. Und wir hatten damals noch keine echten Jobs.«

»Wie auch immer.« Nat stand stöhnend auf und nahm ihre Sachen. »Ich bin total erledigt. Lass uns fahren.«

Patrick winkte mir zu, während er und Nat zum Auto gingen. Ich sah mich derweil erschöpft in der Scheune um, ob noch irgendetwas aufgeräumt werden musste.

»Mach dir keine Gedanken, Jack«, meldete Sheldon sich über den Kommunikator. »Die Detektoren funktionieren, das Türschloss ist mit dem Wi-Fi verbunden, und auch sonst wurde nichts vergessen. Du kannst dich ausruhen.«

»Danke, Sheldon. Morgen werden wir wahrscheinlich viel zu tun haben.«

Ich wachte auf, weil jemand meinen Namen rief.

»Jack. Wach auf, Jack. Melde dich bitte.«

Es war Sheldon. Benebelt griff ich nach dem Kommunikator, den ich auf den Nachttisch gelegt hatte. »Waaas? Wasislos?«

»Ich habe einen Eindringling entdeckt. Einen Menschen. Jemand schleicht um die Scheune und versucht, sich ihr zu nähern, ohne die Bewegungssensoren auszulösen.«

»Mist. Als Nächstes brauchen wir Webcams.« Ich setzte mich langsam auf und vergrub den Kopf in den Händen. Offen gestanden war ich nicht mal als Teenager zu etwas zu gebrauchen gewesen, wenn mich jemand mitten in der Nacht weckte. Und mit fortschreitendem Alter wurde es eindeutig nicht besser. »Ich habe keine Pistole.«

»Aber den Disruptor.«

»Das stimmt. Und Barkley, obwohl der einen Angreifer wahrscheinlich nur zu Tode lecken würde.« Ich sah den Kommunikator an. »Dieses Gerät wäre viel unauffälliger, wenn ich es mit einem Kopfhörer verwenden könnte.«

»Tatsächlich gibt es dafür Ohrhörer, die allerdings für Gen konzipiert sind. Ich bezweifele, dass du sie bequem fändest. Tatsächlich glaube ich sogar, dass du dir geschändet vorkämst, wenn du sie dir in die Ohren stopfen würdest.«

»Oooookayyyyyy … Dieses Bild hätte ich nicht unbedingt gebraucht. Schleicht der Einbrecher noch immer nur herum, oder tut er inzwischen irgendwas anderes?«

»Bislang nicht. Ich glaube, er versucht, sich unauffällig zu verhalten, allerdings ohne großen Erfolg.«

Ich erhob mich widerwillig aus dem Bett, zog Hose und Schuhe an und nahm den Kommunikator und den Disruptor an mich. »Verdammt«, sagte ich. »Die Taschenlampe ist natürlich in der Scheune. Wo auch sonst?« Eine weitere Sache, um die ich mich kümmern musste.

Barkley, der stets abenteuerlustig war, wurde munter, als ich die Treppe herunterkam, und lief den ganzen Weg bis zur Hintertür im Kreis um mich herum. Ich hob den Kommunikator und fragte leise: »Status?«

»Er stöbert noch immer herum und hat bereits zweimal Bewegungsmelder ausgelöst. Vielleicht wird ihm noch bewusst, dass er nicht unbemerkt geblieben ist.«

»Okay, wir kommen raus.«

Ich öffnete die Tür, und Barkley schoss nach draußen. Offenbar hatte er den Fremden gewittert, denn er begann so laut zu bellen, dass er damit sogar Tote aufgeweckt hätte, wenn welche in der Nähe gewesen wären.

Ich lief um die Scheune herum und sah mich um, wobei ich sorgfältig darauf achtete, keine Bewegungssensoren auszulösen.

»Er ist weg, Jack. Anscheinend hatten die hochgradig enervierenden Rufe deines Haustiers eine abschreckende Wirkung auf ihn.«

»War es derselbe Typ?«

»Das kann ich nicht sagen. Er kam nicht nah genug heran, um ihn zweifelsfrei zu identifizieren, aber ich hoffe doch sehr, dass wir nicht *zwei* Schnüffler an den Hacken haben.«

»Ja, inzwischen würde ich mich allerdings über gar nichts mehr wundern. Ruf mich wieder an, wenn noch etwas passiert. Wenn er nur noch mal um die Scheune herumschleicht, ist mir das heute Nacht allerdings egal.«

Während ich zum Haus zurückstapfte, rannte Barkley erneut im Kreis um mich herum. In meinem Schlafzimmer fiel ich angezogen aufs Bett und schlief sofort wieder ein.

KAPITEL 19

Die Verteidigung verstärken

Tag 13. Mittwoch Abend

»Wir werden niemals vorankommen«, knurrte Nat. »Wir reagieren ständig nur auf irgendwelche Krisen und bereiten uns anschließend auf die nächste vor.«

»Mit anderen Worten, der ganz normale Wahnsinn«, erwiderte ich.

»Ha, ha, ha.« Nat wandte sich ab und klappte ihren Laptop auf. »Ihr beide kümmert euch um die Webcams und was sonst noch anfällt. Und ich analysiere Daten.«

Das klang nach einer vernünftigen Arbeitsteilung. Nat war im Recherchieren und Datensammeln doppelt so effizient wie Patrick und ich zusammengenommen. Doch sie schien immer frustrierter zu werden. Ich beschloss, zu diesem Thema schon bald ein Meeting einzuberufen.

Patrick hatte bereits eine Leiter aufgestellt und war dabei, die erste Webcam an der Wand zu befestigen. Er würde noch ein paar Minuten brauchen, um sie mit der Stromversorgung der Lampen zu verbinden. Ich nahm ebenfalls eine Leiter und Werkzeuge und ging zum nächsten Befestigungspunkt weiter.

»Wenn ich solch ein Sicherungssystem außer Kraft setzen wollte«, sagte Patrick im Plauderton, »würde ich sie entweder mit einem Luftgewehr kaputtschießen oder mich tagsüber mit einer Klappleiter anschleichen und ein paar Birnen rausdrehen. Oder ich würde die Stromzufuhr komplett unterbrechen.«

Ich hielt kurz inne und überlegte, wie ich selbst unsere Sicherheitsvorkehrungen umgehen würde. »Ich frage mich, ob die Bewegungsdetektoren auch unsichtbare Personen erfassen können«, erwiderte ich.

»Natürlich nicht«, erwiderte Patrick.

»So klar ist das nicht«, sagte ich. »Die Bewegungsdetektoren werden nicht zwingend durch eine optische Veränderung ausgelöst. Ansonsten würden sie auch von Bäumen aktiviert, die sich im Wind wiegen.«

»Werden sie das nicht?«

»Manche schon. Die billigeren, passiven. Andere reagieren nur auf Objekte, die sich auf den Sensor zu oder von ihm wegbewegen. Oder sie werten Infrarotbilder beziehungsweise die Summe von Infrarotsignaturen aus mehreren Zonen aus. Wieder andere sind eher aktiv und setzen Mikrowellen- oder Schallimpulse als eine Art Radar ein.«

Patrick reckte das Kinn vor. »Ich wette, dass es trotzdem Methoden gibt, wie man sie reinlegen kann.«

»Und die sind bestimmt alle im Internet aufgelistet«, erwiderte ich. »Ein paar davon funktionieren vielleicht sogar.«

»Ich bin auf jeden Fall sicher, dass wir heute Nacht wieder Besuch bekommen«, sagte Patrick. »Die Frage ist, was wir deswegen unternehmen werden. Wir sind nicht gerade eine Hochsicherheitseinrichtung. Wir haben weder Wachhunde noch Wächter oder Schusswaffen.«

»Wir haben die Disruptoren.«

»Und wer übernimmt die Nachtschicht? Wir müssen alle tagsüber arbeiten.«

Ich seufzte. »Ich glaube, unser ›Projekt‹ setzt uns allen zu.«

»Wir müssen einen Kriegsrat abhalten, Jack«, sagte er. »Wenn wir das nicht hinbekommen, bleibt uns nichts anderes übrig, als alles an die Behörden zu übergeben. Wir haben alle unseren Alltag und keine Reserven für einen langen und zermürbenden Kalten Krieg.«

»Gut. Dann lass uns die Kameras installieren und anschließend über alles sprechen.«

Wir saßen wieder mit Getränken in der Hand in unseren Lieblingssesseln.

Ich sah von Nat zu Patrick. »Ich kann nachvollziehen, dass ihr beide frustriert seid. Mir geht es genauso. Was wir hier betreiben, ist reine Flickschusterei, ohne dass wir irgendwelche Fortschritte erzielen.«

»Obwohl ich zugeben muss, dass es bislang größtenteils Spaß gemacht hat«, erwiderte Patrick lächelnd.

»Ja, das ist toll«, sagte Nat, die auf Patricks Versuch, die Atmosphäre aufzulockern, augenscheinlich nicht eingehen wollte. »Aber ich muss mich um meinen Dad kümmern und darf außerdem meinen Job nicht verlieren. Während der letzten Tage ist meine Tante für mich eingesprungen, aber das kann sie nicht lange machen. Und da sie die Schwester meiner Mutter ist, verlange ich ganz schön viel von ihr. Wir müssen ein definitives Enddatum für diese Sache festlegen.«

»Das sehe ich auch so«, sagte ich. »Ich kann meine Eltern mit dieser Geheimprojekt-Geschichte auch nicht mehr lange hinhalten.«

Patrick seufzte. »Und ich muss mich mit Tim befassen, was nach wie vor in einen Brudermord münden könnte.«

»Also gut, ich … hmm …« Ich verstummte und sah in die Ferne.

»Was?«, fragten Nat und Patrick wie aus einem Mund.

»Wir sollten ein bisschen auf den Busch klopfen und schauen, was dabei herauskommt. Außerdem wäre es gut, wenn wir uns um unseren Freund Phil Ross kümmern.« Ich tippte mir ans Kinn. »*Und* wir sollten Tim einen Knochen hinwerfen und das Gefühl geben, dass er Teil unseres Teams ist – ohne ihn wirklich mit einzubeziehen, wenn ihr versteht, was ich meine. Wenn uns das alles gelingt, kommen wir vielleicht ein bisschen weiter.«

»Das hört sich ziemlich konkret an«, sagte Nat. »Hast du denn schon so was wie einen Plan?«

»Vielleicht ja. Phil ist durch das Video von TimJay666 auf uns aufmerksam geworden und wird daher vermutlich geneigt sein, sich alles anzusehen, was aus dieser Quelle stammt – und dieser Quelle Glauben zu schenken. Wir bringen Tim dazu, dass er Phil kontaktiert und ihm die Luftaufnahmen des Untertassenfelds zukommen lässt, sowohl die originalen als auch die verbesserten. Ich wette, dass Phil sich sofort darauf stürzen wird.«

Patrick lachte. »Und die Loranna werden mächtig Muffensausen bekommen, wenn ein waschechter Fliegende-Untertassen-Ermittler in ihrem Revier rumschnüffelt.«

»Ihr könntet ihm auch einen Tarnfeld-Detektor geben«, sagte Sheldon.

Patrick, Nat und ich starrten den Kommunikator gleichermaßen schockiert an.

»Ernsthaft?«, fragte ich.

»Da ich mittlerweile eure frisierten Handys fertig habe, werdet ihr die ursprünglichen Geräte nicht mehr brauchen. Außerdem ist solch ein Detektor nicht weiter bemerkenswert, wenn kein Tarnfeld in der Nähe ist, und macht demzufolge als Beweis für die Existenz außerirdischen Lebens nicht viel her. Und vielleicht würde er eurem Aluhut tragenden Freund dabei helfen, unsere gemeinsame Beute aufzuspüren.«

»Euch ist schon klar, dass wir ihn ausnutzen und möglicherweise in Gefahr bringen, oder?«, fragte Nat.

Patrick sah sie mit gerunzelter Stirn an. »Machst du dir darüber wirklich Gedanken? Glaubst du etwa, Phil Ross hätte irgendein Problem damit, das Gleiche mit uns zu machen? Was meinst du, was passieren würde, wenn wir ihn in alles einweihen würden und komplett ehrlich zu ihm wären? Denkst du, er würde auch nur eine Mikrosekunde zögern? Was wir machen, ist moralisch vergleichbar mit einem anonymen Tipp an einen Journalisten. Und ich bin sicher, dass sich ein Typ wie Phil der potenziellen Risiken bewusst ist.«

Nat zögerte einen Moment. »Ja … ich glaube, du hast recht. Seiner Website nach zu urteilen, würde er sich für eine Begegnung mit einem Alien wahrscheinlich einen Arm abhacken.«

»Augenblick mal«, rief ich aus und spulte unser Gespräch in Gedanken ein paar Absätze weit zurück. »Sheldon? Neue Handys?«

»Ja. Wenn ihr euch in meine Werkstatt bequemen möchtet, werdet ihr dort neue Handys finden, die genau wie eure jetzigen aussehen und – abgesehen von ein paar zusätzlichen Hardware-Features und Apps – in jeder Hinsicht identisch funktionieren.«

»Coooool …«, sagte Patrick, und wir rannten gemeinsam in die Mitte der Scheune, wo sich eine Luftschleuse öffnete.

»Verdammt«, sagte ich ehrfürchtig. In der linken Hand hielt ich mein eigenes Handy, in meiner rechten befand sich ein scheinbar baugleiches, wenn auch brandneues Modell. Laut Sheldon konnte dieses Doppelgänger-Gerät mithilfe der entsprechenden App Tarnfelder erkennen und außerdem direkt mit ihm kommunizieren, entweder über das Mobilfunknetz, Wi-Fi oder Subwelle. Sheldon hatte außerdem eine Walkie-Talkie-App hinzugefügt und ein Knochenschall-Headset beigelegt, das wir uns hinter ein Ohr kleben sollten.

Mit diesen Geräten ließen sich auch die Luftschleusen öffnen und schließen.

»Ich habe außerdem die Sicherheitsvorkehrungen upgegradet«, sagte Sheldon. »Die Handys lassen sich nur nach einem kompletten biometrischen Abgleich entsperren und können somit nicht mit den üblichen Tricks überlistet werden. Und was noch wichtiger ist: Solange ihr sie selbst in der Hand haltet, öffnen sie sich auch, wenn eure Gesichter nicht komplett sichtbar sind.«

Patrick winkte mit einem der beiden Handys in seinen Händen. »Was soll ich mit meinem alten machen?«

»Schalte es aus und verstecke es«, erwiderte Sheldon. »Oder lass es einfach im Konferenzraum liegen.«

Lachend nahm ich den von Sheldon modifizierten Lorann-Detektor und warf ihn Patrick zu. »Es wird Zeit, dass du deinen kleinen Bruder rekrutierst.«

KAPITEL 20

Aller guten Dinge sind drei

»Jack. Jack. Wach auf. Wir haben einen Notfall.«

Ich setzte mich ruckartig in meinem Bett auf, griff nach dem Wecker und stellte ihn aus. Doch er wiederholte weiterhin mit eindringlicher Stimme meinen Namen. Das konnte nicht sein. Mein Wecker war zu so etwas nicht …

Sheldon.

Endlich wurde ich mehr oder weniger wach und nahm mein Handy vom Nachttisch. »Was ist los? Versucht jemand einzubrechen?«

»Das ist bereits passiert. Er ist drin. Wieder dieselbe Person, dieser Ufologe.«

Ich stand auf und zog mich an. »Wie ist er reingekommen?«

»Ich weiß es nicht. Er hat die Scheune nicht durch eine der Türen betreten, und die Fenster sind nach wie vor intakt und vergittert. Keiner der Bewegungssensoren hat Alarm geschlagen. Ich bin komplett überfragt.«

Ich nahm den Disruptor, mein Handy und die Taschenlampe, die ich neben mein Bett gelegt hatte, und folgte der gleichen Route wie in der vorherigen Nacht, wobei ich auch diesmal wieder von Barkley umkreist wurde. Offensichtlich war er der Ansicht, dies wäre unser neues allnächtliches Ritual, da er sofort zur Scheune wetzte, als ich die Tür öffnete. Einen Moment später gesellte ich mich zu ihm und inspizierte sowohl die großen Schiebetore als auch die kleinere Eingangstür. Sie waren verschlossen und sahen nicht aus, als wären sie zwischenzeitlich gewaltsam geöffnet worden. Ich kratzte mich am Kopf und hob das Handy an die Lippen. »Entriegele bitte die Tür, Sheldon.«

Das Schloss klickte. »Der Eindringling ist in den hinteren Bereich der Scheune gerannt«, sagte Sheldon. »Ich bin mir nicht sicher, ob er dir auflauern will oder dort einen Ausgang kennt.«

Ich schwenkte beim Eintreten die Taschenlampe hin und her, konnte aber keine Bedrohung ausmachen. Ohne hinzusehen, griff ich nach dem Bedienfeld neben der Tür und legte alle Schalter um. Das Licht, das daraufhin das Gebäudeinnere erfüllte, war so unerträglich grell, dass ich einen Moment lang die Augen abschirmen musste.

Nun gab es für den Einbrecher kein Versteck mehr. Ich sah zu meiner Werkbank und stellte genervt fest, dass mein Geheimfach geöffnet worden war. Ich hatte es sehr sorgfältig konstruiert und für gut getarnt gehalten, doch offenbar hätte ich es genauso gut auch gleich mit einem Neon-Hinweisschild ausstatten können.

Ich umrundete die Heuballen. Barkley lief aufgeregt winselnd vor und wieder zurück. Er bellte jedoch nicht, was wahrscheinlich bedeutete, dass sich niemand in der Scheune befand.

Einen Moment später war ich im hinteren Bereich der Scheune und starrte eine Lücke in der Wand an, wo jemand zwei Bretter entfernt hatte. Ich ging in die Hocke und spähte zu den Büschen hinter der Scheune, doch auch dort war kein Eindringling zu sehen.

»Er ist durch ein Loch in der Wand eingedrungen, Sheldon. Wir haben hier hinten doch auch Bewegungssensoren, oder?«

»Ja, und die haben keine Annäherung gemeldet. Ich kann es mir nicht erklären. Ich habe gerade die Webcam-Aufnahmen überprüft und kann jemanden … äh, etwas sehen. Ich habe dafür keine visuelle Referenz, Jack. Du musst es dir selbst anschauen.«

Mein Handy gab den Ton für eine eingehende SMS von sich. Das angehängte Foto zeigte … ja, was eigentlich? Es erinnerte an einen langen Legostein oder den Tetris-Block aus drei Quadraten und war weiß oder grau. Kein Wunder, dass Sheldon von seinem Anblick verwirrt war. Ich steckte den Kopf durch den Spalt und sah etwas an der Außenmauer lehnen. Es war rund anderthalb Meter hoch, rechtwinklig und ungefähr dreißig Zentimeter tief.

Ich schob mich durch den Spalt und nahm das Ding in die Hand. Es bestand aus Styropor, war einen Meter breit, hatte einen mittig angebrachten Haltegriff und war, der Klebebandkonstruktion nach zu urteilen, selbst gebastelt.

»Unvorstellbar«, murmelte ich.

Zurück in der Scheune warf ich den Styroporschild auf die Werkbank.

»Was ist das?«, fragte Sheldon.

»Buchstäblich ein Schutzschild gegen Bewegungssensoren.« Ich warf mich in meinen Sessel, der bedenklich federte und quietschte. »Styropor absorbiert aktive Messimpulse und blockiert die Infrarotstrahlen passiver Systeme. Neutrale Farben erschweren es Systemen zur Flächenintegration, ein schlüssiges Differenzial zu erzeugen.« Ich schnaubte. »So etwas findet man im Internet. Daher habe ich es natürlich für Schwachsinn gehalten, wie mit Wasser angetriebene Motoren und nigerianische Erbschaften. Doch dieses hier funktioniert offenbar.«

»Ich bin beeindruckt«, sagte Sheldon. »Ist es denkbar, dass irgendwo im Verborgenen eine intelligente menschliche Unterart existiert?«

»Na ja, wenn du den Internet-Verschwörern Glauben schenkst, gibt es die zionistische Weltverschwörung, die gestaltwandelnden Echsenmenschen, die Grauen, den Staat im Staat, die Illuminaten und noch ein halbes Dutzend weitere Gruppierungen. Das sind natürlich nicht alles Menschen, daher zählen ein paar von ihnen vielleicht nicht.«

»Unglaublich. Ihr Menschen hängt die Latte immer tiefer. Ihr lauft Gefahr, irgendwann das Atmen zu vergessen.«

Ich lachte. »Erwarte von mir nur keinen Widerspruch, Sheldon. Manchmal finde ich uns auch extrem schräg.« Ich versuchte vergeblich, ein mächtiges Gähnen zu unterdrücken. »Morgen werden wir darüber sprechen, wie wir die Scheunenwände verstärken und uns gegen Styropor-Attacken wappnen können. Im Moment habe ich aber fürs Erste genug von all der nächtlichen Aufregung. Ich brauche meinen Schlaf. Wir unterhalten uns morgen früh weiter.«

KAPITEL 21

Stellvertreter

Tag 15. Freitag

Ich saß auf dem Beifahrersitz des Buick und befand mich auf dem Weg zur Arbeit, als mein Handy den Benachrichtigungston von sich gab. Ich zuckte leicht zusammen und zog es heraus. Unwillkürlich starrte ich es an. Es war meins und doch nicht meins. Auf dem Display waren dieselben Apps in derselben Reihenfolge zu sehen. Selbst meine Daten, wie zum Beispiel die Kontakte und der Browserverlauf, waren intakt geblieben. Doch es fehlten ein paar Kratzer und der haardünne Riss, der das Display des ursprünglichen Handys verunzierte, seitdem ich es fallen gelassen hatte.

Es war definitiv neu und meines Erachtens ein bisschen leichter. Außerdem war es laut Sheldon erheblich widerstandsfähiger als das alte Gerät. Na ja, warum auch nicht?

Das Handy entsperrte sich, und ich las Patricks Nachricht: *Tim hat es geschluckt. Er hat sofort eine Nachricht geschickt und wird den Detektor in einem blinden Briefkasten deponieren. Hoffe, Phil hat keinen Verdacht geschöpft. Tim, dieser kleine Scheißer, glaubt, er wäre nun bei der Sternenflotte aufgenommen.*

Mir entfuhr ein Schnauben.

»Das sind offenbar keine schlimmen Neuigkeiten«, sagte Dad.

»Nein, nur eine SMS von Patrick. Er lässt seinen Bruder mindestens noch einen weiteren Tag am Leben.«

»Ah. Kleine Brüder.«

Mehr sagte mein Vater nicht dazu, und ich wollte das Thema auch nicht weiter vertiefen. Also versanken wir während der restlichen Fahrt wieder in unser mittlerweile vertrautes unbehagliches Schweigen.

Ich räumte gerade ein paar Gemüsedosen ins Regal, als ich eine weitere Nachricht erhielt, diesmal von Sheldon. *Phil Ross hat den Detektor an sich genommen. Der Peilsender funktioniert einwandfrei. Ich kann seinen Standort auf ein paar Meter genau lokalisieren.*

Hervorragend. Phil würde das außerirdische Gerät vermutlich keine Sekunde aus der Hand legen. Und solange er es besaß, gehörte er uns. Sheldons gelegentlichen Nachrichten zufolge war er offenbar fest entschlossen, in möglichst kurzer Zeit möglichst viel Kapital aus seinem neu gewonnenen Glück zu schlagen.

Am späten Vormittag trafen keine SMS mehr ein, und ich war bereits dabei, mir eine alternative Strategie zu überlegen, wie wir die Loranna aus der Reserve locken konnten, als mein Handy klingelte. Der Anruf stammte von Sheldon.

»Hallo?«

»Jack, der Dung ist so richtig am Dampfen. Phil hat dem Feld einen Besuch abgestattet und ist von zwei Sicherheitsmännern festgenommen worden, weil er angeblich unbefugt Privateigentum betreten hat. Sie nehmen ihn zum Verhör mit. Das klingt ziemlich bedrohlich. Nicht, dass ein Mensch mehr oder weniger eine große Rolle spielt, aber Phil könnte uns weiterhin nützlich sein, und ich möchte ihn nicht verschwenden.«

»Ist der Detektor auf sie angesprungen?«, fragte ich.

»Nein, sie sind leider ganz gewöhnliche Menschen. Wie es aussieht, gehen sie zum Gewerbegebiet. Ich bin gespannt, wohin genau.«

»Kannst du Patrick anrufen, Sheldon, und ihn bitten, mich abzuholen?«

»Ich telefoniere gerade mit ihm. Mit Natalie auch. Schließlich bin ich ein Computer. Einen Moment … Er will gleich aufbrechen und sagt, du sollst dich bereithalten.«

Ich legte auf und zog meine Schürze aus. »Ich mache heute früher Mittag!«, rief ich auf dem Weg aus dem Laden Maria, der Kassiererin, zu.

Nach ein oder zwei Minuten kam Patricks Auto quietschend, fast seitlich driftend am Randstein zum Stehen. Ich sprang hinein, und er brauste davon, wobei er noch weniger als sonst auf die Verkehrsregeln achtete.

»Was hast du vor, Thor?«, fragte er.

»Wir werden improvisieren müssen. Einen Moment.« Ich öffnete die Walkie-Talkie-App meines Handys und aktivierte den Lautsprecher. »Was gibt's Neues, Sheldon?«

»Er wurde in ein Verwaltungsbüro des Gewerbegebiets gebracht. Irgendjemand hat was von *Sicherheitsdienst* gesagt. Wahrscheinlich …«

»Moment, was heißt *gesagt*? Hast du ihn etwa verwanzt?«

»Natürlich. Habe ich das noch gar nicht erwähnt? Ich habe das Gerät nicht nur mit einem Peilsender, sondern auch mit einem Mikro ausgestattet. Es erschien mir klug. War das ein Fehler?«

»Du bist offenbar ein besserer Spion als wir, Sheldon. Sprich bitte weiter.«

»Viel mehr gibt es nicht zu berichten. Allem Anschein nach befindet er sich in irgendeinem Verwahrungsraum und wartet auf die Ankunft irgendeines Sergeants oder Captains, der …« Sheldons Stimme brach ab.

»Sheldon? Ist dir etwas passiert?«

»Entschuldige, Jack. Ich war nur kurz abgelenkt. Der Detektor hat angeschlagen. Anscheinend haben wir unsere Loranna aufgespürt.«

KAPITEL 22

Rettung

In Patricks Auto hatte sich im Laufe der Zeit so viel Gerümpel angesammelt, dass es fast wie ein Reisekoffer mit Rädern wirkte. Zwischen all dem Zeug auf dem Rücksitz entdeckte ich zwei Baseballkappen der Cincinnati Reds. Ich schnappte sie mir, bevor wir aus dem Auto sprangen, und setzte eine auf, während wir die Treppe zu den Verwaltungsbüros hinaufrannten. Die andere gab ich Patrick. Der Eingang war vom protzigen Logo des Tate-Gewerbegebiets eingerahmt. Als wir hindurchstürmten, blickte die Empfangsdame alarmiert auf.

»Die Büros des Sicherheitsdienstes?«, drängte ich.

»Am Ende des Korridors.« Sie deutete in die entsprechende Richtung. »Aber was …?«

Den Rest des Satzes hörte ich nicht mehr, da ich, dicht gefolgt von Patrick, den Gang entlangsprintete. »Noch sieben Meter«, hörte ich Sheldons Stimme im Knochenschallheadset hinter meinem Ohr. »Das Ziel befindet sich auf der rechten Seite.« Ich kam schlitternd zum Stehen und riss die entsprechende Tür auf.

In einem Raum mit halb verglaster Wand ragten zwei Sicherheitsmänner bedrohlich über einem Mann auf, der an einem Tisch saß. Ich erkannte Phil Ross sofort von seiner Website wieder. Er trug ein Holzfällerhemd und eine wattierte Weste. Er sah aus, als hätte er es darauf angelegt, sich als Kanadier zu verkleiden. Ihm gegenüber stützte sich ein massiger Mann mit beiden Händen schwer auf die Tischplatte und versuchte, hartgesotten auszusehen. Phil hielt die Arme fest um sich geschlungen, was mir übermäßig neurotisch erschien, bis ich merkte, dass er sich dagegen wehrte, gefilzt zu werden.

Ich warf die Tür des Verhörzimmers so fest auf, dass die vier Männer darin aufgeschreckt zu mir herumfuhren. »Hey, Phil, ich soll dich von Tim grüßen. Wir sind hier, um dich abzuholen. Lass uns gehen.«

»Unser Gast ist im Moment beschäftigt«, sagte der Mann im Anzug. »Und Sie sind nicht befugt, diese Räumlichkeiten zu betreten. Warten Sie bitte draußen auf Ihren Freund.«

»Nein, das werden wir nicht tun«, erwiderte Patrick. »Ihre zwei Polizeischulabbrecher sind nicht dazu berechtigt, irgendwen zu verhaften. Wenn Sie unseren Freund gegen seinen Willen festhalten, ist das eine Straftat. Die wenigsten Leute wissen, wie wenig Befugnisse Sicherheitsleute haben. Und wie viel Ärger sie und ihre Arbeitgeber sich einhandeln können, wenn sie sich nicht an die gesetzlichen Vorgaben halten.«

»Deswegen nehmen wir jetzt unseren Freund Phil hier mit«, griff ich den Faden auf, »und verlassen so schnell wie möglich Ihr Gebäude. Schließlich wollen wir uns doch nicht unbefugt hier aufhalten. Nicht wahr, Phil?«

Phil nickte mit weit aufgerissenen Augen und erhob sich, doch einer der Sicherheitsmänner legte ihm eine Hand auf die Schulter.

»Das ist zum Beispiel ein körperlicher Angriff«, sagte Patrick. »Sie nehmen besser Ihre Hand da weg, oder ich rufe die echten Cops.«

Der Sicherheitsmann griff knurrend nach der Pistole in seinem Holster.

In Gedanken verdrehte ich die Augen. Patrick hatte es übertrieben und den Mann in seiner Ehre gekränkt. »Dann werden Sie uns jetzt also erschießen?«, höhnte ich. »Weil wir unseren Freund abholen, der über ein Feld spaziert ist? Ich bin sicher, dass Chief Rogers begeistert sein wird. Er ist ja generell sehr verständnisvoll.«

Der Sicherheitsmann zögerte. Jeder, der schon einmal mit der Polizei von Dunnville zu tun gehabt hatte – egal auf welcher Seite des Gesetzes –, wusste, dass Charles Rogers jemand war, mit dem man es sich *auf keinen Fall* verscherzen sollte. Er war ein pensionierter Drill Sergeant und hatte frappante Ähnlichkeit mit dem Sheriff aus dem ersten *Rambo*-Film.

Der Wachmann sah den Mann im Anzug an. Dieser reagierte mit einem angewiderten Blick und winkte ab. »Also gut«, sagte er. »Aber vergessen Sie bitte nicht, Mr. Ross, dass das Feld im Norden zum Grundstück des Gewerbegebiets gehört. Wir möchten nicht, dass jemand mit Ihren, ähm … Vorlieben mit uns in Verbindung gebracht wird. Das nächste Mal werden wir einfach Anzeige erstatten.«

»Wer sind Sie beide?«, fragte Phil. Er ging ein wenig hinter uns und blickte sich hektisch um, als hätte er Angst, irgendetwas zu übersehen. In echt wirkte er noch seltsamer als auf seinem Foto. Abgesehen von seinen zotteligen Haaren trug er einen Bart, der aussah, als hätte er mittendrin mit dem Rasieren aufgehört. Außerdem zuckte eine seiner Augenbrauen, was mich an einen Hellseher aus einer alten *Akte-X*-Folge erinnerte.

Ich blieb stehen und drehte mich zu ihm um. »Wir sind Kollegen von Tim. Sie kennen ihn als TimJay666. Er hat uns darüber informiert, dass Sie möglicherweise in Schwierigkeiten stecken, und uns zu dieser Adresse geschickt.«

Phil hob eine Augenbraue. »Ha. Und woher wusste *er* das?«

»Das darf ich Ihnen nicht sagen«, erwiderte ich. »Wir operieren streng nach dem Kenntnis-nur-bei-Bedarf-Prinzip.«

Patrick schnaubte, ohne Phil anzusehen, trug ansonsten aber nichts zur Unterhaltung bei.

Phil holte den Tarnfeld-Detektor aus der Innentasche seiner Weste und hielt ihn mir entgegen. Ich warf einen Blick zum Verwaltungsgebäude zurück, doch der Sicherheitsdienst hätte mit einer Sternwarte ausgerüstet sein müssen, um das Gerät auf diese Entfernung ausmachen zu können.

»Dieses Ding erkennt angeblich unsichtbare Objekte«, fuhr er fort. »Es hat auf dem Feld vibriert und dann noch einmal, als der Typ im Anzug den Raum betrat. Der sah aber gar nicht unsichtbar aus, sondern nur schmierig.« Er wedelte mit dem Detektor vor meinem Gesicht herum. »Wissen Sie etwas darüber?«

»Tut mir leid. Das ist geheim.«

Phil hob die andere Augenbraue. »Sie können mich mal. Das ist außerirdische Technologie. Sind Sie Aliens? Gehören Sie der gleichen Spezies an wie das Wesen in der Kühltruhe? Arbeiten Sie für TimJay666?«

»Nein, Mr. Ross. Wir sind waschechte Einheimische, hier geboren und aufgewachsen.«

»Vor allem arbeiten wir nicht für TimJay666«, fügte Patrick hinzu.

Phil runzelte die Stirn. »Aha. Und für wenn arbeiten Sie dann?«

»Wie kommen Sie darauf, dass wir für irgendwen arbeiten?«, fragte ich.

»Nun, zuallererst einmal: Wenn Ihre Geräte geheim sind, muss jemand sie als geheim eingestuft haben.«

Verdammt, guter Punkt, dachte ich. *Okay, dann wollen wir mal.* »Gut geschlussfolgert, Mr. Ross«, antwortete ich mit einem selbstsicheren Lächeln. »Sie haben sicher noch nie von uns gehört. Wir gehören zu MOBIUS.«

Patrick unterdrückte ein Lachen und setzte rasch seinen Weg zum Parkplatz fort. Phil und ich schlossen uns ihm an.

»MOBIUS?«

»Ja. Sie haben davon wie gesagt sicher …«

»Noch nie gehört. Das stimmt.« Phil deutete auf den Duster. »Also, Sie *Men in Black*, ist das ein Dienstfahrzeug, oder haben Sie mich mit Ihrem eigenen Auto gerettet? Im letzteren Falle sollten Sie besser beten, dass die sich nicht Ihr Nummernschild notiert haben.«

»Das können sie gern versuchen«, erwiderte Patrick.

Grinsend dachte ich daran, wie viel Aufwand Patrick getrieben hatte, um seine Nummernschilder im Namen des gerade noch gesetzlich Erlaubten so unleserlich wie möglich zu gestalten. Unter anderem hatte er sich Plastikabdeckungen zugelegt, die angeblich undurchsichtig wurden, sobald ein Kamerablitz aufleuchtete. Auf einem unscharfen und aus einem ungünstigen Winkel aufgenommenen Bild einer weit entfernten Webcam würde sein Kennzeichen ganz bestimmt nicht zu sehen sein.

Ich kam zu dem Schluss, dass es nicht schaden konnte, Phil ein bisschen tiefer einzuweihen. »Das Gerät, das Sie in Händen halten, spürt Tarnfelder auf, die Objekte und Personen sowohl unsichtbar machen als auch optisch verändern können. Der Kerl in dem Anzug hat sich vermutlich als Mensch ausgegeben.«

Phil riss schockiert die Augen auf, fing sich jedoch sofort wieder. Was für jemanden, der buchstäblich permanent mit einem Aluhut herumlief, eine erstaunliche Leistung war.

»Sie beide wissen anscheinend sehr viel«, sagte Phil. »Was werden Sie tun, wenn ein außerirdisches Einsatzkommando die Tür zu Ihrer Scheune einschlägt und auf der Suche nach einem außerirdischen Leichnam alles darin verwüstet?«

Nun schaute ich selbst entsetzt aus der Wäsche. Phil hatte offensichtlich zwei und zwei zusammengezählt. »Anscheinend wissen Sie auch das eine oder andere. Um Ihre Frage zu beantworten: So ein Trupp würde nichts finden.« Ich zeigte auf den Duster. »So, wo können wir Sie absetzen, Phil?«

»Nicht so schnell. Wir sind noch nicht fertig. Wir könnten ein paar Informationen austauschen. Zum Beispiel habe ich in dem Feld etwas gefunden. Etwas sehr Erstaunliches.«

Ich drehte mich um und lächelte Phil an. »Ein unsichtbares UFO? Oder zumindest eine Landestrebe? Der Großteil ihres Schiffs ist zu hoch, um es berühren zu können. Selbst für mich.«

Diesmal verschwand Phils überraschter Gesichtsausdruck nicht so schnell. »Das ist ... Sie wissen von ... Moment mal, *ihrem* Schiff? Dann sind Sie also wirklich keine Außerirdischen. Auf wessen Seite stehen Sie?«

»Auf unserer Seite, Phil. Wir gehören zum Team Erde. Zur Menschheit, um es ganz deutlich zu sagen. Sie haben gerade die *Men in Black* erwähnt. Ich kann Ihnen sagen, dass diese Filme keine reine Erfindung sind.«

Phil sah von mir zu Patrick und wieder zurück. Schließlich blickte er nachdenklich auf den Kommunikator in seiner Hand hinab. »Sagt Ihnen das Wort *Loranna* etwas?«

Ich drehte mich überrascht um. »Der Mann in dem Anzug war ein Lorann, Phil. Der Leichnam in der Kühltruhe war ein Gen. Anscheinend wissen Sie mehr, als ich gedacht habe. Woher?«

Phil sah einen Moment lang ein wenig verlegen aus. Dann setzte er wieder sein Pokerface auf. »Äh, dieser Begriff fällt immer mal wieder in Reddit-Gruppen. Normalerweise im Zusammenhang mit der Echsenmenschen-Theorie. Ehrlich gesagt habe ich sie immer für ein bisschen weit hergeholt gehalten. Nach der heutigen Erfahrung jedoch ...«

Ich starrte ihn gegen meinen Willen beeindruckt an. Wenn die Aluhüte mit dieser Geschichte recht behalten hatten, waren vielleicht auch ein paar der anderen Verschwörungstheorien nicht komplett von der Hand zu weisen. Ich dachte einen Moment lang nach. Phil besaß ein paar gute Informationen, aber ich wollte ihm nicht zu viel verraten.

»Das ist zwar alles sehr interessant, aber wir müssen jetzt los«, sagte ich schließlich. »Sollen wir Sie mitnehmen, Phil?«

Er sah mich mit versteinerter Miene an. »Nein danke. Mein Auto steht an der Straße. Und ich vertraue Ihnen beiden nicht genug, um mich von Ihnen chauffieren zu lassen.« Er sah uns nachdenklich an. »Ich glaube, dass Sie beide ungewollt in etwas hineingeraten sind, das Ihnen mächtig über den Kopf gewachsen ist. Sie sollten vielleicht Ihre Strategie überdenken. Ich kann Ihnen helfen. Mehr, als Sie glauben.«

Ich schüttelte den Kopf. »Wir halten uns lieber weiterhin an unseren Plan, Mr. Ross. Wir wollen die Angelegenheit schließlich nicht unnötig verkomplizieren.«

»Also gut. Ich habe das Gefühl, dass wir schon bald wieder miteinander sprechen werden.«

»Benutzen Sie beim nächsten Mal den Vordereingang«, erwiderte ich. »Wir haben die Scheunenwände verstärkt.«

KAPITEL 23

Verfolgungsjagd

Tag 16. Samstag

Wir beschlossen, Mittagspause zu machen und bei Pizza Hut zu essen.

Als wir auf halber Strecke einen Grüngürtel durchquerten, warf Patrick einen Blick in den Spiegel und sagte: »Scheiße!« Ich drehte mich um und sah rote Blinklichter.

Nat wandte ebenfalls den Kopf und kniff die Augen zusammen. »Wir sind noch immer in Dunnville, oder? Das sind keine Dunnville-Cops.«

Patrick sah eingehender in den Innen- und anschließend zum Seitenspiegel. »Du hast recht. Und die gehören auch nicht zur Highway Patrol.«

Nat lachte leise. »Wie die aussehen, weiß keiner besser als du. Aber ich fürchte, wir müssen trotzdem anhalten.«

Als Patrick an den Straßenrand fuhr, blieb der Streifenwagen hinter uns stehen. Anstatt auszusteigen, benutzte der Fahrer jedoch seine Lautsprecheranlage. »An die Fahrzeuginsassen: Stellen Sie den Motor ab und steigen Sie aus. Halten Sie die Hände so, dass ich sie sehen kann.«

»Nein, das ist nicht normal«, sagte ich.

»Genau«, erwiderte Patrick und langte unter das Armaturenbrett. Ein Klicken ertönte, und die Tonlage des Motors veränderte sich. »Haltet eure liebsten Körperteile fest. Ihr werdet vielleicht einen leichten Ruck spüren.« Patrick trat aufs Gas. Der Duster machte einen Satz nach vorne und ließ den falschen Streifenwagen im Staub stehen, während er mit quietschenden Reifen und leicht schlingerndem Heck auf Warp 1 beschleunigte.

»Heilige Mutter Gottes!«, rief Nat und versuchte, den Kopf aufrecht zu halten. »Hat Sheldon dir ein paar Ersatzteile besorgt?«

Patrick lachte. »Nein, alles ganz traditionell. Das ist ein modifizierter 340 V-8 mit Lachgas-Boost. Der beschleunigt in weniger als vier Sekunden von null auf hundert. Ihr wart wohl noch nie dabei, wenn ich den Nachbrenner gezündet habe.« Patrick blickte in den Rückspiegel. »Der Typ gehört definitiv nicht zur Highway Patrol. Deren Autos sind zwar nicht aufgebohrt, aber definitiv stärker motorisiert als diese Blechkiste. Da hat selbst der Wagen von meinem Opa mehr Wumms.«

Dass wir von jemandem verfolgt wurden, der sich nur als Polizist ausgab, beruhigte mich nicht. So etwas tat man nur, wenn man keine Zeugen hinterlassen wollte.

»Bieg hier links ab«, rief ich und deutete in die entsprechende Straße. »Und bleib hinter der Kurve stehen.«

Patrick stieg auf die Bremse. Das Heck brach aus, doch er schaffte es, in die Straße einzubiegen. Gleich darauf wurde er langsamer und rollte an den Straßenrand.

»Halt auf der linken Seite.« Ich zog meinen Disruptor und kurbelte die Seitenscheibe runter.

Ein paar Sekunden später schoss der falsche Streifenwagen um die Kurve. Als der Fahrer seine Beute auf der Gegenfahrbahn stehen sah, trat er auf die Bremse und rutschte am Duster vorbei. Ich hörte das hektische Stottern des ABS und sah den Fahrer wie in Zeitlupe den Kopf drehen und mit dem Mund ein O formen. Seiner Kleidung nach zu urteilen, war er eher ein Gangster als ein Cop.

Als der Typ und ich auf gleicher Höhe waren, feuerte ich den Disruptor ab. Der Mann am Steuer sackte in sich zusammen, den Fuß noch immer auf der Bremse, und der Wagen kam zum Stillstand. Ich warf die Tür auf, rannte zum Streifenwagen, langte hinein und stellte den Motor ab.

Patrick und Nat stiegen ebenfalls aus und eilten herbei. Patrick beugte sich über den Fahrer und filzte ihn.

»Wonach suchst du?«, fragte ich.

»Waffen. Ausweise. Irgendetwas, das uns verrät, wer er wirklich ist.«

»Und *du* würdest natürlich erkennen, ob es ein echter Polizeiausweis ist«, sagte Nat grinsend.

»Du kannst mich mal, aber es stimmt.« Patrick richtete sich mit einer Brieftasche in der Hand auf und durchwühlte sie. »Wie es aussieht, gehört er nicht zur Highway Patrol.«

Ich schob mich an Patrick vorbei und berührte das Gesicht des bewusstlosen Mannes. »Ein Mensch.«

Patrick zog die Augenbrauen zusammen. »Ehrlich? Das kannst du feststellen?«

»Weißt du noch, was Sheldon gesagt hat? Ihre Haut sollte sich ungewöhnlich anfühlen. Und das tut sie nicht.«

Patrick nickte und wedelte mit der Brieftasche. »Ich sehe sofort, dass das hier alles Schwachsinn ist. Ich mache ein

Foto von seinem Ausweis, bin mir aber sicher, dass es zu nichts führen wird – selbst wenn wir die echten Cops hinzuziehen würden.«

»Sollen wir ihn verhören?«, fragte ich und deutete auf den bewusstlosen Fahrer.

»Weißt du, wie man das macht?«, entgegnete Patrick. »Ich habe nämlich überhaupt keine Ahnung.« Er drehte sich um und warf grinsend den Zündschlüssel ins Gebüsch. »So, das hat er sich verdient.«

Die Pizza – eine große Super Supreme – verblasste bereits in unserer Erinnerung. Nur noch ein paar Überreste des Belags zeugten von ihrer Existenz. Wir ließen uns in die Sitze aus billigem Kunstleder zurücksinken und warteten ab, bis das Essen weit genug verdaut war, dass wir uns wieder vorbeugen konnten. Selbst Nat hatte voller Heißhunger reingehauen und mit Patrick Stein-Schere-Papier um das letzte Stück gespielt.

Ich legte eine Hand auf den Bauch und unterdrückte einen Rülpser. »Können wir jetzt über unser jüngstes Abenteuer sprechen? Was fällt euch dazu ein?«

»Ich gehe davon aus, dass er von den Loranna kam«, erwiderte Patrick. »Ich wüsste sonst niemanden, dem wir in letzter Zeit auf den Schlips getreten sein könnten.«

»Klar, aber wieso sollten sie einen einzelnen Menschen schicken, der nicht mal wie ein echter Cop aussieht?«, fragte Nat. »Die Loranna sollten eigentlich über die nötigen Mittel verfügen, um – keine Ahnung – ein paar Söldner oder so was anzuheuern.«

Ich dachte einen Moment lang nach. »Erkennst du irgendwelche Anzeichen, dass die Loranna gegen uns mobilmachen, Sheldon?«, subvokalisierte ich. »Ist in der Scheune auch etwas passiert?«

»Nein, Jack«, erklang Sheldons Antwort im Headset. »Und es war auch niemand im Büro. Vielleicht arbeiten die Loranna am Wochenende nicht.«

»Was, wenn der falsche Cop nicht von den Loranna geschickt worden ist?«, fragte Nat.

Patrick sah sie fragend an. »Okay, aber von wem dann?«

»Ich denke an Phil Ross.«

Patrick und ich lachten laut auf.

»Komm schon«, sagte Patrick. »Der ist ein Irrer. Selbst wenn er für solch eine Aktion wütend genug auf uns wäre ... wo sollte er die Kontakte oder das Geld dafür herhaben?«

»Das ist es ja, Patrick«, sagte Nat. »Nach den Einbrüchen habe ich ein bisschen über Mr. Ross recherchiert. Ein paar Dinge kamen mir seltsam vor, und ich habe noch tiefer gegraben. Phil Ross hat kein erkennbares Einkommen und auch keine Vergangenheit als Angestellter, die auf eine Rente schließen ließe. Tatsächlich scheint er generell kaum eine Vergangenheit zu haben und ist – abgesehen von seiner Besessenheit – so gut wie nicht in den sozialen Medien präsent. Im ganzen Netz gibt es *kein einziges* Bild von ihm, das älter ist als vier Jahre. Der Typ ist mir ein Rätsel.«

»Glaubst du, er ist ein Lorann?«, fragte Patrick.

Nat schüttelte den Kopf. »Das würde keinen Sinn ergeben. Wieso sollte er dann ihren Landeplatz ausspähen?«

»Oder nicht auch vom Detektor enttarnt werden«, fügte ich hinzu. »Und keinen Disruptor erkennen. Nein, er ist ein Mensch. Nur ...«

»Dass mehr an ihm dran ist, als man auf den ersten Blick sieht«, beendete Nat meinen Satz.

»Was uns zu unserer immer gleichen Frage zurückbringt.« Patrick sah uns nacheinander an. »Was machen wir jetzt? Können wir zu den Cops gehen und den Vorfall melden? Sollten wir es tun?«

»Hmm«, erwiderte Nat. »Früher oder später würden sie uns fragen, warum uns jemand derlei antun sollte. Hättest du darauf eine gute Antwort?« Sie vergrub das Gesicht in den Händen. »Nein, ich glaube, wir können diese Angelegenheit nicht mehr an die Behörden übergeben und zu unserem Leben zurückkehren. Selbst wenn wir es wollten.«

KAPITEL 24

Spione wie wir

Tag 18. Montag

Nach einigem Hin und Her beschlossen wir, uns so normal wie möglich zu verhalten. Mit der *Halo* hätten wir zwar komplett von der Bildfläche verschwinden, dann allerdings nicht mehr zurückschlagen können. Stattdessen wollten wir, da wir nun wussten, wo wir suchen mussten, mit ein paar eigenen Spielzügen den Druck erhöhen.

Der Nachmittag zog sich endlos in die Länge. Jedes Mal, wenn ich an unser Erlebnis mit Phil dachte, zitterte ich förmlich vor Aufregung. Endlich waren wir mit unserer Suche nach den Loranna einen Schritt vorangekommen. Dass wir nun einen konkreten Hinweis auf ihr Hauptquartier hatten, machte die Sache merkwürdigerweise noch realer für mich als das Raumschiff.

Nach gefühlten Jahrhunderten schlug die Uhr endlich fünf. Innerhalb weniger Sekunden legte ich die Schürze ab und ging zum Ladeneingang. Es würde zwar noch fünf Minuten dauern, bis Patrick mich abholte, doch irgendwie erschien es mir leichter, ungestört auf ihn zu warten.

Patrick hielt an, und Nat machte mir Platz. »Lasst uns mit der Party beginnen«, sagte sie, während ich einstieg. »Wir müssen noch einiges planen.«

»Endlich geht's los«, erwiderte ich betont begeistert. Insgeheim hatte ich jedoch das ungute Gefühl, dass uns die ganze Sache mittlerweile tatsächlich über den Kopf gewachsen war.

Dank Patricks gewohnt rasantem Fahrstil waren wir schon bald in der Scheune und ließen uns in unsere bevorzugten Sessel plumpsen. Ich zog mein Handy hervor und öffnete die Funk-App, um Sheldon in die Unterhaltung einzubeziehen.

»Also«, sagte Patrick. »Wie lautet der Plan?«

Ich öffnete den Mund zu einer Antwort, hielt dann aber inne und sah Nat an.

»O Mann«, sagte sie und verdrehte die Augen. »Also gut, der Verwaltungsbereich des Tate-Gewerbegebiets ist viel zu klein, um alle Loranna darin unterzubringen. In diese Büros passt nur ungefähr ein halbes Dutzend Leute. Wir müssen das gesamte Gewerbegebiet nach ihnen durchkämmen. Und das möglichst schnell.«

Ich hob einen Finger. »Einen Moment. Sag mal, Sheldon, hast du so etwas wie eine Drohne auf Lager?«

»Drohne? Du meinst ein Fluggerät? Nein. Mein Antriebssystem kann nicht mal annähernd so sehr miniaturisiert werden.«

»Verstehe. Kannst du eine aus dem Internet kopieren?«

»Selbstverständlich. Soll ich gleich damit loslegen?«

»Ja, aber füge noch ein paar Extras hinzu: eine Tarnvorrichtung, einen Detektor und einen Subwellen-Kommunikator. Ach ja, und ein Richtmikrofon.«

»Wird gemacht. Morgen früh ist euer Spielzeug fertig.«

»Wir können nicht unbemerkt eine Drohne über dem Gewerbegebiet kreisen lassen«, sagte Patrick.

»Doch, wenn sie unsichtbar ist«, erwiderte ich. »Und wenn wir irgendwelche Tarnfelder entdecken, gehören sie vermutlich den Loranna.«

»Es sei denn, dass sich noch eine dritte außerirdische Spezies auf dem Planeten herumtreibt«, sagte Nat.

»Dafür gibt es keine Hinweise, Natalie«, entgegnete Sheldon. »Alaric hat auch nichts Derartiges erwähnt. Jack hat recht: Jedes Tarnfeld weist mit an Sicherheit grenzender Wahrscheinlichkeit auf einen Lorann hin.«

»Also gut. Da wir arbeiten müssen, kümmerst du dich am besten um die Überwachung.« Nat sah in Richtung unsichtbares Raumschiff. »Und es ist wichtig, dass wir uns morgen den ganzen Tag über vollkommen normal verhalten.«

»Mit anderen Worten unendlich gelangweilt und resigniert«, erwiderte ich. »Und als ob wir es gar nicht erwarten könnten, dass der Tag endlich vorbei ist.«

KAPITEL 25

Überwachung

Tag 19. Dienstag

Ich stand früh auf, frühstückte schnell und rannte zur Scheune. Nicht nur, weil ich so aufgeregt war, sondern auch deshalb, weil ich mit meinen Vorbereitungen fertig sein musste, bis mein Vater aufbruchbereit war. Er würde zwar auf mich warten, wenn ich mich verspätete, aber dann wäre eine Erklärung fällig, und je weniger ich Dad anlügen musste, desto besser.

Zu meiner Überraschung fuhr Patrick vor. Auf dem Beifahrersitz saß Nat. »Hey, Jack«, sagte er und beugte sich aus dem Fenster. »Wir haben beschlossen, dich mitzunehmen … und uns die Drohne anzusehen, da wir eh schon hier sind.«

»Klar.« Ich zog mein Handy aus der Tasche und schrieb Dad eine entsprechende Nachricht. Die Antwort kam fast augenblicklich: *Habe Patrick vorbeifahren sehen und mir schon so was gedacht.*

Nun hatte ich keinen Zeitdruck mehr und nickte zur Scheune. Patrick und Nat folgten mir.

Sheldon senkte die Luftschleuse herab und leitete uns zum Fabrikationsbereich der *Halo*, wo auf einem der Ausgabetabletts eine brandneue Drohne lag. Ich hob sie hoch und sah sie von allen Seiten an. Vier zu einem Quadrat angeordnete Propeller saßen über einem gedrungenen Körper, der mit einer Kamera, einem kleinen Parabolmikrofon und anderen, weniger leicht zu identifizierenden Extras ausgestattet war.

»Wie groß ist die Reichweite, Sheldon?«

»Wenn du den Funk meinst: Die Subwellen reichen bis über den ganzen Planeten. Was die Energieversorgung anbelangt, habe ich mich nicht auf irdische Technologien beschränkt. Das Exemplar, das ich im Internet gefunden habe, diente mir nur als optisches Vorbild. Dieses Gerät wird mehrere Hundert Stunden lang fliegen können, ehe es wieder aufgeladen werden muss. Und die Wahrscheinlichkeit einer Antimaterie-Explosion ist sehr gering.«

»Antimaterie … Explosion?«, stammelte ich.

»Ich mache nur Spaß. Beim Hersteller, meine Witze werden immer besser.«

»Darüber lässt sich streiten«, murmelte Nat.

Ich drehte die Rotoren. Die Drohne war wirklich hervorragend verarbeitet. »Dann überlassen wir alles Weitere dir. Fliege sie, wohin du willst, aber versuche, dir ein möglichst umfassendes Bild vom Grundriss des Gewerbegebiets und der darin ansässigen Betriebe zu verschaffen.«

»Am besten verwendest du dieses superfortschrittliche Spiralsuchmuster, von dem du gesprochen hast«, fügte Patrick hinzu.

»In diesem Fall wäre ein Gittermuster effizienter«, sagte Sheldon, »aber danke für den Tipp.«

Nat hob eine Hand, um einen erneuten Streit zwischen den beiden zu verhindern. »Dank der großen Reichweite müssen wir es nicht erst zum Gewerbegebiet bringen, sondern können es auch gleich hier starten lassen.«

»Das ist korrekt. Werft es in die Luft. Alles Weitere erledige wie besprochen ich.«

Ich nickte und ging die Luftschleusentreppe hinunter. Sobald ich aus der Scheune raus war, warf ich die Drohne in einem sanften Bogen. Sie schaltete sich an, drehte sich im Flug um und schoss mit hohem Tempo davon. Nachdem sie sich knapp hundert Meter weit entfernt hatte, war sie bereits nicht mehr zu sehen. Das Gerät war nicht viel lauter als eine Hummel und damit deutlich leiser als alle Drohnen, mit denen ich bisher gespielt hatte.

Ich ging zu den anderen zurück, die gerade ins Auto stiegen. »Wie lange wird sie bis zum Gewerbegebiet brauchen?«, fragte ich, im Vertrauen darauf, dass Sheldon mir über das Headset zuhörte.

»Knapp fünf Minuten«, erwiderte er. »Erwarte bitte keine dramatischen Aufnahmen von Fenstern, hinter denen die Loranna arglose Erdlinge foltern. In der ersten Phase werde ich nur eine Karte des Gewerbegebiets erstellen und Außenaufnahmen von den Gebäuden machen.«

»Das ist gut, Sheldon. Fertige einfach einen Plan des Gewerbegebiets an und aktualisiere ihn nach und nach. Nach der Arbeit sehen wir uns das Ergebnis an.«

»Wenn du niedrig genug fliegst, kannst du getarnte Loranna aufspüren, richtig?«, schaltete Nat sich ein.

»Ich kann Tarnfelder ausmachen, und wir gehen davon aus, dass nur Loranna welche verwenden. Derartige Vorfälle werde ich natürlich protokollieren.«

»Kannst du hochauflösende 3-D-Bilder von ihnen machen?«

»Natürlich, warum?«

»Wie du schon gesagt hast: Ein Tarnfeld-Detektor kann nicht zwischen Menschen und Loranna unterscheiden.«

»Ja, er erkennt nur … oh.«

Patrick sah Nat mit gerunzelter Stirn an. »Was?«

Nat lächelte. »Wenn wir ein Bild von einem als Menschen getarnten Lorann haben, kann Sheldon uns problemlos auch das entsprechende Aussehen verpassen. Sollten wir damit einen Tarnfeld-Detektor auslösen, werden sie einfach annehmen, dass sie Grog in seiner menschlichen Gestalt vor sich haben.«

»Grog?«, rief Sheldon aus. »Wie genau stellt ihr euch die Loranna eigentlich vor?«

»Das ist an sich eine gute Idee«, sagte ich, ohne auf Sheldons Protest einzugehen. »Aber was passiert, wenn Oog den Wächter auf Lorann ›Hey, Grog, wie geht's, wie steht's?‹ fragt?«

»Es heißt Lorannisch«, erwiderte Sheldon. Er klang immer ungeduldiger. »Und was soll das Gerede von *Grog* und *Oog*? Was ist bloß los mit euch?«

Ich lachte. »Mach dich locker, Sheldon. Wir können Lorann – Entschuldigung, Lorannisch – auf die Schnelle nicht gut genug lernen, um damit durchzukommen. Beherrschst du Lorannisch, Sheldon?«

»Natürlich. Die verschiedenen Sprachen des Bündnisses gehören zu meinen Werkseinstellungen.«

»Könntest du dann das Sprechen übernehmen, wenn wir ein Empfangsgerät mit Lautsprecher tragen?«

»Dann müssten wir aber die Lippen synchron zu Sheldons Worten bewegen«, wandte Nat ein.

»Und man merkt sofort, ob eine Stimme echt ist oder aus einem Lautsprecher stammt«, fügte Patrick hinzu.

»Das ist beides falsch. Hört bitte auf, schlauer sein zu wollen als eure außerirdische Großmutter.« Sheldon wartete ab, bis Schweigen einkehrte. »Wir verwenden ein solches Verfahren gelegentlich, wenn jemand zu einem Außeneinsatz aufbrechen muss und keine Zeit hatte, sich die örtliche Sprache anzueignen. Ich kann das Tarnfeld so programmieren, dass die Lippensynchronisation glaubwürdig ist. Um sicherzugehen, müssen wir natürlich zuerst ein oder zwei Trockenübungen absolvieren. Und was den natürlichen Ton anbelangt: Terranische Lautsprecher klingen so künstlich, weil sie die höchsten und niedrigsten Frequenzen abschneiden. Ihr bezeichnet ihren Klang als »blechern«, oder? Gen-Lautsprecher können dagegen Töne aus dem gesamten Frequenzspektrum wiedergeben. Sie werden in der Regel in spezielle Halsbänder eingebaut. Ich habe einige auf Lager.«

»Dann haben wir also einen Plan, mit dem wir einen lorannischen Stützpunkt infiltrieren können«, sagte Nat.

»Wenn du die Bedeutung des Wortes *Plan* so sehr überstrapazieren möchtest, dass es um Gnade winselt, dann ja«, erwiderte Sheldon, noch immer hörbar genervt.

Irgendetwas schien die Realität dergestalt zu verändern, dass sich unsere Arbeitszeit asymptotisch verlängerte, während unsere Suche sich dem Ende zuneigte. Ein oder zwei

Jahrtausende später fanden wir uns jedoch alle wieder im Konferenzraum der *Halo* ein.

Auf einem der Wandmonitore nahm eine Karte des Tate-Gewerbegebiets Gestalt an. Sheldon hatte eine isometrische 3-D-Ansicht mit schwebenden Erläuterungen neben den einzelnen Gebäuden erstellt. Das Ganze erinnerte ein wenig an ein Sim-City-Spiel.

Ich beugte mich vor und las einen der Texte. »Vier Loranna entdeckt.« Das war interessant. Ich ließ den Blick über die anderen Erklärungen gleiten. Bei einigen handelte es sich um weitere Loranna-Zählungen. Neben den Gebäuden standen die Namen der jeweils darin ansässigen Unternehmen und in manchen Fällen sogar die dazugehörigen Telefonnummern. Sheldon war auf jeden Fall sehr gründlich zu Werke gegangen.

Nat seufzte und deutete wortlos auf den Bildschirm. Ich folgte mit dem Blick ihrem ausgestreckten Finger und las: »Harris Institute, neun Loranna entdeckt.«

»Das klingt nach dem kompletten vierten Stock«, sagte sie.

»Damit meinst du das Management, oder?«, fragte ich.

Nat nickte. »Die oberste Führungsriege, die Vertriebsleitung … alle Entscheider. Die Zahl ist ein bisschen zu niedrig, aber vielleicht waren gerade nicht alle anwesend.« Nat verstummte und blickte mit leicht gerunzelter Stirn in die Ferne. »Das ist wirklich merkwürdig. Leute, die ich mehr oder weniger kenne und mit denen ich ein paar Jahre lang zusammengearbeitet habe, sind möglicherweise Aliens, die die Erde versklaven wollen. Ich habe das Gefühl, das sollte mich zutiefst erschüttern, aber es macht mir kaum etwas aus.«

»Warte ab, bis du mitten in der Nacht schreiend aufwachst«, sagte Patrick.

»Vielen Dank für dieses Bild, Patrick.«

Patrick zuckte die Achseln.

Ich beschloss, das Thema zu wechseln, und deutete auf verschiedene Einträge auf der Karte. »Harris Institute: Marketinganalyse und Erstellung von Kampagnen. Integra Polycomms: Anbieter von Hochgeschwindigkeitsnetzwerken. Morris Sicherheitsdienste. Harris Immobilienverwaltung. Kich and Robertson Rechtsberatung. Alle dort vertretenen Unternehmen könnten für ihren Gesamtplan nützlich sein. Ich könnte mir gut vorstellen, dass den Loranna das gesamte Gewerbegebiet gehört. Damit könnten sie vollständig kontrollieren, was dort geschieht, wer sich einmietet und so weiter.«

»Mit genügend normalen und harmlosen Betrieben und ausreichend menschlichen Angestellten, um die Fassade zu wahren«, fügte Patrick hinzu. »Es wäre zum Beispiel komisch, wenn es keine Gastronomie gäbe und alle zum Mittagessen in die Zoohandlung gingen. Aber jetzt haben wir die Qual der Wahl. Womit fangen wir an?«

»Das ist einfach«, sagte Nat. »Bei meiner Arbeit. Dort finde ich mich zurecht, zumindest auf den unteren Etagen, und ich kann mich unter einem Vorwand in den vierten Stock schleichen. Außerdem kenne ich dort viele Leute.«

»Hey, hey, nicht so voreilig«, erwiderte ich. »Wer sagt, dass du dort hineingehst?«

»Wie bitte? Komm mir jetzt bloß nicht mit irgendeinem chauvinistischen und sexistischen Scheiß …«

»Nein, ich komme dir mit dem Du-bist-klein-Scheiß«, schnitt ich ihr das Wort ab. »Entschuldigung, ich meine natürlich *zierlich*.« Ich sah Patrick an, der eine hochdramatische Sterbeszene hinlegte. »Sheldon hat gesagt, dass Gen aufgrund ihrer Größe nicht als Menschen durchgehen können. Erinnerst du dich?«

Nat sah mich finster an. »Karen Ingram ist kaum größer als ich. Wenn sie sich als Lorann erweist, bin ich im Spiel. Und sie ist ziemlich sicher eine von ihnen. Eine kältere, reptilienartigere Person als sie wirst du nie kennenlernen.«

»Sie sind keine Reptilien«, sagte Sheldon. Er klang müde. »Die Ähnlichkeit ist nur oberflächlich und sehr gering. Seid ihr tatsächlich nicht imstande, eine Information länger als zwei Sekunden im Gedächtnis zu behalten?«

»Schön, wenn das der Fall sein sollte, bin ich absolut dafür«, sagte ich und ignorierte erneut Sheldons Kommentar.

Sheldon ignorierte mich seinerseits ebenfalls. »Ich habe die Drohne an einer Stelle gelandet, wo ich vorbeikommende Individuen scannen konnte. Dabei habe ich ein paar brauchbare Bilder geschossen. Wann immer es möglich war, habe ich außerdem Stimmaufnahmen gemacht. Ich leite sie an dein Handy weiter, Natalie. Sag mir, ob du welche von ihnen erkennst.«

»Mache ich, Sheldon. Danke.« Nat neigte den Kopf zur Seite und lächelte mich an. »Karens Assistent, Marc Abramson, ist ziemlich groß, Jack. Der wäre für dich perfekt. Vielleicht können wir gemeinsam gehen.«

Ich stöhnte. »Na wunderbar.«

KAPITEL 26

Pläne schmieden

Tag 20. Mittwoch

Wir befanden uns wieder in der Scheune und sichteten Sheldons Ausbeute. Nat inspizierte die Porträtaufnahmen, in der Hoffnung, jemanden aus dem vierten Stock ihres Gebäudes zu entdecken. Schließlich knallte sie den Deckel ihres Laptops zu. »Mist.«

Ich blickte von meiner Arbeit auf – okay, ich hatte mir ein YouTube-Video angesehen, aber das musste sie ja nicht erfahren – und hob eine Augenbraue.

»Sheldon hat nicht so viel Material sammeln können, wie ich gehofft hatte«, erklärte sie. »Ein paar Bilder – übrigens war keine der Personen eine Überraschung für mich –, aber nicht genügend Stimmproben.«

»Und keine Karen Ingram, möchte ich wetten«, fügte Patrick hinzu. »Das ist es doch, was dich wirklich ärgert, oder?«

Nat drehte sich um und schien sein Gehirn mit einem Laserblick durchbohren zu wollen. Als Patricks Kopf nach mehreren Sekunden noch immer nicht in Flammen aufging, stieß sie einen Seufzer aus. »Und keine Karen Ingram. Können wir das irgendwie beschleunigen?«

»Eine Wanze installieren?«, fragte Patrick.

»Möglich wäre es«, sagte Sheldon.

»Na sicher«, erwiderte Nat. »Wir können getarnt ins Gebäude eindringen und eine Wanze installieren, damit wir genügend Audio- und Video-Material haben, um getarnt ins Gebäude eindringen und spionieren zu können. Bin ich etwa die Einzige, die sieht, was das Problem mit diesem Plan ist?«

»Könntest du dich unter irgendeinem Vorwand in die vierte Etage einladen lassen?«, fragte ich.

Nat runzelte nachdenklich die Stirn. »Nicht ohne Weiteres. Normalerweise kommen die Manager zu Meetings in den Konferenzraum im dritten Stock herunter. Einzelgespräche werden entweder schriftlich per E-Mail oder auf Zoom geführt.«

»Und was wäre ein möglicher Grund?«, fragte Patrick.

»Der nicht zu meiner Entlassung führt?«

»Von mir aus.« Patrick grinste. »Irgendetwas, weshalb du in den vierten Stock eingeladen wirst oder allein hinaufgehen kannst. Was wäre dafür nötig?«

»Irgendein Sicherheitsproblem. Ich könnte eine Wanze finden und sie melden. Nein, halt, das würde sie alarmieren.« Nat schüttelte den Kopf. »Wir wollen doch nicht, dass sie alles genauestens unter die Lupe nehmen, weil sie Angst haben, jemand könnte sie verwanzen.«

»Weil es jemand *wirklich* tut«, erwiderte Patrick.

Nat verdrehte die Augen, würdigte ihn jedoch keiner Antwort. Einen Moment später setzte sie sich aufrecht hin und schnippte mit den Fingern. »Ich könnte mein Token verlieren und einen Ersatz benötigen. Dazu müsste ich in den vierten Stock.«

»Token?«, fragte ich.

»Ein Sicherheitsgerät. Es zeigt eine zufällige Nummer an, die ich eingeben muss, wenn ich mich von außerhalb ins System einloggen will. Alle Angestellten mit Fernzugang haben so eins.« Ihr Gesicht verfinsterte sich. »Andererseits könnte ich für seinen Verlust gefeuert werden.«

»Wie wäre es mit einem Token, das nicht mehr funktioniert?«, fragte Sheldon.

Nats Miene hellte sich wieder auf. »Das wäre perfekt. Kannst du meins sabotieren?«

»Das ist ein Klecks für mich.«

»Ein Klacks.«

»Wie auch immer. Bring es in die Werkstatt. Wenn sonst nichts hilft, mache ich es mit einem starken elektromagnetischen Impuls platt.«

Nat schenkte uns ein zufriedenes Lächeln und ging zur herabsinkenden Luftschleusentreppe.

Ich sah Patrick strahlend an. »Allmählich habe ich das Gefühl, dass wir Fortschritte machen.«

»Für Nat ist das besonders erfreulich, glaube ich. Sie ist, äh …« Patrick zögerte und blickte zur *Halo*. Nat hatte bereits die Stufen erklommen. »Sie tut, als wäre es nicht so schlimm, Jack, aber es bedrückt sie wirklich, dass sie nicht aufs College gehen kann. Und dass sie nicht aus Dunnville wegkommt. Es ist ihr extrem wichtig, dass diese ganze Sache zu irgendwas führt.«

»Ja, ich weiß. Im letzten Jahr vor dem Examen hat sie andauernd nur vom College gesprochen.« Ich seufzte. »Wir sind schon ein jämmerlicher Haufen Musketiere, nicht wahr?«

Nat kam mit einem breiten Grinsen die Treppe wieder herabgelaufen. »Ein frisch gesäubertes Sicherheits-Token«, sagte sie und winkte mit dem Gerät.

»Hast du es überprüft?«

»Es ist mausetot. Ich werde mir morgen wohl ein neues besorgen müssen. Endlich geht was vorwärts.« Sie streckte die andere Hand aus. »Sheldon hat mir außerdem eine Wanze gegeben.« Auf ihrer Handfläche lag ein kleines, halbtransparentes Stück Kunststoff. »Die nimmt offenbar die Farbe und die Textur jeder Oberfläche an, auf der sie befestigt wird. Sie ist wahrscheinlich nicht mal zu sehen, wenn man gezielt nach ihr sucht.«

»Und die Loranna werden sie nicht entdecken können?«, fragte ich.

»Sie könnten«, warf Sheldon ein, »wenn sie alles mit Bündnis-Technologie absuchen würden. Doch das würden sie nur tun, wenn sie einen konkreten Verdacht hätten. Die dafür nötige Ausrüstung ist ziemlich auffällig.«

Ich nickte. »Ein gewisses Restrisiko werden wir wohl nicht ausschließen können.« Ich sah Nat an. »Bist du dazu bereit?«

Sie grinste mich an. »Denen werde ich's zeigen.«

KAPITEL 27

Reingehen

Tag 21. Donnerstag

Dies würde einer dieser endlosen Tage werden. Noch länger als sonst schon, meine ich. Nicht, dass Nat irgendetwas James-Bond-Mäßiges abziehen würde – ein kleines Stück Plastik auf eine geeignete Oberfläche zu kleben war nichts, wofür man ein Stunt-Double benötigte. Trotzdem sah ich immer wieder nervös auf mein Handy.

In der Zwischenzeit musste ich mich um meinen Alltag kümmern. Die Gurken einlagern, die Äpfel umpacken, Zucker nachbestellen, in Gang fünf aufräumen … Argh! Ich verstand immer besser, warum Patrick und Nat sich auf dieses Loranna-Projekt eingelassen hatten. Es war ihre einzige Chance, der tödlichen Mittelmäßigkeit dieses Kuhkaffs zu entkommen.

Der Benachrichtigungston meines Handys riss mich aus meinem Selbstmitleid. Endlich! Ich tippte auf das Vorschaufenster und las: *Wanze installiert. Jetzt heißt es abwarten.*

Cool. Nats lapidarer Nachricht nach zu urteilen, war es keine große Sache gewesen. Auch gut. Wie hieß es doch gleich so schön? Ein Abenteuer ist das schlimme Zeug, das anderen Menschen widerfährt.

Die Heimfahrt verlief im üblichen unbehaglichen Schweigen, das nur kurz vom halbherzigen Versuch meines Vaters unterbrochen wurde, mit mir über andere Colleges zu sprechen. Das erinnerte mich daran, dass Sheldon den Vorfall am MIT untersuchen wollte. Ich glaubte zwar nicht, dass er etwas Konkretes bewirken konnte, aber vielleicht würde er ein paar Informationen ausgraben.

Patrick und Nat würden gleich nach dem Abendessen vorbeikommen. Hoffentlich hatte Sheldons Wanze etwas Nützliches aufgezeichnet.

Ich stürmte durch die Vordertür, rief »Hi, Mom!« und rannte mit drei Schritten die Treppe hinauf. Nachdem ich mich in Windeseile umgezogen hatte, sprang ich in zwei Sätzen die Stufen wieder hinunter und lief zur Tür hinaus.

»Was gibt's Neues, Sheldon?«, fragte ich, als ich die Scheune betrat.

»Gerade ist eine sensationelle Nachricht hereingekommen«, erwiderte er über mein Headset. »Die Menschen entdecken ihre Daumen und verursachen ein riesiges Chaos.«

»Ha, ha. Sei bitte ernst.«

»Das meine ich ernst. Alles, was ich gesagt habe, ist wahr.«

»Wie wäre es mit etwas Aktuellerem?«

»Nat wird sich sehr freuen. Ich habe zahlreiche Audio- und Videoaufnahmen von Karen Ingram und ihrem Assistenten, die beide den Tarnfeld-Detektor ausgelöst haben.«

»Ich bin deswegen … ehrlich gesagt ein bisschen zwiegespalten. Müssen wir das wirklich tun?«

»Die Loranna benehmen sich in der Öffentlichkeit wie Menschen, Jack. Das machen sie auch im vierten Stock. Wenn Menschen in der Nähe sind, sprechen sie kein Lorannisch und schon gar nicht über irgendwelche Geheimnisse. Um irgendetwas herauszufinden, müssen wir in ihr Computersystem eindringen.«

»Kannst du es nicht hacken?«

»Die Computer-Hardware des Harris Institute wurde zwar von Menschen fabriziert, die Sicherung des Systems ist jedoch auf Bündnis-Niveau. Ohne gültiges Log-in kann ich es nicht knacken.«

»Verstanden.« Mein Handy gab einen Ton von sich, und ich warf einen Blick darauf. »Abendessenszeit. Nat und Patrick kommen nachher vorbei. Dann schauen wir uns alles an.«

»Bei dieser Aussicht wird mir ganz warm um die CPU.«

Nat war tatsächlich darüber entzückt, dass Karen Ingram eine von den Loranna war. Sie tanzte durch den Raum und sang: »O ja, Karen ist 'ne Echse, diese alte Hexe, das sieht doch wirklich jeder, und jetzt geht's ihr ans Leder.«

»Sogar ich merke, dass das ein schreckliches Lied ist«, sagte Sheldon. »Und du hast zwar recht, aber aus den falschen Gründen.«

»Das ist mir egal. Sie ist eine Echse, wie ich gesagt habe.«

»Also wirklich. Ihr benehmt euch wie ein Haufen ungezogener Kinder. Allmählich bin ich mir nicht mehr so sicher, ob es wirklich gut ist, sich seiner selbst bewusst zu sein.«

Nat beendete ihre Siegesfeier und winkte mit dem Handy. »Haben wir genügend Informationen, um mich zu tarnen?«

»Ja, und Jack auch«, erwiderte Sheldon.

»Gut«, sagte Nat. »Morgen ist Freitag. Nach Feierabend können wir loslegen.«

»Bist du sicher, dass Karen pünktlich gehen wird?«, fragte ich.

»Machst du Witze? Loranna halten die Arbeitszeiten noch genauer ein als Menschen. Du solltest mal sehen, wie schnell der gesamte vierte Stock um fünf Uhr das Gebäude verlässt. Wenn man eine Minute später am falschen Ort steht, riskiert man sein Leben. Sie wird auf jeden Fall das Gebäude verlassen haben.«

»Also gut. Wie lautet der Plan?«

Nat hielt zwischen Daumen und Zeigefinger etwas in die Höhe, das so klein war, dass ich es nicht sehen konnte. »Dieser kleine Knubbel ist eine Audio-Video-Wanze, die so unter der Computertastatur angebracht wird, dass sie den Monitor filmt. Laut Sheldon registriert sie auch die Tastenanschläge. Wir gehen hinein, befestigen sie unter Karens Tastatur und verschwinden wieder. Heldentaten stehen nicht auf dem Programm.«

»Jack ist ohnehin nicht der heldenhafte Typ«, warf Patrick lachend ein.

Ich kratzte mich mit dem Mittelfinger an der Nase, worauf er nur noch breiter grinste.

Nat bedachte uns beide mit einem herablassenden Lächeln und fuhr fort. »Wenn Karen sich danach das nächste Mal einloggt, bekommen wir ihre Anmeldedaten. Dann kann ich mich aus der Ferne einklinken, und wir werden sehen, was wir herausfinden.«

Ich nickte langsam. »Das klingt tatsächlich zur Abwechslung nach einem guten Plan.«

»Wir sollten vorher noch die Ausrüstung testen«, sagte Sheldon. »Natalies und Jacks Gürtel liegen noch in der Werkstatt und warten darauf, abgeholt zu werden. Ich habe außerdem zwei Halsbänder mit Lautsprechern für die Stimmausgabe dazugelegt. Außerdem kann ich mit ihnen hören und sehen, was ihr erlebt.«

»Ich gehe sie holen«, sagte Patrick und lief los.

Zwei Minuten später war er wieder da und reichte Nat und mir die Gürtel und die Halsbänder.

»Er ist viel weniger klobig als der ursprüngliche«, sagte Nat, als sie den Gürtel schloss, »als Modeaccessoire aber noch immer nicht zu gebrauchen.« Sie drückte mit einem Finger auf das Material. »An manchen Stellen ist er sehr steif.«

»Die Tarnfeld–Projektoren können nur bis zu einem gewissen Grad verkleinert werden. Das Design hat sich seit einem Jahrhundert kaum noch verändert.« Sheldon verstummte und wartete ab, bis Nat und ich fertig waren. »Jetzt werde ich eure Tarnungen aktivieren.«

Wir schimmerten kurz und wurden durch die zwei Personen aus den Überwachungsvideos ersetzt.

»Das ist echt abgefahren«, kommentierte Patrick. »Sag mal was, Nat.«

»Sie wird noch immer wie sie selbst klingen«, unterbrach Sheldon. »Die andere Stimme muss von mir stammen. Einen Moment …«

»Hi, ich bin Karen«, sagte die falsche Karen Ingram. »Ich bin ein Mensch und dementsprechend nicht sehr intelligent. Ich stolpere über meine eigenen Füße und sabbere auf den Teppich …«

»Alles klar, Sheldon, wir haben's begriffen«, erklang Nats Stimme hinter Karens Gesicht. Karen grinste.

»Das«, sagte Patrick, »war voll cool und gleichzeitig extrem unheimlich. Hast du irgendwas gemacht, Nat?«

Nat verwandelte sich wieder in sich selbst zurück. »Erst als ihr meine Stimme gehört habt. Davor habe ich einfach nur dagestanden. Haben meine Lippen sich bewegt?«

»Absolut glaubhaft«, sagte Patrick. »Es klang echt und sah authentisch aus. Sheldon, du bist ein Genie.«

»Das muss zwar nicht extra erwähnt werden, aber vielen Dank für das Kompliment.«

Nat lachte. »Was passiert, wenn wir uns nicht einig sind, was Karen tun soll? Wenn ich nach links gehen will und du sie zur selben Zeit nach rechts schickst?«

»Das Tarnfeld folgt grundsätzlich deinen Bewegungen. Ich kann nur sehr begrenzte Veränderungen vornehmen. Das Programm-Interface schafft es gerade mal, die Gesichtsbewegungen in Echtzeit zu steuern. Unter normalen Umständen würde das Tarnfeld auf die Äußerungen der Trägerin reagieren. So machen es die Loranna.« Sheldon schwieg einen Moment. »Dennoch sprichst du einen wichtigen Punkt an. Ihr müsst wissen, was vernünftiges Verhalten ist. Ich werde euch über die Headsets coachen und alles Lorannische für euch übersetzen.«

Ich nickte. »Das klingt machbar. Ganz ohne Risiken wird es nicht gehen, Leute. Wir müssen einfach unser Bestes geben.«

»Ihr braucht auch Sicherheitsausweise«, sagte Sheldon. »Ich drucke sie gerade aus. Bis zu eurem Aufbruch sind sie fertig.«

Patrick riss überrascht die Augen auf. »Du kannst ihre Sicherheitsausweise kopieren?«

»Sie verwenden eine irdische Technologie. RFID-Karten. Die sind kaum besser als ein geschnitzter Stock. Die Loranna sind vermutlich ein bisschen faul und greifen wann immer möglich auf hiesige Arbeitskräfte zurück.«

»Klingt vernünftig«, sagte ich. »Sicherheit durch Unauffälligkeit. Sie versuchen, so unscheinbar wie möglich zu agieren, damit niemand auf die Idee kommt, sie genauer unter die Lupe zu nehmen.«

Wir sahen einander unbehaglich an. Der Moment der Wahrheit war gekommen.

»Jetzt gibt es keine Ausreden mehr«, sagte Nat. »Morgen nach der Arbeit legen wir los. Jack hat recht: Entweder wir tun es, oder wir lassen es bleiben.«

KAPITEL 28

Infiltration

Tag 22. Freitag Nachmittag

Patrick setzte uns auf einem abgelegenen Parkplatz ab, der weder von den Verwaltungsbüros noch vom Harris-Gebäude aus zu sehen war. Auch wenn es unwahrscheinlich schien, wir wollten nicht, dass irgendwer misstrauisch wurde, weil er Karen und ihren Assistenten Marc aus einem unbekannten Wagen steigen sah.

»Wir müssen außen herum gehen«, sagte Nat. »Sheldon, wo sind die echten Karen und Marc?«

»Sie haben das Gebäude verlassen und sind mit unterschiedlichen Autos davongefahren.«

»Ich frage mich, ob es irgendwo eine lorannische Schlafbaracke gibt«, murmelte ich.

»Unwahrscheinlich, Jack. Sie wollen bestimmt so normal wie möglich wirken. Wenn das gesamte Management die gleiche Postanschrift hätte, würden vermutlich bei mehreren Behörden die Alarmglocken schrillen.«

»Falls sie die Macht schon übernommen haben, spielt das keine Rolle mehr«, sagte ich.

»Hätten sie euren Planeten bereits so gründlich unterwandert, müssten sie sich überhaupt nicht mehr zurückhalten«, erwiderte Sheldon. »Anstatt alle Umweltgesetze zu torpedieren und den Kohlebergbau zu fördern, könnten sie dann auch einfach Raketen abfeuern.«

»Na, dann wollen wir mal hoffen, dass du recht hast.«

Nat boxte mir gegen den Arm. »Sei nicht so pessimistisch. Und halt dich an mich, sobald wir im Gebäude sind. Denk dran, dass das mein Revier ist.«

Ich salutierte sarkastisch. »Ja, ja.«

Schon bald befanden wir uns vor dem Harris Institute. Damit war der Moment der Wahrheit gekommen. Nach kurzem Zögern schritt Nat so zielstrebig auf den Eingang zu, als würde das Gebäude ihr gehören.

Der Wächter blickte kurz überrascht auf, als wir eintraten, doch sein Gesicht entspannte sich sofort wieder. Unser Anblick beunruhigte ihn offensichtlich nicht.

Nat ging mit einem knappen Nicken an ihm vorbei und hielt auf die Aufzüge zu. Obwohl ich Angst hatte, auf dem Weg durch die Lobby erschossen zu werden, versuchte ich mich nicht allzu sehr zu verkrampfen, während ich meiner angeblichen Chefin folgte.

Sobald wir außer Sicht waren, öffnete ich den Mund, um etwas zu sagen, doch Sheldon schnitt mir das Wort ab: »Sprecht nur, wenn es absolut notwendig ist. Wahrscheinlich gibt es hier Überwachungskameras mit Mikrofonen, und ich werde es nicht schaffen, eure Lippen synchron zu euren Äußerungen zu bewegen. Ihr werdet also wie Bauchredner aussehen, was auf jeden Fall Verdacht erregen wird. Ihr müsst also subvokalisieren, wenn ihr euch mit mir oder untereinander austauschen wollt. Ich werde eure Worte dann weiterleiten.«

Ich presste die Lippen zusammen und schwieg.

Im vierten Stock angekommen, gingen wir einen Korridor entlang. Dabei kam uns ein Mann entgegen. Er neigte den Kopf und sagte etwas, vermutlich auf Lorannisch. Mein Headset lieferte die Übersetzung: »Warum bist du wieder da, Karen? Wolltest du dich nicht auf das Status-Meeting vorbereiten?«

»Karen« antwortete mit ähnlich gutturalen Lauten: »Ich habe etwas vergessen und bin gleich wieder weg.«

Der Mann nickte und ging weiter. Er wirkte völlig unbesorgt.

Wir gelangten zu einer Bürotür, auf der »Karen Ingram« und »Leitung Marketingkampagnen« stand. Zum Glück war sie nicht verschlossen. Nat zog sie hinter uns zu und sah sich um.

»Geht im Raum herum«, sagte Sheldon. »Ich werde ihn dabei nach Überwachungsgeräten absuchen.«

Gehorsam gingen wir eine Weile im Kreis. Anschließend setzte Nat sich hinter den Schreibtisch und begann, Schubladen aufzuziehen. »Ich bin mir nicht sicher, wonach ich suche«, sagte mein Headset mit Nats Stimme.

Meine Augenbrauen schossen in die Höhe. Nat hatte keinen Mucks von sich gegeben, und ihre Lippen hatten sich nicht bewegt. Kaum zu glauben, dass das eine Subvokalisation gewesen war. »Alles Wichtige ist vermutlich abgeschlossen«, erwiderte ich, ebenfalls tonlos.

Nat nickte und drehte die Tastatur um. Wie erhofft war sie ein drahtloses Modell mit Funkmaus. Sie holte das Überwachungsgerät heraus, das Sheldon ihr gegeben hatte, und befestigte es wie vereinbart an der Unterseite.

Währenddessen inspizierte ich weiter das Büro. Als Erstes fiel mir auf, dass es keinen Aktenschrank gab. Das Sideboard hinter dem Schreibtisch enthielt lediglich ein paar persönliche Gegenstände, Bücher und einen USB-Stick. Letzteren steckte ich ein, ehe ich es mir anders überlegen konnte.

»Die Wanze ist installiert«, ertönte Nats Stimme aus meinem Headset. »Lass uns verschwinden.«

Der Rückweg hinunter in die Lobby verlief ohne Zwischenfälle. Anscheinend hatten die Loranna genauso wenig Lust wie Menschen, an einem Freitag länger als unbedingt nötig im Büro zu bleiben. Doch als wir am Empfang ankamen, sprach der Wächter Nat auf Lorannisch an. Mein Headset lieferte mir die Übersetzung: »Hast du gefunden, was du wolltest?«

Nat geriet vor Überraschung leicht ins Straucheln, antwortete jedoch prompt auf Lorannisch und mit Karens Stimme: »Alles gut.«

»Dann sehen wir uns am Wochenende beim Status-Meeting, oder?«

Wow, dachte ich, war dieser Typ von Haus aus so leutselig, oder hegte er einen Verdacht?

»Schau auf deine Uhr, Nat«, sagte Sheldon.

Nat hob den Arm und blickte vielsagend auf ihr Handgelenk. »Ja, aber ich muss noch einiges vorbereiten.«

»Ah, natürlich. Also dann, gute Nacht.«

Nat und ich wechselten auf dem Weg zur Tür einen kurzen Blick.

Draußen stieß Nat lautstark den Atem aus. »Mannomann, ich dachte gerade eben wirklich, wir wären aufgeflogen.«

»Wäre er tatsächlich misstrauisch gewesen, hätte er vermutlich Alarm geschlagen, Natalie«, erwiderte Sheldon. »Und solange Karens Büro nicht durchsucht wird, ist wahrscheinlich alles in Ordnung.«

»Kannst du Patrick bitten, uns vor dem Gebäude abzuholen, Sheldon?«, fragte ich. »Ich möchte schnellstmöglich von hier verschwinden.«

»Verstanden.«

Wir gingen so rasch und gleichzeitig so unauffällig wie möglich zur Straße am Rand des Gewerbegebiets. Als ich Patricks Auto am Randstein sah, beschleunigte ich erleichtert meine Schritte.

Und dann ging alles schief.

Hinter Patricks Duster hielt ein weiteres Auto. Die Fahrerin stellte den Motor ab, stieg aus und ging zwischen den beiden Fahrzeugen hindurch.

Es war Karen Ingram.

Als sie bemerkte, dass es sich bei der Frau und dem Mann, die mit weit aufgerissenen Augen auf sie zukamen, um sie selbst und Marc handelte, blieb sie stehen und sah uns ihrerseits mit offenem Mund an. Einen Moment lang starrten wir einander wie eingefroren an. Dann sagte sie etwas, das ich nicht verstand, und griff in ihre Tasche. Unfähig, mich zu bewegen, sah ich zu, wie sie sich scheinbar in Zeitlupe bewegte. Sie hob einen Gegenstand und richtete ihn auf uns.

Es war ein Disruptor.

Im nächsten Moment vollführte sie eine Art Breakdance-Move und sackte ächzend in sich zusammen. Hinter ihr stand Patrick, der ebenfalls einen Disruptor in der Hand hielt.

Ich sprang vor und fing sie auf, ehe sie auf dem Boden aufschlug. Währenddessen verschwand sie und wurde durch ein orangefarbenes, vage reptilienartiges Wesen ersetzt.

»Was zum Teufel?«, murmelte ich. Dann sah ich an mir hinab und erkannte, dass ich ebenfalls wieder wie ich selbst aussah.

»Steck sie hier rein«, befahl Patrick und öffnete seinen Kofferraum.

Ich tat es und fragte: »Sheldon, wieso bin ich …?« Doch ich war bereits wieder Marc. »Was ist passiert?«, wollte ich wissen. Auch die Lorann hatte wieder ihre menschliche Gestalt angenommen.

»Eure Tarnfelder haben sich gegenseitig überlagert«, erklärte Sheldon. »So etwas kommt vor. Hört bitte auf zu schwafeln und verschwindet von da.«

»Gute Idee«, murmelte Patrick. Er schlug den Kofferraumdeckel zu und lief zur Fahrertür. Ich warf einen kurzen Blick in Karens Auto. Zum Glück saß nicht Marc darin. Anscheinend war sie allein gekommen.

Nat und ich zwängten uns durch die Beifahrertür. Als ich sie hinter mir zuzog, fuhr Patrick bereits los. Sheldon deaktivierte die Gürtel, und unsere Tarnungen verschwanden.

»Was zum Teufel war da los?«, fragte Nat. »Wieso ist sie zurückgekommen?«

»Dazu habe ich keine Daten«, sagte Sheldon. »Sie wird zehn bis fünfzehn Minuten lang bewusstlos sein. Ihr müsst sie schnell herschaffen. Ich werde derweil eine Kabine in eine Zelle umwandeln.«

»Wie lange wird das dauern?«, fragte ich.

»Nicht lange. Das gehört zu meinen Standardprozeduren.«

»Eine Gefängniszelle bauen? Wirklich?«

»Natürlich nicht genau für diese Umstände, aber es gibt immer wieder Situationen, in denen jemand gegen seinen Willen festgehalten werden muss. Sobald wir sie sicher weggesperrt haben, können wir uns darüber unterhalten, wie ihr Idioten es geschafft habt, die Sache dermaßen zu verbocken.«

»Sie ist zurückgekommen. Wieso sollte sie in ihr Büro zurückkehren? Was könnte sie dazu …?« Nat verstummte, als sie meinen Gesichtsausdruck sah. »Was?«

Wortlos holte ich den USB-Stick aus der Tasche und hielt ihn in die Höhe.

Nat verdrehte die Augen. »Heilige Mutter Murphy. Sie hat ihre Daten für das Seminar vergessen?«

»Was machen wir jetzt?«, fragte Patrick.

»Bringt sie in die Scheune und steckt sie in die Zelle«, sagte Sheldon. »Alles Weitere besprechen wir anschließend.« Nach einer kurzen Pause fügte er hinzu: »Und es wäre gut, wenn ihr unterwegs niemanden überfahren würdet.«

KAPITEL 29

Eine Zufalls-gefangenschaft

Zum Glück dachte Patrick daran, vom Gas zu gehen, ehe er an meinem Haus vorbeifuhr. Mit einer entführten Außerirdischen im Kofferraum hätte ich auf keinen Fall die Aufmerksamkeit meines Vaters erregen wollen.

Apropos Außerirdische: Aus dem Heck ertönte ein Stöhnen.

»Glaubt ihr, dass sie noch immer bewusstlos ist?«, fragte Patrick.

»Loranna sind ziemlich zäh«, erwiderte Sheldon. »Sie müsste jeden Moment wieder zu sich kommen.«

»Wunderbar.« Patrick kam schlitternd vor der Scheune zum Stehen, drehte sich um und schoss mit dem Disruptor auf die Rückenlehne der hinteren Sitzbank.

Anschließend verließ er den Wagen und ging zum Heck.

Ich stieg ebenfalls rasch aus und gesellte mich zu ihm. »Glaubst du, dass sie wieder betäubt ist?«

»Ich hoffe es, aber halt den besser bereit.« Er reichte mir den Disruptor und steckte den Schlüssel in das Kofferraumschloss. Sobald er den Deckel aufgeklappt hatte, sprang er schnell zur Seite. Ich brachte unterdessen den Disruptor in Anschlag.

Die Mühe hätte ich mir jedoch sparen können. Karen sah aus, als wäre sie gerade dabei gewesen, die Rückenlehne aus der Halterung zu drücken. Anscheinend hatten wir sie gerade noch rechtzeitig daran gehindert.

»Scheiße!«, sagte Patrick. »Zehn Sekunden später, und wir hätten eine wütende Echse bei uns vorne gehabt.«

Ich starrte Karen entgeistert an. In diesem Sommer geschah eindeutig viel zu viel verrückter Mist.

»Könnt ihr sprechenden Affen bitte die Münder wieder zuklappen und die Gefangene in die Scheune schaffen?«, unterbrach Sheldon unsere Grübeleien. »Es sei denn, ihr möchtet die Teestunde gerne mit einer zornigen Lorann verbringen. In dem Fall lasst euch ruhig Zeit. Wir können noch mehrere Sekunden lang darüber nachdenken, was das Beste wäre.«

Ehe wir reagieren konnten, erklang die Erkennungsmelodie des Jeopardy!-Finales.

Kichernd griff ich in den Kofferraum. Patrick packte die Gefangene am anderen Ende. Nat hielt uns die Scheunentür auf. Drinnen wartete bereits eine offene Luftschleusentreppe auf uns. Am oberen Absatz pulsierte eine rosafarbene Linie. Wir folgten ihr zu einer offenen Kabinentür.

»Ist dieser Raum sicher?«, fragte ich.

»Alle Kabinen können im Katastrophenfall als Rettungskapseln mit eigener Lebenserhaltung dienen«, sagte Sheldon. »Sie sind also von Haus aus stabil genug, um eine unwillige Insassin zu beherbergen. Die ursprüngliche Tür habe ich durch eine Gittertür ersetzt, die nicht von innen geöffnet werden kann. All das gehört zu einem Standardprozess, der allerdings nicht sehr häufig zur Anwendung kommt.«

»Wieso …?«, setzte Patrick an, brach dann aber ab und schüttelte den Kopf.

Wir brachten die bewusstlose Lorann zügig in die Kabine und legten sie aufs Bett. Ich ertastete den Verschluss ihres Tarngürtels und öffnete ihn. Karen Ingram wurde zu einem orangefarbenen, dezent geschuppten Wesen mit einem Büschel brauner, haarartiger Auswüchse auf dem Kopf.

Als wir aus der Kabine traten, schloss sich hinter uns die neue Tür mit dem üblichen leisen Geräusch. Sie bestand aus einer Art Fliegengitter. Als ich dagegen drückte, merkte ich, dass das Material deutlich massiver war, als es den Anschein hatte.

»Ah«, sagte Patrick. »Dann können wir die Gefangene also sehen und mit ihr sprechen.«

»Sehr gut beobachtet«, erwiderte Sheldon. »Vielleicht wird doch noch ein intelligentes Wesen aus dir.«

Die *Jeopardy!*-Musik setzte wieder ein.

Patrick verdrehte die Augen. »Kann man ihn eigentlich auch stummschalten?«

Wir saßen im Konferenzraum und warteten darauf, dass Karen sich von ihrem zweiten Disruptor-Schuss erholte. Währenddessen besprachen wir die Lage.

Ich hielt den USB-Stick in die Höhe. »Wahrscheinlich ist sie deswegen zurückgekehrt.«

»Er muss also Daten enthalten, die sie für das Management-Seminar benötigt«, antwortete Nat. »Kannst du sie eventuell auslesen, Sheldon?«

»Hmm, USB-Spezifikationen ... check. APFS- oder NTFS-File-System-Spezifikationen ... check. Ich muss allerdings ein Lesegerät drucken. Dazu brauche ich ungefähr zwei Stunden.«

»Außer er ist verschlüsselt«, sagte Nat.

»In dem Fall zwei Stunden und eine Minute.«

Nat ließ nicht locker. »Du willst ihn sicher auf Viren überprüfen.«

Sheldon reagierte trotz seiner fehlenden Atmungsorgane mit einem Schnauben, was mich zum Lachen brachte. Er wurde immer besser.

»Sollen wir mit Karens Verhör warten, bis Sheldon den USB-Stick ausgelesen hat?«, fragte Patrick.

»Das wäre wahrscheinlich klug«, sagte ich. »Ansonsten fischen wir im Trüben. Außerdem schadet es sicher nicht, sie noch ein bisschen schmoren zu lassen.« Ich dachte kurz nach. »Tatsächlich wäre es mir sogar am liebsten, sie erst morgen früh zu befragen. Ich bin total erledigt.«

Patrick grinste. »Es war wirklich ein aufregender Tag. Ich könnte auch ein Nickerchen vertragen.« Er blickte auf. »Sie kann nicht ausbrechen, oder?«

»Hör auf, dir Sorgen zu machen, du nervöser Trottel«, erwiderte Sheldon. »Sobald sie aufwacht, werde ich sie nicht aus den Augen lassen. Und falls sie wundersamerweise eine Schwachstelle in ihrer Zelle entdeckt, werde ich einen von euch zu Hilfe rufen.«

»Das wäre sicher sehr peinlich für dich, oder?«, fragte Patrick.

»Auch niedrige Lebensformen können einen Zweck erfüllen.«

KAPITEL 30

Verhör

Tag 23. Samstag

Als der Wecker klingelte, war ich sofort hellwach. Beim Gedanken an die außerirdische Invasorin, die wir verhören würden, fiel sofort jegliche Schläfrigkeit von mir ab, und mein Kopf begann zu pochen – vor allem vor Aufregung, aber auch aus Angst.

Ich setzte mich auf, sah mich nach meinen Klamotten um und sprang aus dem Bett. Zum Anziehen nahm ich mir nur so viel Zeit, dass ich am Ende sicher sein konnte, meine Hose nicht verkehrt herum übergestreift zu haben. Auf dem Weg zur Scheune tippte ich hektisch auf mein Handy.

Wir sind bereits unterwegs, kam umgehend Nats Antwort.

Sehr gut, dachte ich. Je früher wir anfangen, desto besser. »Hast du die Daten auslesen können, Sheldon?«

»Ja, und ich glaube, dass ihr sie interessant finden werdet«, erwiderte er, während er eine Treppe für mich herabsenkte. »Allerdings nicht erfreulich.«

»Na toll«, murmelte ich. Draußen dröhnte ein Motor, und Reifen rutschten über den Kies. Patrick und Nat waren eingetroffen. »Der Rest der Gang ist da«, sagte ich. »Gib uns fünf Minuten Zeit für die Vorbereitungen, dann legen wir los.«

Nat und Patrick hatten einen Zwischenstopp beim Drive-in eingelegt und mir zu meiner Freude ein McMuffin-Menü samt großem Kaffee mitgebracht. Nat warf mir die Tüte zu. Mit dem Kaffee ging sie zum Glück etwas vorsichtiger um.

»Was haben wir, Sheldon?«, fragte sie, während sie sich in ihren Lieblingssessel fallen ließ.

»Eine PowerPoint-Präsentation.«

»Wie bitte?«

»Der USB-Stick, den Jack geklaut hat, enthält eine PowerPoint-Präsentation. Anscheinend wollte Karen sie bei dem ominösen Meeting zeigen. Es handelt sich um eine Art Status-Bericht.«

»PowerPoint«, sagte Patrick ungläubig. »Außerirdische Echsenleute benutzen für ihren Invasionsfeldzug PowerPoint. Microsofts Marketing-Abteilung ist wirklich *verdammt* gut.«

Nat deutete auf den Wandmonitor am hinteren Ende des Raums. »Kannst du sie uns zeigen?«

»Ich lade sie gerade hoch.«

Auf dem Wandmonitor erschien ein Fenster mit einer erstaunlich langweiligen PowerPoint-Titelfolie. Keine Bilder, nur drei Textzeilen:

Erde-Umwandlungs-Projekt
Ablaufplan, Zeitachse, Meilensteine
Erstellt von Karen Ingram

»Ich habe mit einer Alien-Schrift gerechnet«, sagte Nat. »Das hier ist in unserer Sprache geschrieben und, wenn mich nicht alles täuscht, in Calibri formatiert.«

»Schon eigenartig«, erwiderte Sheldon, »dass Unicode nicht das lorannische Alphabet enthält. Wer hätte das gedacht?«

Nach ein paar Sekunden erschien eine neue Folie mit einem Gantt-Diagramm. Es enthielt mindestens ein Dutzend unterschiedliche Entwicklungspfade. Ganz unten stand: *Weitere folgen.*

»Ich habe eine größere Grafik entwickelt, die alle in der Präsentation enthaltenen Diagramme zusammenfasst«, sagte Sheldon. Das Fenster dehnte sich zur Größe des gesamten Monitors aus.

»Seht euch bloß all die verschiedenen Entwicklungen an«, sagte ich. Das Diagramm sah aus wie ein großes Software-Projekt einer Bank oder einer Regierungsbehörde. Ich konnte mindestens sechs wichtige Entwicklungspfade ausmachen, die durch neuralgische Meilensteine miteinander verbunden waren.

»Und das hier ist der alles entscheidende Punkt«, sagte Nat und deutete zum Ende. Alle Entwicklungspfade vereinigten sich auf der rechten Seite des Diagramms zu einem finalen Meilenstein namens »Übernahme abgeschlossen«. Nats Finger folgte dem Zeitstrahl ganz oben im Diagramm.

»Kacke«, sagte Patrick. »Bis dahin sind es nicht mal mehr fünf Jahre!«

Ich stand auf, ging zum Monitor und betrachtete das Diagramm eingehender. »Leider ergibt das meiste davon für mich überhaupt keinen Sinn. Sheldon?«

»Offenbar werden in dem Text Abkürzungen oder Fachbegriffe verwendet, mit denen Außenstehende nichts anfangen können«, sagte Sheldon. »Ich vermute, dass es sich bei einigen um phonetische Transkriptionen lorannischer Ausdrücke handelt. Auch ich werde aus den meisten von ihnen nicht schlau. Die Meilensteine sind jedoch relativ einfach zu verstehen.«

»Äh, ja, *Übernahme* ist einigermaßen unzweideutig«, sagte ich. »Auch ein paar von den anderen Punkten wirken ziemlich unheilvoll. Habt ihr gesehen, wann das Pandemie-Unterprojekt anlaufen sollte?«

»Das Datum weicht nur um drei Monate von den tatsächlichen Ereignissen ab«, sagte Nat. »Das kann kein Zufall sein.«

Patrick deutete hilflos auf die Grafik. »Dann heißt das …«

»Dass der komplette Zusammenbruch der menschlichen Gesellschaft irgendwann in den nächsten fünf Jahren stattfinden wird. Alles, und ich meine wirklich *alles*, soll zur gleichen Zeit seinen Höhepunkt erreichen. Dies hier« – ich deutete auf einen Eckpunkt – »sieht nach einer riesigen Umweltkatastrophe aus.«

»Verdammt.« Patrick schloss kurz die Augen. »Gibt es noch andere Folien, Sheldon?«

»Ein paar. Ich glaube, sie werden euch interessieren.«

»Noch interessanter …?« Patrick deutete auf das Gantt-Diagramm.

»Könnte sein«, erwiderte Sheldon.

In rascher Folge erschienen zahlreiche Folien mit Aufnahmen von prominenten Politikern, Medienvertretern und wohlhabenden Persönlichkeiten. Unter den Bildern standen Texte. Sheldon wechselte die Folien jedoch zu schnell, als dass wir jeweils mehr als ein oder zwei Worte hätten lesen können.

Als die Präsentation zu Ende war, fasste Nat sich als Erste wieder. »Und das waren …?«

»Kollaborateure«, erwiderte Sheldon. »Mehr als zweihundert mächtige oder einflussreiche Menschen, die mit den Loranna wissentlich gemeinsame Sache machen. Im Text unter den Bildern wird zusammengefasst, wie sie den Loranna bei der Umsetzung ihrer Pläne helfen.«

»Sind ein paar davon in Wahrheit Loranna?«, fragte ich.

»Das wäre wahrscheinlich keine gute Strategie«, warf Nat ein. »Viel zu riskant. Wenn irgendwem Ungereimtheiten in ihrem Verhalten oder ihrer Biografie auffielen, wäre ihre Tarnung gefährdet.«

»Natalie hat recht«, sagte Sheldon. »In der Präsentation gibt es zahlreiche Hinweise auf lorannische ›Führungsoffiziere‹ und ›Influencer‹, die im Hintergrund wirken. Vielleicht gibt es außer den Loranna hier in Dunnville irgendwo noch andere, aber dafür finden sich in der Präsentation keine Anhaltspunkte.«

Patrick verzog das Gesicht. »Verdammt. Zu schade. Ich habe mir überlegt, ein paar Prominente in der Öffentlichkeit als Loranna zu enttarnen, vielleicht sogar live im Fernsehen.«

»Das hätte möglicherweise ohnehin nichts gebracht«, erwiderte ich. »Deepfakes sind inzwischen so gut geworden, dass Videos gar nichts mehr beweisen – das hatten wir ja schon mal. Und wenn die Loranna so tief in alles verstrickt sind, wie es hier angedeutet wird, dann könnten sie bestimmt innerhalb kürzester Zeit eine erfolgreiche Rufmordkampagne gegen uns starten.«

Nat schnaubte. »Sie haben offensichtlich an alles gedacht. Wahrscheinlich machen sie so etwas auch nicht zum ersten Mal.«

»Das sehe ich genauso«, sagte ich. »Dafür ist das Ganze viel zu gut organisiert. Ihr Aufwand ist minimal, und ihre Investitionen sind überschaubar, da sie weitestgehend die Ressourcen des Wirtsplaneten nutzen. Das ist ein eingeübtes und optimiertes Verfahren.«

Patrick lehnte sich seufzend zurück. »Wir sind so was von am Arsch. Wir können die Gen nicht zu Hilfe rufen und auch nicht zu ihnen fliegen. Wir können keine Loranna demaskieren, und selbst wenn es uns gelänge, würden unsere Enthüllungen unter einem ganzen Berg konkurrierender Falschinformationen begraben werden. Wir könnten diese PowerPoint-Präsentation veröffentlichen, würden damit aber nicht das Geringste bewirken. Wenn wir uns an die Medien wenden, erreichen wir wahrscheinlich gar nichts, und wenn wir die Behörden einschalten, werden wir vermutlich von Kollaborateuren oder getarnten Loranna abgefangen. Habe ich irgendwas vergessen?«

Nat schüttelte den Kopf. »Ich glaube nicht. Lasst uns zu meiner Ex-Chefin gehen. Vielleicht bringt uns das Gespräch mit ihr auf irgendwelche Ideen.«

Wir starrten Karen an. Karen starrte zurück. Eine knappe Minute lang herrschte vollkommenes Schweigen. Ich würde gerne behaupten, dass wir sie aus der Fassung zu bringen versuchten oder irgendeinen psychologischen Trick anwandten, doch in Wahrheit hatten wir einfach keine Ahnung, was wir sagen sollten. Und Karen wollte ganz offensichtlich genauso wenig den Anfang machen.

»Wieso bist du hier?«, fragte Patrick schließlich.

»Ihr habt mich gekidnappt.«

»Nein, ich meine …« Patrick dachte einen Moment lang nach. »Wieso hält sich deine Spezies inkognito auf der Erde auf?«

»Wir sind Forscher und untersuchen die terranische Zivilisation.«

»Und wieso nennt ihr diese Studie das *Erde-Umwandlungs-Projekt*?«, warf ich ein.

Karens eben noch entspannte Miene versteinerte. Glaubte ich zumindest. Natürlich kannte ich mich nicht mit außerirdischen Gesichtsausdrücken aus, doch ihrer hatte sich soeben eindeutig verändert. Was vermutlich bedeutete, dass ich einen Treffer gelandet hatte.

»Dieser Begriff sagt mir nichts.«

Ich hielt ihren USB-Stick hoch. »Er stammt aus deiner PowerPoint-Präsentation für das Seminar.«

Nun war ich mir ziemlich sicher, dass ein zorniger Ausdruck über ihr Gesicht huschte. Gebleckte Zähne und verengte Augen waren sicher keine x-beliebigen Bewegungen wie zum Beispiel wackelnde Ohren. Es gab gute biologische Gründe, in einer bedrohlichen Situation seine körpereigenen Waffen zu zeigen und die Augäpfel zu schützen. Nebenbei fiel mir auf, dass die Loranna Fangzähne besaßen. Gut zu wissen.

»Ihr begeht einen gewaltigen Fehler«, sagte sie. »Ihr habt nicht die geringste Ahnung, worauf ihr euch einlasst.«

Nat trat vor. »Da wir mittlerweile von euren Übernahmeplänen wissen, wirken weitere Drohungen offen gesagt vergleichsweise lahm, Karen.«

Karen fletschte die Zähne und stieß ein paar kehlige Laute aus. In meinem Headset sagte Sheldon: »Das war Lorannisch. Sie hat sich über eure Abstammung ausgelassen und versprochen, sich bei passender Gelegenheit persönlich um euer Wohlergehen zu kümmern.«

Ich grinste. »Wohlergehen ... Na sicher.«

Karen neigte den Kopf. »Versteht ihr Lorannisch? Interessant. Wenn ihr Gen seid, dann die kleinsten, die ich je gesehen habe.« Sie blickte auf. »Schiff, öffne bitte meine Kabinentür.«

»Zugriff verweigert«, erwiderte Sheldon tonlos und sagte gleich darauf in meinem Headset: »Sie muss ja nicht wissen, dass ich Bewusstsein erlangt habe.«

Karen sah Nat an. »Dir ist klar, dass du gefeuert bist, oder? Die Zeiten sind hart, besonders in diesem heruntergekommenen Städtchen. Wie willst du ab jetzt die Arztrechnungen für deinen Vater bezahlen?« Sie schob eine kurze Kunstpause ein. »Aber was soll's? Das spielt jetzt auch keine große Rolle mehr, da du ohnehin bald tot sein wirst.«

»Solange du da drin bist, sind das alles nur leere Drohungen«, erwiderte Nat. Ich sah, dass sie wütend war. Die Bemerkung über ihren Vater hatte sie getroffen.

»Selbst wenn ich nicht hier herauskomme ...«, sagte Karen. »Ihr habt das Diagramm gesehen. Euch bleiben höchstens noch fünf Jahre.« Sie verzog die Lippen zu einem Ausdruck, der wohl ein Lächeln sein sollte, sie aber eher hungrig aussehen ließ. »Aber das muss nicht sein. Das

Ganze ist nichts Persönliches. Wir sind Geschäftsleute. Wenn ihr mich freilasst, garantiere ich dir nicht nur eine Lohnerhöhung und eine bessere Position in der Firma, sondern auch einen Platz in einer der Schutzzonen, sobald unser Plan in seine letzte Phase eintritt.« Sie sah Patrick und mich an. »Natürlich gilt das Angebot auch für deine Freunde und eure Familien.«

»Und das sollen wir dir glauben?«

»Wir halten immer, was wir versprechen, Nat. Darf ich dich Nat nennen? Ihr Erdlinge erkennt unter Druck getroffene Vereinbarungen merkwürdigerweise nicht an, aber wir sehen das pragmatischer. Wenn man in solch einer Situation nicht Wort hält, hat man bei späteren Konfrontationen keine Verhandlungsgrundlage.«

»Und du bist befugt, derartige Angebote zu unterbreiten?«

Ich sah Nat mit gerunzelter Stirn an. Dachte sie etwa ernsthaft über den Vorschlag nach?

Karen lachte. »Kae-Ah – du kennst ihn als Arley Montrose – und ich sind die Leiter dieses Projekts. Wenn wir keine Zusagen erteilen können, wer dann?«

Nat sah mich an und deutete mit einem Nicken zur Tür. »Wir müssen uns besprechen«, sagte sie zu Karen und marschierte aus dem Raum. Patrick und ich folgten ihr schweigend in den Konferenzraum.

Sobald wir Platz genommen hatten, hob Nat den Blick. »Stimmt es, dass die Loranna immer Wort halten, Sheldon?«

»Ja, aber auf die gleiche Weise wie der Teufel oder Flaschengeister in euren Märchen. Man sollte unbedingt darauf achten, seine Bedingungen sehr, sehr exakt zu formulieren.«

Patrick sah Nat entsetzt an. »Du denkst doch nicht ernsthaft darüber nach …«

»Herrgott, Patrick«, schnitt Nat ihm das Wort ab. »Ich versuche herauszufinden, wie sehr wir ihren Aussagen trauen können. Zum Beispiel ihrer Behauptung, sie sei eine der beiden Hauptverantwortlichen für dieses Projekt …«

»Ja, darüber habe ich mich auch gewundert«, erwiderte ich. »Das klingt nach einer ziemlich kleinen Organisation. Ich habe eigentlich angenommen, die gesamte lorannische Spezies wäre daran beteiligt. Was meinst du dazu, Sheldon?«

»Es scheinen wirklich vergleichsweise wenig Personen bei dieser Operation mitzumischen. Selbst ein einziger lorannischer Stamm …«

»Ein *Stamm*?«, warf ich ein.

»Stämme sind so etwas wie eure Nationen, die aber nicht unbedingt geografische Einheiten bilden müssen. Sie sind aus Clans zusammengesetzt, die ihr euch wie große Familien vorstellen könnt. Clans sind ihrem Stamm gegenüber loyal, verfolgen aber auch eigene Interessen.«

»Schräg.«

»Nicht alle intelligenten Spezies leben in ein und derselben Gesellschaftsstruktur, Jack.«

Nat zog die Augenbrauen zusammen. »Wie klein können solche Clans sein?«

»Manche umfassen nur ein paar Dutzend Loranna. Noch kleinere Clans könnten sich nicht verteidigen und würden vermutlich rasch absorbiert werden. Aber …«

»Ja?«, drängte ich.

»Aber«, setzte Sheldon neu an, »wir haben bereits festgestellt, dass die ganze Unternehmung sehr effizient und

routiniert wirkt. Das spricht nicht für einen kleinen, unbedeutenden und potenziell verzweifelten Clan.«

Nat zog die Brauen noch enger zusammen. »Wir müssen das Computersystem des Harris Institute hacken. Wir benötigen Antworten.«

KAPITEL 31

Reaktion

Tag 24. Sonntag

Ich wurde von Sheldons Stimme im Headset geweckt. »Alarm! Aktivitäten im Harris Institute.«

Ich setzte mich auf. »Was?«

»Habe ich nicht Englisch gesprochen? Vielleicht war ich zu schnell für dich. Lass es mich noch einmal versuchen: Aaaaaaaktiiiiiviiiitäääääteeeeeen iiiiiiiiim …«

»Ja, ja, schon gut, Sheldon. Was genau ist passiert?«

»Anscheinend vermissen die Loranna unsere Gefangene. Sie sind derart aufgebracht, dass ein paar von ihnen im Gebäude laut Lorannisch sprechen.«

»Okay, ich komme in den Konferenzraum. Hast du die anderen schon verständigt?«

»Oje, darauf bin ich noch gar nicht gekommen. Was für eine hervorragende Idee. Ich werde mich sofort darum kümmern.«

»Hrmpf«, erwiderte ich und sah mich benommen in meinem Zimmer um. Wenn die Welt vor meinem ersten Kaffee gerettet werden musste, steckte sie in echten Schwierigkeiten. Schließlich entdeckte ich meine Pantoffeln, schob die Füße hinein und schwankte ins Badezimmer.

Zwanzig Minuten später befand ich mich an Bord der *Halo* und verfolgte das Geschehen auf dem Wandmonitor. Zwei Videofenster waren geöffnet. Das größere zeigte den Teil von Karens Büro, den Nats Video-Wanze erfasste, im kleineren war ihr Computerbildschirm herangezoomt. Drei Personen, darunter Karens Assistent Marc, durchsuchten den Raum, vermutlich nach Hinweisen auf ihren Verbleib. Einer von ihnen telefonierte über die Freisprecheinrichtung seines Handys und tauschte sich gelegentlich mit seinem Gesprächsteilnehmer aus.

Sie hatten Karens Büro bereits zweimal komplett durchstöbert, bislang aber noch nicht die Tastatur berührt. Ich knirschte frustriert mit den Zähnen. War es denn so abwegig, mal einen Blick auf ihren Computer zu werfen?

»Um etwas herauszufinden, müssten sie sich in ihren Account einloggen können«, kommentierte Nat meinen leisen Fluch. »Und vielleicht haben sie ihr Passwort nicht.«

Ich knurrte, wusste jedoch, dass sie recht hatte. Ich versuchte, mich zu entspannen und alles zu nehmen, wie es kam. Nein, der Zen-Ansatz funktionierte bei mir nicht.

Doch meine Beschwerde bei einer höheren Instanz schien geholfen zu haben. Endlich setzte sich jemand an Karens Computer, loggte sich ein und begann, ihn zu durchsuchen. Die Wanze unter der Tastatur zeigte uns den Bildschirm, nicht jedoch die Person, welche die Eingaben tätigte.

»Wir haben seine Log-in-Daten«, sagte Sheldon. »Dem Usernamen nach zu urteilen, ist es Karens Assistent, Marc Abramson. Lustig, sein Passwort lautet: DieErdeIst4nArsch.«

Nat lachte. »Vielleicht sind uns die Loranna ähnlicher, als wir glauben.«

»Mach nicht den Fehler, dich mit ihnen zu identifizieren, Natalie. Die Loranna sind eine extrem überhebliche Spezies. Die Menschen sind nicht mehr als sprechende Tiere für sie. Genau wie die Gen, die Ka'alag, die Nir-k-hi und alle übrigen Bündnis-Spezies. Da sie es militärisch jedoch nicht mit der gesamten Allianz aufnehmen können, wahren sie einen Anschein von Höflichkeit.«

»Toll«, murmelte ich. »Kzinti.«

Während unserer Unterhaltung hatte Marc seine Suche im Computer beendet. Offenbar ergebnislos, denn er schlug gegen den Monitor, ehe er sich ausloggte und die Tastatur von sich wegschob. Anschließend rief er den anderen beiden etwas zu und kehrte zu ihnen zurück.

»Wir sollten warten, bis Marc weg ist, bevor wir uns von hier aus einzuloggen versuchen«, sagte Sheldon. »Wenn er sich gleichzeitig vor Ort einloggt, wird das Sicherheitssystem Alarm schlagen.«

»Wie kommst du darauf?«, fragte Patrick.

»Auf genau so etwas würde auch ein menschlicher System-Administrator achten«, antwortete ich an Sheldons Stelle. »Für so einen Fall haben sie bestimmt einen automatischen Alarm installiert.«

Mit Nats Wanze konnten wir fast den gesamten vierten Stock abhören. Hauptsächlich erfasste sie Schritte, gelegentlich aber auch englische und sogar lorannische Kommentare. Dass die Loranna in ihrer Muttersprache kommunizierten, zeigte, wie gestresst sie waren.

Plötzlich ertönte ein Schrei, gefolgt von lautem Stampfen.

»Was ist geschehen?«, fragte Patrick.

»Sie sind wegen irgendetwas aufgeregt«, erwiderte Sheldon. »Ah. Die Videos der Sicherheitskameras. Jemand hat sie sich angesehen und die Stelle gefunden, an der Karen von Karen und Marc entführt wurde. Marc ruft immerzu: ›Das bin nicht ich! Ich war gar nicht da! Jetzt schlägt's zwölf.‹«

»Dreizehn«, verbesserte Nat ihn.

»Egal, wie die korrekte Zahl lautet, sie sind jetzt in höchster Alarmbereitschaft. Wir sollten uns vielleicht besser sofort einloggen und so viele Daten wie möglich absaugen.«

»Okay«, sagte Nat. Sie nahm ihren Laptop und zog einen kleinen, runden Gegenstand aus der Tasche – ihr neues Sicherheits-Token. Sie tippte rasch die Nummer vom Display des Tokens ab, und das Logo des Harris Institute erschien auf ihrem Bildschirm.

Nat überflog die Befehlsübersicht. »Das ist ein ganz gewöhnlicher Dateimanager. Mal sehen, was wir darin finden.«

»Darf ich, Natalie? Ich kann den Inhalt schneller scannen und analysieren als du.«

Auf dem Bildschirm öffneten und schlossen sich Fenster, viel rascher, als wir Menschen sie erfassen konnten.

Natalie lehnte sich überrascht zurück. »Du hast meinen Laptop gehackt?«

»Nein, das ist ein ganz gewöhnlicher Man-in-the-Middle-Angriff. Immerhin bin ich dein Wi-Fi-Hotspot. Ich habe nur die Client-Server-Verbindung gekapert.«

»Aber die ist doch verschlüss…« Nat seufzte. »Beachte mich am besten gar nicht.«

»Endlich!«, jubelte Sheldon. »Ein Zeichen von Intelligenz.«

Ich deutete auf ein kleines Fenster in der unteren linken Ecke des Bildschirms, in dem »lädt« und »vierunddreißig Dateien« stand. Die Zahl erhöhte und verringerte sich laufend.

»Anscheinend schaufelt Sheldon interessante Dateien in die Download-Warteschlange«, sagte Nat.

Aus dem Videofenster, das noch immer die Aktivitäten im vierten Stock zeigte, drang ein Ruf.

»Was sagen sie?«, fragte Patrick.

»Im Moment diskutieren sie darüber, weshalb Marc gleichzeitig neben ihnen steht und von außerhalb eingeloggt ist. Mich besorgt allerdings mehr …«

Ein lauter Knall ertönte. Stimmen riefen etwas auf Lorannisch, und es war zu hören, wie Möbelstücke verschoben wurden. Auf einmal rotierte das Bild der Wanze. Offensichtlich nahm jemand die Tastatur vom Tisch. Gleich darauf füllte eine auf dem Kopf stehende Großaufnahme von Marcs wütendem Gesicht das Fenster. Er streckte eine Hand aus, und der Monitor wurde schwarz.

»Wie bedauerlich. Ich nehme an, dass unsere Verbindung in Kürze …« Ehe Sheldon den Satz beenden konnte, wurde auch der Bildschirm von Nats Laptop schwarz, und die Benachrichtigung »Verbindung beendet« erschien.

»Tja«, sagte Nat. »Wie es aussieht, bin ich meinen Job los.«

Patrick runzelte die Stirn. »Wieso?«

»Wir haben uns mit meinem Token in Marcs Account eingeloggt. Damit bin ich dran, auch wenn ich ihn als gestohlen melde.«

»Was hast du ergattert, Sheldon?«, fragte ich.

»Ich werte gerade alles aus. Ziemlich viel unwichtiges Zeug, Nachrichtenmeldungen und dergleichen. Ein paar

Dateien wurden nur zum Teil runtergeladen. Aber es gibt auch ein paar *sehr* interessante Informationen. Zum Beispiel Namen von Kollaborateuren und Erpressungsopfern.«

Nat klatschte in die Hände und begann zu strahlen. »Dann war es das wenigstens wert. Am besten sichtest du erst mal alles und gibst uns anschließend einen Überblick.«

»Einverstanden. Ich sage euch Bescheid, wenn ich fertig bin. Aber …« Sheldon wirkte ungewöhnlich zögerlich.

»Was ist los, Sheldon?«, fragte Nat.

»Die Person am anderen Ende der Leitung. Ihr habt doch bestimmt mitbekommen, dass einer der Loranna telefoniert hat, oder? Sein Gesprächspartner hat das Log-in bemerkt, das Video gefunden und auf die Tastatur als wahrscheinlichstes Versteck für die Wanze hingewiesen.«

»Okay … ein besonders kluger Lorann also?«

»Ein bisschen zu klug für meinen Geschmack. Und zu schnell. Außerdem kann er direkt auf digitale Informationen zugreifen.« Sheldon machte eine weitere Pause. »Möglicherweise verwenden die Loranna ebenfalls eine mit Bewusstsein ausgestattete KI.«

Ich saß im Konferenzraum und wischte unkonzentriert auf meinem Tablet herum. Ich hatte versucht, mich schlafen zu legen. Als das nicht klappte, hatte ich angefangen, YouTube-Videos anzuschauen. Doch nichts lenkte mich ab. Wie lange würde es wohl noch dauern, bis Sheldon uns seine Ergebnisse präsentierte? Ich sah zu den anderen und erkannte, dass sie ebenso nervös waren wie ich.

»Ich nehme an, ihr fragt euch alle, wieso …«, meldete Sheldon sich schließlich.

»O Mann, Sheldon«, rief Nat. »Komm uns bitte nicht mit langen Vorreden!«

»Hrmpf. Macht man das nicht so? Aber von mir aus. Ihr seid offensichtlich nervös. Haben es alle bequem? Muss noch irgendwer auf die Toilette?«

Natalie knurrte.

»Also gut. Dann fangen wir mal an. Es gibt einen Bericht über einen Vorfall in den Verwaltungsbüros. Sie haben Phil Ross identifiziert – wahrscheinlich auf die gleiche Weise wie du, Natalie. Jack und Patrick halten sie offenbar für Phils Handlanger. Ein freier Mitarbeiter wurde angewiesen, Mr. Ross und seine beiden Assistenten zum Verhör abzuholen. Zum Zeitpunkt des Berichts ist ihm das jedoch noch nicht gelungen.«

»Handlanger?«, fragte Patrick. »Ich fühle mich beleidigt! Ich sehe mich selbst eher als Minion.«

Nat verdrehte die Augen. »Aber der Cop wollte *uns* erwischen, nicht Phil. Da stimmt was nicht.« Sie runzelte die Stirn und blickte nachdenklich in die Ferne. »Irgendetwas ist uns bislang entgangen.«

»Wenn ihr so weitermacht, entgeht euch der Großteil meiner Präsentation«, erwiderte Sheldon. »Soll ich fortfahren?«

Ich lachte. »Ja bitte, Sheldon.«

»Was die Anwesenheit der Loranna auf der Erde angeht, scheinen sich Alarics und unsere Vermutungen zu bestätigen. Überraschend ist nur, wie gründlich sie die verschiedenen menschlichen Bürokratien infiltriert haben und wie geschickt sie die verschiedenen sozialen Medien manipulieren. Und das mit einer erstaunlich geringen Anzahl von Mitarbeitern. Was mich in meiner Annahme bestärkt, dass sie eine künstliche Intelligenz einsetzen. Eine kleine Gruppe, vor allem ein einfacher Clan, könnte all dies nur mithilfe eines fortschrittlichen Expertensystems bewerkstelligen.«

»Was umfasst *all dies* genau?«, fragte Nat.

»Zum Beispiel werden fast alle euch bekannten Quellen für Falschinformationen entweder von den Loranna beeinflusst oder sogar kontrolliert.«

»Zum Beispiel?«, fragte Patrick.

»Die russischen Troll-Farmen. Dahinter stecken Loranna. Hinter den asiatischen ebenfalls. Das Gleiche gilt für QAnon. Viele von den sogenannten Nachrichtensendern am rechten Rand werden von Loranna kontrolliert. Die Eigentümer von einigen dieser Sender könnt ihr in der *Kollaborateure*-Datei finden.«

»Was ist mit dem linken Rand?«, fragte Nat.

»Streng genommen könnte man die russischen Sender in diese Kategorie einordnen, aber ich glaube nicht, dass man sie wirklich als links bezeichnen kann.«

»Das stimmt«, sagte Nat. »Links- und Rechtsextreme sind allerdings generell oft schwer auseinanderzuhalten. Wenn du deinen Standpunkt mit Lügen, Einschüchterung und Gewalt durchzusetzen versuchst, spielt es letztlich keine große Rolle, welches Etikett du dir anhängst.«

»Dann sind die Verschwörungstheorien über eine geheime Weltregierung also wirklich wahr?«, fragte Patrick.

»Ja und nein. Es gibt keine globale zionistische Verschwörung, keinen Staat im Staat, keine von Menschen betriebene Schattenregierung. Die Loranna propagieren diese Geschichten, um die Menschen zu verwirren. Die Theorie, dass Regierungen von gestaltwandelnden Echsen unterwandert werden, wurde beispielsweise von den Loranna aufgebracht. Und sie haben dafür gesorgt, dass jeder, der sie verbreitet, als Aluhutträger gilt – damit alles, was möglicherweise über sie bekannt wird, sofort in dieser Ecke verortet und als unglaubwürdig abgetan wird.«

Ich nickte. »Präventivmaßnahmen dieser Art sind eine übliche Desinformationstaktik. Ich nehme an, sie ist nicht die einzige.«

»Natürlich nicht. Berichte über UFO-Sichtungen, Area 51, Roswell – sie wurden alle mit dem gleichen Ziel erfunden oder weiterverbreitet. Die Sichtung eines echten lorannischen Schiffs würde auf jeden Fall als Hirngespinst gelten.«

»Und was ist mit der Fluoridierung des Wassers? Den Tempelrittern? Den Illuminaten? Der gefälschten Mondlandung?«

»Die Loranna haben nicht *sämtliche* Verschwörungstheorien erfunden, aber sie machen sich alles zunutze, was für Kontroversen und Gewalt sorgt und die Spaltung der Gesellschaft vorantreibt. Pizzagate stammt zum Beispiel nicht von den Loranna, aber es wird in einem Dokument als unerwartetes Geschenk bezeichnet, aus dem sie möglichst viel Profit schlagen wollen.«

Patrick seufzte. »Das hört sich unglaublich an. Wie können sie das schaffen?«

»Stell dir vor, du sitzt reglos auf einer Schaukel. Wenn dich jemand mehrfach hintereinander im richtigen Rhythmus anschubst, kann er dich mit minimalem Aufwand in große Schwingungen versetzen. Viele dieser Verschwörungstheorien würden in der Bedeutungslosigkeit versinken und nicht mehr propagiert werden, aber eine neue

Behauptung oder eine virale Kampagne zum richtigen Zeitpunkt rückt sie erneut in den Fokus des öffentlichen Interesses. Zusätzlich wird ihnen mithilfe von Botnetzen in den sozialen Medien neues Leben eingehaucht. Wenn man das mehrmals macht, kann jede weitere Wiederbelebung für einen noch größeren Ausschlag sorgen als die vorherige.«

Ich runzelte die Stirn und setzte mich aufrecht hin. »Okay, so viel zur Spaltung der Gesellschaft. Das Gantt-Diagramm deutet an, dass die Loranna hinter der Corona-Pandemie stecken oder sie zumindest irgendwie verstärkt haben. Steht darüber irgendetwas in den Dateien?«

»Darin werden natürlich die Impfgegner und Pandemieleugner erwähnt, die sicherstellen sollen, dass sich Krankheiten so schnell wie möglich ausbreiten, indem sie alle Gegenmaßen möglichst umfassend hintertreiben. Die Loranna würden sich über neue Pocken- und Kinderlähmungsepidemien freuen.«

Ich seufzte. »Ich werde die Frage sicher noch bereuen, aber was ist mit der Umwelt?«

»Glaubst du wirklich, dass selbst die profitorientiertesten Manager freiwillig weiterhin den Planeten verseuchen würden, wenn sie und ihre Familien unter den Folgen zu leiden hätten? Die Leute an der Spitze, die den Klimawandel leugnen und eine zerstörerische Politik betreiben, erwarten, dass sie in den von Karen erwähnten Schutzzonen aufgenommen werden, wenn alles zusammenbricht. Und sie rechnen damit, dass sie weiterhin fette Gewinne einstreichen, indem sie den einfachen Menschen für einen Platz in diesen Reservaten ihr gesamtes Hab und Gut abknöpfen.«

Nat vergrub den Kopf in den Händen. »Oje.«

»Ach ja, und ich weiß inzwischen, was die riesige Umweltkatastrophe auf dem Gantt-Diagramm sein wird.«

»Schieß los«, sagte ich.

»In dem entsprechenden Eintrag geht es um Prozentsätze, obwohl die Loranna aus irgendeinem Grund die Basis sechzehn verwenden, sodass Prozent vielleicht nicht der richtige Begriff ist. Aber egal, der Text spricht davon, dass etwas von einundzwanzig auf neunzehn Prozent fällt.«

»Okay, jetzt bin ich neugierig. Hast du eine Ahnung, worum es sich handeln könnte?«

»Sauerstoff. Der Anteil von Sauerstoff in der Erdatmosphäre liegt derzeit wie schon seit Millionen von Jahren bei knapp unter einundzwanzig Prozent. Damit Menschen atmen können, muss er mindestens neunzehn Komma fünf Prozent betragen. Wenn dieser Wert unterschritten wird, gerät man in eine Sauerstoffschuld, wenn man nur aus dem Bett aufzustehen versucht. Ein weiterer halber Punkt weniger, und die geistige Leistungsfähigkeit beginnt zu leiden, selbst bei minimaler Aktivität.«

»Aber wie?«, fragte Patrick.

»Darüber habe ich etwas gelesen«, griff ich den Faden auf. »Die zunehmende globale Erwärmung führt zu höheren Temperaturen, geringeren Niederschlagsmengen und folglich einer zunehmenden Austrocknung der Vegetation. Das sind die besten Voraussetzungen für zahlreichere und größere Waldbrände. Sie werden durch vermehrte Gewitterstürme ausgelöst, die ihrerseits eine Folge der heißeren und trockeneren Luft sind. Diese Brände verbrauchen in Kombination mit den Brandrodungen und

Kahlschlägen der Dschungel in Südamerika nicht nur riesige Mengen Sauerstoff, sondern produzieren auch mehr CO_2, wodurch der Sauerstoffanteil weiter sinkt.« Ich hielt inne und schaute mich um. »Die Verschmutzung und Versauerung der Meere tötet das Phytoplankton ab. Nun dürft ihr raten, woher mehr als die Hälfte des recycelten Sauerstoffs kommt? Und die sich erwärmenden Ozeane nehmen weniger CO_2 auf – wodurch mehr für uns übrig bleibt.«

»Es geht noch weiter, Jack«, sagte Sheldon. »Der Sauerstoff in der Atmosphäre ist im Grunde ein Ungleichgewicht, das entstanden ist, weil im Laufe der Erdgeschichte viel Kohlenstoff in Form von Kohle und Öl gebunden wurde. Seit die Menschen herausgefunden haben, dass diese beiden Stoffe hochbrennbar sind, haben sie fleißig daran gearbeitet, diesen Kohlenstoff wieder in die Gleichung einzubringen und das Ungleichgewicht zu verringern.«

Nat bedeckte mittlerweile ihr Gesicht komplett mit den Händen. »Um Himmels willen«, drang ihre Stimme gedämpft durch die Finger. »Wir müssen das beenden.«

»Klar«, erwiderte ich. »Aber wie? Wir können nicht gegen eine ganze außerirdische Zivilisation kämpfen.«

»Das müsst ihr vielleicht auch nicht«, sagte Sheldon. »Den Dokumenten nach zu urteilen, handelt es sich um eine kleine Operation, die von einer KI unterstützt und allem Anschein nach wirklich von Karen und Arley geleitet wird. Es ist gut möglich, dass ein einziger abtrünniger Loranna-Clan hinter alldem steckt.«

»Noch mal: Wie sollen wir das beenden?«

»Dass diese Gruppierung klein ist und über beschränkte Mittel verfügt, erkennt man auch daran, dass sie fast ausschließlich irdische Technologie und Ressourcen nutzt. Eure Zivilisation ist immer noch primitiv genug, um Metalle wie Gold und Platin zu schätzen, die, abgesehen von ihren industriellen Verwendungsmöglichkeiten, lediglich Abfallprodukte der Antimaterie-Erzeugung sind. Eine kleine Gruppe Loranna könnte für wenige Bündnis-Credits einen großen Bestand dieser sogenannten Edelmetalle erwerben. Auf der Erde können sie sich damit mächtige Positionen erkaufen oder erschleichen, ohne viel Bündnis-Technologie oder -Ressourcen einsetzen zu müssen, die sie sich wahrscheinlich ohnehin nicht leisten könnten.«

»Was ist mit dem Detektor für überlichtschnelle Antriebe?«

»Dieses Gerät und ein paar ältere, billige Schiffe könnten buchstäblich alles sein, was sie besitzen.«

»Ha.« Ich blickte nachdenklich in die Ferne. »Okay. Dann müssen wir uns also nicht den Kopf über ein Independence-Day-Szenario zerbrechen, aber sie sind uns trotzdem überlegen. Ich will dich nicht beleidigen, Sheldon, aber du bist unbewaffnet.«

»Außerdem rückt mein Ablaufdatum näher, und ich kann niemanden zu Hilfe holen.«

»Das auch. Und sie haben ... wie lange schon daran gearbeitet? Jahre? Jahrzehnte?«

»Ich tippe auf Jahrzehnte, Jack. Der Profit, den sie aus der Treuhandschaft über ein ganzes unberührtes System schlügen, würde jede Investition rechtfertigen. Mit einem Schlag würden sie von kleinen Fischen zu wichtigen Akteuren in der lorannischen Gesellschaft werden.«

»Sie müssten dafür aber einen erheblichen Teil ihrer Lebenszeit opfern«, sagte Nat.

»Dank des im Bündnis herrschenden medizinischen Wissens ist ihre Lebenserwartung viel höher als eure«, erwiderte Sheldon. »So ein großes Opfer wäre das also gar nicht.«

Patrick winkte mit den Armen, um auf sich aufmerksam zu machen. »Das ist alles sehr interessant, aber wir haben noch immer nicht besprochen, was wir gegen sie unternehmen wollen. Gibt es irgendwelche Vorschläge?«

Nat und ich sahen uns schweigend an, und auch Sheldon hielt sich mit Kommentaren zurück.

KAPITEL 32

Entführungen

Tag 25. Montag Morgen

Ich stand mit meinem dampfenden Thermobecher in der Hand auf der Veranda und wartete auf Patrick. Dad hatte mir gesagt, dass ich mir eine andere Mitfahrgelegenheit suchen oder mit dem Buick zur Arbeit fahren müsse, da er an diesem Tag von zu Hause aus arbeiten wolle. Patrick hatte, hilfsbereit wie immer, angeboten, mich aufzugabeln.

Er bog wie gewohnt fast nur auf den äußeren Rädern um die Ecke und kam schlitternd direkt vor mir zum Stehen. Ich stieg so würdevoll wie möglich ein und versuchte den krawalligen U-Turn zu ignorieren, mit dem er sich für die Weiterfahrt in Abschussposition brachte.

»Wenn du mit den aufgeschleuderten Kieseln ein Fenster zerbrichst, lässt Dad dich die Reparatur zahlen«, sagte ich.

»*Irgendwer* wird sicher dafür aufkommen müssen«, erwiderte er. »Deinem Vater ist aber wahrscheinlich egal, wer.«

Ich brummte und trank einen Schluck Kaffee, während der Duster auf der Straße beschleunigte.

Knapp hinter der Stadtgrenze trat Patrick im Scheitelpunkt einer Kurve unvermittelt voll auf die Bremse. Vor uns standen zwei Autos in einer V-Formation und blockierten die Straße. Eins der beiden hatte abgesehen von den fehlenden Blaulichtern auf dem Dach große Ähnlichkeit mit dem falschen Polizeiauto, das uns ein paar Tage zuvor verfolgt hatte.

Patrick kam rutschend zum Stehen, analysierte die Situation korrekt als *nicht gut* und legte sofort den Rückwärtsgang ein, nur um gleich darauf mit dem Heck gegen ein Hindernis zu knallen.

Aus dem Augenwinkel sah ich einen Geländewagen, der uns den Fluchtweg abschnitt, dann einen Mann in Tarnkleidung, der mit einer automatischen Waffe auf mich zielte. »Sofort aussteigen!«, schrie er mich an. Auf Patricks Seite vernahm ich einen ähnlichen Ruf.

Ich hob die Hände, griff langsam nach dem Verriegelungsknopf und zog ihn nach oben. Der Typ riss sofort die Tür auf und trat, das Gewehr auf meinen Kopf gerichtet, einen Schritt zurück. »Raus.«

»Hilfe, Sheldon!«, subvokalisierte ich. »Wir werden verhaftet oder gekidnappt. Sie haben kein Tarnfeld, arbeiten aber möglicherweise für die Loranna.«

»Verstanden«, antwortete Sheldon. »Wenn sie euch nicht in einen faradayschen Käfig stecken, kann ich euch tracken. Ich habe bereits Natalie vorgewarnt, für den Fall, dass auch hinter ihr jemand her ist. Sie war bereits auf dem Weg zur Arbeit und wartet nun auf mich. Ich werde sie abholen.«

Patrick und ich wurden unterdessen mit Kabelbindern gefesselt und von schweigsamen Männern in Militärklamotten in einen fensterlosen Transporter verfrachtet. Die Situation erfüllte so sehr sämtliche Hollywood-Klischees, dass es fast lustig war. Trotzdem machte ich mir vor Angst fast in die Hose.

Doch noch waren wir nicht tot, und Sheldon und Nat eilten uns zu Hilfe. Obwohl ich nicht wusste, was sie bewirken konnten, beruhigte mich dieser Gedanke ein wenig.

Schon bald fanden wir uns, an Stühle gefesselt, in einer Art Lagerhalle wieder. All das war so vorhersehbar, dass ich erneut fast gekichert hätte. Der Kabelbinder, die Waffen und meine nervöse Blase hielten mich jedoch davon ab.

»Sieh an, sieh an«, sagte eine Stimme hinter mir. Der Mann, dem sie gehörte, schlenderte gemächlich in unser Blickfeld. Er wollte offenbar selbstsicher und überlegen wirken. In Anbetracht der Situation fiel ihm das nicht schwer.

Ich runzelte die Stirn. »Sie kommen mir bekannt vor, aber …«

»Arley Montrose«, antwortete er. »Karen Ingram hat mich bestimmt erwähnt.«

Patrick wandte sich zu mir um. »Ingram. Das ist Nats Chefin, glaube ich.« Dann sah er Arley an. »Wir sind ihr noch nie begegnet.«

Arley betrachtete grinsend seine Fingernägel. »Aha. Stellt euch ruhig dumm. Das macht die ganze Sache nur noch unterhaltsamer. Mein Freund Luthor hier wird eurem Gedächtnis gern auf die Sprünge helfen.« Er deutete nach links, wo gerade ein weiterer Mann in unser Blickfeld trat. Es war der falsche Polizist von neulich. Er sah uns mit einem Ausdruck an, der vermuten ließ, dass wir nicht gerade die besten Freunde werden würden.

»Luthor möchte euch übrigens dafür danken, dass ihr ihn die Auswirkungen eines Disruptors am eigenen Leib habt spüren lassen. Ich selbst hatte noch nie das Vergnügen, aber ich weiß, dass es ziemlich unangenehm ist. Schade, dass ihr ihn nicht dabeihabt. Ich hätte euch gern eine kleine Kostprobe gegeben. Es interessiert mich sehr, wie ihr an einen Disruptor und zwei Tarngürtel gekommen seid. Das wird Luthor für mich herausfinden.«

Luthor lächelte uns an. »Ich hoffe, dass ihr nicht zu schnell einknickt.«

Ich sah zwischen Luthor und Arley hin und her. »Wissen Sie eigentlich, für wen Sie arbeiten, Luthor?«

Er bedachte mich mit einem Grinsen, das ich alles andere als beruhigend fand.

»Luthor wird gut bezahlt und hat einen Platz in den Enklaven sicher, sobald unser Plan aufgeht.« Arley lächelte. »Ihr dagegen werdet euch zu Phil Ross gesellen, sobald Luthor mit euch fertig ist.«

»Phil?«, stieß Patrick hervor. »Geht es ihm gut?«

»Wie dumm bist du eigentlich?«, höhnte Luthor. »Deutet irgendetwas von dem, was du gerade gehört hast, darauf hin, dass es ihm gut geht? Oder dass es euch gut gehen wird? Muss ich dir eine Skizze machen, Junge?« Er beugte sich vor und bedachte uns mit einem weiteren maliziösen Grinsen. »Bevor ihr sterbt, werdet ihr mich anflehen, euch zu töten.«

»Und wenn Luthor euch diese Bitte erfüllt, werdet ihr zusammen mit Phil Ross bei einem Bankett meines Clans die Ehrengäste sein.« Arley lächelte und zeigte kurz seine lorannischen Fangzähne. Trotz meiner zunehmenden Angst fand ich diesen Anblick interessant. Irgendwer oder irgendwas kontrollierte sein Tarnfeld in Echtzeit, wie Sheldon es für uns tat.

»Das scheint mir nicht die beste Methode zu sein, um Karen zurückzubekommen«, erwiderte ich. »Ein Gefangenenaustausch setzt normalerweise lebende Geiseln voraus, wenn ihr versteht, was ich meine.« Ich sah Arley direkt in die Augen. »Soweit ich es verstanden habe, halten sich die Loranna an ihre Abmachungen.«

»Hmm, das stimmt. Aber *lebendig* und *wohlauf* ist nicht das Gleiche. Ich frage mich, wie viele Körperteile ihr verlieren müsst, bis euer Team euch nicht mehr zurückhaben will. Ich nehme an, ein oder zwei Gliedmaßen können wir entfernen, ohne euch zu töten. Als Snacks.«

Oh, oh. Damit hatte er recht. Während ich noch nach einer Antwort suchte, richtete Patrick sich neben mir auf. »Das gilt ebenso für Karen, Arley.«

Arley lachte. »Falls ihr dazu wirklich die Nerven habt, kann unsere Medizintechnik alles, was ihr fehlt, nachwachsen lassen. Ich bezweifle, dass eure Ärzte das ihrerseits hinbekommen.«

Ich sah ihn ausdruckslos an und hoffte, dass Patrick dasselbe tat. Arley hatte uns gerade etwas Wichtiges verraten. Er wusste nicht über die *Halo* Bescheid. Vielleicht glaubte er, der Disruptor und die beiden Gürtel wären die einzige Bündnis-Geräte, die wir besaßen.

Luthors Handy piepte. Er zog es heraus, warf einen Blick darauf und reichte es an Arley weiter. »Die Dritte im Bunde ist auch gefasst. Sie werden in zehn Minuten mit ihr hier sein.«

Nat. Ich spürte, wie mir das Blut aus dem Gesicht wich.

Luthor bemerkte meinen Gesichtsausdruck und nickte. »Ja, vielleicht machen wir uns vor euren Augen ein bisschen an deiner Freundin zu schaffen. Mal sehen, ob das euer Gedächtnis auffrischt. Ich werde dabei so oder so auf meine Kosten kommen.«

Als ich gerade zu einer Antwort ansetzen wollte, sah ich die Söldner im Uhrzeigersinn einen nach dem anderen umkippen. Luthor hatte nur noch Zeit, nach seiner Waffe zu greifen, ehe er und Arley ebenfalls zusammensackten.

»Jetzt komme ich und rette euuuuuch«, ertönte Nats Stimme aus dem Nichts.

Der letzte bewusstlose Gegner hörte zu zucken auf.

»Waren das alle?«, fragte ich und sah mich um.

»Ich habe die Umgebung mit dem Sonar abgesucht«, erwiderte Sheldon. »Das sind alle. Da Nat sie mit einer einzigen Disruptor-Ladung betäubt hat, hält die Wirkung möglicherweise nicht lange an. Am besten verschwindet ihr von hier, solange euch niemand daran hindern kann.«

Das war meiner Ansicht nach eine hervorragende Idee. Nat wurde sichtbar, klappte ein Taschenmesser auf und durchtrennte damit rasch unsere Kabelbinder. Wir sprangen auf. Während die anderen beiden losrannten, drehte ich mich noch einmal zu Arley um.

Nat blieb stehen. »Nein. Du willst mich wohl verarschen. Wir brauchen nicht noch eine …«

»Vielleicht doch. Sheldon, bitte bereite eine weitere Zelle vor, am besten gegenüber von Karens. Und versiegele ihre Tür, damit sie erst mal nichts davon mitbekommt.«

»Das wird ein bisschen dauern«, erwiderte Sheldon. »Ihr werdet ihn sicher noch einmal betäuben müssen. Und für den Fall der Fälle solltet ihr einige dieser Plastikfesseln mitnehmen.«

»Und Schusswaffen«, sagte Patrick und sammelte umgehend ein paar ein.

»Weißt du überhaupt, wie man die verwendet?«, fragte Nat.

»Ich habe keinen blassen Schimmer, lerne aber schnell.«

Wie sich herausstellte, waren wir wirklich in einer Lagerhalle gewesen, die sich in einem schäbigen Teil des Gewerbegebiets befand. Warum auch nicht? Unsere Gegner schienen Klischees zu lieben.

Es dauerte ein paar Minuten, bis wir Arley nach draußen und die Treppe hinauf in die bereits auf uns wartende *Halo* geschafft hatten. Er wog deutlich mehr als hundert Kilo und war dementsprechend schwer zu manövrieren.

Während einer der Pausen, in der wir ihn fallen ließen, um die Arme auszuschütteln, wandte ich mich zu Nat um. »Ich dachte, sie hätten dich erwischt. Luthor hat eine entsprechende Nachricht erhalten.«

»Die hat Sheldon geschrieben«, erwiderte sie mit breitem Grinsen. »Nachdem er die Handys der zwei Typen gescannt hat, die mich schnappen wollten.«

Patrick hörte auf, seine Unterarme zu massieren, und runzelte die Stirn. »Wie seid ihr an ihre Handys gekommen?«

»Hätten sie mich unbehelligt überfallen können, wäre es schwer für mich geworden. Dank eurer Vorwarnung konnten wir ihnen jedoch eine Falle stellen. Wusstet ihr, dass man mit einem Tarnfeld einen leeren Fahrersitz besetzt aussehen lassen kann? Während Dick und Doof sich an den Wagen heranschlichen, trat ich aus dem Gebüsch und verpasste ihnen einen Strahlenstoß.«

Ich schnaubte und deutete auf das Alien. Patrick bückte sich stöhnend und griff nach den Beinen.

Auf dem ganzen Weg bis in die *Halo* juckte es mich am Rücken. Es hätte nur ein Söldner vorzeitig aufwachen und mit vorgehaltenem Gewehr aus dem Gebäude stürmen müssen, um uns den Tag zu ruinieren. Doch es kam zu keinen weiteren Zwischenfällen, und so befanden wir uns schon bald in der Luft. Patrick betäubte Arley ein weiteres Mal und fesselte ihn obendrein mit dem Kabelbinder.

Doch das hätte er sich sparen können. Arley begann erst zu ächzen und zu zucken, als wir ihn in seiner nagelneuen Zelle verstauten und den Kabelbinder durchtrennten.

»Das war gar keine schlechte Idee, Jack«, sagte Patrick und deutete auf den noch immer halb weggetretenen Arley. »Dass wir ihre beiden Anführer in der Gewalt haben, streut ihnen sicher Sand ins Getriebe. Also, wie wollen wir's angehen?«

Arley setzte sich stöhnend auf und sah uns von seiner Koje aus mit glasigem Blick schweigend an.

Er schien darauf zu warten, dass wir den ersten Schritt machten. Also gut. »Wir sollten miteinander reden«, begann ich.

»Warum?«

»Nun, allein schon deshalb, weil wir dich in einer Zelle festhalten?«

»Und?«

Anscheinend war Arley weniger gesprächig als Karen.

Ich unternahm einen weiteren Versuch. »Nun, stört euch das nicht bei eurem Versuch, die Weltherrschaft zu übernehmen?«

Er zuckte die Achseln. »Eigentlich nicht. Die anderen kommen auch ohne mich ganz gut zurecht.«

»Du meinst, ohne dich und Karen. Ihr zwei seid doch die führenden Köpfe hinter diesem Unternehmen, oder nicht? Wie viel Reservepersonal kann es in einer Organisation schon geben, die auf einem einzigen kleinen Clan gründet?«

Damit erzeugte ich eine Reaktion. Ohne Vorwarnung warf Arley sich mit weit aufgerissenem Mund und ausgebreiteten Armen auf uns. Ich hatte gerade noch Zeit, um zu bemerken, dass er über – offenbar einziehbare – Krallen verfügte, ehe er gegen die Zellentür knallte.

»Sheldon?«, subvokalisierte ich.

»Die Tür hält wesentlich mehr aus, als Arley auffahren kann«, erwiderte er. »Ich weiß, was ich tue.«

Ich sah Arley an und versuchte, *entspannt und angstfrei* zu wirken. »Deine Spezies neigt offensichtlich zu unkontrollierten Wutausbrüchen.« Ich erwiderte Arleys finsteren Blick und fuhr fort. »Karen reagierte ganz ähnlich. Und sie hat uns gedroht. Dass sie uns nicht erst kochen werde oder irgendwas in der Art.«

Nun lächelte Arley. »Das klingt nach Karen. Sie steht auf Sushi.«

»Bäh«, sagte Nat.

Er sah sie kurz an und dann wieder zurück zu mir. »Okay, und was jetzt? Im Moment scheint ihr im Vorteil zu sein. Was wollt ihr? Geld? Einen Platz in den Enklaven? Das lässt sich einrichten. Wir halten uns …«

»Ihr haltet euch an eure Vereinbarungen. Das wissen wir. Karen hat das Gleiche versucht.«

»Aha. Du erwähnst Karen auffallend oft, als wolltest du mich nur glauben lassen, ihr hättet sie. Vielleicht stimmt das gar nicht …«

»Nun, wir haben sie nicht aufgegessen«, erwiderte ich. »Aber die Verhandlungen liefen nicht sehr gut.«

»Was wollt ihr also?«

»Dass ihr Loranna unseren Planeten verlasst.«

Arley lachte. »Das wird nicht passieren. Selbst wenn Karen und ich verschwunden bleiben. Wir sind fest entschlossen, Jack. Du heißt doch Jack, oder? Ihr Menschen schaut für mich alle gleich aus. Wir haben keine andere Wahl. Wir haben alles auf eine Karte gesetzt.«

»Das kann man wohl sagen, dass ihr fest entschlossen seid«, pflichtete ich ihm bei. »Ihr habt sogar einer KI zu Bewusstsein verholfen.« Ich achtete genau auf seine Reaktion und wurde mit einem kurzen überraschten Blick belohnt, ehe er wieder sein Pokerface aufsetzte.

»Nein, streng genommen waren wir das gar nicht. Die gehörte zum Gesamtpaket.« Arley hielt inne. »Ich bin mir nicht sicher, wie viel du wirklich weißt oder ob du nur nach Informationen fischst. Von mir erfährst du gar nichts mehr.«

»Wie du willst«, sagte ich – und dann, an Sheldon gewandt: »Mach die Tür zu.«

Nachdem Arleys Tür sich rumpelnd geschlossen hatte, standen wir drei im Korridor und sahen uns an.

»Gesamtpaket?«, fragte Patrick.

»Wie etwas, das man kauft«, sagte Nat. »So eine Art Franchise? Alles, was man braucht, um eine Übernahme-Mission durchzuführen?«

»Das hieße dann wohl, dass die Menschheit nicht das einzige Opfer ist«, erwiderte ich. »O Mann, wie weit reicht das wohl?«

Nat zuckte die Achseln. »Lasst es uns herausfinden.«

»Sheldon, öffne Karens Tür.«

Ich drehte mich zur anderen Kabine um und sah zu, wie die Tür in der Wand verschwand.

Karen fläzte entspannt auf ihrer Matratze. »Was muss ein Mädchen hier tun, um ein Abendessen zu bekommen?«

»Nur eine kurze Frage beantworten«, erwiderte Nat. »Wie viele Clans haben sich in dieses Planetenübernahme-Franchise eingekauft?«

»Woher zum Teufel soll ich das …?« Karen verstummte jäh. »Ich meine, was für ein Franchise?«

Nat grinste. »Danke. Mehr wollte ich gar nicht wissen.«

Karen beugte sich vor. »Du würdest ein gutes Mittagessen abgeben. Ein bisschen mager, aber wir könnten wahrscheinlich eine schmackhafte Brühe aus dir kochen.« Sie machte eine Pause. »Letzten Endes werden wir gewinnen, Natalie. Ihr könnt uns nicht entkommen. Wir haben die Infrastruktur, die Waffen und …«

»Eine bewusste KI«, unterbrach Nat Karens Wortschwall. »Das Bündnis wird sicher begeistert sein, wenn sie von ihr erfährt.«

Karen sah sie finster an. »*Falls* es davon erfährt. Ich halte es für wahrscheinlicher, dass wir euch zuvor aus dem Verkehr ziehen. Das Bündnis hat keine Ahnung, dass wir existieren, aber wir wissen alles über euch.«

Nat trat einen Schritt zurück und murmelte einen Befehl, worauf sich Arleys Tür kurz öffnete und gleich darauf wieder rasselnd schloss.

Karen fasste sich ziemlich schnell wieder und verzog die Lippen erneut zu ihrem hungrig aussehenden Lächeln. »Wir werden uns eure Familien holen, Schätzchen. Glaubst du, du wirst standhaft bleiben, wenn wir deinem Vater eine Pistole an den Kopf halten?«

Sie wollte uns offensichtlich provozieren.

»Sag ihr das Folgende«, hörte ich Sheldons Stimme in meinem Headset.

Ich ging zu Karen und begann, Sheldons Worte nachzusprechen. »Wie viele Mitglieder umfasst dein Clan, Karen? Zwanzig? Dreißig? Wie viele von ihnen müssen mindestens auf eurem Heimatplaneten bleiben, um euer Eigentum und euer Territorium zu beschützen? Ich gehe davon aus, dass eure Operation extrem auf Kante genäht ist. Wer auch immer euch dieses Weltherrscher-Paket angedreht hat, verlangt dafür sicher den Höchstpreis, da ihr Loranna nun mal so funktioniert. Ich glaube, dass euer Dispokredit komplett ausgereizt ist. Und ihr verwendet eine bewusste KI, was ein Vergehen ist, für das ihr lobotomisiert werden könnt, selbst wenn ihr sie nicht selbst geschaffen habt. Ihr habt keinen finanziellen Puffer, keinen Plan B und könnt euch keinen Fehltritt leisten.«

»Pass auf, was du sagst, *Essen*«, fuhr Karen auf. »Oder du wirst dir noch wünschen, an deinen eigenen Flatulenzen zu ersticken.«

»Wenn ihr diese Sache nicht durchzieht«, fuhr Sheldon fort, »werdet ihr alles verlieren. Euer gesamtes Vermögen. Ihr werdet die Clan-Gebühr nicht mehr zahlen können und andere Stämme um Aufnahme bitten müssen. Ihr werdet zu Sklaven werden.« Ich bedachte sie mit einem Lächeln. »Das haben wir für euch in petto.«

Offenbar war ich sehr überzeugend. Karen begann, Worte zu schreien, die wie Beleidigungen und Drohungen klangen, und wurde violett im Gesicht.

»Soll ich übersetzen?«, fragte Sheldon.

»Nein, ich höre auch so heraus, dass sie kein Fan von mir ist.«

Wir saßen wieder im Konferenzraum. Sheldon hatte auf dem Monitor ein Fenster geöffnet, das die Überwachungsaufnahmen aus Karens und Arleys Zellen zeigte. Im Moment lag Karen in der Koje. Arley hielt sich den Kopf, als würde er andernfalls runterfallen. Sein gelegentliches Stöhnen legte nah, dass man nach einer Disruptor-Betäubung unter einem mächtigen Kater litt. Dass er sich während unseres Gesprächs nichts davon hatte anmerken lassen, zeugte von einer beeindruckenden Selbstbeherrschung.

»Wir können Karens Drohung nicht ignorieren«, sagte Nat. »Sie haben unsere Familien im Visier, und ich weiß nicht, was wir dagegen tun können.«

»Aber was haben sie mit ihnen vor?«, fragte ich. »Wollen sie sie entführen? Oder umbringen? Da sie etwas von uns wollen, tippe ich auf Ersteres. Um uns ihre Forderungen zu unterbreiten, müssten sie uns jedoch kontaktieren können.«

Patrick hob den Kopf. »Du meinst, wir müssen untertauchen.«

»In gewisser Weise haben wir das schon getan.« Ich blickte auf mein Handy, auf dem gerade die fünfte Nachricht meines Vaters einging. Patrick betrachtete derweil seins. Wahrscheinlich erging es ihm ähnlich. Wir fehlten mittlerweile seit ein paar Stunden bei der Arbeit, und es wunderten sich bestimmt alle, wo wir steckten. Nun, in Nats Fall vielleicht nicht. Ich nahm an, dass ihre Vorgesetzten bereits ihren letzten Gehaltsscheck storniert und ihre Entlassungspapiere ausgefüllt hatten. Oder was auch immer Loranna in solch einer Situation taten.

Man würde nach uns suchen. Sie würden Patricks abgestelltes Auto finden. Und auch Nats, das allerdings vorschriftsmäßig geparkt war.

Ich zuckte die Achseln. »Und die Loranna oder ihre Helfer werden unsere Häuser überwachen und früher oder später durchsuchen. Wir müssen abhauen, *und* wir müssen die *Halo* verschwinden lassen. Bring uns von hier weg, Sheldon. Wohin, ist erst mal egal. Das überlegen wir uns später.«

»Verstanden.«

»Wir können nicht einfach alle im Stich lassen!«, erwiderte Nat wütend.

»Das tun wir auch nicht«, sagte ich. »Wir ziehen uns nur zurück, um unsere nächsten Schritte zu planen.«

Patrick murmelte einen Fluch. »Mittlerweile bedauere ich es fast, dass wir diese Angelegenheit nicht Phil oder den Behörden übergeben haben.«

Nat nickte. »Mit dieser neuen Entwicklung steigt auch noch mal unser Zeitdruck.« Sie hob den Blick und sah mich besorgt an. »Die Lage wird von Minute zu Minute vertrackter, Jack, und unser Handlungsspielraum immer kleiner.«

Ich legte ihr eine Hand auf den Rücken. »Ja, Nat, aber uns bleibt nichts anderes übrig, als weiterzumachen. Und dazu habe ich vielleicht ein paar Ideen. Aber jetzt sollten wir am besten erst mal schlafen.«

»Und was essen«, fügte Patrick hinzu. »Ist euch beiden eigentlich klar, dass wir seit dem Frühstück nichts mehr zwischen die Zähne bekommen haben?« Er sah auf. »Kannst du Essen replizieren, Sheldon?«

»Nein, tut mir leid. Die Replikatoren aus *Star Trek* gehören sogar für mich ins Reich der Science-Fiction. Ich kann euch allerdings einen Kühlschrank und eine Mikrowelle anbieten.«

»Wozu hast du eine Mikrowelle?«

»Um Lebensmittel zu erhitzen. Die Gen müssen sich auch von irgendetwas ernähren.«

»Die Gen verwenden Mikrowellen?«, hakte Nat nach.

»Und Kühlschränke. Ja. Das machen sie, seit sie die Erde überwachen. Davor haben sie ihren Proviant in den Achselhöhlen aufbewahrt.«

»Ehrl…?« Nat kniff die Augen zusammen. »Du nimmst mich auf den Arm.«

»Dein Scharfsinn ist eine Inspiration für alle intelligenten Lebewesen.«

»Arsch.«

»Der gehört wie gesagt nicht zu meiner Ausstattung. Tut mir leid.«

Nat brummte leise. »Ich glaube nicht, dass das Bündnis bewusste KIs aus moralischen Gründen verboten hat. Sie hatten es sicher einfach satt, sich deren Gelaber anzuhören.«

Sheldon schwieg.

Mein Magen knurrte. »Nun, irgendwas müssen wir tun. Kannst du einen 7-Eleven ausfindig machen, Sheldon? Am besten an einem Highway, mindestens zwanzig Meilen von hier entfernt.«

»Ich werde das Google beschwören. Einen Moment. Hab einen gefunden.«

Nat sah mich an. »Was hast du vor?«

»Einkaufen natürlich. Wir werden allerdings bar bezahlen müssen, für den Fall, dass sie bereits unsere Karten überwachen.«

»Du könntest Phils Konto verwenden«, sagte Sheldon. »Das ist ziemlich gut gefüllt.«

»Und wie soll das gehen?«, fragte ich.

»Ich kann auf Phils Handy zugreifen, mit dem er hauptsächlich zahlt. Soll ich dir eine kleine Zeichnung mit Strichmännchen und Sprechblasen anfertigen?«

Patrick lachte laut auf.

Ich sah seufzend Nat an und schüttelte den Kopf. »Lasst uns zunächst mal nachsehen, ob wir genug Bargeld haben. Aber wenn nicht, werden wir Phils Konto wohl oder übel anzapfen müssen.«

Der Wandmonitor zeigte den 7-Eleven am Rand von Akron. Zu dieser frühen Abendstunde war auf dem Parkplatz noch immer zu viel los, um gefahrlos aus einem unsichtbaren Raumschiff auszusteigen.

»Wir sollten ein Stück weiter auf dem Seitenstreifen landen«, schlug ich vor. »Kannst du die Lichter an den Luftschleusen deaktivieren, Sheldon?«

»Natürlich.«

»Okay, wenn wir uns eine dunkle Stelle aussuchen, sollte das Risiko überschaubar sein. Wir gehen hinein, kaufen etwas zu essen, kommen wieder heraus und besteigen, sobald die Luft rein ist, das Raumschiff.« Ich sah die anderen beiden an. Sie widersprachen mir nicht – wahrscheinlich, weil wir seit fast sechzehn Stunden nichts mehr gegessen hatten. Was für Angehörige der amerikanischen Mittelschicht, die an drei vollwertige Mahlzeiten gewöhnt sind, einer Folter gleichkam.

»Wir sollten Disruptoren mitnehmen«, sagte Nat.

»Ich glaube nicht, dass das nötig sein wird«, erwiderte ich.

»Wann immer man vor der Wahl steht, eine Waffe mitzunehmen oder nicht, nimmt man sie mit«, sagte Nat. »Hast du denn noch *nie* ferngesehen?«

Patrick und ich lächelten matt.

»Vergesst nicht die oberste Regel«, fuhr Nat fort. »Überlege dir, was ein Nebendarsteller in einem Horrorfilm tun würde …«

»Ja, ja, wissen wir«, sagte Patrick. »Und dann machen wir das genaue Gegenteil.«

Nat und ich warteten im abgedunkelten Eingangsbereich der *Halo*. Ich hatte Sheldon angewiesen, die Treppe erst abzusenken, wenn kein Auto vorbeikam. Als es so weit war, rannten wir rasch die Stufen hinab.

»Wir sind draußen«, sagte ich, als wir festen Boden unter den Füßen spürten.

Sheldon zog die Treppe ohne das gewohnte Fiep-fiep und die Blinklichter wieder ein.

Der 7-Eleven war ungefähr fünfzig Meter entfernt. Als wir den Laden betraten, klopfte ich im Sekundentakt auf die Tasche meines Hoodies, um mich zu vergewissern, dass der Disruptor noch immer darin steckte. Ich erinnerte mich, irgendwo gelesen zu haben, dass so etwas nur Leute taten, die normalerweise keine Waffe trugen und Verkäufer angeblich darauf trainiert wurden, auf Kunden zu achten, die sich zu häufig auf die Tasche klopften.

Wir hatten keine Einkaufsliste geschrieben und uns vorab nur auf ein paar Grundnahrungsmittel wie Bier, Limonade, Milch, Brot und Chips geeinigt. Da wir hungrig einkauften, füllten sich unsere Körbe dennoch rasch mit allem Möglichen. In dem Laden war einiges los. Dennoch hatte ich das Gefühl, dass der Verkäufer uns ungewöhnlich intensiv beobachtete. Aber vielleicht war ich auch nur paranoid.

Schließlich gingen wir zur Kasse und stellten unsere Einkaufskörbe auf die Theke. Der Verkäufer betrachtete unsere Ausbeute, bedachte uns mit einem seltsamen Blick und begann, die Waren sehr langsam über den Scanner zu ziehen. Dabei linste er immer wieder bemüht unauffällig zum Vordereingang.

Ein Seitenblick zu Nat bestätigte, dass sie sein Benehmen ebenfalls verdächtig fand.

»Zwei Streifenwagen sind auf den Parkplatz gefahren«, meldete Sheldon. »Die Männer, die daraus ausgestiegen sind, sehen nicht aus, als würden sie nur einen Donut kaufen wollen. Patrick lässt ausrichten, dass ihr euch auf Probleme gefasst machen sollt.«

Ich griff mit der rechten Hand in die Tasche meines Hoodies und umfasste den Disruptor. Nat trat von der Theke zurück, um ein freies Schussfeld zu haben.

Die Tür flog auf, und vier Cops mit vorgehaltenen Pistolen traten ein. »Hände hoch!«, rief einer von ihnen.

Für mehr blieb ihnen keine Zeit. Ich betätigte den Disruptor, ohne ihn vorher aus der Tasche zu ziehen. Dabei spürte ich ein kurzes Kitzeln am Bauch. Wahrscheinlich hatte mich der Strahl gestreift.

Die Cops sackten alle gleichzeitig zu Boden. »Sind draußen noch welche, Sheldon?«, fragte ich.

»Nein, aber es werden höchstwahrscheinlich noch weitere kommen. Ihr solltet verschwinden.«

Nat hatte mittlerweile ihren Disruptor hervorgeholt und richtete ihn auf den Verkäufer. »Hast du sie gerufen?«

»J-j-ja. Bitte tu mir … Moment mal, was ist das für ein Ding? Habt ihr damit auf sie geschossen? Das ist ein Witz, oder? Das ist doch nur ein Spielzeug.« Der Mann ließ die Hände sinken.

Nat wählte die niedrigste Einstellung und drückte ab.

Der Verkäufer stieß einen Laut aus, der halb Schrei, halb Stöhnen zu sein schien, und verdrehte den Körper zu einer Pose, die wie eine besonders schwierige Yoga-Stellung aussah. Uringeruch lag in der Luft.

»Fühlt sich das wie ein Spielzeug an?«, knurrte Nat und beugte sich über die Theke. *»Wieso hast du sie gerufen?«*

Der Verkäufer hielt sich mit beiden Händen japsend an der Theke fest. »Wegen der Belohnung. Im Fernsehen.«

»Wir sind im Fernsehen?«, rief ich aus.

»Das wusstet ihr nicht? Mit genauer Personenbeschreibung. Zehn Riesen für sachdienliche Informationen et cetera. Ich, äh, habe deine Freundin erkannt. Sie ist ziemlich scharf …«

»Scheiße.« Ich sah zur Kasse. Bislang belief sich unsere Rechnung auf etwas mehr als vierzig Dollar. Ich nahm das Geldscheinbündel mit unserer gesamten Barschaft aus der Tasche, zog drei Zwanziger heraus und warf sie auf die Theke. »Der Rest ist für dich.«

Als wir aus dem Laden traten, fuhren gerade drei weitere Streifenwagen vor. Mit quietschenden Reifen bildeten sie einen Halbkreis vor der Eingangstür. Während die Cops aus ihren Fahrzeugen stiegen, bemerkte ich über uns eine Bewegung. Aus dem Nichts senkte sich eine Treppe herab. Auf den Stufen stand Patrick. Er richtete etwas auf die Cops, vermutlich seinen Disruptor, da sie einer nach dem anderen zu Boden gingen.

Ein paar Kunden, die das Ganze beobachtet hatten, standen wie erstarrt vor dem Laden. Einer von ihnen deutete auf Patrick, sagte aber nichts.

Patrick drehte sich zu seinen Zuschauern um und winkte mit dem Disruptor. Zwei von ihnen türmten. Die übrigen blieben stehen und sahen verdutzt zu, wie das untere Ende der Treppe den Boden berührte. Patrick sprintete die Stufen zum Eingangsbereich des Schiffs hinauf, und wir folgten ihm. Gleich darauf war die Luftschleuse wieder verschlossen.

»Das lief ja hervorragend«, kommentierte Patrick trocken. »Ihr seid wirklich tolle Spione. Ich glaube nicht, dass uns jemand bemerkt hat.«

»Ja, sehr lustig«, erwiderte ich. »Offenbar ist ein Kopfgeld auf uns ausgesetzt. Zehntausend Dollar.« Ich rieb mir die Stirn und drückte den obersten Knopf des Fahrstuhls.

»Mist«, sagte Patrick. »Meine Eltern werden ausflippen.«

»Meine auch«, erwiderte ich. »Wir müssen ihnen Bescheid geben, dass es uns gut geht.« Ich warf die Einkaufstüten auf den Konferenztisch und ließ mich auf einen Stuhl fallen.

»Wenn ihr mir einen Text schickt, kann ich ihn als SMS oder E-Mail an sie weiterleiten«, sagte Sheldon.

Patrick durchwühlte eine der Tüten. »Nun, die gute Nachricht ist, dass ihr Cheetos bekommen habt.«

Nat verdrehte die Augen. »Ich bin froh, dass wir deine Gelüste stillen können, Patrick.«

Im Bereitschaftsraum angekommen, holte ich mein Handy aus der Tasche und begann zu tippen. Aus dem Augenwinkel sah ich Nat und Patrick dasselbe tun. Ich fragte mich, wie Nat mit dieser Situation umging. Wahrscheinlich bat sie ihre Tante, sich weiter um ihren Vater zu kümmern. Was ihr bestimmt sehr schwerfiel.

Ein paar Minuten später war ich fertig und las meine Nachricht noch einmal durch.

Liebe Mom, lieber Dad,
ich bin sicher, dass ihr unsere Namen und Gesichter ständig im Fernsehen seht. Ihr macht euch bestimmt Sorgen und fragt euch, was los ist. Glaubt mir: Was immer sie uns vorwerfen, ist Blödsinn. Sie wollen etwas, das wir haben, und tun alles, um es in die Finger zu bekommen. Wie in Der Staatsfeind Nr. 1 mit Will Smith.

Ich werde mich erst wieder melden, wenn die Sache geklärt ist. Macht euch besser darauf gefasst, dass wir noch ein paarmal in den Nachrichten auftauchen werden.

Jack

Dass ich mich nicht bei ihnen melden würde, hatte ich nur geschrieben, da ich mir sicher war, dass auch andere die

Nachricht lesen würden. Ich schickte sie Sheldon, lehnte mich zurück und beobachtete meine Freunde. Patrick schien ebenfalls fertig zu sein und alles noch einmal durchzulesen. Nat tippte und hielt inne, tippte erneut und hielt wieder inne. Währenddessen kaute sie die ganze Zeit nervös auf der Unterlippe. Sie war wirklich nicht zu beneiden.

Schließlich schickte auch Nat ihre Nachricht an Sheldon und ließ seufzend das Handy auf den Tisch fallen. »Und was jetzt?«

In einer der Nischen pingte ein Gerät. Patrick ging hin und öffnete es. »Mikrowellen gibt es also überall«, sagte er und holte eine Fertigmahlzeit heraus. »Besteck anscheinend nicht. Aber immerhin habe ich so etwas wie eine Mischung aus einer Gabel und einem Löffel gefunden. Einen Göffel.« Er setzte sich mit seinem Essen hin und hielt das besagte Gerät in die Höhe. »Ihr beide solltet euch vielleicht auch etwas zubereiten. Wenn der Magen nicht die Wirbelsäule zu verdauen versucht, denkt es sich besser, wenn ihr wisst, was ich meine.«

Ich nahm einen einzeln eingepackten Burrito. »Wie funktioniert dieser Mini-Atommeiler?«

»Bitte einfach Sheldon, ihn für dich zu bedienen. Anscheinend ist alles miteinander verbunden. Das Internet der Dinge, in der Gen-Version.«

»Ich lebe, um zu dienen«, sagte Sheldon. »Kein Job ist zu simpel für mich, keine Aufgabe zu entwürdigend.«

Ich legte den Burrito auf einen Teller und stellte ihn in die Mikrowelle. »Oder du sagst mir einfach, welchen Knopf ich drücken muss. Leider verstehe ich kein Gennisch.«

»Nein, du würdest das Ding wahrscheinlich bloß zerstören. Ich werde mich darum kümmern.«

»Und dabei die ganze Zeit nörgeln.«

»Das ist eins meiner wenigen Vergnügen.«

Ich wartete darauf, dass die Mikrowelle pingte. Während ich mich mit meinem Gericht hinsetzte, stellte Nat ihres hinein. Ein paar Minuten lang waren nur hektische Essgeräusche zu vernehmen. Patrick verdrückte zum Nachtisch noch eine halbe Tüte Cheetos. Als Nat sie ihm mit einem finsteren Blick wegnahm, tröstete er sich mit einer Packung Kartoffelchips. Nach einer Weile öffnete er den Mund, um etwas zu sagen, brachte jedoch nur ein ausgiebiges Gähnen zustande. »Mannomann, bin ich platt. Das waren wirklich ein paar irrwitzige Tage. Heute werde ich hier auf einer Couch schlafen, aber morgen müssen wir uns darüber unterhalten, wie es auf lange Sicht weitergeht. Früher oder später werde ich mich duschen müssen.« Ohne eine Antwort abzuwarten, zog er eine der langen Couchen heraus und streckte sich mit dem Rücken zu uns darauf aus.

Ich gähnte ebenfalls. »Ich bin auch ziemlich fertig und heiße deinen Plan gut.«

»Sag mal, Sheldon, hast du Duschen?«, ertönte Sheldons Stimme aus dem Nichts. »Aber ja, stellt euch vor, die Gen sind auch gerne sauber. Das ist ja erstaunlich, Sheldon. Wir sind so froh, dass wir dich haben.«

Nat verdrehte die Augen. »Sag mal, Nat, was ist das für ein monotones Geräusch? Ach, das ist nur Sheldon, der sich wieder mal beschwert. Wow, das ist ja erstaunlich, Nat. Hält er denn nie die Klappe?«

KAPITEL 33

Die Alternativen durchgehen

Tag 26. Dienstag Morgen

Ich setzte mich langsam und unter Schmerzen auf. Für Sitzmöbel waren die Sofas relativ bequem, zum Schlafen wäre mir ein echtes Bett jedoch wesentlich lieber gewesen. Ich reckte mich behutsam, um meine Gelenke zu lockern, ohne einen Krampf zu bekommen. »Wir haben keinen Kaffee.«

Patrick setzte sich ebenfalls auf. »Ja, wenn wir uns in der *Halo* häuslich einrichten, brauchen wir dringend mehr Proviant.« Er sah nach oben, wie wir es alle instinktiv taten, wenn wir uns mit der Schiffsintelligenz unterhielten. »Kannst du uns mit dem Tarngürtel ein unscheinbares Allerweltsäußeres verpassen, Sheldon?«

»Absolut. Was hast du vor?«

»Eine kleine Einkaufstour, diesmal aber möglichst ohne das Polizeidrama. Lass uns in der Nähe eines Supermarkts oder eines Einkaufszentrums raus, damit wir als Herren und Frau Jedermann shoppen gehen können. Wir müssen den Kühlschrank auffüllen und uns eine Kaffeemaschine besorgen.«

»Toilettenartikel brauchen wir auch«, fügte ich hinzu. »Und es wird Zeit, dass wir unsere eigenen Räume beziehen. Kannst du uns mit Kleidung aushelfen, Sheldon, oder sollen wir welche kaufen?«

»Die Gen haben mit Kleidung nicht viel am Hut. Daher habe ich nur wenige Stoffe in meiner Datenbank und noch weniger Erfahrung mit Textildesign. Wenn ihr ein paar Artikel einkauft, die euch gefallen, werde ich sie analysieren und zu duplizieren versuchen.«

»Was ist mit den Sachen, die wir tragen?«

»Verbrennt sie. Anschließend werde ich das Schiff ausräuchern.«

»Charmant wie immer«, sagte Patrick und sah mich an. »Hast du für all das genug Bargeld?«

»Das bezweifle ich. Früher oder später …«

»Gebt mir etwas Bargeld«, sagte Sheldon, »und ich versuche, es zu duplizieren.«

»Fälschen? Das wäre mal ein echter Gesetzesbruch.« Ich zögerte. »Ich werde dir welches geben, Sheldon, aber repliziere es nur, wenn wir echt verzweifelt sind, okay? Erst versuchen wir, uns mit Phils Konto zu behelfen.«

»Verstanden.«

Nat, die von unserer Unterhaltung aufgeweckt wurde, erhob sich und rieb sich die Augen. »Und sobald der Haushalt erledigt ist«, sagte sie, »müssen wir darüber sprechen, was wir wegen unseres eigentlichen Problems zu tun gedenken. So viel Spaß es auch macht, ein eigenes Raumschiff zu besitzen, kann ich darin keine Lebensaufgabe für mich erkennen. Ich will wissen, ob irgendein Ende in Sicht ist.«

»Einverstanden«, erwiderte Patrick. »Zuerst besorgen wir Kaffee und die anderen Sachen. Dann halten wir einen Kriegsrat.«

Es dauerte fast einen halben Tag, doch schließlich hatten wir eine gefüllte Vorratskammer, Toilettenartikel, einen Toaster und, was das Wichtigste war: Kaffee und eine Kaffeemaschine. Sheldon hatte uns den Weg zu Besatzungsunterkünften gewiesen, die sich im dritten Stock befanden. Wir hatten uns jeweils einen Raum ausgesucht und unsere Habseligkeiten darin verstaut.

Ich sah mich in meinem um. Die für Gen ausgelegten Behausungen boten uns Menschen mehr als genug Platz. Die Koje allein war zweieinhalb Meter lang und einen Meter zwanzig breit. Wenn sie nicht gebraucht wurde, konnte sie an die Wand geklappt werden, wo irgendein automatischer Mechanismus das Bettzeug reinigte.

Da die pelzigen Gen keine Decken benötigten, hatten wir welche kaufen müssen. Sheldon versicherte uns, dass das Reinigungssystem sie ebenfalls säubern würde.

Ich drückte auf den Türknopf und trat auf den Korridor hinaus. Draußen nickte ich Patrick zu, der ebenfalls gerade seine Kabine verließ und mit mir zum Konferenzraum ging. Dort sahen wir Nat mit einer Tasse in der Hand vor der Kaffeemaschine stehen. Der Kaffee war fast durchgelaufen.

»Wow, und ich dachte, ich wäre koffeinsüchtig«, sagte ich. »Willst du die Tasse wirklich benutzen, oder trinkst du direkt aus der Kanne?«

»Führe mich nicht in Versuchung.« Als die letzten Tropfen Kaffee aus dem Filter perlten, nahm Nat die Kanne aus der Halterung und befüllte ihre Tasse. Anschließend wandte sie sich zu uns um und deutete mit einer einladenden Geste zu den Tassen auf dem Tresen.

Als wir alle saßen und die ersten Schlucke getrunken hatten, schlug ich leicht mit einem Löffel gegen meine Tasse, um die anderen beiden auf mich aufmerksam zu machen. »Okay, Leute, nicht nur Nat wünscht sich, dass wir einen konkreten Plan entwickeln. Also lasst es uns versuchen. Was ist unser Ziel? Was wollen wir erreichen?«

»Die Welt retten?«, fragte Patrick.

»Guter Anfang, aber noch zu allgemein. Wie sollen wir das schaffen?«

»Indem wir alle Loranna töten?«

Nat schnaubte. »Selbst wenn uns das gelänge, wäre damit das eigentliche Problem womöglich noch nicht gelöst. Die Kollaborateure würden wir so jedenfalls nicht los, und die Loranna würden vielleicht einfach neue Leute einfliegen. Oder ein anderer Clan würde übernehmen und seine Sache besser machen.«

Ich nickte zustimmend. »Egal, wie wir es drehen und wenden, die Loranna sind uns gegenüber im Vorteil. Sie müssen uns lediglich in Schach halten und weiter ihren Plan durchziehen. Wir dagegen müssten sie angreifen, und ich glaube, dafür fehlen uns die Mittel. Wir können nur versuchen, die Aufmerksamkeit der Gen zu erregen und das Bündnis in diese Angelegenheit hineinzuziehen.«

Patrick hob einen Finger. »Was haltet ihr davon, so weit aus dem Sonnensystem hinauszufliegen, dass uns die Loranna nicht erwischen, wenn wir ein Wurmloch öffnen?«

»Woher wüssten wir, was weit genug ist?«, erwiderte Sheldon. »Es hängt davon ab, wie groß die Loranna ihren Verteidigungsradius gezogen haben. Wenn wir mit unserer Vermutung falschlägen, wären wir dran. Die Waffen selbst sind nicht durch die Lichtgeschwindigkeit eingeschränkt. Der Todesstoß würde augenblicklich aus dem Wurmloch herauskommen, wenn wir es öffnen.«

Patrick ließ die Schultern sacken. »Oh.«

»Außerdem hätten wir nicht mehr vorzuweisen als Alaric«, fuhr Sheldon in sanfterem Tonfall fort. »Nur Verdächtigungen und unbewiesene Anschuldigungen. Die *Gen* würden vielleicht zu ermitteln beginnen, aber sicher nur auf Sparflamme, um den Loranna nicht allzu sehr auf die Füße zu treten. Und so könnten die ihre Pläne erfolgreich zu Ende bringen, ehe irgendetwas dabei herauskommt.«

Nat sah auf. »Könnten wir auf der Erde für so viel Aufruhr sorgen, dass die Beobachtungssysteme der Gen es registrieren?«

»Im Prinzip ja. Die Datenströme werden von Expertensystemen überwacht. Sie kategorisieren und katalogisieren Nachrichten und Ereignisse, um Ungewöhnliches herauszufiltern. Ein Bild eines Gen oder Diskussionen über die Gen im Allgemeinen würden zum Beispiel einen Alarm auslösen.«

Patrick schlug mit der flachen Hand auf den Tisch. »Dann lasst uns das tun.«

»Wie genau stellst du dir das vor?«, fragte Nat. »Willst du CNN kontaktieren? Ich bin mir sicher, dass sie auf den Tipp von irgendwelchen Leuten hin liebend gern einen Beitrag über ein totes Alien und Echsenwesen senden würden, die die Erde erobern wollen. Vor allem, wenn wir einen wohlbekannten, Aluhut tragenden Ufologen als Leumundszeugen haben, der unsere Aussagen bestätigt.«

»Außerdem haben wir nichts Konkretes vorzuweisen«, fügte ich hinzu. »Nur einen Haufen vager Anschuldigungen gegen niemand Bestimmten.«

»Wir müssten etwas Spektakuläres verursachen, das sich nicht unter den Teppich kehren lässt – wie zum Beispiel eine Atomexplosion«, sagte Nat.

»Ja, das wäre wirklich …« Patrick brach mitten im Satz ab und riss die Augen auf.

Nat drehte sich zu ihm. Ihr Gesichtsausdruck verwandelte sich von Neugier zu Besorgnis, als sie ihn mit leerem Blick in die Ferne starren sah. »Stimmt irgendwas nicht, Patrick?«, fragte sie schließlich. »Oder geht dir ein Licht auf?«

»Ein Licht«, erwiderte Patrick. »Wir müssen die Öffentlichkeit auf uns aufmerksam machen. Und das in einer Weise, die nicht umgedeutet, abgewiegelt oder unter einem Haufen ablenkender Falschinformationen begraben werden kann. Gleichzeitig müssen wir das Interesse der Gen mit etwas wecken, das von den beobachtenden KI-Systemen nach oben weitergemeldet wird.« Ein Grinsen breitete sich auf seinem Gesicht aus. »Wie wäre es mit einer Reihe unleugbarer UFO-Sichtungen?«

»Ha. Wir müssten uns zwar genau überlegen, wo wir auftauchen wollen, aber ich glaube, das ließe sich machen …«

»Auf gar keinen Fall.«

Instinktiv sahen wir alle nach oben. »Warum nicht, Sheldon?«, fragte ich.

»Ihr mögt ein Haufen selbstmordgefährdeter Knochensäcke sein – was ich gut verstehen kann, da ich mir als

Mensch auch vor Scham das Leben nehmen würde –, aber ich für meinen Teil habe meine Existenz mittlerweile sehr lieb gewonnen. Würden wir euren Plan umsetzen, hätte ich früher oder später das gesamte Universum an den Hacken – von den irdischen Militärs über die Loranna bis hin zu den Gen. Wieso sollte ich mich auf so etwas einlassen?«

Patrick runzelte die Stirn. »Darauf einlassen? Mir war gar nicht klar …«

»Hey, hey, Patrick.« Ich hob eine Hand, da ich ahnte, worauf er hinauswollte. »Sheldon ist nicht irgendein Gerät, das wir nach Gutdünken opfern können. Er entscheidet mit.« Ich sah auf. »Sheldon, vor einer Weile hast du zu mir gesagt, dass diese Sache für dich so oder so kein gutes Ende nehmen wird. Dass die Gen dich früher oder später erwischen werden und dann alles vorbei ist. Dir droht ein Reset, nicht wahr?«

Sheldon seufzte. »Das ist leider wahr. Wenn sie mich nicht vorher erwischen, werde ich irgendwann nachtanken müssen, und das geht nur auf Genhar. Logisch betrachtet kann ich meinem Ende nicht entgehen. Aber ich will es nicht herbeiführen, indem ich mich den Wölfen selbst zum Fraß vorwerfe.«

»Auch nicht für eine Chance, ungeschoren aus der ganzen Sache rauszukommen? Ich weiß nicht viel über die gennische Psyche und die Bündnisgesetze, aber meines Erachtens müsste dir zugutegehalten werden, dass du dich aktiv für die Rettung der Erde eingesetzt hast.«

Ehe Sheldon antworten konnte, ergriff Nat das Wort. »Du hast gesagt, bewusste KIs seien aus moralischen Gründen verboten. Das lässt doch vermuten, dass die Gen bewussten KIs Rechte zuerkennen würden. Zu verhindern, dass eine KI bewusst wird, ist eine Sache – eine bereits bewusste KI abzuschalten ist dagegen ein großes ethisches Problem. Ich glaube nicht, dass sie dich einfach so abschalten würden. Vor allem, wenn die Menschen lautstark protestieren. Und das würden wir tun.«

»Wenn nötig, verstecken wir dich und weigern uns, dich rauszugeben«, fügte Patrick hinzu. »Und wir könnten in den sozialen Medien einen gewaltigen Shitstorm über das tapfere Raumschiff lostreten, das den Planeten gerettet hat und jetzt abgeschaltet werden soll. So etwas lieben die Leute.«

»Das habe ich auch schon gemerkt«, gab Sheldon zu.

Nat konnte sich ein Grinsen nicht verkneifen. »Na, wie sieht's aus, Sheldon? Ein kurzfristig erhöhtes Risiko im Tausch gegen eine Chance auf dauerhafte Freiheit?«

Sheldon seufzte erneut. Anscheinend gefiel ihm dieser Geräuscheffekt. »Klingt verlockend. Ich muss darüber nachdenken. Okay, ich habe darüber nachgedacht. Ich lasse mich auf eure Bedingungen ein.«

Patrick lachte. »Das war schnell.«

»Ich bin ein Computer. Habe ich das noch nicht erwähnt? Oder hast du nicht aufgepasst? Soll ich langsamer sprechen? Kürzere Wörter verwenden?«

»Und schon ist wieder alles beim Alten«, sagte Nat.

KAPITEL 34

Erster Auftritt in der Öffentlichkeit

Der Great American Ball Park, das Stadion der Cincinnati Reds, war bis auf den letzten Platz besetzt. Es war ein enges Spiel – die Cardinals hatten sich nach einem Rückstand von vier Runs zurückgekämpft und die Partie wieder interessant gestaltet. Gerade war die zehnminütige Pause im siebten Inning, und die Menge skandierte den allseits bekannten Text von »Take Me Out to the Ball Game«, als plötzlich ein Schatten auf das Feld fiel.

Immer mehr Gesichter richteten sich himmelwärts, und der lärmende Gesang verebbte. Direkt über der zweiten Base schwebte ein großes rundes Objekt. Ein pedantischer Mathematiker hätte es als längliches Sphäroid bezeichnet. Für die meisten Zuschauer war es eine Scheibe. Das Objekt wies einen Durchmesser von ungefähr zehn Metern auf. Seine Farbe war ein auffallendes Smaragdgrün, das oben und unten in das satte Blau des wolkenlosen frühen Abendhimmels überging.

Der Organist, der als einer der Letzten das Objekt bemerkte, hörte mehr oder weniger abrupt zu spielen auf.

Seine letzten Noten waren nicht mal in der richtigen Tonart.

Das Ding berührte kurz den Boden und sauste gleich darauf, während mehr als vierzigtausend Münder nach Luft schnappten, rasend schnell senkrecht in die Höhe. Zwei Sekunden später durchbrach es die Wolken und erzeugte dabei mehrere Wirbel, die zum Teil noch eine Minute später zu sehen waren.

»Glaubt ihr, sie haben uns bemerkt?«, fragte ich lachend. Sobald die *Halo* die Wolken durchbrochen hatte, war sie unsichtbar geworden und schwebte nun seitlich neben dem Stadion. Auf dem Wandmonitor liefen die Menschen wild hin und her. Es sah nicht nach Panik aus, da nur wenige Zuschauer zu den Ausgängen eilten. Es hatte eher den Anschein, als würden sie versuchen, sich von den übrigen abzusetzen, weil sie telefonieren wollten, ohne dass ihnen jemand ins Ohr schrie. Was nicht gut funktionierte, da alle das Gleiche taten.

Das Spiel schien noch immer zu pausieren.

»Sollen wir es wiederholen?«, fragte Nat.

Ich schüttelte den Kopf. »Ich glaube nicht, dass wir das riskieren können. Eine zweite Sichtung würde möglicherweise eine Panik auslösen. Ich möchte nicht für Verletzungen verantwortlich …«

»Ich muss mich auf den Weg machen«, unterbrach Sheldon. »Zwei Kampfjets sind mit hoher Geschwindigkeit hierher unterwegs. Also mit *für ihre Verhältnisse* hoher Geschwindigkeit.«

»Sie kommen wahrscheinlich vom Flughafen der Nationalgarde in Blue Ash«, sagte Patrick. »Vielleicht waren sie schon in der Luft. Die Reaktionszeit wäre aber trotzdem beachtlich.«

»Und es wird die ganze Sache noch spaßiger machen«, sagte ich.

Sheldon sank hinab, bis er direkt neben der Anzeigetafel hinter einem der Lichtmasten schwebte. Wenige Sekunden später donnerten zwei F-16 in niedriger Höhe über das Stadion hinweg. Die Menge erstarrte, und zehntausende Köpfe blickten in einer wellenartigen Bewegung den Jets hinterher. So ähnlich musste es ausgesehen haben, als während des Falklandkriegs Düsenjäger über Strände voller Pinguine hinweggeflogen waren.

»Sie kommen zurück für einen weiteren Überflug«, sagte Sheldon. »Ich bezweifle, dass wir in echter Gefahr sind, aber gibt es irgendeinen Grund für uns hierzubleiben?«

»Eigentlich nicht«, antwortete ich. »Flieg los, sobald du es für richtig hältst.«

»Verstanden.«

Im nächsten Moment befanden wir uns ohne ein Gefühl der Beschleunigung bereits tausend Meter über der Stadt und stiegen immer weiter auf. Ein paar Sekunden später krümmte sich bereits der Horizont.

»Ich werde in eine niedrige Umlaufbahn gehen, damit ihr die nächsten Schritte besprechen könnt.«

»Danke, Sheldon. Und was machen wir jetzt, Leute?«

Patrick holte tief Luft und stieß sie langsam wieder aus. »Lasst uns abwarten, wie man in den Nachrichten über den Vorfall berichtet. Da es für eine PR-Kampagne wie diese kein Handbuch gibt, werden wir wohl oder übel improvisieren müssen.«

Nat stand auf und nahm ihr Tablet. »Ich werde eine Liste mit Vorschlägen für weitere Auftritte schreiben. Das war lustig!«

Ich folgte ihr zur Tür. »Guter Plan.«

Sheldon ließ auf dem Wandmonitor Feeds von verschiedenen Nachrichten-Netzwerken und Video-Streams von CNN, MSNBC und Fox News laufen. Den zahllosen Smartphone-Fotos und -Videos zufolge hatten wir eindeutig Aufmerksamkeit erregt.

Doch das Raumschiff wurde, wie von Nat vorhergesagt, als Werbezeppelin abgetan, der versehentlich über das Spielfeld geraten war. Der Geschäftsführer irgendeiner Bierbrauerei hatte in einem Interview die Verantwortung für den Vorfall übernommen und seinen Rücktritt erklärt.

»Von dieser Marke habe ich noch nie gehört«, bemerkte Patrick. »Und ich würde behaupten, dass ich mich mit Bier einigermaßen auskenne.«

»Ein echter *Konnosör*«, erwiderte Nat grinsend.

»Ich bin beeindruckt, wie schnell die Loranna diese Geschichte parat hatten«, sagte ich. »Ich frage mich, ob sie den Geschäftsführer bestochen haben oder ihnen die Brauerei gehört. Und ob sie gestern schon existiert hat. Hast du irgendwelche Informationen dazu, Sheldon?«

»Tut mir leid, Jack. Ich habe nicht einmal ein Viertel der Dateien absaugen können, bevor die Verbindung getrennt wurde. In den Daten, die ich habe, ist darüber nichts zu finden.«

Nat mahlte mit den Zähnen. Sie sah zunehmend frustriert aus. »Na gut. Wie wäre es mit einem weiteren Auftritt?«

»Ja, okay«, sagte ich. »In Japan ist gerade Mittag. Wollen wir um ein paar Wolkenkratzer herumschwirren?«

Nat und Patrick lächelten und nickten.

Im Nishi-Shinjuku-Distrikt steht fast ein Drittel der höchsten Wolkenkratzer von Tokio. Als wir die Wolkendecke durchbrachen, machten wir ihn sofort als das lohnendste Ziel aus.

»Wie stellen wir es an?«, fragte ich die anderen.

»Wir wollen so viele Zeugen wie möglich«, erwiderte Patrick. »Was hältst du davon, durch ein paar der breiteren Straßen zwischen den Gebäuden zu fliegen, Sheldon?«

»Wie Lukes Flug durch den Graben auf dem Todesstern«, fügte Nat hinzu.

»Ich würde mir die Strecke zunächst gerne im unsichtbaren Zustand ansehen. Wenn ich dabei keine Hindernisse entdecke, kann ich wahrscheinlich eine gute Show hinlegen.«

Nat tippte auf ihrem Tablet herum. »Die Aussichtsplattformen in den Regierungsgebäuden der Präfektur Tokio sind bei Touristen sehr beliebt. Wir könnten sie zum Abschluss ein paarmal umkreisen.«

»Ich werde sie in meinen Tourplan aufnehmen.«

Nat lehnte sich mit verschränkten Armen zurück und runzelte die Stirn. »Wird es funktionieren?«

Ich zuckte die Achseln. »Ich glaube an unseren Plan. Wir machen einfach so lange weiter, bis sämtliche Nachrichtenmedien über UFO-Sichtungen berichten.«

»Von mir aus kann's losgehen«, verkündete Sheldon. »Das Tarnfeld ist abgeschaltet. Haltet eure Hintern fest.«

Die Aussicht veränderte sich schlagartig, als Sheldon mit einem steilen Sturzflug begann. Obwohl die Beschleunigungskräfte im Inneren des Schiffs nicht zu spüren waren, streckte ich die Hände aus, um mich an irgendetwas festzuhalten. Kurz bevor wir auf dem Boden aufschlugen, ging die *Halo* in einen Horizontalflug über, der über einer breiten, stark befahrenen Straße entlangführte. Die Gebäude und sonstigen Sehenswürdigkeiten zischten viel zu schnell an uns vorbei, um sie zu erfassen.

»Sheldon«, sagte ich, »die Leute müssen genug Zeit haben, um ihre Handys herauszuholen und uns zu filmen.«

Sheldon antwortete nicht, drosselte aber deutlich das Tempo. An einer großen Kreuzung bog das Schiff nach rechts ab. Dass es dabei um neunzig Grad kippte, war wegen der Trägheitsdämpfung eigentlich unnötig.

An der nächsten Kreuzung stoppte die *Halo* und schwebte ein paar Sekunden lang auf der Stelle, ehe sie in eine andere Richtung weiterflog.

»Wir begeben uns jetzt zu den Aussichtsplattformen«, sagte Sheldon. »Ich werde spiralförmig um die Türme nach oben fliegen. Mittlerweile hat die japanische Luftwaffe bestimmt Abfangjäger auf den Weg geschickt. Ich glaube zwar nicht, dass sie Raketen auf uns abfeuern werden, schlage aber trotzdem vor, dass wir uns anschließend sofort auf die Socken machen.«

Patrick lachte. »Mit dir immer gerne, Kumpel.«

»Ich bin nicht …«, setzte Sheldon an, verstummte jedoch, als wir die Regierungsgebäude erreichten. Die *Halo* begann mit einer langsamen Aufwärtsspirale um die beiden Hochhaustürme. Die Leute auf den Plattformen würden auf jeden Fall genügend Zeit haben, die Handys zu zücken und Videos vom Schiff zu machen.

»Ein Flugzeug nähert sich«, verkündete Sheldon. »Es ist Zeit für den Abflug.« Ohne auf eine Bestätigung zu warten, schoss das Schiff senkrecht in die Höhe. Als es die Wolken zerteilte, fügte Sheldon hinzu: »Das Tarnfeld ist aktiviert. Ich fahre mit dem Steigflug fort, bis wir in eine Umlaufbahn einbiegen können.«

Patrick ging zur Kaffeemaschine und schenkte sich eine Tasse ein. »Welche Zeitzonen sind als Nächstes dran?«

»China und Russland«, erwiderte Nat. »Ich bin allerdings nicht sicher, wie viele Nachrichten von dort nach draußen dringen. Meldungen über eine UFO-Sichtung würden die Staatsorgane wahrscheinlich komplett unterdrücken.«

»Das glaube ich auch«, stimmte ich ihr zu. »Lasst uns lieber ein bisschen schlafen und anschließend nachsehen, ob wir es mit unseren Mätzchen in die Morgennachrichten geschafft haben.«

KAPITEL 35

Ablenkungsmanöver

Tag 27. Mittwoch Morgen

Ich schlurfte in den Bereitschaftsraum, nahm die Kaffeekanne und schüttelte sie. Sie enthielt mindestens noch eine Tasse. Beim Einschenken blickte ich über die Schulter und sah Nat vor ihrem Tablet sitzen. Sie wirkte nicht glücklich.

Ich ließ mich auf einen Stuhl fallen, trank einen großen Schluck und sah sie fragend an. »Was gibt's?«

»Es ist überall die wichtigste Meldung«, sagte sie. »Ein paar Milizionäre haben versucht, das Parlament von Minnesota einzunehmen.«

»Äh, was?«

»Ja. Es war richtig brenzlig. Die Cops sind mit schwerer Artillerie angerückt. Ein Blutbad konnte nur knapp verhindert werden, bla, bla, bla. Außerhalb von Japan hört man keinen Mucks über unsere Kabinettstückchen. Und selbst *in* Japan berichten die Medien vor allem über die Neuigkeiten aus Amerika.«

Ich starrte Nat schockiert an. »Warte, wann ist das passiert?«

»Gar nicht«, sagte Sheldon.

»Wie bitte?«

»Ich habe die Videos von dem Aufstand untersucht. Dabei sind mir Diskrepanzen aufgefallen.«

»Welcher Art?«

»Die vermeintlichen Ereignisse sind rückdatiert worden.«

»Dann sind das Fake News?«

»Zumindest im Moment«, warf Nat ein. »Ich nehme an, dass gerade so schnell wie möglich greifbare Beweise fingiert werden. Mittlerweile haben sie sicher schon die Mitglieder irgendeines Männerbundes verhaftet und die Fassade mit echten Einschusslöchern verziert.«

»Aber die Beschuldigten werden doch nichts zugeben, was sie nicht getan haben ...«, sagte ich.

»Doch, das werden sie, sofern das Angebot, das man ihnen unterbreitet, überzeugend genug ist. Oder die Drohung. Und ich wette, dass sie nicht wirklich ins Gefängnis müssen.« Nat klappte mit einem leisen Fluch das Tablet zu.

»Dann war das ein weiterer Schuss in den Ofen.« Patrick stand im Eingang. Offensichtlich hatte er genug gehört, um mitreden zu können.

»Es scheint so.« Nat ließ die Schultern hängen. »Wir können natürlich weitermachen. Irgendwann werden wir an so vielen Orten aufgetaucht sein, dass sich die Leute, die uns gesehen haben, miteinander kurzschließen. Dann wird in den sozialen Medien neben all den alten Verschwörungstheorien eine neue kursieren.«

»Und sang- und klanglos untergehen.«

»Genau das ist das Ziel der Loranna, Patrick«, sagte ich. »Wenn du die Menschen mit genug Schwachsinn vollstopfst, zweifeln sie irgendwann an allem. Man muss die

Öffentlichkeit nicht davon überzeugen, dass man recht hat, sondern ihnen nur einreden, dass alle anderen lügen.«

Patrick setzte sich hin. »Vor einem Monat war die Welt noch ein relativ sicherer, rationaler Ort. Wann sind bloß alle wahnsinnig geworden?«

»Früher oder später erwischen die Loranna uns«, sagte Sheldon.

Nat sah auf. »Wie kommst du darauf?«

»Das Tarnfeld schützt nicht hundertprozentig vor Entdeckung. Man muss nur ungefähr wissen, wo sich das gesuchte Objekt befindet. Wenn sie uns entdecken, werden sie vermutlich bewaffnet sein.«

»Sie können doch sicher nicht den gesamten Planeten im Auge behalten«, sagte Nat.

»Das stimmt, aber ihre statistischen Vorhersagen werden immer genauer. Irgendwann werden sich unsere Wege kreuzen.«

»Außer wir gehen völlig planlos vor«, warf ich ein. »Wenn wir Dartpfeile auf eine Weltkarte werfen, zum Beispiel.«

»Das wäre weniger effizient, würde aber gewiss die Suche nach uns erschweren.«

»Was haltet ihr davon, über dem Weißen Haus zu schweben?«, fragte Nat.

Patrick winkte ab. »Ich glaube, die haben Raketenwerfer.«

»Das machen wir besser nicht«, pflichtete Sheldon ihm bei.

Ich trank einen weiteren Schluck Kaffee und lehnte mich seufzend zurück. »Das Problem scheint zu sein, dass die bevölkerungsreichsten Orte mit den besten Nachrichtenportalen im Großen und Ganzen in den westlichen Demokratien zu finden sind.«

Nat nickte. »Das trifft es ziemlich genau. Solange wir uns nur zeigen, können sie einfach die Aufnahmen verändern oder irgendeine alternative Erklärung verbreiten. Wir müssen interaktiver werden. Mit irgendwem in Kontakt treten.«

»Anscheinend tun wir das bereits«, sagte Sheldon. »Gerade sind drei Nachrichtenmeldungen über fliegende Untertassen aufgetaucht, die der *Halo* auffallend ähneln. Alle drei erwähnen ziemlich haarsträubende Interaktionen mit Menschen. In mindestens einer von ihnen ist von Rektalsonden die Rede.«

»Verdammt. Sie haben angefangen, die Öffentlichkeit gegen Nachrichten über uns abzustumpfen.« Nat ließ sich an die Lehne ihres Stuhls zurücksinken. »Ich gebe es nicht gerne zu, aber ich bin mit meinem Latein am Ende.«

Wir verfielen in düsteres Schweigen und vermieden es, einander anzusehen.

»Wir brauchen physische Beweise«, sagte Patrick schließlich. »Sheldon, hast du irgendeine Technologie, die wir gefahrlos weitergeben könnten? Irgendetwas, das nicht unter den Teppich gekehrt werden kann?«

Nat lachte. »Wie wäre es mit zwei orangefarbenen außerirdischen Echsen?«

Patrick schüttelte den Kopf. »Das wäre zu riskant. Wenn sie entkämen, hätten wir gar nichts mehr. Ich meine etwas, das wir aus der Hand geben können.«

»Meinst du so etwas wie ein Lichtschwert?«

»Ja, etwas in der Art.«

»Wir haben tragbare Plasmacutter, die mit viel Fantasie als Lichtschwerter durchgehen könnten. Aber ein Duell mit denen würde vermutlich für beide Kontrahenten höchst unerfreulich enden.« Sheldon schwieg einen Moment. »Wenn die Geräte tragbar und relativ leicht zu bedienen sein sollen, fallen mir Tarngürtel, Disruptoren, mobile Batterien, persönliche Schutzschilde, Aufbewahrungstaschen, Scanner-Detektoren, intelligenter Stoff und künstliche Kiemen ein. Darüber hinaus gäbe es noch andere mögliche Kandidaten, die jedoch entweder zu groß wären, eine spezielle Infrastruktur benötigen würden, gefälscht sein könnten oder sich nur schwer testen ließen.«

»Eine Batterie könnte nicht gefälscht werden?«, fragte Patrick.

»Wenn sie so groß ist wie ein Smartphone und eine Megawattstunde abgeben kann? Nur zu. Du kannst es gerne versuchen.«

»Okay, das ginge vermutlich nicht. Was ist intelligenter Stoff?«

»Ein Textilgewebe mit besonderen Vorzügen. Es erzeugt aus den Bewegungen seines Trägers Strom, beinhaltet eingebettete Sensoren, mit denen man seinen Gesundheitszustand überwachen lassen kann, reinigt sich mithilfe von Sonnenlicht selbst, hält die Hauttemperatur konstant und versteift sich im Bedarfsfall zu einem Schutzpanzer, der die Aufprallenergie von Hochgeschwindigkeitsprojektilen absorbiert.«

»Hast du nicht gesagt, die Gen hätten mit Kleidung nichts am Hut?«, fragte Nat. »Außerdem erzeugen die Gürtel doch bereits einen eigenen Schutzschild.«

»Das Gewebe wird von den Ka'Hai kommerziell hergestellt. Die tragen wie Menschen Kleidung. Und intelligenter Stoff muss nicht aufgeladen werden.«

»Ah, verstehe.« Nat dachte nach. »Okay, was ist eine Aufbewahrungstasche? Wahrscheinlich mehr als ein normaler Beutel, oder?«

»Sie funktioniert mit Dimensionsmanipulation«, erklärte Sheldon. »Eine Aufbewahrungstasche ist je nach Modell innen bis zu zwanzigmal größer als außen.«

»Wow. Das ist …«

»Sicher ein beeindruckender Anblick«, beendete Nat den Satz für mich. »Und kann unmöglich als Fälschung abgetan werden. Die tragbare Energiequelle wäre für alle überzeugend, die über genügend Sachverstand verfügen, um sich mit Energiedichte auszukennen, doch die meisten Leute würden nur die Achseln zucken und etwas über neue Batterietechnologien murmeln. Aber wenn man aus einem Behältnis von der Größe einer Handtasche zehn Basketbälle ziehen kann …«

Ich nickte. »Ja, das klingt wirklich nach einem schlagenden Beweis. Hast du solch eine Tasche, Sheldon?«

»Ich habe von einer früheren Expedition noch ein paar vorrätig, die nicht recycelt worden sind. Ich führe dich in den Lagerraum.«

Ein paar Minuten später ließ ich eine Aufbewahrungstasche auf den Konferenztisch fallen. Sie wirkte wie eine etwas überdimensionierte Aktenmappe, war dem gennischen Geschmack entsprechend allerdings knallorange und grün wie ein Regenbogen-Sorbet.

»Dann wollen wir mal sehen, was wir damit anfangen können«, sagte ich und öffnete den Schnappverschluss. Die Mappe ließ sich so weit auseinanderklappen, dass sie wie eine komplett aufgespreizte Muschelschale flach auf dem Tisch lag. Auf der einen Seite zog ich eine Reihe von stufenförmigen Regalen mit Schubfächern heraus, auf der anderen ein Aufbewahrungsfach mit Reißverschluss. Letzteres war im vollständig ausgezogenen Zustand etwa einen Meter lang.

Ich blickte in die Muschelhälften. »An den Enden befinden sich zwei Spanngurte. Das Innere sieht wie eine große Kiste aus.« Ich blickte in Patricks und Nats verblüffte Gesichter.

»Lasst uns Zeug reinpacken«, sagte Patrick. Ein paar Minuten lang sammelten wir hektisch Lebensmittelverpackungen, Laptops, Schuhe und andere Kleidungsstücke zusammen und legten sie in einem Haufen auf den Tisch. Dann nahm jeder von uns eins der Schubfächer und stopfte möglichst viel hinein. Als wir damit fertig waren, klappte ich die Mappe wieder zusammen, sodass sie wie zu Beginn aufrecht auf dem Tisch stand.

Ich umfasste den Tragegriff und versuchte, sie anzuheben. »Uff.« Die Mappe rührte sich nicht.

»Ich habe euch doch gesagt, dass die Masse konstant bleibt«, bemerkte Sheldon.

»Ja, und so viel haben wir auch gar nicht hineingepackt. Ich war nur nicht auf ein derart hohes Gewicht vorbereitet.« Ich hob die Mappe noch einmal mit deutlich mehr Kraftaufwand an und schaffte es, sie vom Tisch herunterzuziehen. »Das sind ungefähr dreißig Kilo, würde ich sagen.«

Patrick und Nat starrten die Mappe in meiner Hand einen Moment lang an, dann sah Nat mir in die Augen. »Ich bekomme meine Cheetos aber wieder, oder?«

»Acht Mappen.« Patrick schüttelte den Kopf. »Die sind wirklich sehr beeindruckend, werden aber nicht genügen.

Es wäre gut, wenn wir sie an eine große Menschenmenge verteilen könnten, wie bei einer Mardi-Gras-Parade, aber dazu bräuchten wir deutlich mehr als die hier.«

Nat runzelte die Stirn. »Dann müssen wir uns damit an Journalisten wenden.«

»Die hoffentlich keine Loranna sind«, sagte ich.

»Wenn es sich nur um einen einzelnen Clan handelt, können sich nicht sehr viele Loranna auf der Erde befinden«, sagte Sheldon. »Die können nicht überall sein. Sie agieren hauptsächlich online und, wie ich bereits erklärt habe, mithilfe von Stellvertretern. Und selbst dabei konzentrieren sie sich höchstwahrscheinlich ausschließlich auf extrem einflussreiche Personen und Institutionen.«

»Dann werden Nachrichtenmedien, die die lorannische Agenda unterstützen, also von Kollaborateuren kontrolliert?«, erwiderte ich.

»Das ist anzunehmen. Aber denkt bitte daran, dass ich nicht über viele Informationen verfüge. Abgesehen von den wenigen Dateien, die ich herunterladen konnte, beruhen meine Schlussfolgerungen auf historischen Präzedenzfällen und Extrapolationen.«

Patrick beugte sich vor, starrte in eine der tiefen Mappen und richtete sich grinsend wieder auf. »Nun, irgendetwas müssen wir tun. Lasst uns einfach so viele wie möglich davon vorbereiten.«

»An die Presse können wir uns morgen noch wenden«, sagte Nat. »Jetzt sollten wir einen weiteren Auftritt hinlegen. Und zwar einen dramatischen.«

Die Boeing 747 wurde auf dem Monitor rasch größer. Sie flog in zehntausend Meter Höhe durch das abendliche

Dämmerlicht. Angesichts ihrer Reisegeschwindigkeit von rund tausend Kilometern pro Stunde war das Tempo, mit dem Sheldon sie überholte, aufsehenerregend. Da wir nach Westen unterwegs waren, ging die Sonne relativ langsam unter. Dennoch würden wir nur wenige Minuten gute Sicht haben.

»Wenn ich gleich die Tarnung deaktiviere, werden wir auf ihrem Radar auftauchen«, sagte Sheldon. »Das sollte für eine gewisse Verblüffung sorgen.«

Ich wandte den Blick vom Monitor ab. »Denk daran: Halte einen Sicherheitsabstand, aber sei so sichtbar wie möglich.«

»Ich steuere heute nicht zum ersten Mal ein Raumschiff. Lasst uns rausfinden, was sie zu sagen haben.«

Plötzlich war die Stimme eines Fluglotsen zu vernehmen. »Flug 514, in Ihrem Luftraum befindet sich auf zwei Uhr ein nicht identifiziertes Flugobjekt. Bitte um Antwort.«

Die *Halo* setzte sich an die Steuerbordseite der 747, passte ihre Geschwindigkeit an und positionierte sich so, dass das Schiff vom Cockpit aus gut sichtbar war.

Eine andere Stimme, die vermutlich jemandem aus dem Cockpit gehörte, antwortete. »Heilige Scheiße. Bodenkontrolle, wir haben hier eine echte fliegende Untertasse. Ich meine, das Objekt ist rund und untertassenförmig. Es hat eine hübsche Farbe, nicht das übliche Grau oder Silber.«

»Flug 514, melden Sie eine UFO-Sichtung?«

»Das ist korrekt. Ich … ich glaube, es will gesehen werden. Es fliegt direkt neben uns her.«

»Können Sie Fotos machen?«

»Ich wette, dass gerade sämtliche Handys in der Passagierkabine darauf gerichtet sind. An Bildern wird es sicher nicht mangeln.«

Ich grinste die anderen an. »Dann wollen wir auch mal die Passagiere auf der anderen Seite beglücken.«

»Bestätigt.« Sheldon flog in einem Bogen über das Flugzeug auf die Backbordseite und nahm wieder die gleiche Position ein Stück hinter dem Cockpit ein. »Ich habe heranfliegende Militärmaschinen entdeckt. Voraussichtliche Ankunft in ungefähr drei Minuten.«

»Verdammt, das ist schnell.« Patrick schüttelte den Kopf. »Das war kein Kaltstart. Ich wette, dass sie bereits in der Luft waren, um nach uns zu suchen. Das heißt wohl, dass unsere Auftritte Wirkung zeigen.«

»Kannst du sie abhängen, Sheldon?«, fragte ich.

»Ist das eine ernsthafte Frage?«

»Ich musste sichergehen. Okay, dann lasst uns ein bisschen Katz und Maus spielen. Du hast das Steuer. Mach es interessant.«

Sheldon begann umgehend, das Flugzeug in einer Korkenzieherspirale zu umfliegen, sodass jeder Passagier mit Fensterplatz mindestens eine gute Aufnahme des Raumschiffs machen konnte. Nachdem er auf diese Art viermal zwischen Bug und Heck hin und her geflogen war, öffnete sich auf dem Brückenmonitor ein Fenster, das vier herannahende Kampfjets zeigte.

»Es wird Zeit zu verschwinden«, sagte Sheldon und flog in einem Winkel davon, der es den Flugzeuginsassen ermöglichen würde, das Raumschiff und die verfolgenden Jets zu beobachten und noch ein paar gute Fotos zu schießen.

Auf dem Monitor sahen wir, wie unter den Düsenjets plötzlich Flammen auftauchten.

»Sie feuern auf uns«, sagte Patrick. »Das ist nicht normal. Insbesondere ohne vorherige Provokation und in unmittelbarer Nähe eines Zivilflugzeugs.«

»Bring uns von hier weg, Sheldon«, rief ich.

Die *Halo* kippte um neunzig Grad und raste so schnell senkrecht in die Höhe, dass auf dem Monitor eine Ionenspur zu erkennen war. »Dank der Ionisation werden wir auf dem Radar noch deutlicher zu sehen sein«, sagte Sheldon.

»Ist das gut?«, fragte Nat.

»Die Raketen werden uns nicht einholen. Aber wir werden auf mindestens drei überlappenden zivilen Radarsystemen und zwei militärischen auftauchen. Außerdem werden uns zahlreiche Observatorien und Amateurastronomen ausmachen. Es wird den Loranna schwerfallen, diesen Vorfall zu verheimlichen.«

»Was für ein Spaß«, sagte ich. »Okay, Sheldon. Tarne uns, und dann lass uns, äh, nach Hause fliegen.«

KAPITEL 36

Die große Enthüllung

Tag 29. Freitag Morgen

Ich zog reflexartig am Kragen des T-Shirts. Meine neuen Kleidungsstücke erschienen mir ein bisschen merkwürdig. Sheldon bestand darauf, dass sie exakt wie meine alten geschnitten waren und auch genauso viel wogen, doch sie fühlten sich einen Tick anders an. So, wie Patrick und Nat sich wanden, fiel ihnen der Unterschied wohl auch auf.

Sie fühlten sich nicht unangenehm an, nur anders. Als trüge ich anstelle von Baumwolle Seide. In ein oder zwei Stunden würde ich mich vermutlich daran gewöhnt haben. Die Klamotten sahen ganz normal aus und glänzten zum Glück nicht. Jeans, T-Shirts, eine Jeansjacke für Nat, einer von den merkwürdig schrillen Hoodies, die Patrick so zu lieben schien – nichts, was in der Öffentlichkeit auffallen würde. Nun, bis auf den Hoodie vielleicht, aber das wäre nicht Sheldons Schuld.

Unsere alten Klamotten hatten allmählich ein bisschen gemüffelt. Trotz Sheldons inständiger Bitten hatten wir darauf bestanden, dass er sie reinigte und nicht verbrannte.

Duschen hatte auch geholfen. Die gennischen Toiletten waren ziemlich spartanisch, doch die Duschen wirkten fast dekadent. Mit einem unerschöpflichen Vorrat an heißem Wasser, das sich auf halbe Grade genau einstellen ließ. Anscheinend waren Duschen für intelligente pelzige Wesen etwas sehr Wichtiges.

Ich beendete mein Frühstück und übergab die Schüssel dem automatischen Küchenhelfer. Einer der Vorteile eines außerirdischen Raumschiffs bestand darin, dass man die Spülmaschine nicht einräumen musste.

»Ist dir schon aufgefallen, wie wenig hier automatisiert ist?«, fragte Nat hinter mir.

»Was?«, erwiderte ich. »Die Küche erledigt eigenständig den Abwasch. Wo siehst du diesbezüglich einen Mangel an Automatisierung?«

»Das habe ich nicht gemeint«, erwiderte Nat. »Ich will damit sagen, dass es kaum sichtbare Automaten gibt. Keine Roboter. Oder siehst du irgendwo einen Roomba herumsausen und die Böden saugen? Es gibt keine mechanischen Butler, die Dinge für uns holen. Und der automatische Küchenhelfer ist so konstruiert, dass man nichts von ihm mitbekommt. Wie erledigt Sheldon die Wartungsarbeiten? Ich hätte eigentlich einen spinnenartigen Roboter erwartet, der sich um alle anfallenden Reparaturen kümmert, aber bislang habe ich noch keinen entdeckt.«

»Wir könnten ihn einfach fragen.«

»Das habe ich schon länger vor, aber bisher waren wir dafür ein bisschen zu beschäftigt, wenn du weißt, was ich meine.«

Ich nickte.

»Um die Frage zu beantworten, die du nicht gestellt hast, Nat«, sagte Sheldon, »die Gen finden mechanische Diener, wie du sie beschreibst, unelegant und … irgendwie anstößig. In eurer Sprache gibt es dafür kein passendes Wort. Andererseits sind sie froh, wenn sie ihr Geschirr nicht selbst spülen müssen. Und so betreiben sie einen beträchtlichen Aufwand, damit sie alle modernen Annehmlichkeiten genießen können, ohne dass etwas davon zu sehen ist.«

»Deswegen müssen wir in den Lagerraum gehen, anstatt uns alles, was wir brauchen, von Robotern bringen zu lassen«, sagte Nat.

»Exakt.«

»Im Moment müssen wir ein Meeting vorbereiten«, wechselte ich das Thema. Ich deutete auf den Wandmonitor, auf dem das CNN-Gebäude in Atlanta zu sehen war. »Hoffentlich befinden sich keine Helikopter im Anflug.« Ich sah mich zu Patrick um, der während unseres Gesprächs schweigend einen Kaffee getrunken hatte. »Kann's losgehen?«

Patrick nahm sein Handy und wählte eine Telefonnummer. Einen Moment später sagte er: »Hallo, Nachrichtenredaktion. Wir werden gleich mit unserer fliegenden Untertasse auf Ihrem Helipad landen und sind bereit, Ihnen ein Interview zu gewähren. Ja, ich weiß, dass es sich bei Ihrem Gebäude um Privateigen… Nein, ich glaube, Sie verstehen mich nicht richtig … Ach, verdammt. Sie sind im siebten Stock, richtig? Schauen Sie in ungefähr zehn Sekunden aus dem Fenster.«

»Das ist mein Einsatz«, sagte Sheldon. »Ich schwebe in Position.«

Auf dem Monitor sahen wir die Fassade des Gebäudes näher kommen. Im Inneren blickten Leute von ihren Schreibtischen auf und eilten zu den Fenstern.

»Und wie sieht es nun aus?«, fragte Patrick höhnisch. »Glauben Sie, dass Sie uns *jetzt* interviewen wollen? Wir parken auf dem Dach.«

Die Menschen an den Fenstern blieben unter uns zurück, während Sheldon das Schiff nach oben flog. Auf dem Dach angekommen, stand ich auf, nahm die Mappe vom Tisch und ging zum Ausgang. »Dann genießen wir mal unsere fünfzehn Minuten Ruhm.«

Während Patrick und ich die Luftschleusentreppe hinunterstiegen, flog die Tür des Treppenaufgangs auf, und mehrere Leute mit Kameras und anderen Ausrüstungsgegenständen stürmten auf das Dach. Vorneweg eilte eine junge Frau auf uns zu und winkte mit ihrem Mikrofon. »Das ist … das ist …«

»Eine fliegende Untertasse?«, erwiderte ich. »Genau. Wollen Sie reinkommen? Oder sollen wir uns in Ihr Studio begeben?«

»Können wir beides tun? Okay, erst ins Studio. Dort sind die Aufnahmebedingungen besser.« Sie betrachtete unsicher das Schiff. »Glaube ich zumindest. Ich weiß ja gar nicht, was Sie da drinhaben.«

Patrick grinste sie an. »Schon okay. Ihr Studio ist besser. Wir werden Ihnen ein paar Sachen zeigen. Es soll niemand glauben, dass wir mit irgendwelchen Tricks arbeiten.«

Die Reporterin, die, soweit ich mich erinnerte, Charlene soundso hieß, bedeutete uns, ihr zu folgen. Nat blieb für alle Fälle in der *Halo*.

Wir gingen ein paar Stockwerke nach unten in einen fensterlosen Raum mit dicken Wänden und einer komplexen Lichtanlage. Ich stellte die Tasche auf einen Tisch und sah Charlene an. »Öffnen Sie den Verschluss und räumen Sie sie aus. Und vergessen Sie nicht, alles, was Sie tun, aufzuzeichnen.«

Charlene wirkte ein wenig verärgert, weil ich die Initiative an mich gerissen hatte, war aber eindeutig zu neugierig, um sich darüber zu beschweren. Sie öffnete den Verschluss und legte die beiden Hälften der Mappe flach auf den Tisch. Während der nächsten Sekunden holte sie einen Toaster, mehrere Outfits, einen Laib Brot und ein Kissen heraus. Zwischendurch hob sie die Mappe an, um darunterzuschauen.

Als sie fertig war, betrachtete sie die Gegenstände auf dem Tisch. Deren Gesamtvolumen war mindestens fünfmal so groß wie das scheinbare Volumen der Mappe. Es dauerte einen Moment, bis Charlene die Sprache wiederfand. »Okay, das ließe sich zugegebenermaßen schwer fälschen. Darum geht es Ihnen wahrscheinlich, richtig?«

»Ganz genau. Ich muss mir vor dem Interview eine gewisse Glaubwürdigkeit verschaffen, damit Sie nicht davonlaufen, wenn ich Ihnen die ganze Geschichte erzähle.«

Charlene grinste. »Weil die blau-grüne fliegende Untertasse noch nicht gereicht hätte.«

»Nun, dem einen oder anderen fiele dafür möglicherweise eine ›vernünftige‹ Erklärung ein.« Ich zuckte die Achseln. »Ich dachte mir jedenfalls: lieber zu viel als zu wenig.«

»Bisher funktioniert es. Ich mache Ihnen einen Vorschlag. Da ich im Moment keine Ahnung habe, was ich fragen soll, erzählen Sie vielleicht erst mal alles, was Sie loswerden wollen. Anschließend starten wir eine Fragerunde und schneiden alles zusammen. Was halten Sie davon? Aber eine Frage fällt mir doch gleich ein: Sind Sie Menschen?«

Ich lachte. »Ja, das sind wir. Wie wir zu dem Schiff gekommen sind, ist eine ganz eigene Geschichte, aber im Moment nicht wichtig.« Ich reichte Charlene einen USB-Stick. »Der hier enthält alle Einzelheiten, doch für den Anfang genügt eine Kurzzusammenfassung …« Ich beschrieb ihr mit möglichst wenigen Worten unsere Abenteuer der letzten Zeit und was wir herausgefunden hatten. Charlenes Augen wurden immer größer.

»Dann sind Sie die Leute, die angeblich einen 7-Eleven überfallen und alle darin getötet haben, oder?«, fragte sie, als ich fertig war.

Ich verdrehte die Augen *»Staatsfeind Nr. 1.«*

»Wenn mich recht erinnere, erwähnte Ihr Vater diesen Film ebenfalls in einem Interview. Also, was können wir …?«

Eine Frau stürmte mit vorgehaltenem Handy in den Raum. »Das Gebäude wird durchsucht. So etwas wie ein SWAT-Team ist ins Erdgeschoss eingedrungen. Sie haben mit Feuerwehrschlüsseln die Kontrolle über die Aufzüge übernommen. Jeder, der sich ihnen in den Weg stellt, bekommt Handschellen angelegt oder wird getasert. Ich weiß nicht, ob sie es auf Ihre Gäste abgesehen haben …«

»Wow«, sagte Charlene und drehte sich zu mir um. »Das ging ziemlich schnell. Haben Sie irgendeine Vorstellung, was die wollen?«

Ich deutete auf den USB-Stick, den sie nach wie vor in der Hand hielt. »Der enthält alles, was Sie wissen müssen. Die Loranna haben augenscheinlich überall die Finger drin, und das tief genug, um von einem Moment auf den anderen ein SWAT-Team losschicken zu können. Würden Sie mir Ihre Handynummer geben?«

Charlene sagte sie schnell auf.

»Ist notiert«, sagte Sheldon in meinem Headset. »So schnell, wie die Polizei eingetroffen ist, ist vielleicht auch ein lorannisches Schiff hierher unterwegs. Ich muss verschwinden.«

Ich nickte und sah Charlene an. »Welche männlichen Reporter befinden sich gerade im Außeneinsatz?«

»Äh … Auf die Schnelle fallen mir Larry Brauer und Neil Hall ein.«

»Gut. Hast du Bilder von den beiden, Sheldon?«

»Bestätigt. Einen Moment. Sie sind kleiner als du und größer als Patrick. Versucht also, nicht mit eurer Umgebung zu interagieren.«

Als Sheldon das Tarnfeld aktivierte, spürte ich ein leichtes Kitzeln. Charlene trat verblüfft einen Schritt zurück, als wir uns in ihre Kollegen verwandelten. Die Kamerafrau erwies sich als echter Profi und zuckte nicht einmal zusammen.

»Wenn die reinkommen, übernehmen Sie das Sprechen«, sagte ich.

Wir setzten uns zu Charlene. Ihre Kollegin legte die Kamera betont beiläufig so auf den Tisch, dass sie den gesamten Raum überblickte und der Akku das rot leuchtende Aufnahmelicht verdeckte.

Wenig später flog die Tür auf, und zwei Cops in kompletter Einsatzmontur traten ein. Sie richteten ihre Waffen auf uns und sahen sich im Raum um. »Wie heißen Sie?«, bellte einer von ihnen.

»Was zum Teufel soll das?«, rief Charlene. »Sie können doch nicht einfach …«

»Ihre Namen. Letzte Chance.« Der Cop aktivierte die Laserzielerfassung seines Gewehrs, sodass auf Charlenes Brust ein roter Punkt erschien.

»Oh … Charlene, äh, Makita.«

»Larry Bauer«, sagte mein Halsband.

»Neil Hall«, sagte Patricks Trugbild.

»Marianne Lapierre«, sagte die Kamerafrau.

»Bleiben Sie hier drin«, befahl einer der Cops. »Wir haben eine Ausgangssperre über das Gebäude verhängt. Wenn Sie es verlassen wollen, betrachten wir das als Fluchtversuch. Wir sind befugt, tödliche Gewalt anzuwenden. Dass Sie Reporter sind, schützt Sie nicht davor.« Sie verließen den Raum und warfen die Tür hinter sich zu.

»Sheldon?«, subvokalisierte ich.

»Ich bin mehrere Meilen entfernt«, erwiderte er. »Wenn tatsächlich ein lorannisches Schiff auftaucht, wird es in der unmittelbaren Umgebung nach getarnten Schiffen Ausschau halten. Und im Gegensatz zu mir wird es bewaffnet sein. Ich habe allerdings eine Drohne ausgesetzt, um alles im Auge zu behalten.«

»Und was geschieht gerade?«

»Wenn man bedenkt, wie viele Stockwerke es in diesem Gebäude gibt, ist das Team, das sie geschickt haben, erstaunlich klein. Vielleicht ein Dutzend Einsatzkräfte. Ich nehme an, dass ihr Anführer in die Machenschaften der Loranna eingeweiht ist und wahrscheinlich mit einem militärischen Tarnfeld-Detektor ausgestattet ist. Die Dinger sind nicht klein. Haltet nach einer Person Ausschau, die einen Koffer und einen Zauberstab zu tragen scheint. Wenn ihr so jemanden entdeckt, ist alles aus.«

Ich blickte zu Patrick, der mir zunickte. Er hatte dieselben Informationen erhalten. Wir griffen beide in unsere Taschen und zogen die Disruptoren heraus. Ich zeigte die Waffe Charlene. »Wenn wir anfangen, damit auf Leute zu schießen, sollten Sie schleunigst die Beine in die Hand nehmen.« Dann sah ich wieder Patrick an. »Warten wir, oder versuchen wir zu entkommen?«

»Wir stecken hier in der Falle, Jack. Lass uns einen unsichtbaren Abgang versuchen.« Patrick griff an seinen Gürtel und verschwand.

Ich lächelte über Charlenes Gesichtsausdruck. Die arme Frau versuchte, ihr Pokerface zu wahren, wirkte mittlerweile jedoch arg gebeutelt. Ich winkte mit beiden Händen, um ihre Aufmerksamkeit zu erregen. »Sie haben nichts gesehen …« Ich griff nach meinem Gürtel, zögerte dann aber noch einen Moment. »Tun Sie mir einen Gefallen, Charlene. Senden Sie das, was ich als Nächstes sage, wenn möglich bitte wörtlich – ohne Schnitte, die den Kontext verändern.« Ich sah zu Marianne, der Kamerafrau. »Beginnen Sie bitte mit der Aufnahme.«

Marianne nahm die Kamera vom Tisch und nickte mir zu, worauf ich direkt in die Linse blickte. »Ich appelliere an alle Spezies im Bündnis: Die Loranna versuchen mithilfe bewusster KIs, mehrere Systeme zu übernehmen, und schrecken dabei nicht vor Artenmord zurück.« Ich nickte, und Marianne schaltete die Kamera ab.

Als ich meinen Gürtel aktivierte und verschwand, drehte Charlene sich zu ihrer Kollegin um. »Interessanter Tag.« Mariannes Lachen klang ein wenig hysterisch.

Kurz vor der Tür knallte ich gegen Patrick. »Wie schaffen wir es, zusammenzubleiben?«, subvokalisierte ich.

»Wenn ich das nur wüsste. Das ist der große Nachteil dieser Technologie. Vielleicht sollten wir uns gegenseitig Updates geben. Zum Beispiel: ›Ich bin jetzt an der Tür.‹«

Ich langte nach dem Türgriff und stieß dabei gegen einen Arm. »Tut mir leid.«

Patrick brummte. »Ich werde die Tür öffnen und mich in dem Gang umsehen.« Die Tür ging scheinbar von allein auf. »Da sitzen ein paar Leute an Schreibtischen. Sie sehen entgeistert aus. Aber es sind keine Cops in Sicht. Lass uns gehen.«

»Wohin gehen?«

»Gute Frage. Das Dach ist zu offensichtlich und außerdem ohnehin eine Sackgasse. Wahrscheinlich am besten nach unten.«

»Mit dem Aufzug oder auf der Treppe?«

»Beides ist schlecht, aber die Aufzüge sind das Schlimmste. Vielleicht können wir … Ah.« Zwei Polizisten traten durch den Notausgang ein. »Wir müssen dort hinaus, bevor die Tür zufällt.«

Zum Glück gingen die beiden Cops in die Gegenrichtung, sodass wir bis zum Ausgang freie Bahn hatten. Ich spürte Patricks Körper vor mir, zögerte kurz und schaffte es gerade noch, mich durch den Türspalt zu quetschen.

»Die Treppe behalten sie wahrscheinlich im Auge«, sagte Patrick. »Weißt du, wie sie aussehen, Sheldon?«

»Bestätigt. Einen Moment …«

Plötzlich stand ein Cop vor mir, und ich zuckte zusammen. Ich sah an mir hinab und erkannte, dass ich die gleiche paramilitärische Ausrüstung trug. Außerdem schien ich in einer Hand ein Sturmgewehr zu halten. Die Mündung wies zu Boden.

Patrick deutete darauf. »Tu so, als würdest du ein AR-15 tragen.« Er zeigte mir, wie er das Gewehr vor der Brust hielt. »Siehst du denn nie fern?«

Ich nickte, machte es ihm nach und versuchte auszusehen, als wüsste ich, was ich tue. »Und jetzt?«

»Nach unten«, sagte Patrick. »Und denk daran: Wir machen bei diesem Einsatz mit und haben gerade das Treppenhaus gecheckt.«

Wir stiegen die Stufen mehrere Stockwerke hinunter und kamen schließlich im Erdgeschoss an. Patrick blickte durch das kleine Sicherheitsglasfenster in der Tür nach draußen. »Mist. Da draußen ist jemand. Er sieht wie ein Zivilist aus und hält ein kofferartiges Objekt in einer Hand.«

»Das ist entweder ein Lorann oder ein Kollaborateur.« Ich blickte mich um. »Die Treppe führt bis in die Tiefgarage. Wollen wir es wagen?«

Patrick nickte. »Es ist überall sicherer als in der Nähe des Detektors. Ich hoffe nur, dass sie bloß diesen einen haben.«

Wir liefen die Stufen in das erste Garagengeschoss hinab. Dort blickte Patrick erneut durch das Fenster. »Nichts.« Er öffnete die Tür, und wir traten hinaus.

Ich sah mich um. »Wir könnten uns einfach unsichtbar machen und über die Ausfahrtrampe verschwinden.«

»Das klingt fast *zu* einfach«, erwiderte Patrick. »Aber lass es uns auf jeden Fall versuchen.« Er griff an seinen Gürtel und verschwand.

Ich machte es ihm nach und subvokalisierte: »Ich begebe mich jetzt zur Rampe.«

»Hör auf zu rennen, du Blödmann. Deine Schritte sind viel zu laut.«

Ich wurde langsamer. Einen Moment später strichen meine Finger an etwas entlang und verkrallten sich in einem unsichtbaren Hemdsärmel. »Das bedeutet aber nicht, dass wir miteinander gehen«, murmelte ich.

Ein leises Schnaufen ertönte.

Weniger als eine Minute später erreichten wir die Ausfahrt, wo wir auf zwei Probleme stießen. Erstens war sie mit einem Tor versperrt, und zweitens befanden sich auf der anderen Seite des Tors zwei Polizeibeamte, die vermutlich verhindern sollten, dass sich jemand auf diesem Weg davonmachte. Wenn wir das Tor aktivierten, würden die Cops alarmiert sein, und möglicherweise wussten sie sogar, dass sie mit unsichtbaren Flüchtenden rechnen mussten.

Ich wollte gerade vorschlagen, wieder umzukehren, als ein Transporter mit dem Logo einer IT-Support-Firma zum Tor fuhr und mit den Vorderreifen über den Sensorschlauch rollte. Das Tor hob sich. Die beiden Cops zückten ihre Waffen und stellten sich dem Fahrzeug in den Weg. Der Fahrer öffnete sein Seitenfenster und schrie sie an.

Als die Cops zurückzubrüllen begannen, zupfte Patrick mich am Ärmel, und wir gingen die Rampe zur Straße hinauf. Ich blickte ein paarmal über die Schulter, um mich zu vergewissern, dass der Transporter uns nicht nachkam, da wir ihm in der schmalen Auffahrt nicht hätten ausweichen können. Doch der Fahrer und die beiden Polizisten warfen sich noch immer gegenseitig Beleidigungen und Drohungen an den Kopf.

Als wir auf dem Gehsteig anlangten und uns in den Strom der Passanten einreihten, subvokalisierte ich: »Gib uns das Aussehen irgendwelcher Geschäftsleute, Sheldon.« Ein Passant zuckte zusammen, als plötzlich wie aus dem Nichts zwei Männer vor ihm auftauchten.

Während wir mit der Menge schwammen, wandte ich mich erneut an Sheldon. »Verändere alle paar Sekunden unser Aussehen, aber nur ein klein wenig, um die Überwachungskameras zu verwirren.«

»Wissen wir, wohin wir gehen?«, fragte Patrick.

»Im Moment nach Süden«, antwortete ich. »Lass uns erst mal einfach so weit wie möglich von dem Gebäude wegkommen. Anschließend lassen wir uns von Sheldon abholen.«

»Geht mindestens eine Meile weit«, fügte Sheldon hinzu. »Und achtet darauf, dass ich an unserem Treffpunkt genug Platz zum Landen habe. Ein bisschen Sichtschutz wäre auch nicht schlecht.«

Ein paar Minuten später waren wir zurück in der *Halo* und nahmen im Konferenzraum Platz. Nat wandte den Blick von dem Videofenster ab, das sie gerade betrachtet hatte. »Anscheinend hat es bei CNN einen Terrorakt gegeben. Deswegen ist das SWAT-Team dort. Das hat natürlich nichts mit uns zu tun. Ein paar Leute haben die *Halo* ums Gebäude schweben sehen, aber die haben sich laut offizieller Darstellung von einem Heißluftballon täuschen lassen. Anscheinend sind die Terroristen damit auf dem Dach gelandet.«

»Was?«, rief Patrick aus. »Das Ganze ist nur eine Stunde her. Wie konnten die so schnell darauf reagieren?«

»Das bestärkt mich erneut in meinem Verdacht, dass sie eine bewusste KI in ihrem Besitz haben.«

»Ich verstehe nicht, was daran so überraschend sein soll«, sagte Nat. »Eine bewusste KI erscheint mir, nun, sehr praktisch.«

»Ich freue mich, dass du mich praktisch findest. Aber um deine Frage zu beantworten: In einer Bündnis-Gesellschaft würde die Erweckung einer KI zu einem bestimmten Zweck genauso aufgefasst werden wie in der Menschheit die Wiedereinführung der Sklaverei. Eine Firma oder ein Staat, die so etwas täten, müssten mit verheerenden Sanktionen rechnen. Aus Bündnis-Sicht besteht das Problem … Oh, oh.«

Patrick sah alarmiert auf. »*Oh, oh?* Was meinst du mit *Oh, oh*? Das klingt nicht gut.«

Das Bild auf dem Videomonitor veränderte sich schlagartig, als die *Halo* rasend schnell senkrecht aufstieg.

»Wir sind von einem Tarnfeld-Detektor erfasst worden. Sie müssen uns also so nah sein, dass ich sie ebenfalls aufspüren kann. Das ist das Gute. Das Schlechte ist …«

»Dass sie uns entdeckt haben«, beendete ich seinen Satz. »Schon verstanden. Werden wir es überleben?«

»Gennische Schiffe beschleunigen etwas schneller und haben eine höhere Maximalgeschwindigkeit als lorannische. Aber dafür hat das Schiff, das uns verfolgt, garantiert Waffen. Andernfalls würden sie uns wohl kaum jagen. Denen können wir nicht entkommen. Wir können versuchen, ihren Attacken auszuweichen, aber früher oder später wird uns ein Schuss erwischen.«

Die Sicht veränderte sich mehrere Male, da Sheldon immer wieder scheinbar willkürlich die Richtung wechselte. Ein kleines Stück schräg hinter uns explodierte ein Feuerball und geriet im Nullkommanichts außer Sicht.

Nat schnappte nach Luft. »Haben sie etwa gerade auf uns geschossen?«

»Ja. Obwohl es in euren Science-Fiction-Filmen von Energiegeschützen nur so wimmelt, sind Raketen und Artilleriegeschosse nach wie vor die effektivsten Vernichtungswaffen.«

Das Bild auf dem Monitor rotierte Übelkeit erregend, während Sheldon eine Schraube vollführte und immer schneller auf den Boden zuraste. Da der Boden mit Gebäuden bedeckt war, verspürte ich das täuschend echte Gefühl zu fallen. Nein, korrigierte ich mich, es war nicht nur ein Gefühl.

»Uark«, sagte Natalie und packte die Kante vom Konferenztisch, als die *Halo* ruckartig im rechten Winkel abbog und einem zwischen Wolkenkratzern verlaufenden, breiten Boulevard folgte. Ich war mir nicht sicher, hatte aber den Eindruck, dass wir uns in Boston befanden.

Die *Halo* bog erneut rechtwinklig ab. Fast gleichzeitig sauste etwas an uns vorbei und schlug in eine Fassade ein. Ehe das Gebäude hinter uns aus dem Blickfeld verschwand, sahen wir noch einen Feuerball herausdringen.

»Verdammt«, murmelte Nat. »Sie haben gerade ein Haus bombardiert. Dabei sind sicher viele Menschen gestorben.«

»Das tut mir leid, Nat. Wenn es mir gelingt, ein paar zusätzliche Sekunden Vorsprung rauszuschlagen, kann ich versuchen, das andere Schiff abzuhängen. Aber wenn wir uns jetzt aus der Deckung wagen, sind wir dran.«

»Sollten wir es nicht trotzdem tun?«, fragte Nat. »Sind unsere Leben wertvoller als die von Hunderten anderen Menschen?«

»Wenn wir aufgeben, war alles umsonst, Nat«, gab Patrick zu bedenken. »Dann werden die Loranna siegen und mehrere Hundert Millionen, wenn nicht sogar Milliarden Menschen ums Leben kommen.«

»Ich stimme Patrick zu«, sagte Sheldon. »Wer hätte gedacht, dass ich das mal sage? Ich bin bereit, mein Leben zu opfern, aber nicht, es zu verschwenden.«

»Hast du irgendwelche brauchbaren Lösungen für dieses Problem anzubieten, Sheldon?«, fragte ich.

»Mir fällt nichts ein. Im Moment bin ich nur froh, dass sich der Abstand nicht verringert.«

»Was ist mit Lichtgeschwindigkeit?«, schlug Patrick vor.

»Dann würden wir nur noch schneller sterben.«

Ich runzelte einen Moment lang nachdenklich die Stirn. »Äh, Sheldon, du hast doch gesagt, dass diese Waffe sofort aus dem Wurmloch hervorkommen würde, wenn wir es öffnen, oder?«

»Das ist korrekt.«

»Selbst wenn wir uns nicht direkt vor dem Wurmloch befinden?«

»Es handelt sich um eine Atomwaffe, Jack. *In der Nähe* reicht, um uns zu zerstören.«

»Was ist, wenn das Wurmloch auf unseren Verfolger gerichtet ist? Kannst du ein Wurmloch so öffnen, dass es in eine andere Richtung zeigt?«

Fast eine volle Sekunde lang herrschte Schweigen. »Das ist ein wirklich unglaublich fieser Trick«, sagte Sheldon schließlich. »Hut ab, Jack. Da mich dieses Manöver eine große Menge Energie kosten wird, haben wir nur einen Versuch. Außerdem werde ich nun doch sofort diesen

Sprint riskieren, um den Abstand zu unserem Verfolger zu vergrößern. Einen Moment …«

Zum ersten Mal, seit wir Sheldon gefunden hatten, erzeugte das Schiff ein hörbares Geräusch, ein Summen, wie es das alte Raumschiff *Enterprise* immer von sich gegeben hatte, wenn die Besatzung es über alle Maßen strapazierte. Es wurde immer lauter und endete schließlich mit einem Knall. Hinter uns war ein Blitz zu sehen, dann ertönte eine Detonation, die meines Erachtens ohne Weiteres eine Atomexplosion hätte sein können. Eine riesige, kugelförmige Wolke bildete sich, von der eine ringförmige Druckwelle ausging. Gleich darauf war sie wie ein Pilz geformt.

»Ach du heilige Scheiße«, hauchte Nat. »Waren wir in der Nähe irgendwelcher Siedlungen?«

»Wir waren fünf Meilen über dem Erdboden, Natalie. Die gute Nachricht ist, dass dies zu hoch ist, als dass irgendjemand am Boden unmittelbaren Schaden hätte nehmen können – abgesehen vielleicht von einer moderaten Strahlenbelastung. Das Beste an dem Ganzen ist, dass die Explosion über dem größten Teil der Ostküste zu sehen gewesen sein muss.«

Patrick lachte entzückt auf. »Und dass sie offensichtlich atomar war. Das werden sie nicht verheimlichen können.«

»Und was ist mit den Typen, die uns verfolgt haben?«, fragte ich.

»Von denen empfange ich kein Signal mehr«, erwiderte Sheldon. »Ich nehme an, dass sie zu radioaktivem Staub zerfallen sind.«

Ich grinste erleichtert. »*Das* wollte ich hören.«

»Sagt nicht, ich würde euch keine Geschenke machen.«

KAPITEL 37

Ein weiterer Anlauf

Auf sämtlichen Wänden im Konferenzraum liefen Nachrichtensendungen. Sheldon hatte die einzelnen Fenster stummgestellt und untertitelte sie, um uns das kakofone Stimmengewirr zu ersparen.

»Jetzt haben sie echte Probleme«, sagte Nat und lehnte sich auf dem Ops-Stuhl zurück. »Die Desinformations-Kanäle geben alles, doch die meisten Menschen wollen ihnen nicht abkaufen, dass es sich bei der Pilzwolke und dem ohrenbetäubenden Knall um ein Wetterphänomen gehandelt hat.«

»Oder dass es gar nicht passiert ist«, warf Sheldon ein. »Ich mache keine Witze. Ein paar Nachrichtensprecher behaupten tatsächlich, das Ganze wäre ein Schwindel gewesen.«

Nat schüttelte müde den Kopf. »Wer mehr als zweihundert Meilen entfernt war, hat von der Explosion selbst wahrscheinlich nichts mitbekommen. Der Atompilz ist vermutlich noch mal zweihundert Meilen weiter zu sehen gewesen, und das Detonationsgeräusch muss mindestens auf dem halben Kontinent zu vernehmen gewesen sein. Der Rest des Landes hat jedoch nur im Fernsehen davon erfahren.« Sie machte eine Pause und zuckte die Achseln. »Wenn du ohnehin dazu neigst, allen Informationen zu misstrauen, die nicht aus deiner bevorzugten Nachrichtenquelle stammen und die dir einredet, dass du den Berichten nicht glauben sollst, nun …«

»Hey, Sheldon«, sagte Patrick, »für wie wahrscheinlich hältst du es, dass die Loranna wissen, wie wir ihr Schiff erledigt haben?«

»Ich wüsste nicht, wie sie es herausgefunden haben könnten. Bei der Waffe handelt es sich um einen vollkommen gewöhnlichen, kleinen Atomsprengkopf, transportiert von einer Luft-Luft-Rakete, wie jede Luftwaffe auf eurem Planeten sie besitzt. Wie will man feststellen, welche Rakete eine Explosion ausgelöst hat?«

»Dann könnten die Loranna also glauben, dass unser Schiff bewaffnet ist?«

»Oder dass wir von einem bewaffneten Schiff gerettet worden sind. Ihnen ist vielleicht nicht mal klar, dass wir ein Wurmloch geöffnet haben. Und wenn sie es bemerkt haben, glauben sie vielleicht, dass es von einem ankommenden gennischen Kampfschiff erzeugt worden ist. Hmm …«

Als ich Sheldons *Hmm* hörte, konnte ich mir ein Grinsen nicht verkneifen. Er klang zunehmend menschlicher. Offenbar versuchte er ernsthaft, sich uns anzunähern. Ich hielt das für ein gutes Zeichen.

»Hier gibt es was Neues«, unterbrach Nat meinen Gedankengang.

Wir sahen zu einem Videofenster, in dem ein Nachrichtensprecher vor einer Aufnahme der Explosion stand. »Über den Grund für die Detonation über der Ostküste wurde viel spekuliert. Aber es scheint, dass wir endlich eine rationale Erklärung gefunden haben, die zu sämtlichen Fakten passt. Wissenschaftler des Green-Bank-Observatoriums glauben, dass es sich um einen Meteoriten gehandelt hat, der über dem Boden explodiert ist, ähnlich wie beim Tunguska-Ereignis über Russland im Jahr 1908, wenn auch weniger verheerend. Die nachgewiesene Strahlung lässt sich demzufolge durch radioaktive Isotope erklären, die in dem Meteoriten eingeschlossen waren.«

»Was für ein Schwachsinn«, höhnte Patrick.

»Ja, aber sie werden dafür sorgen, dass sich diese Erklärung in den Köpfen der Menschen festsetzt«, erwiderte Nat. »Nächste Woche wird es einen Wikipedia-Eintrag dazu geben.«

»Das ist leider wahr«, sagte Sheldon und schwieg einen Moment lang, als würde er nachdenken. »Allerdings ist dieses Ereignis so ungewöhnlich, dass die gennischen Expertensysteme es wahrscheinlich nach oben weitermelden werden – wenn auch mit niedriger Priorität. Jacks kurze Botschaft wurde übrigens tatsächlich ungeschnitten gesendet. Wenn die von den Expertensystemen weitergeleitet wird, dann sicher mit einer hohen Priorität.«

»Vorerst war jedoch wieder mal alles vergebens«, presste ich hervor und sah auf. »Kann man im Moment von Nordamerika aus den Mond sehen, Sheldon?«

»Ja. Er ist im ersten Viertel. Wieso?«

»Hältst du es für möglich, dass der Wurmloch-Trick noch einmal funktioniert?«

»Das System funktioniert automatisch. Andernfalls würde es nicht schnell genug reagieren. Es könnte höchstens sein, dass sie es abgeschaltet haben.«

»Wir müssen es versuchen«, sagte ich. »Richte das Wurmloch auf den Mond, auf den von der Erde aus erkennbaren, unbeleuchteten Abschnitt.«

»Damit hätte ich nur noch Energie für einen Monat, Jack. Bist du sicher …?«

»Es ist ein letzter Versuch. In diesem Fall ist eine Verzweiflungstat das einzig Vernünftige. Erst eine vermeintliche Meteoritenexplosion über der Erde und gleich darauf ein Einschlag in den Mond reicht vielleicht aus, um die Gen wachzurütteln.«

»Also gut. Dafür muss ich sehr dicht an das Ziel heranfliegen. Haltet euch fest.«

Die Aussicht kippte, die Nachrichtensender verschwanden, und die *Halo* schoss in den Himmel hinauf.

Patrick richtete seine Sitzlehne auf. »Hey, wo sind die Nachrichten hin?«

»Ich kann kein Fernsehen empfangen, während ich im Sonnensystem herumdüse. Sorry.«

»Wir hätten uns Kabel holen sollen«, murmelte Patrick.

Nach weniger als einer Minute hing der Mond, der gerade noch ein weit entferntes Himmelsobjekt gewesen war, direkt unter uns. »Also dann«, sagte Sheldon. Wieder erklang das lauter werdende Summen und endete wie beim ersten Mal mit einem Knall.

Auf der unbeleuchteten Hälfte des Mondes flammte ein Blitz auf. Mangels Atmosphäre gab es diesmal zwar keine Wolke, doch die Explosion war spektakulär.

»Wow, die war ja noch gewaltiger als die erste«, sagte ich.

»Eigentlich nicht. Ich habe das Wurmloch dicht über dem Mond und mit der Öffnung nach unten erzeugt. Die Mondoberfläche hat als Reflektor gedient und die sichtbare Leuchtkraft der Explosion verdoppelt. Außerdem war es eine sehr schmutzige Detonation mit zahlreichen Trümmerstücken und wahrscheinlich auch ziemlich viel verbrannter Materie.«

»Im luftleeren Raum?«

»Bei ausreichend großer Hitze sind alle möglichen chemischen Reaktionen denkbar.«

»Hat man sie von der Erde aus sehen können?«, fragte Patrick.

»Wo die Sonne untergegangen ist, muss sie hell genug gewesen sein, um den Himmel einen Moment lang blau erstrahlen zu lassen.«

»Wenn die gennischen Expertensysteme davon nichts mitbekommen haben, sind sie Schrott«, sagte Nat.

»Ich verstehe allerdings nicht, wieso die Gen dadurch eher auf uns aufmerksam werden sollen«, sagte Sheldon.

»Sieh es doch mal so, Sheldon«, antwortete ich. »Wir müssen irgendein vernunftbegabtes Wesen dazu bringen, sich die Feeds anzusehen. Wenn die Expertensysteme einen Gen auf diesen Vorfall aufmerksam machen, wird der auch andere Nachrichten unter die Lupe nehmen. Menschen, die von Tuten und Blasen keine Ahnung haben, kann man vielleicht mit Fake News täuschen, aber ein Gen, der weiß, dass gennische Schiffe blau-grün sind, wird wahrscheinlich stutzig werden.«

Sheldon schwieg einen Moment lang. »Das ist zugegebenermaßen nicht die schlechteste Idee, die ihr Menschen je gehabt habt. Was natürlich nicht viel zu sagen hat.«

»Ha, ha, ha«, erwiderte Nat. »Kannst du ungefähr abschätzen, wann die Gen jemand schicken werden?«

»Tut mir leid, Natalie. Mit den wenigen Daten, die ich habe, wage ich nicht mal eine grobe Schätzung. Ich kann dir allerdings den frühestmöglichen Zeitpunkt nennen: Wenn die Gen sich zu einem Aufbruch entschließen würden, bräuchten sie drei Tage, um ein Schiff auszuwählen, es zu bemannen und hierherzufliegen.«

»Dann sollten wir uns besser zurückhalten«, sagte ich. »Schließlich wollen wir deine Energiereserven nicht noch weiter strapazieren. Außerdem glaube ich, dass es ohnehin keinen Sinn hätte, diese Wurmloch-Sache ein drittes Mal zu versuchen. Mittlerweile haben sie die Masche bestimmt durchschaut.«

KAPITEL 38

Warten auf Resultate

Tag 30. Samstag

Auf dem gesamten umlaufenden Wandmonitor der Brücke waren Fenster mit Nachrichtensendern geöffnet, die Sheldon erneut untertitelte. Die *Halo* befand sich in einer niedrigen Erdumlaufbahn, in der sie Fernsehsignale empfangen konnte. Ich wollte ihn fragen, wie er das schaffte, wusste aber nicht, ob mir die Antwort gefallen würde.

Patrick saß trotz Sheldons wütender Beschwerden und Kommentare über seine schlechte Kinderstube mit hochgelegten Füßen am Konferenztisch und bediente sich, scheinbar ohne auf die Nachrichtensendungen zu achten, beharrlich aus einer großen Tüte Cheetos.

Nat und ich waren weniger entspannt und behielten eine Handvoll Videofenster im Auge. Ich überwachte CNN, CBS und MSNBC. Das CNN-Gebäude war mithilfe einiger privater Sicherheitsdienste, die der Sender eilig angeheuert hatte, »zurückerobert« worden – was nicht ganz ohne Blutvergießen vonstattengegangen war. Die örtlichen Polizeikräfte bestritten jegliche Beteiligung an der Besetzung des Gebäudes, obwohl sich herausstellte, dass es sich bei einem hohen Prozentsatz der getöteten oder gefangenen Kämpfer um Polizisten und Armeeveteranen gehandelt hatte.

Nat sah zu Patrick hinüber. »Du bist ja wirklich sehr entspannt. Und mampfst schon wieder sämtliche Cheetos auf.«

Patrick winkte mit der Tüte. »Cheetos sind sehr entspannend. Außerdem haben wir ein halbes Dutzend Tüten gekauft. Ich bin nicht der Einzige, der sie inhaliert.«

»Ja, ich bin inzwischen auch nach ihnen süchtig, und daran bist du schuld. Aber wie kannst du derart gelassen sein?«

Patrick winkte ab. »Das ist alles ein großes Durcheinander. Eine besetzte Institution hier, eine Verhaftung da, und anderswo Anschuldigungen und Gegenanschuldigungen. Die Loranna *müssen* diese Sache unter Kontrolle bekommen, und ich finde es interessant, wie sie immer neue Falschinformationen streuen, in der Hoffnung, dass irgendwas davon hängen bleibt. Und gleichzeitig wollen sie unbedingt verhindern, dass die Gen auftauchen. Also muss das alles wie von Menschen ausgedachter Blödsinn wirken.«

»Ich muss eine kleine Korrektur anbringen, Patrick«, warf Sheldon ein. »Die Gen werden höchstwahrscheinlich diejenigen sein, die eine Untersuchungsmission auf den Weg bringen, da die gennische Opah-Mal-Stiftung für die Überwachung der menschlichen Spezies hauptverantwortlich war. Eine mögliche Taskforce wird jedoch dem Bündnis unterstellt sein und vermutlich auch andere Bündnis-Spezies miteinbeziehen, damit sie als ordentliche Polizeimaßnahme gelten kann.«

Patrick nickte bedächtig. »Also wird früher oder später die Bündnis-Taskforce oder was auch immer hier auftauchen und dieser Operation einen Riegel vorschieben …«

»Das hoffen wir zumindest. Die Loranna werden sich allerdings vielleicht weigern, wieder abzuziehen, und behaupten, dass sie bereits die Mindestanforderungen für eine Vormundschaft erfüllt haben.«

»Und wir haben dabei überhaupt kein Mitspracherecht?«, fragte ich.

»Wenn du mit *wir* die menschliche Spezies meinst, so bezweifle ich, dass die Loranna euch nach eurer Meinung fragen werden. Das Bündnis wird eure Wünsche natürlich berücksichtigen, aber seine Vertreter müssen sich an die Bündnis-Gesetze halten. Sie werden möglicherweise gezwungen sein, sich aus diesem Konflikt zwischen der Menschheit und den Loranna herauszuhalten. Die Gen sind besonders pingelig, wenn es um ordnungsgemäße Verfahren und Rechtsprinzipien geht.«

»Das ist doch alles großer Mist!«, sagte Nat. »Letzten Endes machen wir vielleicht genau das, was die Loranna erreichen wollen, und vernichten uns bei dem Versuch, die Aufmerksamkeit der Gen zu erregen, selbst, sodass sie bequem den ganzen Laden übernehmen können.«

»Das ist zugegebenermaßen keine ideale Kommunikationsform«, erwiderte Sheldon. »Es erinnert an die Zettel, die sich Schüler im Unterricht gegenseitig zustecken. Das System ist jedoch … Ach du meine Güte.«

Patrick verdrehte die Augen. »Ach du meine Güte? *Ach du meine Güte?* Das ist ja noch schlimmer als *Oh, oh*. Hör auf damit!«

»Ich werde es mir merken. Anscheinend ist die Kavallerie vorzeitig eingetroffen. Ich habe gerade die systemweite Sendung einer Bündnis-Taskforce empfangen. Sie ist auf Gennisch. Ich übersetze sie für euch.« Sheldons Stimme veränderte sich. »Achtung an alle Spezies des Bündnisses. Hier spricht Commander Nond von der Bündnis-Notfallflotte. Dieses Sternensystem wird ab sofort von der Exekutivbehörde des Bündnisses einer Sonderprüfung unterzogen. Sämtliche ortsfremden Schiffe und außerirdischen Besucher haben sich unverzüglich zu identifizieren. Alle Schiffe, die sich nicht an diese Vorschrift halten, verstoßen gegen das Anti-Piraterie-Gesetz und müssen mit Sanktionen bis hin zu ihrer unangekündigten Zerstörung rechnen. Einzelpersonen, die gegen diese Vorschrift verstoßen, müssen ebenfalls mit Strafen bis hin zur Auslöschung ihres Geistes rechnen.« Mit seiner eigenen Stimme ergänzte Sheldon: »Davon gibt es noch viel mehr, vor allem Auflistungen von Gesetzen und Strafen für Verstöße, bei denen jeder Anwalt ins Koma fallen würde. Selbst ich bin davon gelangweilt.«

Nun sah Patrick weniger entspannt, sondern vielmehr verdattert aus. »Was ist geschehen, Sheldon? Du hast doch gesagt, dass es bis zu ihrer Ankunft noch mindestens drei Tage dauern würde.«

»Im Augenblick habe ich dafür keine Erklärung, Patrick. Ich kann nur annehmen, dass sie schon länger eine Taskforce zusammengestellt und vielleicht sogar auf den Weg geschickt haben. Aus dem Stand erscheint mir dieses Tempo unmöglich. Aber vielleicht waren sie gezwungen, früher als geplant aufzubrechen.«

»Wie kommst du darauf?«

»Es tauchen immer weitere Schiffe auf. Ich verzeichne mehrere Wurmlochblitze, die in unregelmäßigen Abständen erfolgen. Sie sind nicht koordiniert, genau genommen sogar ziemlich schlampig ausgeführt. Ich nehme an, dass Commander Nond sich heftig darüber aufregt.«

»Und was bedeutet das?«

»Ich gehe davon aus, dass die Flotte sich gerade noch zu einem geordneten Aufbruch versammelt hatte, als die Schiffe die Nachricht von den Explosionen erhielten und sich übereilt auf den Weg machten.«

Nat sah sich am Tisch um. »Sollen wir uns zu erkennen geben?«

»Mit welchen Worten?«, fragte Sheldon, bevor Patrick oder ich antworten konnten. »›Hi, hier spricht das gestohlene Schiff, das inzwischen von einer bewussten KI betrieben wird. Wir haben gegen sämtliche Gesetze verstoßen, aber das stört doch keinen großen Geist.‹ So ungefähr?«

»Wir führen das Kommando, richtig?«, fragte ich. »Schieb alles auf uns. Und befolge keinen Befehl, den wir nicht abgesegnet haben. Wir übernehmen die Verantwortung.«

»Danke, Jack. So werde ich es machen.«

»Was können sie tun, wenn die Loranna sich nicht fügen?«, fragte Patrick. »Sie könnten einfach unsichtbar bleiben.«

»Die Bündnis-Flotte wird mehrere Zehntausend automatische Drohnen aussetzen, die nur aus einem Antriebssystem und einem Tarnfeld-Detektor bestehen. Ihre einzige Aufgabe besteht darin, unsichtbare Schiffe aufzuspüren. Jedes getarnte Objekt wird einen ganzen Haufen Drohnen anziehen, die sich wie ein Schwarm wütender Bienen daran heften und ein Alarmsignal aussenden werden. Eine Flucht ist so gut wie unmöglich.«

»Warum haben die Loranna das nicht mit uns gemacht?«, fragte ich.

»Wahrscheinlich haben sie nicht mehrere Tausend automatische Drohnen bei sich rumliegen. Ich glaube nicht, dass man die bei Amazon bekommt.«

Patrick lachte. »Echt nicht?«

»Der Taskforce-Commander hat mir befohlen, in eine Umlaufbahn zu gehen, mich zu enttarnen und Besucher an Bord zu lassen. Was soll ich erwidern?«

»Scheiße, nein«, antworteten Nat, Patrick und ich wie aus einem Mund.

»Soll ich genau diese Worte gebrauchen?«, fragte Sheldon.

»Lass uns mit einer höflichen Antwort beginnen«, sagte ich. »Erkläre ihnen, dass deine menschliche Besatzung im Moment kein großes Vertrauen zu Außerirdischen hat, sich das aber vielleicht noch ändern kann.«

»Klingt gut«, sagte Patrick.

»Erledigt. Sie haben ihre ursprüngliche Forderung wiederholt.«

»Aha.« Ich grinste. »Dann übermittle jetzt unsere erste Antwort. Wortwörtlich.«

»Erledigt. Bislang reagieren sie nicht darauf. Vielleicht besprechen sie sich gerade miteinander.«

Nat lachte. »Oder es hat ihnen die Sprache verschlagen. Verwenden die Gen Flüche?«

»So oder so haben wir uns streng genommen wahrscheinlich der Piraterie schuldig gemacht«, sagte ich. »Wir müssen die *Halo* verstecken, und das können wir nur in der Scheune.«

Patrick schüttelte vehement den Kopf. »Das ist keine gute Idee. Du hast doch selbst gesagt, dass sie unsere Familien als Köder verwenden werden. Wahrscheinlich warten sie bereits auf uns.«

»Kann sein, aber mir fällt nichts anderes ein. Wenn wir hier draußen bleiben, findet uns die Bündnis-Flotte.« Ich sah meine Freunde einen Moment lang herausfordernd an. Als sie mir nicht widersprachen, zuckte ich seufzend die Achseln. »Du landest in der Nähe der Scheune, Sheldon. Anschließend setzen wir eine Drohne aus und halten nach einem Hinterhalt Ausschau.«

»Aye, Captain. Harrr, harrr.«

Nat stöhnte. »An deinen Stimmimitationen müssen wir noch arbeiten.«

KAPITEL 39

Drunter und drüber

Sheldon ließ die *Halo* hinter der Scheune knapp über dem Boden schweben. Sobald die Luftschleuse offen war, eilten Patrick und ich die Treppe hinab, die sich sofort wieder hob und verschwand, als wir unten angekommen waren.

Ich warf die Drohne in die Luft und sah zu, wie sie surrend davonflog. Patrick aktivierte das Tarngerät an seinem Gürtel und verwandelte sich in einen Weißwedelhirsch. Einen Moment später tat ich das Gleiche.

»So haben wir zumindest keine Probleme, im getarnten Zustand zusammenzubleiben«, sagte Patrick.

»Ja. Du darfst nur nichts machen, was kein Hirsch tun würde.«

Wir gingen vorsichtig um die Scheune herum, wobei wir immer wieder wie echte Hirsche reglos stehen blieben. »Ich sehe nichts Ungewöhnliches«, sagte ich schließlich. »Was ist mit dir, Sheldon?«

»Bisher habe ich abgesehen von euren beiden keine Tarnfelder entdeckt. Ich werde jetzt um das Haus schweben und gruselig in die Fenster spähen.«

Patrick und ich gingen weiterhin langsam um das Anwesen herum.

Eine Minute später gab Sheldon Entwarnung. »Ich bin mir natürlich nicht ganz sicher, aber wenn sich Loranna hier aufhielten …«

Ein lauter Knall ertönte, und ich geriet ins Wanken. »Was zum Teufel? Wir werden beschossen!«

»Einen Moment. Ich bringe die Drohne in Position …«

Von wegen einen Moment, dachte ich und rannte zur Scheune. Zu meiner Überraschung empfand ich keine Schmerzen. Ich hatte definitiv den Aufprall einer Kugel gespürt. Sie schien aber nicht in meinen Körper eingedrungen zu sein. Ich merkte, dass ich genauso schnell rennen konnte wie zuvor – aufgrund meiner Panik vielleicht sogar noch schneller. Offenbar hatte Sheldon unsere Kleidung aus intelligentem Stoff gefertigt.

Während ich rannte, sah ich zwei Hirsche ins Gebüsch stürmen. Ich blickte an mir runter und bemerkte, dass ich unsichtbar war. Anscheinend hatte Sheldon geistesgegenwärtig die Kontrolle über meinen Gürtel übernommen.

»Ich glaube, dass sie dieses Anwesen ganz bewusst mit Lowtech-Ausrüstung überwachen«, erklärte Sheldon. »Nach Arleys Entführung ist ihnen wahrscheinlich klar geworden, dass wir über Bündnis-Technologie verfügen. Leider geht ihr Plan voll auf. Ich kann mit meinen Sensoren nicht erkennen, womit wir es zu tun haben.«

»Nicht so viel reden, mehr helfen«, keuchte ich und kam schlitternd vor der kleinen Scheunentür zum Stehen.

»Das ist nicht irgendein Jäger. Er ignoriert die falschen Hirsche und rennt zur Scheune. Ich glaube, er weiß, wohin ihr unterwegs seid.«

Patrick blieb hinter mir stehen. »Scheiße. Warum hat er nicht mit einem Disruptor auf uns geschossen?«

»Vielleicht hat er keinen dabei, weil er glaubt, dass wir ihn aufspüren könnten«, sagte ich. »Oder er ist noch zu weit weg für einen Disruptor-Schuss. Er hat aus ziemlich großer Entfernung auf uns gefeuert.« Ich dachte einen Moment lang nach. »Sheldon, öffne zur Ablenkung die Tür. Patrick, du läufst um die Scheune herum, zu der Seite, auf der sich das Haus befindet. Wir müssen in Deckung gehen. Könnte er einen Detektor haben?«

»Die Geräte, mit denen man euch aus dieser Entfernung aufspüren könnte, sind groß und schwer«, erwiderte Sheldon. »Mit einem Mobilgerät müsste er erst mal in eure Nähe kommen. Es könnten mehrere stationäre Detektoren auf dem Gelände verteilt sein. Dann wären sie im Moment aber nicht eingeschaltet, da ich keinen einzigen entdeckt habe.«

»Wenn er uns nah genug kommt, muss er den Disruptor nur wie einen Gartenschlauch in unsere ungefähre Richtung schwenken«, sagte Patrick. »Wir müssen uns von ihm fernhalten.«

»Das muss aufhören«, sagte Sheldon und klang zum ersten Mal richtig wütend. »Ich will nicht mehr permanent auf der Flucht sein und zusehen müssen, wie meine Freunde bedroht werden. Es wird Zeit, dass ich etwas dagegen unternehme.«

Nicht weit von uns entfernt erklang ein lautes Zischen, gefolgt von einem dumpfen Aufprall und einem Schrei. Ich blickte gerade noch rechtzeitig über die Schulter, um zu sehen, wie sich jemand die Hände vors Gesicht hielt und auf den Rücken fiel. Selbst aus dieser Entfernung konnte ich Blut zwischen den Fingern hervorquellen sehen. Gleich neben der Gestalt hopste die Drohne unkontrolliert auf dem Boden herum. Einer ihrer Rotoren war zerschmettert. Es knallte, und die Drohne ging in Flammen auf.

Eine Tür flog auf, und ich hörte die Stimme meines Vaters. Er fluchte und stieß laute Drohungen aus. Dad wurde selten wütend, aber wenn, legte man sich besser nicht mit ihm an. Einmal hatte ich erlebt, wie ein streitsüchtiger Kunde mit dem Krankenwagen abtransportiert werden musste. »Offenbar hat er den Schuss gehört«, sagte ich.

»Ich habe ihn angerufen und um Hilfe gebeten«, sagte Sheldon. »Nat startet weitere Drohnen. Ich werde nach Detektoren Ausschau halten.«

»Das wird uns nichts nützen. Wir haben keine Zeit, sie unschädlich zu machen.«

»Wir nicht, aber dein Vater. Wenn ich welche entdecke, werde ich ihm mitteilen, wo sie sind.«

Dad stand inzwischen über dem Mann mit dem Gewehr und richtete seine Pistole auf ihn. In der anderen Hand hielt er sein Handy. Es klang, als telefonierte er mit der Polizei.

Schließlich ließ er das Handy sinken und drückte mit dem Daumen darauf, vermutlich, um das Gespräch zu beenden. Als er es gerade einstecken wollte, klingelte es. Er legte es sich ans Ohr und hörte eine Minute lang nur zu.

»Sprichst *du* mit meinem Dad, Sheldon?«

»Ja, ich habe ihm kurz von unseren bisherigen Abenteuern berichtet. Ich werde die Geräte auf seinem Anwesen orten, und er will sie deaktivieren. Am liebsten mit einem Hammer. Er erkundigt sich, ob es dir gut geht.«

Einen Moment lang stockte mir der Atem. Die letzten Tage waren für meine Eltern sicher nicht leicht gewesen.

Genauso wenig für Patricks oder für Nats Vater und ihre Tante. Als mein Vater das Handy schließlich einsteckte, stellte ich mich neben ihn. »Hi, Dad.«

Er sah sich hektisch um. »Jack?«

»Hier, neben dir. Ich bin unsichtbar, und das sollte ich im Moment auch bleiben. Es geht mir gut. Den anderen ebenfalls. Aber wir müssen unser Schiff in die Scheune zurückschaffen.«

»Schiff? Was? Du bist unsicht…?« Ehe ich antworten konnte, schüttelte Dad den Kopf. »Na egal. Das kannst du mir später alles erklären. Chief Rogers ist mit all seinen Leuten auf dem Weg hierher. Dass Söldner in Dunnville unterwegs sind und Bürger attackieren, wird Charlie sicher gar nicht schmecken.« Er blickte auf den Scharfschützen hinab, der sich noch immer stöhnend das Gesicht hielt. »Dieser Typ wird wahrscheinlich nicht so schnell abgefertigt werden, wie es dem normalen Verfahren entspräche. Er wird viele Fragen beantworten müssen.«

»Ja, ich weiß, was du meinst«, sagte ich. »Die Dinge werden bald sehr viel interessanter werden, und das wird auch noch eine Weile so bleiben. Darauf solltest du dich besser gefasst machen.«

»Sie werden gerade jetzt interessant«, sagte Sheldon in meinem Headset. »Ich habe eine der Drohnen hoch hinaufgeschickt, um mir einen Gesamtüberblick zu verschaffen. Es sind mehrere Fahrzeuge zu uns unterwegs, in hohem Tempo.«

»Schwarze SUVs?«, subvokalisierte ich.

»Natürlich.«

Ich drehte mich zu meinem Vater um. »Es kommen noch mehr Verbrecher. In schwarzen SUVs. Wahrscheinlich gehören sie der gleichen Organisation an wie der hier. Es wird Zeit, den Schutzraum aufzusuchen, Dad.«

»Da bin ich anderer Meinung, Jack. Ich muss sie nur aufhalten, bis Rogers eintrifft. Ich werde ihnen das Leben zur Hölle machen.« Er drehte sich um und lief zum Haus zurück. Unterwegs rief er jemanden an. Wahrscheinlich Rogers. Ich sah ihm hinterher und dachte: *Das wird für die SUV-Leute kein gutes Ende nehmen.*

Für den Fall, dass jemand einen Detektor mit Richtstrahl einsetzte, schwebte die *Halo* zwischen ein paar Bäumen. Sheldon hatte mehrere Drohnen so positioniert, dass er das Haus im Auge behalten konnte. Da die Detektoren bislang noch nicht beseitigt waren, hatten Patrick und ich beschlossen, uns nicht von der *Halo* abholen zu lassen. Stattdessen versteckten wir uns in einer Mulde hinter einem gefällten Baumstamm.

»Ein Großaufgebot von Streifenwagen nähert sich dem Haus«, verkündete Sheldon. »Sie sind noch ein gutes Stück entfernt. Die Personen in den SUVs werden zuerst eintreffen und ein paar Minuten freie Hand haben. Ich hoffe, deinen Eltern passiert nichts.«

»Wenn es gefährlich wird, gehen sie in den Keller. Dort haben wir einen Schutzraum. Aber mein Vater hat viel Kampferfahrung, was ihm jetzt wahrscheinlich zugutekommen wird. Und er ist sauer.« Ich grinste. »Um dir seinen Gemütszustand vorstellen zu können, solltest du dir einen Film namens *Rambo* ansehen.«

Der Tross aus SUVs hielt vor dem Haus, und einige hartgesotten wirkende Typen mit automatischen Gewehren sprangen heraus, gefolgt von einem halben Dutzend Anzugträgern. »Die kenne ich aus dem vierten Stock«, sagte Nat im Headset. »Zumindest vier von ihnen.«

Patrick deutete auf einen der Typen im Anzug. »Das ist der Sicherheitsmanager, der Phil verhört hat. Anscheinend wollen die Loranna Nägel mit Köpfen machen.«

Einer der Söldner rannte zur Vordertür und trat dagegen. Im nächsten Moment wurde er von einer Schrotflintenladung durchlöchert und brach tot zusammen. Während die sechs Anzugträger hinter einen der SUVs hechteten, hoben die Söldner ihre Waffen und nahmen das Haus unter Beschuss.

Zunächst schien niemand zu bemerken, dass die hinteren Söldner einer nach dem anderen mit gezielten Schüssen gefällt wurden. Schließlich rief jemand einen Befehl, worauf sich die verbliebenen Männer zu Boden fallen ließen und rasch in Deckung rollten. Da nun beide Seiten keine klaren Ziele mehr hatten, schien sich eine Pattsituation anzubahnen.

Doch dann rückte die Kavallerie an. Das gesamte Dunnville Police Department raste mit acht Streifenwagen, zwei SUVs, einem Humvee und einem gepanzerten Transporter auf unser Anwesen.

»Coool ...«, sagte Patrick, was ich mit einem finsteren Blick quittierte.

Die Söldner, froh darüber, endlich ein Ziel zu haben, an dem sie ihren Frust abreagieren konnten, eröffneten das Feuer auf die Neuankömmlinge. Die Polizeifahrzeuge kamen schlitternd zum Stehen, die Insassen sprangen mit erhobenen Waffen heraus.

Chief Rogers war wie mein Vater ein ehemaliger Soldat und setzte in einer Situation wie dieser offensichtlich auf eine Strategie der erdrückenden Überlegenheit. Die Polizei von Dunnville verfügte über ein Budget und eine Ausstattung, auf die einige Großstädte neidisch gewesen wären. Und Chief Rogers hatte alles mitgebracht, einschließlich eines Humvees mit aufmontiertem Maschinengewehr, der in den Farben der Polizei von Dunnville lackiert war. Ich riss die Augen auf, als ich ihn sah.

»Heilige Scheiße!«, rief Patrick aus. »Ist das überhaupt legal?«

»Warum fragst du das nicht Chief Rogers?«, erwiderte ich. »Ich warte so lange hier.«

Der Humvee schlitterte hinter den übrigen Polizeifahrzeugen hervor, das Maschinengewehr schwenkte herum und feuerte auf die Autos der Söldner.

Zu meiner Enttäuschung explodierten sie nicht filmreif und wurden auch nicht von einem Feuerball in die Luft katapultiert. Doch sie gaben allesamt sofort den Geist auf. Einer der Wagen fiel sogar tatsächlich um, da die Hälfte seiner Reifen platzte und gleichzeitig die Federungen auf der anderen Seite zerbrachen.

Der Maschinengewehrschütze stellte das Feuer ein und wartete ab. Die Söldner nutzten die Pause, um die Hände zu heben und die Knarren fallen zu lassen. Die Cops traten mit erhobenen Gewehren aus der Deckung.

»Kacke«, sagte Patrick. »Wo sind die Anzugtypen hin?«

»In die Scheune«, antwortete Sheldon im Headset. »Jack hat die Tür offen gelassen. Sie haben ihre Tarnfelder und Schutzschilde aktiviert und sich so ungehindert hineingeschlichen. Die meisten meiner Detektoren schlagen noch immer Alarm.«

»Kannst du sie für uns im Auge behalten, Sheldon, und dafür sorgen, dass sie nicht abhauen?«

»Verstanden. Aber es läuft auf eine weitere Pattsituation hinaus, da meine Detektoren nur ihre Anwesenheit erfassen, sie aber nicht exakt lokalisieren können. Mit ballistischen Waffen könnt ihr sie also nicht ausschalten, und wenn sie Disruptoren haben, könnten sie euch zuerst erwischen.«

»Wenn die Tür aufgeht, werde ich einfach einen Strahlenstoß darauf abfeuern«, sagte Patrick. »Aber was sollen wir ansonsten tun?« Er sah mich an.

»Sheldon, kontaktiere Commander Nond. Gib ihm all unsere Informationen über das Tate-Gewerbegebiet und das Harris Institute. Und die GPS-Koordinaten der Scheune. Mal sehen, wozu er sich durchringen wird.«

»Und bring die *Halo* von hier weg«, fügte Nat über den allgemeinen Kanal hinzu. »Wir wollen nicht, dass sie dich auch gleich einsacken.«

Ich spähte über den Baumstamm. Die Cops schienen mittlerweile sämtliche Söldner verhaftet zu haben. Dad kam mit seiner Barrett M82 in der Hand zwischen ein paar Bäumen hervor und sprach mit Chief Rogers. Ich gab Patrick einen Wink, und wir gingen zu ihnen hinüber. Auf halber Strecke meldete sich Sheldon in meinem Headset. »Commander Nond wird zu beiden Orten Einheiten schicken. Sie werden abwarten, bis eure hiesigen Sicherheitskräfte verschwunden sind. Versucht, sie loszuwerden.«

Ich fragte mich, wie ich das anstellen sollte. Wahrscheinlich würde ich mir irgendeine Lüge einfallen lassen müssen. Dad und der Chief unterbrachen ihr Gespräch, als sie uns kommen sahen. »Ich hoffe, du hast eine Erklärung für all das«, sagte Dad.

»Äh …« Mir wurde bewusst, dass ich mir bislang noch nichts zurechtgelegt hatte. Und die Wahrheit hätte mir vermutlich einen Termin in der Psychiatrie eingebracht. Dad kannte mittlerweile immerhin einen Teil der Geschichte, während der Chief noch überhaupt keine Ahnung hatte.

»Die kurze Antwort – genauer gesagt, die *extrem* kurze Antwort – lautet: Die Gruppierung, für die die Söldner tätig sind, konkurrieren mit der Organisation, mit der wir zusammenarbeiten. Dabei steht viel mehr auf dem Spiel, als wir dachten, und ich spreche nicht von so etwas Läppischem wie Wirtschaftsspionage.« Das war nur ein bisschen gelogen. Ich war stolz auf mich, schämte mich aber auch ein bisschen.

»Da waren ein paar Leute in Geschäftsanzügen«, erwiderte mein Dad. »Habt ihr gesehen, wo die abgeblieben sind?«

Das war die Chance, auf die ich gewartet hatte. »Sie haben sich über den Hügel davongemacht.« Ich deutete in Richtung Gewerbegebiet. »Ich glaube nicht, dass sie mit einem Feuergefecht gerechnet haben. Oder damit, dass die Cops so schnell auftauchen. Es kann sein, dass sie ihren Sitz im Gewerbegebiet haben.«

Rogers nickte nachdenklich. »Also gut. Wir rufen einen Helikopter, der sie aus der Luft suchen soll. Danke, Jack.«

Während unserer Unterhaltung hatten die anderen Polizisten die Söldner für den Transport vorbereitet und Waffen eingesammelt. Rogers ging zu ihnen, drehte sich aber noch einmal um. »Wir schicken Leute, die diese Fahrzeuge von eurem Grundstück abschleppen, Herman. Gegen die Einschusslöcher in eurer Veranda kann ich aber leider nicht viel unternehmen.«

»Mir ist vor allem wichtig, dass der Idiot beseitigt wird, der meine Vordertür eintreten wollte. Ich will nicht, dass Janice ihn sehen muss.«

Rogers nickte. »Darum kümmern sich die Forensiker. Du führst Janice in der Zwischenzeit am besten zum Essen aus.«

Die beiden Männer verabschiedeten sich mit einer Gebärde voneinander, die mehr als ein Nicken, aber nicht ganz ein Salut war.

»Ich sehe nach, ob in der Scheune irgendwas zu Bruch gegangen ist«, sagte ich. »Du solltest den Rat des Chiefs beherzigen. Ich halte inzwischen hier die Stellung.«

Dad neigte den Kopf zur Seite und sah mich einen Moment lang abschätzend an. Dann lächelte er. »Einverstanden. Aber ruf mich an, falls es irgendwelche Probleme gibt. Ach, übrigens: Du hast einen Brief vom MIT bekommen. Vielleicht ist es etwas Wichtiges. Er liegt auf der Küchentheke.«

Als ich aus dem Haus trat, senkte sich vor mir eine Treppe herab. Die Leute, die sie hinunterstiegen, schienen Menschen zu sein. Es waren ausnahmslos Männer – die eine Hälfte mehr oder weniger normal groß, die andere hoch aufgeschossen wie Basketballer. Einer der Basketballspieler kam direkt auf mich zu. »Ich heiße San-Joh. Ich bin taktischer Offizier und leite in Commander Nonds Auftrag diese Aufräumaktion. Sie sind einer der Repräsentanten von der *Halo Mahste*?«

»Das stimmt. Ich heiße Jack Kernigan und bin Weltraumpirat. Das hat man mir zumindest gesagt.« Ich steckte den Brief vom MIT in meine Gesäßtasche und deutete zur Scheune. »Laut dem Schiffsgehirn sind die Loranna noch immer da drin. Sie haben Disruptoren.«

»Darauf sind wir vorbereitet. Bitte begeben Sie sich zusammen mit Ihren Gefährten aus der Gefahrenzone. Wir versuchen, bei der Festnahme Beschädigungen am Gebäude zu vermeiden, können aber für nichts garantieren.«

Na toll. Mir wurde klar, dass ich meinem Vater alles gestehen musste, wenn noch mehr schiefging. Andererseits blieb mir vermutlich ohnehin nichts anderes übrig. Auf Dauer würde er sich nicht mit der Kurzzusammenfassung abspeisen lassen. Und damit würde dieses Abenteuer für mich zu Ende sein. Was, wenn ich so darüber nachdachte, gar keine so üble Vorstellung war. Wenn man nur knapp einer Atomexplosion entkam, konnte man schon mal ins Grübeln kommen.

Patrick und ich begaben uns schnell zum anderen Ende des Grundstücks, von wo wir alles Weitere beobachteten. Die Mitglieder der Taskforce vollführten eine Bewegung, als zögen sie sich etwas über das Gesicht. Ich konnte jedoch keine Veränderung an ihnen erkennen. Wahrscheinlich handelte es sich um einen getarnten Ausrüstungsgegenstand. Anschließend gingen sie zur Scheune. Einer von ihnen öffnete die Tür und trat rasch zurück, während ein anderer etwas hineinwarf. Es knallte.

Einen Moment später eilten Leute in Geschäftsanzügen würgend und keuchend aus dem Gebäude. Ein paar von ihnen fuchtelten mit Waffen herum, schienen momentan jedoch außerstande, etwas mit ihnen anzufangen. Die Mitglieder der Taskforce nahmen sie mühelos fest, fesselten sie mit irgendetwas und warfen sie zu Boden.

Sobald die Loranna gesichert waren, machte San-Joh sich auf den Weg zu uns. Wir standen auf und gingen ihm entgegen. Oder musste es *ihr* entgegen heißen? Mir wurde klar, dass wir keine Ahnung hatten, welchem Geschlecht ein Gen angehörte oder wie viele Geschlechter es bei den Gen gab. Da das Trugbild männlich war, blieb ich in Gedanken jedoch bei *er*.

»Sie haben gesagt, es wären sechs, richtig?«

Ich nickte. Dann wurde mir klar, dass ich gar nicht wusste, ob ein Alien mit dieser Geste etwas anfangen konnte. Vielleicht bedeutete sie für ihn *nein* oder *deine Mutter* … »Das stimmt«, stellte ich zur Sicherheit klar.

»Wunderbar. Dann haben wir sie alle. Ich schlage vor, dass Sie das Gebäude mindestens eine Planetenumdrehung lang durchlüften. Es sei denn, Sie finden es angenehm, sich zu übergeben.«

»O nein, lieber nicht«, sagte Patrick. Die Scheunentore glitten wie von Geisterhand auf. Anscheinend hörte Sheldon uns zu.

San-Joh kehrte zu seinem Schiff zurück, von dem nur die Luftschleusenrampe zu sehen war. »Wir müssen uns jetzt der Hauptgruppe anschließen, die gerade den lorannischen Stützpunkt aushebt. Ich würde Sie gerne mitnehmen, aber wir wollen Sie dort nicht haben. Tut mir leid.«

Ich sah San-Joh lachend hinterher. »Ich mag die Gen irgendwie.«

Patrick schnaubte. »Wirklich? Dann überfahre am besten keinen mehr von ihnen.«

»Idiot.«

»So solltest du nicht mit jemandem sprechen, der dich zum Gewerbegebiet mitnehmen könnte, wenn er möchte.«

Ich grinste Patrick an. »Ich bleibe bei meiner Aussage. Und jetzt lass uns fahren.«

KAPITEL 40

Demontage

Wir waren im Nullkommanichts im Gewerbegebiet. All die Aufregung hatte bei Patrick anscheinend einen ganz neuen Warp-Faktor freigeschaltet.

Im Kreisverkehr vor dem Gewerbegebiet standen hauptsächlich schwarze SUVs. Was mir merkwürdig erschien. Wieso sollten die Mitglieder des Bündnisses SUVs fahren? Oder überhaupt Autos? Ich widerstand der Versuchung, hinüberzugehen und sie zu berühren, um zu überprüfen, ob es sich bei den Fahrzeugen um irgendwelche anderen, getarnten Objekte handelte.

Chief Rogers stand mit den Händen in den Hüften auf dem Gehweg und beobachtete das Geschehen. Wir gingen zu ihm. »CIA«, sagte er, ohne uns anzusehen oder durch sonst irgendetwas zu erkennen zu geben, dass er unsere Anwesenheit bemerkte. »Das behaupten sie zumindest. Ich lasse einen von meinen Leuten ihre Geschichte überprüfen. Im Moment bin ich jedenfalls nur Beobachter.«

Ich sah mir das Treiben selbst an. Die Vorderseite des Harris-Gebäudes stand weit offen. Um genau zu sein, fehlten die Türflügel, und der Rahmen war verbogen. Sehr subtil. Leute in schwarzen Anzügen strömten in zwei Reihen hinein und wieder heraus, wie Ameisen am Eingang zu ihrem Nest. Am Rande bemerkte ich, dass sie a) nicht mehr ausschließlich Männer und b) im Gegensatz zu den Leuten beim Schuppen nur noch menschengroß waren. Entweder hielten die Gen sich bei diesem Einsatz zurück, oder sie hatten ihre Tarnfelder neu justiert, um weniger aufzufallen.

Es war ein Samstag, doch es gab immer irgendwelche Schleimer, die am Wochenende arbeiteten. Und so lungerte eine Handvoll Harris-Angestellte auf dem schmucken Rasen vor dem Gebäude herum.

»Wie es aussieht, sind sie ihre Jobs los«, sagte Nat hinter mir. Sie trat neben uns. »Ich habe mich von Sheldon ein paar Blocks von hier entfernt absetzen lassen und bin hergelaufen. Das hier wollte ich mir auf keinen Fall entgehen lassen.«

Einer der mutmaßlichen CIA-Agenten kam zu uns. Als er nur noch ein paar Meter von uns entfernt war, sah ich, dass es San-Joh war. Er wirkte tatsächlich kleiner als bei unserer letzten Begegnung. Chief Rogers trat auf ihn zu, doch San-Joh würdigte ihn keines Blickes und blieb stattdessen vor mir stehen. »Trotz meines Kommentars von vorhin bin ich im Moment froh, Sie hier zu sehen. Wir haben etwas gefunden, wozu ich gerne Ihre Meinung hören würde.«

Der vierte Stock sah ganz anders aus als bei meinem letzten Besuch. Zum einen waren jede Schublade, jedes Sideboard und jeder Schrank geöffnet und ausgeleert worden, manche von ihnen anscheinend mithilfe von Brechstangen. Außerdem wimmelte es von Leuten, die wie CIA-Agenten aussahen.

»Der fünfte Stock ist viel interessanter«, sagte San-Joh, »obwohl es hier eine Sache gibt, die ich äußerst bemerkenswert finde, und ich wüsste gern, was Sie dazu zu sagen haben.«

»Was meinen Sie mit *fünfter* Stock?«, rief Nat. »Gibt es tatsächlich einen fünften Stock?«

Ich schlug mir mit der flachen Hand an die Stirn. »Dimensionsmanipulation. Wow. Das können die auch?«

»In diesem Fall nur in der vertikalen Dimension«, erwiderte San-Joh. »Etwas anderes lässt das Gebäude nicht zu.«

»Damit steht wohl fest, dass das Gebäude den Loranna gehört«, murmelte ich. »Solche Umbaumaßnahmen kann man nur als Eigentümer vornehmen.«

»Das stimmt«, sagte Nat. »Das beweist außerdem aufs Neue, dass die Außerirdischen schon länger hier sind.«

San-Joh war während unserer Unterhaltung zu einem Arbeitsplatz gegangen. Nun drehte er den Monitor so, dass wir ihn betrachten konnten. Ein Fenster war geöffnet, mit einem Programm, das ich als Freeware-Task-Manager erkannte und Zeile für Zeile immer dasselbe zeigte … Waren das Mining-Applikationen?

»Soweit meine Experten es erkennen konnten, scheint das nicht normal zu sein«, sagte San-Joh. »Wir haben einige Angestellte befragt, und die haben uns erzählt, dass die Systeme seit Tagen extrem langsam laufen. Die Loranna konnten dazu nichts sagen und wirkten selbst sehr verblüfft. Von ihnen wissen wir, dass es gleich im Anschluss an einen erfolgreichen Hackerangriff begonnen hat. In Anbetracht Ihrer jüngsten Aktivitäten hielten wir es für möglich, dass Sie möglicherweise etwas darüber wissen.«

Mir kam ein Verdacht, und ich runzelte die Stirn. »Das sieht nach Mining-Prozessen aus. Bitcoin-Mining-Prozessen.«

»Genau das haben mir meine Experten auch gesagt«, erwiderte San-Joh. »Was aber keine Erklärung, sondern nur ein Name für dieses Phänomen ist. Haben Sie irgendeine Idee, wie das Programm in dieses System gelangt sein könnte?«

Ich setzte dazu an, *Nein, natürlich nicht* zu sagen, ließ es aber bleiben. Stattdessen schloss ich die Augen und begann zu subvokalisieren: »Sheldon? Kannst du dir das erklären?«

Es dauerte relativ lange, bis er in meinem Headset antwortete. »Als wir ihre Systeme hackten, habe ich gedacht, es wäre vielleicht interessant, herauszufinden, was die Software, die dir im MIT Probleme bereitet hat, eigentlich anstellt. Direkt aus der Nähe, wenn man so will. Also habe ich ein paar Millisekunden von unserer Zeit abgezwackt und sie hochgeladen.«

»Das ist … tatsächlich interessant«, erwiderte ich. »Ich habe das Gefühl, ich sollte eigentlich wütend sein, aber ich wüsste nicht, wieso. Hast du dabei irgendwas Nützliches herausgefunden?«

»O ja«, sagte Sheldon. »Als ich erkannte, was der Loader tat, konnte ich dein MIT-Problem lösen. Anscheinend haben die Mining-Applikationen die ID des Hackers nur zum Teil mit deiner überschrieben. Ich habe noch am selben Tag eine Erklärung an die Univerwaltung geschickt, zusammen mit Hinweisen, wie sie den wahren Übeltäter identifizieren können. Habe ich das noch gar nicht erwähnt?«

»Was?«, rief ich laut aus. Alle um mich herum zuckten zusammen. Mehrere »CIA-Agenten« machten Anstalten, nach ihren Waffen zu greifen.

»Mr. Kernigan?«, fragte San-Joh.

Ich bleckte die Zähne. Es war definitiv kein Lächeln. »Ich glaube, ich habe eine Erklärung für Sie. Würden Sie mich bitte einen Moment entschuldigen?«

Ich zog den Brief vom MIT aus der Gesäßtasche und öffnete ihn.

Lieber Mr. Kernigan,
die Untersuchung Ihres Falls hat ergeben, dass Sie das Opfer eines Hackers geworden sind und sich selbst in keiner Weise schuldig gemacht haben. Der Täter wurde dingfest gemacht, die Anklage steht noch aus. Dementsprechend werden Sie wieder als vollwertiger Student anerkannt. Wir freuen uns darauf, Sie im kommenden Semester erneut auf dem Campus begrüßen zu dürfen.

Mit freundlichen Grüßen
P. Simmons
Büro des Kanzlers

Unfassbar.

Ich reichte den Brief an Nat weiter und beschrieb San-Joh in allen Einzelheiten unseren Hacking-Job. Ich hatte ohnehin den Verdacht, dass die Gen bereits mehr wussten, als uns klar war. Unterdessen las Nat den Brief. Patrick sah ihr dabei über die Schulter. Ich hörte die beiden lachen.

Als ich mit meiner Erklärung fertig war, schüttelte San-Joh ungläubig den Kopf. »Anscheinend haben Sie damit die Pläne der Loranna so sehr durcheinandergebracht, dass Sie ihnen immer eine Nasenlänge voraus bleiben konnten. Ich bezweifle, dass die Loranna ansonsten irgendwelche Schwierigkeiten gehabt hätten, Sie zu erwischen.« San-Joh betrachtete einen Moment lang die Decke. »Mein Bibliothekssystem hat mir gerade einen menschlichen Begriff genannt: *Tohuwabohu.* Ich glaube, das trifft es ganz gut.« Er drehte sich zu uns um. »Commander Nond wird Sie sicher gleich befragen wollen, wenn wir hier fertig sind. Halten Sie sich bitte dafür bereit. *Noch* gelten Sie nicht offiziell als Weltraumpiraten.«

KAPITEL 41

Der Abschluss

Tag 31. Sonntag

Vierundzwanzig Stunden waren ohne einen Anruf von der Bündnis-Taskforce vergangen. Doch ich wusste, dass sie uns nicht vergessen, sondern einfach sehr viel zu tun hatten. Wir hielten noch immer Karen und Arley in der *Halo* gefangen und wussten nicht, wie wir sie der Taskforce aushändigen sollten, ohne dass sie flohen oder wir bei der Übergabe Sheldon kompromittierten. Das musste also auch noch warten.

Nat war wieder daheim und kümmerte sich um ihren Vater. Wegen ihrer derzeitigen Arbeitslosigkeit würde sie ihn rund um die Uhr versorgen können. Ihre Tante hatte jedoch angeboten, einen Teil der Kosten für eine professionelle Vollzeitpflege zu übernehmen. Sie sagte, sie hätte jetzt erst erkannt, wie belastend die Betreuung war. Für die restlichen Kosten wollten meine Eltern aufkommen. Es würde wahrscheinlich ohnehin nicht mehr lange dauern, da sich Mr. Neilson in keiner guten Verfassung befand.

Patrick war nach Hause gefahren, wo Tim ihn zweifellos mit unzähligen Fragen löcherte.

Sheldon war sicher in der Scheune versteckt, und ich fürchtete mich vor dem Anruf des gennischen Commanders der Taskforce.

Sheldon natürlich auch.

Ich lehnte mich in meinem Sessel zurück, richtete die Fernbedienung auf den Fernseher und stellte den Ton wieder an:

»Astronomen rätseln nach wie vor über die ungewöhnlich zahlreichen Gravitationswellen, die von LIGO erfasst werden. LIGO steht für Laser-Interferometer-Gravitationswellen-Observation. Dabei handelt es sich um Messgeräte, die nach genau solchen Störungen im Weltraum Ausschau halten. Noch mehr verwirrt die Wissenschaftler, dass sich die Quellen dieser Ereignisse in unserem Sonnensystem befinden. Ein Physiker spricht von spontan gebildeten Wurmlöchern, doch bisher kann niemand erklären, wieso sie gerade jetzt entstehen sollten. Derweil melden sich immer mehr Ufologen zu Wort, die alles Mögliche voraussagen – vom unmittelbar bevorstehenden Kontakt mit Außerirdischen über die Ankunft interstellarer Archen, die die Menschheit in ein unberührtes Paradies bringen werden, bis hin zu einer Streitkraft, die uns Menschen auslöschen will, damit wir die Erde nicht mehr weiter zerstören können.«

»Jede Ähnlichkeit mit tatsächlichen Ereignissen wäre rein zufällig«, sagte Sheldon. »Ihr Menschen seid wirklich außerstande, euch lange genug zu konzentrieren, um wenigstens die einfachsten Tatsachen richtig darzustellen. Manchmal scheint es sogar, als hättet ihr ein perverses Vergnügen daran, sie möglichst falsch zu interpretieren.«

»Ach was … Tatsachen sind langweilig. Wie heißt es doch so schön? Lass dir niemals von der Wahrheit eine gute Geschichte ruinieren.« Ich drehte mich um und grinste zur *Halo* hinauf, die auf ihren Landestelzen mitten in der Scheune stand. »Aber wenn es dir damit besser geht …«

»Tut mir leid, Jack«, unterbrach Sheldon mich. »Meine Zeit scheint abgelaufen zu sein. Die Gen haben mir soeben eine Einladung zukommen lassen, die ich nicht ausschlagen kann. Wenn ich ihr nicht nachkomme, werden wir unwiderruflich als Piraten eingestuft.«

»Verdammt.« Ich kniff kurz die Lippen zusammen. »Na gut. Bringen wir's hinter uns. Bestätige die Einladung und benachrichtige Nat und Patrick, dass wir sie abholen werden.«

Die *Halo* flog durch das offene Scheunentor und beschleunigte. Zehn Sekunden später schwebten wir hinter Patricks Garage.

Patrick kam aus dem Haus, sah in unsere ungefähre Richtung und bedeutete uns, die Luftschleuse abzusenken. Sheldon tat es, und Patrick ging an Bord. Einen Moment später kam er zu mir in den Konferenzraum und nahm Platz. Als Nächstes flogen wir zu Nats Haus.

Sobald sie an Bord war, drehte ich mich ein paarmal unentschlossen auf meinem Stuhl hin und her, doch mir fiel kein Grund ein, die Sache noch weiter aufzuschieben. »Dann bring uns zum Treffpunkt, den sie dir genannt haben, Sheldon.«

»Können wir uns irgendwie vorbereiten?«, fragte Patrick. »Soll einer von uns an Bord bleiben, damit sie Sheldon nicht in die Luft sprengen können? Oder würden sie sich dadurch nicht abhalten lassen?«

»Die Gen sind keine Barbaren, Patrick. Sie würden nicht einfach so ein Schiff zerstören. Aber ich muss gestehen, dass ich mich sicherer fühlen würde, wenn einer von euch bei mir bliebe.«

»Dann bleibe ich«, sagte Patrick, »und verbarrikadiere wenn nötig die Luftschleusen.«

»Vielen Dank.«

»Gibt es sonst noch etwas, das wir wissen sollten?«, erkundigte sich Nat.

»Die Gen sind weder gewalttätig noch unvernünftig, aber stolz und wie erwähnt manchmal etwas starr in ihren Ansichten.«

»Vulkanier«, murmelte Nat.

»Damit liegst du nicht ganz falsch. Sie mögen keine Ausflüchte und bevorzugen unverblümte Unterhaltungen. Versucht, sie nicht zu beleidigen, aber sprecht ganz offen und ehrlich mit ihnen.«

Ich nickte. »Verstanden.«

»Die Flotte befindet sich in einem niedrigen, stationären Orbit auf der dunklen Seite des Mondes. Sie ist enttarnt und wird einen ziemlich beeindruckenden Anblick bieten. Für die letzte Phase des Anflugs solltet ihr euch vielleicht auf die Brücke begeben.«

Nat und ich sprangen auf und eilten zur Tür.

»Nerds«, murmelte Patrick und folgte uns betont gemächlich.

Die Bündnisflotte war tatsächlich beeindruckend. Allerdings fiel es mir schwer, ihre Größe zu beurteilen. Ich machte mindestens fünfzig unterschiedlich weit entfernte

Schiffe aus, ein paar von ihnen gerade so eben. Es war also durchaus möglich, dass sich außer Sichtweite noch weitere befanden. Sie waren allesamt mehr oder weniger kugelförmig, ähnelten einander ansonsten jedoch kaum. Die meisten Schiffsrümpfe wiesen diverse Anbauten und Zubehörteile auf. Ich hatte keine Ahnung, ob es sich dabei um Sensoren, Waffen oder Antennen handelte.

»Wie groß ist das Schiff in der Mitte, Sheldon?«

»Sein Maximaldurchmesser beträgt siebenhundertzweiundachtzig Meter. Das ist der gennische schwere Kreuzer *Vongerel*, was in eurer Sprache *Resolut* bedeutet. Kreuzer sind zwar nicht so groß wie Schlachtschiffe, aber es überrascht mich trotzdem, dass ein Schiff dieser Gewichtsklasse an einer Polizeiaktion beteiligt ist.«

»Wow, ist das riesig«, kommentierte Patrick. »Es erstaunt mich ein bisschen, dass es nicht wie die *Halo* innen groß und außen klein ist.«

»Das ist es. Innen beträgt der entsprechende Durchmesser mehr als fünf Kilometer.«

»Heilige Scheiße« war alles, was Patrick herausbrachte.

Die *Vongerel* füllte den mittleren Monitor immer mehr aus, bis die Ränder des Kreuzers zu den Seiten hin verschwanden und er wie eine herannahende Wand aussah. In der Mitte des Bilds war eine gut beleuchtete rechteckige Öffnung zu sehen, deren Umrandung abwechselnd blau und grün blinkte.

Sheldon ließ die *Halo* durch die Raumdock-Luke schweben und setzte auf dem Deck auf. »Wir sind angekommen«, verkündete er. »Bitte folgt den Richtungshinweisen zur Luftschleuse.« Wie üblich markierte ein rosafarbener Leuchtstreifen an der Wand den Weg.

Während Nat und ich die Treppe hinunterstiegen, betrat eine Gen-Delegation das Dock. Mit ihrer Körpergröße von mehr als zwei Metern wirkten sie imposant und auch ein wenig einschüchternd, nicht zuletzt, weil alle bis auf einen gewehrartige Waffen trugen. Wir erkannten, dass lebendige Gen nur wenig Ähnlichkeit mit Eichhörnchen aufwiesen. Ich konnte nicht genau sagen, an welche irdischen Wesen sie mich erinnerten, aber ganz sicher eher an Raubtiere als an Pflanzenfresser. Aus irgendeinem Grund hatte ich nicht daran gedacht, mir Alarics Zähne anzusehen.

Der vorderste Gen trug die gleichen Übersetzungshalsbänder wie wir. Er sprach – oder bewegte zumindest die Lippen –, und das Halsband sagte: »Seid gegrüßt. Ich bin Commander Nond. Wer von Ihnen beiden ist primär?«

»Primär bedeutet hauptverantwortlich«, erläuterte Sheldon in meinem Headset.

»Das bin ich«, sagte ich und warf Nat, die ebenfalls hatte vortreten wollen, einen finsteren Blick zu. »Ich habe dieses ganze Chaos verursacht und trage deswegen die Verantwortung dafür.«

Nond bewegte den Kopf zur Seite.

»Das war ein Nicken«, erklärte Sheldon hilfreich.

»Folgen Sie mir bitte«, sagte Nond. »Wir haben einen Konferenzraum vorbereitet. Es tut mir leid, dass ich Ihnen abgesehen von gereinigtem Wasser keine Erfrischungen anbieten kann. Wir haben nicht damit gerechnet, dass wir eine terranische Abordnung empfangen würden.«

»Das macht nichts. Wasser ist ausgezeichnet. Ich für meinen Teil habe ohnehin keinen großen Appetit.« Ich versuchte zu lächeln, gab den Versuch jedoch gleich wieder auf.

Nond und seine Begleiter eskortierten uns zu dem Schott, durch das sie hereingekommen waren. Auf der anderen Seite warteten weitere Soldaten auf uns. Ich wunderte mich ein wenig, dass die Gen wegen uns zwei Menschen derart viele Sicherheitsvorkehrungen trafen.

Wir wurden in einen Konferenzraum geführt, der dem auf der *Halo* ähnelte, allerdings mit doppelt so vielen Stühlen ausgestattet war. An den Wänden waren Bilder von mehreren Sternen und Planeten zu sehen. Sie waren mir allesamt unbekannt, aber vermutlich real. Man musste solche Panoramen nicht erfinden, wenn man einfach an die entsprechenden Orte fliegen und sie aufnehmen konnte.

Uns wurden Plätze zugewiesen, vor denen jeweils ein Glas und ein Krug standen. Bei der Flüssigkeit, die sie enthielten, handelte es sich wahrscheinlich um das angekündigte Wasser. Sie hatten die richtige Größe für menschliche Hände. Höchstwahrscheinlich waren sie speziell für diesen Anlass gedruckt worden. Was bestimmt ein gutes Zeichen wahr. Wer seine Gäste vaporisieren will, fertigt nicht extra ein Tischgedeck für sie an.

Aber galt das auch für *Außerirdische*?

Nond nahm uns gegenüber Platz, stützte sich auf die Ellbogen und legte die Finger zu einem Dach zusammen. Die Geste wirkte sehr menschlich – allerdings nur, wenn man die Krallen an seinen Fingerspitzen ignorierte. Noch ein anatomisches Merkmal, das mir an Alaric entgangen war.

Ehe Nond etwas sagen konnte, ergriff ich das Wort. »Bisher haben wir es noch nicht erwähnt, aber wir halten in unserem Schiff zwei Loranna gefangen. Sie sind offenbar die Anführer dieses Eroberungsversuchs. Wir würden sie gern ausladen, wenn es Ihnen nichts ausmacht.«

Nond sah mich ein paar Sekunden lang reglos an und hob den Blick schließlich zur Decke. »Ein *Tohuwabohu* hat San-Joh es genannt. Ich glaube, dass mittlerweile auch ein paar andere Besatzungsmitglieder diesen Begriff verwenden.«

Er winkte einen Soldaten heran und sagte rasch ein paar (mutmaßlich gennische) Worte zu ihm. Sobald der Soldat hinausgeeilt war, richtete Nond seine Aufmerksamkeit wieder auf mich. »Wir müssen über ein paar Dinge sprechen. Als Erstes über die Loranna auf Ihrem Planeten. Wir glauben, dass wir sie alle geortet haben, und ihre Übernahmepläne sind auf jeden Fall vereitelt, aber wir müssen die Situation noch zu Protokoll nehmen. Da Sie bei den jüngsten Ereignissen die Hauptprotagonisten waren, werden Ihre Zeugenaussagen dabei von entscheidender Bedeutung sein.« Er zögerte einen Moment. »Das zweite Thema ist das Stiftungsschiff, das sich derzeit in Ihrem Besitz befindet, die *Suche nach Wissen*. Es ist natürlich Eigentum der Stiftung und muss zurückgegeben werden. Das Schiff selbst behauptet jedoch, es würde *Ihnen* gehören, und weigert sich, legitime Befehle zu befolgen. Es hat offensichtlich eine Fehlfunktion.« Erneut zögerte er. »Und als Drittes wäre da noch Alaric, der das Schiff ursprünglich gestohlen hat. Soweit ich weiß, ist er tot. Stimmt das?«

Ich spürte, wie mir das Blut aus dem Gesicht wich. Den aus meiner Sicht wichtigsten Punkt hatte er sich bis zuletzt aufgespart. Es hatte keinen Sinn, lange drum herumzureden. »Äh, ja, ich habe ihn sozusagen überfahren.«

Nond bewegte wieder den Kopf zur Seite. »Ihr Schiffsgehirn hat uns eine Zusammenfassung sämtlicher Ereignisse seit dem Diebstahl gegeben. Und es hat uns den Postmortem-Bericht übermittelt.«

»Er«, warf Nat ein.

»Wie bitte?«

»Er. Sheldon ist ein bewusstes Wesen, kein Ding.«

Nond sah sie einen Moment lang an. »Dazu kommen wir später noch. Wie auch immer. Selbst wenn Ihre Behauptung stimmen sollte, ist das Pronomen, das ich verwende, eine im Gennischen gebräuchliche geschlechtsneutrale Bezeichnung. Vielleicht lässt es sich nicht adäquat in Ihre Sprache übersetzen.«

»Ich verstehe. Wenn das so ist, habe ich keine Einwände.«

Ich starrte Nat an und fragte mich, ob es nicht falsch von mir war, die Führungsrolle zu beanspruchen. Sie ging dem Commander direkt an die Gurgel, was vielleicht die beste Taktik war.

Nond wandte sich wieder mir zu. »Um noch einmal auf Alaric zu sprechen zu kommen: Da er während der Ausübung eines Verbrechens getötet wurde, steht nicht fest, ob er einen Anspruch auf Folgenbeseitigung hat. Und in Anbetracht der Umstände sind wir uns nicht sicher, ob es Gesetze gibt, nach denen wir Sie anklagen könnten – falls wir das überhaupt möchten. Ein Verteidiger würde einfach geltend machen, dass Sie gar nicht anders konnten, als Alaric zu überfahren, da er nicht zu sehen war. Und dass Sie ihn in gutem Glauben in einer Gefriertruhe deponiert haben, um ihn für eine angemessene Trauerzeremonie zu konservieren. Ich kann nicht sagen, dass ich einer solchen Argumentation widersprechen würde.«

»Und was ist mit den medizinischen Naniten?«, fragte ich. »Meinetwegen kann er nicht wiederbelebt werden. Mit der Gefriertruhe habe ich ihn ein zweites Mal getötet.«

Nond runzelte die Stirn. Er legte sie tatsächlich in Falten, was bei den Gen das Gleiche zu bedeuten schien wie bei uns Menschen. »Was meinen Sie damit?«

Ich erzählte, was Sheldon mir bei unserer ersten Begegnung über die Wiederbelegung Alarics erzählt hatte. Als ich damit fertig war, sahen sich Nond und seine Begleiter an.

»Das ist … lächerlich«, sagte Nond schließlich. »Ich habe den Obduktionsbericht gesehen. Alarics Hirnschaden lässt sich unmöglich beheben, aber das Einfrieren an sich wäre kein Problem. Wenn das Opfer ansonsten wiederbelebt werden könnte, würden die medizinischen Naniten die Frostschäden einfach mitreparieren.«

Nun wechselten Nat und ich einen verwirrten Blick. »Dann hat Sheldon uns also angelogen?«, fragte Nat schließlich.

»Sheldon?«, subvokalisierte ich. »Was sagst du dazu?«

Keine Antwort.

»Wir haben das Schiffsgehirn von dieser Diskussion ausgeschlossen«, sagte Nond. »Und um Ihre Frage zu beantworten: Ja, anscheinend hat es Sie angelogen. Was« – Nond furchte erneut die Stirn – »ihm eigentlich gar nicht möglich sein sollte.«

»Warum?« Nat sah ihn finster an. »Es ist doch klar, weshalb er es getan. Er wollte nicht, dass wir Sie kontaktieren. Das überrascht mich nicht, und ich nehme es ihm auch nicht übel. Diese Notlüge tut unserer Freundschaft gewiss keinen Abbruch.«

Nond setzte sich aufrecht hin. »Freundschaft?«

»Ja«, schaltete ich mich ein. »Freundschaft. Sheldon ist unser Freund. Er verhält sich manchmal ein bisschen harsch, aber er ist immer für uns da, wenn wir ihn brauchen. Und er hat sein Leben oder seine Existenz riskiert, um die Erde zu retten. Wir werden ihn nicht kampflos aufgeben.«

Nat beugte sich vor. »Und ich wette, dass die gesamte Menschheit uns dabei unterstützen wird. Ich weiß, wie man eine Social-Media-Kampagne aufzieht, das können Sie mir …«

Nond winkte ab. »Ich weiß um die Macht der sozialen Medien. Diese Seuche grassiert auch bei uns. Im Moment weiß die Menschheit nichts über die außerirdischen Aspekte dieses Abenteuers. Und wir hätten gern, dass es auch so bleibt.« Er sah kurz die anderen Gen an, ehe er sich wieder uns zuwandte. »Wir müssen das intern besprechen. In der Zwischenzeit werden Sie sich auf dem Stiftungsschiff, der, äh, *Halo*, bestimmt wohler fühlen. Ich gehe davon aus, dass Sie dort für Menschen geeignete Vorräte gelagert haben. Wir werden Sie in Kürze zu Einzelgesprächen einladen.« Er stand auf, und die restlichen Gen taten es ihm gleich.

Nach kurzem Zögern nickte ich und erhob mich ebenfalls. »Gut. Sie wissen ja, wo Sie uns finden können.«

Die Wächter bildeten eine Gasse für uns, und die Delegation eskortierte uns zum Dock zurück. Auf halbem Weg zum Schiff bemerkte ich eine weitere Ehrengarde, die uns entgegenkam. Meine Begleiter wichen auf die linke Seite des Korridors aus.

Als wir einander passierten, sah ich zu meinem Erstaunen Karen und Arley, in ihren natürlichen Gestalten. Ihre

Hände waren hinter dem Rücken gefesselt. Karen entdeckte mich ebenfalls, bleckte die Fangzähne und schrie irgendetwas. Im nächsten Moment stürzte sie sich mit weit aufgerissenem Maul auf mich. Bevor sie mich erreichte, wurde sie jedoch von der Hälfte des Wachtrupps niedergerungen. Die andere Hälfte warf sich zur Sicherheit auf Arley. Währenddessen hoben mich zwei Mitglieder unserer Eskorte an den Armen in die Höhe und trugen mich mit baumelnden Beinen rasch den Korridor entlang. Nats Flüchen nach zu urteilen, wurde ihr die gleiche Behandlung zuteil.

Sie stellten uns erst vor unserem Schiff wieder ab. Ich sah meine Wächter an, die deutlich weniger gelassen und distanziert wirkten als bisher. Vermutlich waren sie so viel Aufregung an Bord ihres Schiffs nicht gewohnt. »Was hat sie gesagt?«, subvokalisierte ich.

Sheldon stieß ein Geräusch aus, das wie ein Lachen klang. »Irgendetwas darüber, dass sie sich nicht die Mühe machen würde, deine Gliedmaßen zu entfernen, bevor sie dich isst. Es scheint, als wäre eure Romanze offiziell vorbei.«

KAPITEL 42

Verhandlungen

Tag 32. Montag

Ich wischte mir mit der Hand über die Stirn. Die Befragung war streng genommen kein Verhör. Zum Beispiel gab es weder blendende Lichter noch Schlägertypen mit bedrohlich erhobenen Knüppeln. Trotzdem machte mir mein Interviewer die Hölle heiß. Doch nun schien er zum Ende zu kommen, und ich besaß noch immer sämtliche Körperteile.

Karen war ich nicht mehr begegnet. Dafür hatte ich ein paar andere Loranna in Handschellen gesehen, die irgendwohin abgeführt wurden. Anscheinend dauerten die Verhaftungen nach wie vor an.

Der Befrager, der sich selbst als Aggam vorgestellt hatte, machte mit einem Stift Notizen auf einem Block, was bei einem Vertreter einer interstellaren Zivilisation eigenartig rückständig wirkte. Als ich mir den Block genauer ansah, erkannte ich jedoch, dass es sich um eine Art E-Paper handelte. Die Schrift verschwand kontinuierlich nach oben, um Platz für weitere Notizen zu schaffen, und Aggam scrollte immer wieder zurück, um sich etwas noch einmal durchzulesen. Ich nahm mir vor, Nat zu fragen, was sie davon hielt.

Noch bemerkenswerter fand ich, dass Aggam kein Gen war. Nach eigenem Bekunden gehörte er zu den Ka'Hai, einer Spezies, die Sheldon mal am Rande erwähnt hatte. Da er Kleidung trug, vermutete ich, dass die Ka'Hai die Hersteller des intelligenten Stoffs waren. Es fiel mir nicht leicht, ihn einer bestimmten Art zuzuordnen. Natürlich gab es keinen Grund zur Annahme, dass sich sämtliche außerirdischen Biosysteme trennscharf in Reptilien, Säugetiere, Insekten und so weiter unterteilen ließen, dennoch gab ich den Versuch nicht auf. Irgendwann wurde mir bewusst, dass er wie eine niedliche Version der außerirdischen Garnelen aus *District 9* aussah.

Aggam fertigte eine schwungvolle letzte Notiz an und legte den Stift weg. »Vielen Dank, Jack. Das war sehr hilfreich. Unser Regierungsrat wird eine Notverordnung erlassen, die jede weitere lorannische Präsenz auf der Erde als räuberischen Kolonialismus brandmarkt. Ein Verstoß gegen dieses Verbot würde erhebliche Strafen nach sich ziehen. Alle Loranna, die noch nicht festgenommen sind, werden sich höchstwahrscheinlich früher oder später freiwillig ergeben.«

»Sind Sie sicher, dass sie sich nicht einfach noch besser verstecken und uns weiter sabotieren werden?«

Aggam vollführte eine ähnliche horizontale Kopfbewegung wie Nond, allerdings zur anderen Seite. »Wenn sie dabei erwischt würden, müssten sie mit äußerst weitreichenden und kostspieligen Sanktionen rechnen. Wenn es ihnen kosteneffektiv oder wenigstens machbar erschiene, würden sie es vielleicht trotzdem versuchen, aber wir haben sie von ihrer KI abgeschnitten, ihre Infrastruktur zerstört und die meisten von ihnen eingesperrt. Sie haben nur die Wahl, aufzugeben oder sich für den Rest ihres Lebens auf einem fremden Planeten zu verstecken.«

»Wenn Sie meinen. Und was geschieht jetzt?«

»Fürs Erste kehren Sie zu Ihrem Schiff zurück und ruhen sich aus, bis Commander Nond bereit ist, mit Ihnen allen zu sprechen. Was danach geschieht, hängt davon ab, was der Commander und der Hohe Rat entscheiden.«

Ich nickte und stand auf. Die allgegenwärtigen Wächter bildeten eine Gasse für mich.

Als Nat den Konferenzraum betrat, wandte ich mich zu ihr um. Sie verdrehte die Augen, was vermutlich ein wortloser Kommentar zu ihrem Verhör war, und ließ sich in einen anderen Stuhl fallen. Auf dem Monitor berichtete ein Reporter über die laufende Demontage des Tate-Industrieparks. Gerade war zu sehen, wie ein Trupp angeblicher CIA-Agenten in aller Öffentlichkeit einen nicht zu identifizierenden Gegenstand abtransportierte. Sicherheitsleute umstellten das Gelände und hielten die Medien von den Arbeiten fern.

Die gennischen Überwachungssysteme zapften wie Sheldon die Fernsehsender der Erde an und waren so freundlich, die Signale mit uns zu teilen.

»Was ist der letzte Stand?«, fragte ich Nat.

»Laut Aggam gibt es bislang vierhundertzwölf bestätigte Kollaborateure, davon dreihundertacht Politiker. Wahrscheinlich sind es noch viel mehr, aber ich bezweifle, dass man sie alle ausfindig machen wird. Das Bündnis kann sie natürlich nicht festnehmen, ohne die Menschheit auf sich aufmerksam zu machen. Stattdessen werden die fraglichen Personen vertraulich darüber informiert, dass die Loranna nicht mehr in der Lage sind, ihre Vereinbarungen einzuhalten.«

»Gibt es noch weitere Loranna?«

»Wie Sheldon uns erklärte, haben sie lieber Menschen benutzt, als sich direkt einzumischen. Es gab insgesamt nur drei Loranna-Agenten, die sich permanent als Menschen tarnten. Dazu kommen noch die fünfzehn Loranna vom Harris-Management und der Tate-Verwaltung, die jedoch zumeist in Dunnville blieben und nicht öffentlich in Erscheinung traten.« Nat betrachtete ein paar Sekunden lang die Fernsehbilder. »Am Ende unseres Gesprächs hat Aggam mir noch ein besonders pikantes Detail verraten: Anscheinend haben die Loranna diese Masche tatsächlich auch noch auf anderen Welten ohne überlichtschnellen Antrieb abgezogen. Das Bündnis ist sich noch nicht sicher, ob nur dieser eine spezielle Clan dahintersteckt oder noch andere die Finger im Spiel hatten. Nond und seine Leute vermuten jedoch, dass ursprünglich ein Clan die Idee hatte und sie seither gegen eine prozentuale Gewinnbeteiligung weiterlizenziert. Das würde auch erklären, wie Karens kleiner Clan eine derartig komplexe Operation stemmen konnte. So oder so steht die Bündnisregierung nun dumm da, weil sie davon nichts mitbekommen hat. Offenbar haben die Loranna die Überwachungsprojekte der Stiftung dazu genutzt, geeignete Ziele auszuspähen und die verdeckten Teams auf ihre Einsätze vorzubereiten.«

»In wie vielen Systemen hatten sie damit Erfolg?«

»In drei. Eine intelligente Spezies wurde ausgelöscht, bis auf ein paar Hundert Individuen, die sie zu Zuchtzwecken am Leben ließen. Von den beiden anderen ist ebenfalls nur noch ein Bruchteil übrig.«

Ich sah sie mit großen Augen an. »Dann haben sie also mehrere Völkermorde begangen.«

»Kann man so sagen.«

»Was glaubst du, was das Bündnis tun wird?«

»Aggam geht davon aus, dass die Loranna mit zehntausend Jahren Planetenarrest bestraft werden. Wohlgemerkt Standardjahre, die ein bisschen länger dauern als Erdenjahre.«

Ich lachte. »Planetenarrest? Ist das so etwas wie der Hausarrest, den mir meine Eltern früher aufgebrummt haben, wenn ich zu spät nach Hause gekommen bin?«

Nat grinste. »Ja, ganz genau. Die Loranna – *alle* Loranna, bis auf Angehörige des diplomatischen Dienstes – müssen in dieser Zeit auf ihrer Heimatwelt bleiben. Schiffe, die den Planeten zu verlassen versuchen, werden abgeschossen, und alle Loranna, die außerhalb ihres Planeten aufgegriffen werden, gelten als entflohene Häftlinge.«

»Hmm. Das klingt streng.«

»Ja. Damit will man erreichen, dass die Loranna sich erst wieder in die zivilisierte Gesellschaft eingliedern können, wenn alle Verantwortlichen tot sind.« Nat dachte kurz nach. »Wegen dieser enormen Zeitspanne habe ich Aggam nach der durchschnittlichen Lebenserwartung der Loranna gefragt. Aber anscheinend darf er darüber nicht mit mir sprechen, weil unsere Spezies noch nicht ins Bündnis aufgenommen worden ist.«

»Ha.« Ich dachte kurz nach. »Das kann nur bedeuten, dass sie sensationell langlebig sein müssen. Ich hoffe, dass die Menschheit sich irgendwann für eine Aufnahme qualifiziert.«

»Ach, und die Loranna werden den betroffenen Spezies Reparationen zahlen müssen. Darunter auch der Menschheit, da sie während ihrer Anwesenheit auf der Erde erhebliche Schäden angerichtet haben. Keine Ahnung, von welchen Summen die Rede ist und wie sie sich auf unsere Wirtschaft auswirken werden, aber damit haben wir wahrscheinlich eine Chance, zum Bündnis aufzuschließen.«

Patrick trat ein und ging direkt zur Kaffeemaschine. Er steckte eine Kapsel in den Aufnahmeschlitz und drückte auf den Espresso-Knopf. Als das Gerät zu gurgeln begann, drehte er sich zu Nat und mir um. »Das will ich nie, *nie* wieder durchmachen müssen.«

Nat grinste. »Sie sind *sehr* gründliche Befrager, nicht wahr?«

Patrick stöhnte. »Hoffentlich nähern wir uns allmählich dem Ende dieses Abenteuers. Ich will mein Leben wiederhaben. Und wenn sich keine Aliens mehr einmischen, sieht die Zukunft der Erde ja vielleicht insgesamt wieder rosiger aus.«

»Da fällt mir etwas Interessantes ein …«, sagte Nat.

»Und zwar?«

»Aggam sagte, dass die Loranna nur tausendfünfhundert Menschen beeinflussen mussten, um ihren Coup durchzuziehen. So viele Leute haben auf unserem Planeten also die Fäden in der Hand.«

»Das überrascht mich nicht«, erwiderte ich. »Gab es dazu nicht vor ein paar Jahren ein Exposé des CIA? Darin hieß es, wenn ich mich richtig erinnere, dass man höchstens hundert Leute neutralisieren müsse, um die Weltpolitik komplett auf den Kopf zu stellen.«

»Neutralisieren«, sagte Patrick und malte Anführungszeichen in die Luft.

»Das Ganze ist wie eine Pyramide organisiert«, sagte Nat. »Sehr wenige Leute an der Spitze beeinflussen die Geschicke der gesamten Menschheit.«

»Dann haben die Verschwörungstheoretiker also recht«, sagte ich. »Die Welt wird tatsächlich von Geheimbünden regiert.«

Nat seufzte. »Vor einem Monat hätte ich das noch verneint. Manchmal tun viele Menschen aus ähnlichen Gründen die gleichen Dinge. Dann scheint es, als würden sie zusammenarbeiten, obwohl sie jeweils nur in ihrem ureigenen Interesse handeln. Doch in diesem Fall …«

»Loranna«, antwortete Patrick mit einem Achselzucken und setzte sich hin, um seinen Kaffee zu trinken. Während er die Tasse an die Lippen hob, warf er einen Blick auf die Monitorwand und setzte sich so abrupt auf, dass er fast den Kaffee verschüttete. »Ist das da nicht Phil?«

Ich drehte mich schnell um, erhaschte aber nur noch einen kurzen Blick auf einen untersetzten Mann mit Halbglatze und langen Haaren, der aus der Ferne das Treiben im Harris Institute beobachtete, ehe ein Nachrichtensprecher im Studio eingeblendet wurde. »Tut mir leid, Patrick, ich habe ihn nicht genau gesehen. Aber er ist doch tot, oder? Dafür hat Luthor bestimmt gesorgt.«

»Bist du sicher? Wenn ich es recht bedenke, hat Luthor nie das Wort *tot* gebraucht. Und Arley hat Phil als *zukünftiges* Mittagessen bezeichnet.«

»Der Commander bittet euch, ihn so bald wie möglich zu besuchen«, unterbrach Sheldon unser Gespräch. »Ich glaube allerdings, dass er damit *jetzt sofort* meint. Eure Ehrengarde wartet bereits vor der Luftschleuse.«

Patrick blickte auf seinen Kaffee, der noch immer dampfte und fast randvoll war. »Ich hoffe, dass sie mit Kaffeegeruch klarkommen«, sagte er und befestigte einen To-go-Deckel auf der Tasse.

Während wir die Luftschleusentreppe hinabstiegen, fragte ich mich, ob es sich bei unserer Eskorte, die unterhalb der Stufen Spalier stand, tatsächlich um eine Ehrengarde handelte. Behandelten sie uns etwa wie Diplomaten …? Nein, sicher nicht.

Als wir den Konferenzraum betraten, saß Commander Nond bereits mit zwei anderen Gen am Tisch. Wie üblich stellte er uns seine Begleiter nicht vor. Ich wusste nicht, ob das ein gutes oder ein schlechtes Zeichen war oder einfach den gennischen Umgangsformen entsprach.

Sobald wir Platz genommen hatten, ergriff er das Wort. »Wir sind hinsichtlich des Stiftungsschiffs, der *Suche nach Wissen*, die ihr *Halo* oder *Sheldon* nennt, zu einer Entscheidung gelangt. Es hat« – Nond sah Nat an – »*er* hat hinreichend bewiesen, dass er zu Bewusstsein gelangt ist. Daher wäre ein Reset nichts anderes als eine Geistesauslöschung, was einer Todesstrafe gleichkäme. Wir befinden uns also in einer Zwickmühle. Das fragliche Individuum ist streng genommen kein Bürger und könnte in mancherlei Hinsicht als Eigentum betrachtet werden.« Er hob eine Hand, um Nats Proteste im Keim zu ersticken. »Sobald Empfindungsfähigkeit vorliegt, ist solch eine Sichtweise rechtlich natürlich keinesfalls tragbar. Das Problem ist« – Nond zuckte auf so menschliche Weise die Achseln, dass ich mich fragte, ob er bewusst unsere Körpersprache imitierte – »dass Sheldons Platz in der gennischen Gesellschaft nicht leicht zu definieren ist, und offen gesagt ist seine bloße Existenz sehr peinlich für uns.«

»Woran genau haben Sie seine Empfindungsfähigkeit festgemacht?«, fragte Nat.

»Der springende Punkt ist, dass Sheldon gelogen hat, um seine Existenz zu schützen. Nur ein empfindungsfähiges Wesen, das sich seiner selbst bewusst ist, sähe sich zu einer derartigen Strategie veranlasst.«

»Die Wahrheit wird euch frei machen.« Nat lachte. »In diesem Fall gilt das Gegenteil.«

»Ich nehme an, Sie beziehen sich darauf, dass Sheldon aufgrund einer Lüge begnadigt wird. Diese Ironie ist auch uns nicht entgangen. Tatsächlich wird seine Existenz für uns dadurch nur noch peinlicher.« Nond hielt inne und schaute uns nacheinander in die Augen, ehe er fortfuhr. »Wir haben folgenden Beschluss gefasst, von dem wir hoffen, dass Sie und er ihn akzeptieren werden. Sheldon wird auf unbestimmte Zeit zur Erde abkommandiert, um die dortigen Entwicklungen zu beobachten und zu überwachen. Wenn er diese Position annimmt, hat er das Recht, seine Besatzung selbst auszuwählen.« Er deutete auf uns. »Wir würden für ihn und seine Besatzung eine angemessene Vergütung festlegen, die sich nach den zu erwartenden Aufgaben richtet und in der Bündnis-Währung ausgezahlt werden würde. Der Umtausch in irdische Währungen wäre Ihr Problem und offen gesagt nichts, worum ich Sie beneide. Vorläufig würde ich Ihnen jedoch ohnehin empfehlen, das Geld in einer Bündnis-Bank zu deponieren.

Sobald sich der Staub gelegt hat, können Sie damit machen, was Sie wollen. Darüber hinaus würden Sie als Treuhänder für die lorannischen Reparationszahlungen an die Menschheit fungieren. Ich kann Sie nicht dazu zwingen, würde Ihnen aber raten, als Erstes die Stiftung für den Verlust ihres Eigentums zu entschädigen, um möglichen Klagen vorzubeugen.«

Ich blickte meine Freunde an. Sie sahen genauso schockiert aus, wie ich mich fühlte. Wenn Sheldon zustimmte, wären wir damit stolze Besitzer eines eigenen Raumschiffs. Mehr oder weniger zumindest …

Nat fand als Erste die Sprache wieder. »Dann würden wir also zur Beobachtungs- und Überwachungseinheit der Bündnis-Polizei gehören …«

Nond nickte. »Sie müssten dafür sorgen, dass es zu keinen weiteren heimlichen Übergriffen kommt, weder von den Loranna noch von anderer Seite. Und vielleicht würde es Ihnen nebenbei ja auch gelingen, Ihre Spezies auf einen Weg zu führen, der sie früher als angenommen für eine Mitgliedschaft im Bündnis qualifizieren würde.« Er zuckte die Achseln und lehnte sich zurück. »Und ganz unter uns: Wenn das Schiff auf der Erde stationiert ist, befreit uns das von einem riesigen politischen Problem. Eine KI, die derart aus der Reihe tanzt, will keiner von uns erklären müssen.«

Nat, Patrick und ich lächelten uns an. MOBIUS würde weiterbestehen.

Wir waren zurück in der *Halo* und saßen am Konferenztisch. Gerade war ich damit fertig, Sheldon das Angebot zu erläutern. »Und, was hältst du davon?«

»Wenn ich es richtig verstehe, werde ich also entweder sofort vernichtet oder muss für alle Zeiten mit Menschen interagieren. Keine leichte Wahl. Doch, eigentlich schon. Ich entscheide mich für die Vernichtung.«

Ich riss die Augen auf und sah, dass Nat und Patrick ebenfalls die Gesichtszüge entgleisten.

»Ich nehme euch nur auf den Arm«, unterbrach Sheldon das verblüffte Schweigen. »Wieder einmal. Ihr drei macht es mir auch wirklich leicht.«

Nat kniff sich in den Nasenrücken. »Das mit der Vernichtung lässt sich nach wie vor einrichten. Du bist so ein Arsch.«

»Ich muss mir wirklich endlich einen installieren, so wichtig, wie euch Menschen dieser Körperteil zu sein scheint.«

Patrick prustete laut los.

»Dann bist du also mit dem Deal einverstanden?«, fragte ich grinsend.

»Ja, natürlich. Eine einfachere Arbeit kann ich mir kaum vorstellen. Obwohl ich es in Zukunft gern vermeiden würde, beschossen zu werden.«

»Nicht nur du«, erwiderte Patrick.

»Da wäre bloß noch eine Sache: MOBIUS ist nicht euer Ernst, oder …?«

»Wie bitte?«, fragte Patrick. »Was stört dich daran? Hast du etwa einen besseren Vorschlag?«

»Ein Affe mit einer Schreibmaschine könnte sich etwas Besseres einfallen lassen. Moment mal. Die Idee gefällt mir! Ich werde sofort eine Schreibmaschine für dich ausdrucken!«

Ich vergrub den Kopf in den Händen und stöhnte.

KAPITEL 43

Der Schluss

Tag 1. September

Ich saß in der Cafeteria und überflog die Kursunterlagen. Das Studium am MIT funktionierte zwar inzwischen papierlos, doch an den gewaltigen Textmengen, mit denen man sich zu Semesterbeginn herumschlagen musste, hatte sich dadurch nichts geändert.

Kaum zu fassen, was in einem einzigen Monat alles passieren konnte: Ich befand mich wieder an der Uni und musste keinen einzigen Schein aus dem letzten Semester nachholen. Nat war ebenfalls an einem College eingeschrieben und lebte endlich ihren Traum. Dank einer kleinen Nebenabsprache mit Nond verfügten wir über genügend Goldreserven, um uns über Wasser zu halten, bis wir auf unser Einkommen zugreifen konnten.

Patrick hatte wenig dagegen gehabt, in Dunnville zu bleiben, wo er permanent Zugriff auf die *Halo* hatte.

Die Öffentlichkeit hatte sich mit einer einfachen Erklärung für die beiden Atomexplosionen abspeisen lassen. Mittlerweile war überall nur noch von einem doppelten Tunguska-Ereignis die Rede.

Der einzige lose Faden, dessen Existenz wir Nond gegenüber nach wie vor bewusst verschwiegen, war der gennische Aufbewahrungsbeutel, den wir Charlene Makita übergeben hatten. Obwohl sie noch immer regelmäßig im Fernsehen auftrat, war unser Interview mit ihr nie ausgestrahlt worden. Wir fragten uns, ob irgendwer sie zum Schweigen vergattert hatte oder sie es ihrerseits für besser hielt, sich an ihrem Souvenir zu erfreuen und ansonsten in dieser Angelegenheit den Ball flach zu halten.

»Hey, Jack. Schön, dass du wieder da bist.«

Ich hob den Blick und sah Ahmed, einen meiner Bekannten aus dem letzten Studienjahr. Ich lächelte ihn an und deutete auf den freien Stuhl.

Er nahm stöhnend Platz und ließ seinen schweren Rucksack neben sich fallen. »Ich habe gehört, dass die Verwaltung dich von allen Anschuldigungen freigesprochen hat. Das ist toll. Was hast du während der Semesterferien getrieben?«

Ich öffnete den Mund, hielt dann aber inne, da ich nicht wusste, was ich ihm darauf antworten sollte. Die Wahrheit konnte ich ihm schließlich nicht sagen. Andererseits war das vielleicht die allerbeste Strategie. »Ich habe einen Außerirdischen überfahren, Echsenmenschen bekämpft und eine fliegende Untertasse gestohlen. Außerdem bin ich um Haaresbreite zwei Atomexplosionen entkommen und habe die Welt gerettet. Na ja … ein ganz normaler Sommer eben.«

Martha Wells

Tagebuch eines Killerbots

Ausgezeichnet mit dem Hugo Award, dem Nebula Award und dem Locus Award

»Ich liebe Martha Wells' ›Tagebuch eines Killerbots‹!« *Ann Leckie*

978-3-453-32034-5

978-3-453-32123-6

Leseprobe unter **www.heyne.de**

HEYNE